퇴
마
록

퇴마록

혼세편 I

이우혁

VANTA

공통 일러두기

- 도서는 『 』, 단편이나 서사시 등은 「 」, 그림, 글씨, 영화, 오페라, 음악, 필담 등은 〈 〉, 전화, 방송, 라디오 등은 [ ]로 구분했습니다.
- 각주는 모두 저자 주입니다(엘릭시르 판본에서 용어 해설로 처리된 부분 중 가감된 내용의 일부가 이에 해당).
- 영의 목소리(빙의됐을 경우 제외)와 전음이나 복화술 등 육성으로 하지 않는 말은 등장인물과의 구분을 위해 고딕체로 표기했습니다.
- 피시(PC) 통신에서 사용하는 메시지는 별도의 서체로 구분했습니다.
- 본문의 ( )는 편집자 주이며, − 는 저자가 보충하려 덧붙인 이야기를 구분한 것입니다.

차례

연희의 크리스마스	• 7
와불(臥佛)이 일어나면	• 43
하굣길	• 263
터	• 307
프랑켄슈타인의 후예	• 349
그곳에 그녀가 있었다	• 427

연희의
크리스마스

1994년 12월 24일 조금 흐림

  서울로 돌아온 지도 일주일 이상 지났다. 박 신부님, 현암 씨, 준후는 아직 미국의 병원에 입원해 있다. 백호 씨와 나만 먼저 귀국하게 돼서 미안하기 그지없다. 승희처럼 그냥 그곳에 남아서 시중이라도 들어 주었으면 좋았을 텐데.

  물론 서울로 먼저 와야 할 이유는 있었다. 개인적인 일이 아닌, 내 도움을 꼭 필요로 하는 일이 생겼단다. 하지만 생각과 달리 별일도 아니었다. 나도 큰일 날 사람인가 보다. 하도 이상한 경험을 많이 하다 보니 이제 웬만한 일 가지고는 눈 하나 깜짝하지 않는 강심장이 됐다. 그리고 나니 괜히 왔다는 생각이 들었다. 오랜만에 연호 오빠를 만나고 크리스마스라 놀러 온 수정이도 봐서 즐겁기는 하지만 왠지 허전한 느낌이다. 글쎄, 왜 그럴까? 가만 생각해 보니 그들과 여러 곳을 오랫동안 돌아다녔고 무서운 일과 힘든 난관들을 같이 헤쳐 나가면서 퍽 정이 든 것 같다. 준후의 귀여운 얼굴, 신부님의 자상한 미소, 승희의 화난 듯한 얼굴, 그리고 현암 씨의 믿음직한 모습.

하지만 비단 그것 때문만은 아닌 것 같다. 비록 다치기는 했지만 조금 있으면 나을 것이고, 또 이젠 블랙 서클 같은 위험한 세력은 사라져 버리지 않았는가, 그냥 같이 있지 않아서일까? 그건 아니겠지. 그래, 알고는 있다. 그러나 이를 일기장에 쓴다는 게 영 꺼림칙하다. 물론 다른 사람들이 내 일기장을 볼 리는 없지만 설령 그렇다 하더라도 이런 일을 글자로 남기고 싶진 않다. 그건······.

연희는 들고 있던 연필을 힘없이 내려놓았다. 연희는 다른 필기구보다도 연필을 애용했는데 그건 연필심이 종이에 긁히는 감촉이 좋아서였다. 연필로 쓴 글씨가 시간이 지나면 점차 흐릿해지는 것이 좋았고, 연필심이 무뎌져 쓰는 감촉이 싫증 나면 다시 칼을 꺼내어 심을 깎아 내는 것 또한 좋았다.

그러나 지금 연필을 내려놓은 것은 연필심이 무뎌져서가 아니었다. 쓰고 싶은 이야기는 많은데······ 연희는 목에 걸고 있는 구리 십자가를 쥐고 조용히 들여다보았다. 이미 몇백, 몇천 번을 들여다보았는지 모른다. 그러나 십자가는 연희가 손으로 쓰다듬어도, 뺨에 대고 비벼도 항상 구릿빛 십자가 그대로였다. 십자가 안에서 파랗게 빛나던 낯익고 친근한 그 사람의 목소리…… 항상 연희의 귓전에 울리는 것 같은 느낌을 주던 그 염체는 이제 사라지고 없었다. 마스터와의 최후의 싸움 때에 자신을 향해 날아오던 뇌전의 주술을 대신 맞고 사라져 버린 염체, 그리고 그 약속.

"아……."

모든 것이 다 잘됐다. 블랙 서클은 더 이상 이 세상에 존재하지 않고, 퇴마사들도 모두 무사했다. 그리고 '리'라는 그 남자는 스스로와의 약속을 지켰다. 그렇지만 자신은…….

연희는 일기장에 얼굴을 묻고 소리를 죽여 흐느꼈다. 크리스마스이브인 터라 연호 오빠와 수정이가 밖에서 즐겁게 장난치는 소리가 들려왔지만 연희는 책상에 고개를 파묻고 어깨를 들썩였다. 그냥 아무도 보지 않는 곳에서 한참을 울고 싶은 마음뿐이었다. 그런다고 나아지는 건 하나도 없을 테지만 그래도…….

어두웠다. 연희는 주춤거리며 어디인지 알 수 없는 곳을 걷고 있었다. 목적지가 있는 것도, 그렇다고 아는 사람이 있는 것도 아니었다. 보이지 않을 뿐만 아니라 더 이상 누군가 나타나서 도와줄 것 같지도 않았다. 혼자였다. 저만치에 갑자기 검은 구름이 일렁거리면서 지나갔다. 무엇이었을까? 등 뒤에서는 발소리가 들려오는 것 같았다. 뚜벅뚜벅…….

"누구야!"

연희는 뒤를 돌아보면서 소리를 질렀다. 그러나 아무것도 없었다. 이상하다. 분명 누가 뒤에서 움직이는 느낌이 들었는데……
다시 몇 발짝 걸음을 옮겼다. 발소리가 또다시 뒤에서 들려왔다.
혹시 자신의 발자국 소리가 아닌가 생각해 보았지만 그건 아니었
다. 알 수 없는 발소리는 자신의 발소리보다 조금 늦게 들려왔다.
누가 따라오는 걸까?

연희는 다시 뒤를 돌아보았다. 역시 아무것도 없었다.

가느다랗고 더운 바람 한 줄기가 연희의 얼굴에 훅 하고 불어왔
다. 연희는 흠칫하면서 바람이 불어오는 쪽을 가만히 살펴보았다.
역시 아무것도 보이지 않았다. 태곳적부터 그 자리에 있던 듯한
정적과 어두움만이 있었다. 무엇인지 형체가 제대로 분간도 되지
않는 혼돈과 어지러움으로 만들어진 물체들, 검은 기둥, 성곽, 나
무처럼 보이는 형체들. 연희는 조심스럽게 앞으로 고개를 돌렸다.
그러다가 다시 휙 하고 뒤를 돌아보았으나 여전히 아무것도 없었
다. 등에서 식은땀이 흘렀다. 연희는 앞을 보면서 아무것도 아니
라고 생각하기로 마음먹었다. 그리고 조금씩 걸음을 옮겼다.

뚜벅뚜벅.

자신의 발소리…… 분명 자신이 지금 걷고 있는 이 길. 아니, 이
근처에는 아무도 없었다. 연희는 스스로를 타이르려고 애썼다.

'무서워할 필요 없어. 아무것도 없잖아? 텅 빈 길이야.'

연희는 걸음을 재촉했다. 조금씩 걸음을 옮기다 보니 용기가 솟
았다. 그러나 뒤에서는 약간의 시차를 두고 다시금 발소리가 들려
왔다.

'마음대로 하라지. 난 안 무서워…… 무섭지 않아!'

연희는 마음을 굳게 다잡았다. 뒤에서 들려오는 발소리에는 더 이상 신경 쓰지 말아야겠다고 다짐하면서 유쾌하게 깡충깡충 앞으로 내달리기 시작했다.

'난 기분 좋아. 뭐가 무섭겠어? 무서워할 것 없어.'

연희가 계속 앞으로 걸어 나가자, 이번에는 뒤에서 씩씩거리는 숨소리가 들려왔다. 연희는 그 소리도 듣지 않으려고 애썼다. 연희는 여전히 유쾌한 척 흥얼거리면서 계속 걸음을 옮겼다. 그러나 발소리와 함께 그 씩씩거리는 숨소리가 달려들 듯 가까워졌다.

연희는 불안해지기 시작했다. 더 빨리 걸음을 옮기려 하는데 갑자기 눈앞이 시뻘겋게 변해 가더니 벽이며 천장이며 기둥들까지 꿈틀거렸다. 물이 출렁거리듯, 아니 물보다는 조금 더 찐득거리는 듯한 느낌의…….

'피!'

연희의 온몸에 소름이 쫙 끼쳤다.

등 뒤에서 씩씩거리던 소리는 이제 연희의 목덜미에 닿을 듯한 거리에서 무엇인가 속삭이고 있었다. 뒤를 돌아볼까 생각했지만 그럴 수도 없었다. 분명히 뭔가가 있었다. 지금 자신에게 말을 걸고 있지 않은가. 그러나 뒤를 돌아본다면…….

연희의 몸이 부르르 떨렸다. 앞으로 달아나려고 막 한 걸음을 내딛으려는 찰나, 발 앞의 땅이 갑자기 붉은빛으로 바뀌었다. 발밑의 땅과 주변의 모든 것이 출렁거리면서 회오리치듯이 빙빙 돌아가기 시작했다.

넌 누구에게도 도움받을 수 없어.

등 뒤에서 목소리가 울려 퍼졌고 연희는 더 이상 중심을 잡고 서 있을 수가 없었다. 연희의 몸이 공중에 붕붕 뜬 채 이리저리 바람에 휘몰려 붉은 액체 속으로 밀려다니기 시작했다. 정신을 차릴 수가 없었다. 모든 것이 붉었고 또 기분 나쁘게 출렁거리고 있었다. 그런 와중에도 계속 등 뒤에서 씩씩거리는 숨소리가 기분 나쁘게 속삭이는 소리와 뒤섞여 들려왔다.

넌 이제 마지막이야. 아무도 너를 생각해 주지 않아.

"아냐, 그렇지 않아."

너를 도와줄 수 있는 건 아무것도 없어. 아무도 너를 좋아하지 않아.

"아냐!"

귓전에서 앵앵거리며 외쳐 대던 목소리와 함께 미친 듯이 빙글빙글 돌아가는 핏빛 너울거림을 피해, 연희는 있는 힘을 다해 도망치려 했다. 그러나 도무지 한 발짝도 도망칠 수가 없었다.

"아……."

연희는 간신히 눈을 떴다. 고개를 든 것도, 그렇다고 몸을 일으킨 것도 아니었다. 눈앞에는 벌판처럼 펼쳐진 일기장의 열린 페이지가 희미하게 보였고, 그 위에 거뭇거뭇한 자국이 부연 발자국처럼 지나가고 있었다. 연희가 잠들기 전까지 끄적거린 글씨였다. 연희는 몸을 일으키지 않은 채 그대로 있었다. 아까까지의 악몽

같은 정경들이 꿈속의 일이었다는 것만으로도 안도의 숨이 내쉬어졌다. 그렇지만…….

'정말 이제 아무도, 아무것도 남지 않은 걸까? 나를 생각해 주는 사람은…….'

무서운 꿈에서 빠져나왔다는 안도감은 어느새 메울 수 없는 깊은 외로움으로 변해 있었다. 연희는 여전히 일기장에 얼굴에 대고 엎드린 채 눈을 돌려 작은 십자가를 바라보았다. 저 십자가 덕분에 블랙 서클과의 최후의 싸움에서 이길 수 있었고 모든 일이 잘 해결됐다. 적어도 연희를 뺀 다른 모든 사람에게는……. 연희는 구리 십자가의 염체가 사라졌다는 이야기를 아무에게도 하지 않았다.

십자가의 모습이 물속을 통해 보는 것처럼 일렁거리기 시작했다.

'리, 리라고 했었죠? 난…….'

연호 오빠와 수정이가 웃고 떠드는 소리가 희미하게 들려왔다. 그러나 그 목소리와 웃음소리는 그들의 것일 뿐, 연희를 부르는 소리는 아니었다. 연희도 그들이 자신을 부를 것이라는 생각은 하지 않았다. 여행 때문에 피곤하니 아무도 들어오지 말고 푹 쉬게 내버려두라고 말해 놓았기 때문이었다. 방문 너머로 크리스마스 분위기에 들뜬 가족들이 있음에도 연희는 완전히 혼자였다. 어쩐지 앞을 가로막은 얄팍한 방문과 벽을 넘어갈 수 없었다.

연희는 십자가를 손으로 쓰다듬어 보면서 마루 밖의 이야기에 귀를 기울였다. 수정이가 좀 칭얼거리는 듯한 목소리로 연희를 부르자고 했지만, 연호 오빠는 연희가 피곤할 테니 그냥 쉬게 내버려두자며 좋은 말로 수정이를 타이르고 있었다. 자신을 위해서 하는 말이었을 테지만 그 말이 연희에게는 섭섭하게 들렸다.

연희는 다시 구리 십자가로 눈을 돌렸다. 쓰다듬고 있어도 예전처럼 반짝거리던 푸른빛은 더 이상 떠오르지 않았다.

'……'

연희는 고개를 휘휘 젓고는 방의 불을 껐다. 비록 기분 나쁜 꿈이었지만 이미 지나간 일이었다. 지금은 무엇보다도 서글프고 답답하고 외롭다는 생각에 가슴이 찢어질 듯했다.

'그냥 다 잊고 자자, 푹 쉬고 나면 괜찮아지겠지.'

연희는 다시 조용히 침대에 누워서 편안한 기분을 가지려고 애썼다. 생각보다도 더 피곤했는지 곧 눈앞이 흐릿해졌다.

도저히 분간할 수 없었다. 어두컴컴하면서도 혼란에 가득 찬 분위기, 아무것도 없으면서도 기분 나쁜 것이 바글거리며 소용돌이치는 곳에 서 있었다.

'여기는 어디일까? 나는 분명히 내 방에서 잠들었는데.'

연희는 사방을 둘러보면서 고개를 갸웃거렸다. 그리고 목에 걸고 있던 작은 구리 십자가를 꺼내 손에 쥐었다. 그런데 그 십자가에서 푸르스름한 빛이 떠올랐다.

"어? 있었군요!"

십자가에 맺혀 있던 푸른 염체는 깔깔거리듯 흔들리다가 휙 하고 십자가에서 뛰쳐나왔다. 연희는 너무나 반가워서 날아가는 푸른 염체를 만지려고 손을 내밀었다. 그 순간 가느다란 번개 한 줄기가 저만치서 날아오는 것이 보였다. 분명 전에 그 염체를 없애 버렸던 것과 똑같은 가느다랗고 치명적인 뇌전의 빛줄기였다.

"어, 안 돼!"

놀란 나머지 손을 내뻗으려는 찰나, 연희를 포함한 주변의 모든 움직임이 멎어 버렸다. 아니, 완전히 멎은 것은 아니었다. 마치 시간이 백 배 정도로 느려진 것만 같았다. 연희는 염체를 향해 손을 내뻗으려고 안간힘을 썼다. 그러나 손은 천 근처럼 무거웠고, 자신의 모든 힘을 다해서 손을 뻗는데도 손은 달팽이 걸음만큼이나 느리게 나아가고 있었다. 눈앞의 염체도 서둘러 피하려는 모습이었지만 느리기는 마찬가지였다. 모든 것이 다 같이 느리게 움직이는 가운데, 저쪽에서 심술궂게 다가오고 있는 빛줄기의 속도만은 다른 것들보다 훨씬 빨랐다.

'안 돼! 또다시…… 안 돼!'

연희는 소리를 치려고 발버둥 쳤지만 입술마저도 무거워졌는지 한없이 천천히 열렸다. 마치 연희 자신의 머릿속에서만 시간이 몇 백 배로 빨라진 것 같았다. 연희는 애가 타서 죽을 지경이었다. 그야말로 안간힘을 다해 손을 뻗었지만 지금 손은 겨우 이삼 센티미터 정도 움직였을 뿐이다. 등에서는 식은땀이 흘러내렸고, 입술은 바작바작 타들어 갔다.

'아! 저, 저건…….'

애타는 연희의 귓속으로 갑자기 벽력같은 소리가 들이닥쳤다.

하하핫. 막지 못할걸? 전에도 그랬듯…… 이번에도 그럴 거야.

신기하게도 지난번 꾸었던 꿈이 떠올랐다. 그러나 '저번에 꾸었던 꿈'이 아니라 마치 조금 전에 있었던 일처럼 이 목소리를 들었던 기억이 났다.

'넌 누구야!'

연희는 대놓고 소리를 질렀다. 아니, 소리를 지른다고 생각했다. 이미 연희도 초자연적인 경험을 많이 했고 죽을 고비도 수차례 넘긴 터라 이 정도의 일을 가지고 기가 죽지 않았다. 그러나 천천히 움직이는 몸에 속도를 붙일 방법은 없었다. 무엇보다 눈앞에서 천천히 움직이고 있는 애처로운 푸른 염체의 모습이 더욱 가슴을 아프게 했다.

이제 그 가느다란 뇌전의 줄기는 어느새 반 이상 접근하고 있었고, 그사이에 염체는 겨우 몇 센티미터만 움직였을 뿐이었다. 연희가 힘을 주면 줄수록 손은 더욱 무거워졌다. 연희의 얼굴에는 땀방울이 송골송골 배었다. 아까의 목소리가 다시 빈정거리듯이 소리쳤다.

너는 못할 거야. 넌 할 수 없어.

'아니야, 해낼 수 있어. 내가 지켜 줄 거야. 내가…….'

연희는 이를 악물면서 더욱더 힘을 내어 손을 추켜올리려고 애썼다. 저 뇌전에 맞아 손 하나 정도 날아간다고 해도 아까울 것이 없었다. 저 푸른 염체는 자기의 목숨을 여러 차례 지켜 주었고, 무엇보다 더욱 중요한 것은 연희가 잊지 못하는 리의 분신이나 마찬가지였기 때문이다. 한 번 잃어버린 소중한 존재를 지금 여기서 다시 잃어버릴 수는 없었다.

연희가 있는 힘을 다해서 용을 쓰기 시작하자 온몸이 축축하게 젖어 갔다. 그러자 연희는 오른손을 아까보다 조금 더 빠른 속도로 올릴 수 있었다. 진이 빠질 정도로 무척 지쳐 있었지만, 그래도 힘을 내어 한없이 무겁기만 한 자신의 손을 들어 올렸다. 마구 눈물이 쏟아질 것 같았지만 이를 악물었다. 그러자 또다시 빈정거리는 소리가 울려왔다.

정말 막아 낼 수 있어? 그걸 막으면 네 손은 없어져 버릴지도 몰라. 그 고운 손이 갈가리 부서질지도…….

'상관없어!'

연희는 더더욱 팔에 힘을 주었다.

이제 뇌전의 빛줄기는 염체에 닿을락 말락 했고, 연희의 손도 조금만 더 힘을 주면 염체를 감쌀 수 있는 거리까지 왔다. 그러나 너무도 힘이 들었다. 마치 온몸에 있는 기운을 모조리 뽑아내어 밑도 없는 독에 쏟아붓는 것 같았다. 다리에도 힘이 풀렸고 숨 쉴 기운마저 없었다.

그러는 중에도 목소리는 연희의 귓가에 계속 조잘거리며 연희를 조롱했다.

손이 없어지면 기분 좋을 것 같아? 그래서야 되나. 지금이라도 그만두는 것이 어때? 너는 그때 아무 일도 하지 못했잖아.

'아냐, 할 거야. 난 일부러 그런 게 아니었어.'

어쨌거나 마찬가지야. 저것도 너에 대해서는 별로 기대하고 있지 않을걸? 항상 너를 그렇게 지켜 주었지만 너는 뭘로 보답했지? 그냥 부서지고 산산이 흩어지게 놔둔 것 외에는 뭐가 있어?

'아냐, 아냐! 난……'

이번에도 마찬가지야. 넌 아무것도 하지 못해. 하하하. 말로는 최선을 다하는 척하지만 결국은 저 빛줄기에 네 손을 날리지는 않을걸? 충분히 핑계를 생각할 시간도 있잖아? 넌 못해. 저번에도 그랬고, 이번에도 넌 못해…….

'아냐, 해! 난…… 난 할 수 있어!'

연희가 더욱더 이를 악물고 몸에 힘을 주는데 갑자기 주위로 강한 바람이 몰려들면서 사방이 소용돌이치며 흔들렸다. 갑자기 목소리가 당황한 듯 외쳤다.

제기랄! 방해자가 나타났군. 너, 나를 다시 불러. 그러면 저걸 구할 수 있을지도 몰라. 날…….

'무슨 소리야. 앗!'

연희는 소스라치게 놀랐다. 사방이 흔들리다가 갑자기 눈앞에서 빛줄기와 푸른 염체가 모두 없어져 버리고 말았다. 귓가에서는 그 목소리가 빨려 들어가듯 멀어지면서 메아리처럼 들려왔다.

나를 다시…… 다시 불러. 그럼, 하하하. 기다리겠어…….

"꺅!"

갑자기 낯익은 목소리가 날카롭게 들려오는 바람에 연희는 눈을 번쩍 떴다. 눈앞엔 수정이가 놀란 눈을 하고 서 있었고 자신은 오른손을 번쩍 든 채였다.

"언니, 왜 그래? 왜 갑자기 손을 번쩍 들어 올려? 놀랐잖아. 잉."

"아, 미안. 수정아. 꿈 때문에……."

연희는 몸을 일으키면서 들었던 팔을 내렸다.

'꿈이었나?'

연희의 몸은 땀으로 흠뻑 젖어 있었고, 온몸에는 힘이 하나도 없었다. 연희는 고개를 몇 번 휘휘 젓고는 젖은 머리카락을 쓸어 올렸다. 그리고 여전히 두 눈을 깜박거리며 자신을 쳐다보고 있는 수정이에게 말을 건넸다.

"근데 수정아. 왜 왔어?"

"좀 있으면 크리스마스잖아. 헤헤헤. 그래서 정말 자나 보려고 온 거야."

"그래, 그런데 어떡하지? 언니는 지금 좀 피곤하거든……."

"할 수 없지, 뭐. 근데……."

수정이가 눈을 깜박거리면서 다시 연희의 얼굴을 자못 걱정스러운 듯이 살펴보았다.

"언니, 괜찮아?"

연희는 씩 웃어 보였다.

"그럼 괜찮고말고. 후훗."

"눈이 쑥 들어간 거 같아."

"어, 정말?"

연희는 고개를 갸웃하며 맞은편에 있는 화장대를 쳐다보았다.

정말 그 짧은 시간 동안에 연희의 얼굴은 핼쑥하게 질려 있었고 눈 밑이 거무죽죽한 것이 마치 며칠 밤을 새운 듯한 모습이었다. 연희는 속으로는 떨고 있었지만 어린 수정이에게 그런 모습을 보이기 싫어 살짝 웃으면서 말했다.

"수정아. 난 괜찮아. 조금 자면 나아질 테니 나가서 놀고 있으렴. 응? 나도 곧 갈게."

"졸리면 그래야지, 뭐. 그럼 나 간다. 꼭 나와. 헤헤헤."

수정이는 크리스마스라는 게 마냥 즐거운지 쪼르르 방문을 닫고 나갔다.

연희는 품 안의 구리 십자가를 꺼내 보았다. 아무런 느낌도 빛도 없었다. 연희는 잠시 현기증이 일어 몸을 비틀거렸지만 입술을 깨물고 앉아서 곰곰이 생각에 잠겼다.

왜 이렇게 온몸에 힘이 없는 걸까?

연희는 숨을 몰아쉬며 굳은 머리를 돌리려 애썼다. 조금 전에 일어난 일은 꿈이었음이 분명했다. 한 번 부서진 염체가 다시 나타날 리도 없고, 주변의 시간이 느려지는 것도 있을 수 없는 일 아닌가. 아니, 그건 어쩌면 시간이 느려진 것이 아닐지도 몰랐다. 사고의 속도만은 평상시와 같았으니까. 혹시 무언가가 그렇게 보이게, 주변의 시간이 느리게 느껴지도록 헛것을 보인 게 아닐까?

몸이 썰렁했다. 그리 오래 잔 것 같지도 않은데 입고 있던 옷과 이불까지 온통 축축하게 젖어 있었다. 무엇보다도 힘이 하나도 없었다. 연희는 다시 자리에 누우면서 한숨을 내쉬었다. 아까 꿈속에서 너무나 힘을 썼기 때문일까? 가위눌림은 아니었을까? 한 가지 이상한 점이 연희의 머릿속을 스쳐 지나갔다. 만약 자신이 겪은 일이 가위눌림이었다면, 어째서 수정이에 의해 잠에서 깰 때 그 누군지 알 수 없는 목소리가 자신을 다시 부르라고 했을까?

― 너, 나를 다시 불러. 그러면 저걸 구할 수 있을지도 몰라. 날……

자신을 부르면 저걸, 그러니까 염체를 구할 수 있게 해 준다는 것일까? 말도 안 되는 소리!

'이미 부서져서 없어져 버린 염체야. 꿈속에서 구한다고 해도 염체가 되살아날 수는 없는데……'

연희는 생각을 하다가 고개를 갸웃했다. 왜 꿈속에서 그런 일들이 생긴 것일까? 지난번 마스터와 싸울 때 염체가 자기 대신 희생됐던 것이 내내 마음에 걸렸기 때문일까? 물론 자신이 꿈에서 염체를 구하더라도 실제로 염체가 다시 돌아오리라는 것은 기대할 수 없는 일이었다. 그렇다는 것은 ―연희가 지금 꿈을 꾸고 있지 않기 때문에 알 수 있었겠지만― 잘 알고 있었다. 비록 아무리 꿈속의 일이라고 하더라도 상상으로나마 염체를 구할 수 있으면 좋겠다고 바라기도 했다. 하지만 또 다른 한편으로는 그런 바람마저도 부질없는 일이 아닐까 싶기도 했다.

'꿈속의 일을 다 믿을 수는 없는 법이지. 후후.'

연희는 땀에 젖은 머리카락을 추스르면서 힘없이 웃었다. 그러다가 갑자기 뭔가 머릿속을 퍼뜩 스쳐 지나갔다. 아까 꿈속에서 손이 잘 올라가지 않아 안간힘을 쓸 때에도 땀은 깨어 있을 때처럼 났던 것 같다. 만약 꿈속에서의 시간이 느리게 가고 있었다면 당연히 연희의 몸에서 나는 땀도 천천히 솟아야 하는데…… 분명 빠르게 움직이고 있었던 것은 자신의 생각뿐이었고 그 외 주변의 모든 것은 －그 염체와 뇌전마저도－ 느리게 움직이지 않았던가. 그런데 땀이 정상적으로 솟았다면 자신의 팔을 들어 올리는 것도 평상시처럼 돼야 하지 않나? 연희는 고개를 저었다.

'어차피 꿈속의 일인데, 뭐……. 꼭 이치에 맞으라는 법은 없지. 아, 피곤해.'

연희는 애써서 생각을 떨쳐 버리려 고개를 가로젓다가 문득 다른 생각이 들었다.

'왜 이리 피곤하지? 혹시…….'

만약 꿈속에서 어떤 사악한 존재가 자신을 오도 가도 못하게 몰아넣고 힘을 쓰게 함으로써 그 힘을 빨아들이고 있다면…….

온몸에 소름이 돋았다.

'설마 그럴 리가…… 하지만…….'

연희는 여태까지 믿지 못할 것들을 수없이 보고 겪었다. 지난번에 퇴마사 일행과 대적했던 블랙 서클의 승정들은 사람의 증오심이나 공포, 고통 같은 감정까지 자신들의 힘으로 바꾸지 않았던가. 하물며 연희가 쓰는 힘도 무언가가 흡수해 자신의 힘으로 만들지 않으리라는 법은 없었다. 그러기 위해서 악몽을 만들어 내고 힘을 쓰게 하는 것이라면 그건…….

'몽마!'

그랬다. 몽마라고 하는, 영도 아니고 존재 자체도 불분명한 것이 사람의 정기를 빼앗아 간다는 이야기를 언뜻 들은 적이 있었다. 악몽을 꾸게 하고 그 악몽에서 사람의 힘을 빨아들여 그 힘으로 살아가는 존재……. 박 신부님의 친구 한 분이 그것에게 걸려서 혼이 났다고 준후가 농담처럼 이야기해 준 기억이 났다.

연희는 무서워졌다. 혹시 자신의 꿈속에 몽마가 비집고 들어온 것은 아닐까? 만약 그렇다면……. 그런 것들보다 몇백 배 몇천 배 무서운 것들과 대적을 할 때에도 연희는 그다지 공포를 느끼지 않았었다. 왜냐하면 퇴마사라는 동료가 항상 연희의 곁에 있었기 때문이었다. 그러나 지금 연희는 혼자였다. 가족이 있기는 했지만 갑자기 더 아득하게 멀어진, 얄팍하지만 육중하고 굳게 닫힌 문 너머에 있었다. 지금 눈앞을 막고 있는 방문이 문제가 아니었다. 그들은 이런 일을 이해할 수 없었고 그들에게 말해 줄 수도 없었다. 이쪽 세상은 자신의 가족, 즉 일반인의 영역이 아니었다. 끼어들게 할 수도 없고 해서는 안 된다. 그것이 바로 연희와 가족 사이를 막고 있는 넘을 수 없는 벽이자, 굳게 닫힌 문이다. 연희는 꿈속에서 들었던 말을 생각했다.

– 너를 도와줄 수 있는 건 아무깃도 없어. 아무도 너를 좋아하지 않아.

무서워졌다. 자신에게 정말 몽마가 들러붙었다면 도대체 어떻게 해야 할까? 잠을 자지 않으면 될까? 아니, 언제까지 그럴 수는 없겠지. 그때 연희의 머릿속에 뭔가가 떠올랐다. 몽마인지 뭔지 하는, 꿈속에서 들은 목소리는 자신을 부르면 온다고 했다. 그러니 가까이 오지도 말라는 생각을 가지고 잠들면 아무 일 없을 것이다. 준후는 항상 또랑또랑하고 자신 있는 목소리로 말했다. 신념을 가지라고. 그리고 스스로를 믿으라고. 그래. 그러면 된다. 자신에게 특별한 힘은 없었다. 그랬어도 그따위 몽마와는 비교조차 되지 않는 사악한 것과 여러 번 맞서지 않았던가. 그런 것쯤이야 한번 크게 웃으면서 털어 버리면 깔끔하게 없어질 것이다. 그래, 그러면 될 것이다. 리도 말했잖은가. 좋은 것만 생각하라고. 그래, 그러면 된다.

리에 대한 생각이 떠오르자 연희는 갑자기 침울해졌다. 그래, 리. 그리고 리의 마지막 선물, 염체. 그것은 부서졌지. 나는 그때 아무것도 하지 못했고······.

이제야 모든 것이 분명해졌다. 자신의 꿈은 단순한 악몽이나 가위눌림이 아니다. 몸에서 이렇게까지 기운이 빠져나가는 것도 이상했고, 무엇보다 예감이 그러했다. 무슨 능력을 타고나지는 않았지만 여태껏 많은 경험을 하면서 사악한 존재에 대한 느낌이라고 할까. 그런 것에 대한 막연한 예감은 어느 정도 가질 수 있었다. 뭔가 있다. 아니, 다시 생각해 보니 틀림없다. 어떻게 알았는지 모르지만 그것은 지금 자신에게 선택을 강요하고 있었다.

연희가 피하거나 달아나지 못할 선택. 그건 바로 항상 연희의 마음속 깊은 곳에 낫지 않는 상처로 자리 잡은 쓰라린 기억이었다. 꿈속에서 연희가 헛되이 힘을 쓴다고 하더라도 염체가 다시 돌아올 수는 없겠지만, 누가 보는 앞에서 ─ 그것이 비록 몽마일지라도 ─ 할 수만 있으면 자신의 마음을 증명해 보이고 싶었다.

연희는 이제 무섭다기보다 화가 치밀어 올랐다. 놈은 치사하게도 자신이 가장 소중하게 간직하고 있는 아픈 기억을 가지고 장난을 걸고 있었다. 그 장난에 응해 이겨 보았자 아무런 득도 없고 질 경우에는 어떻게 될지 모르는 전혀 수지가 맞지 않는 도박이었다.

'그런 것에 응할 필요는 없어.'

아무런 힘이나 능력도 갖추지 못한 자신이 몽마를 불러들인다면 어떤 결과가 닥칠지 자신이 없었다. 화가 나면서도 동시에 몸이 떨렸다. 박 신부님이나 현암 씨, 준후가 옆에 있었다면 뭐라고 할까. 금방이라도 리의 유체가 나타나서 그런 짓을 하면 절대 안 된다고 말할 것 같았다. 그래, 그렇게 하는 것은 분명 바보짓이지.

연희는 고요히 눈을 감고는 한숨을 내쉬었다. 눈을 감자, 끝없는 절벽 아래로 아득하게 떨어져 내리는 느낌이 몰려왔다. 연희는 속으로 조용히 중얼거렸다.

'나타나. 다시 기회를, 다시 한번 기회를 줘. 나와, 어서……'

몸이 소용돌이치면서 아래로 빙글빙글 휘감겨 내려가는 느낌이었다. 연희는 속으로 들어가면서도 평상시의 생각을 그대로 가지고 갈 수 있기를 바랐다. 자칫 잠에 빠져들어 자신이 평소에 생각하던 것을 놓치지는 않을까 무서웠다. 그러나 이번에 다시 잠이 든다고 해서 꼭 아까 꾸었던 꿈을 다시 꾼다는 보장도 없을뿐더러, 꿈이 자신의 의도와는 상관없이 전개되는 것을 이미 여러 번 겪어 왔다. 그러니 꿈속에서 평상시의 사고를 유지할 수 있게 된다는 건 어찌 보면 무리일지도 몰랐다. 그래도 이번만은 반드시 해내야 했다. 지금 자신을 괴롭히고 있는 것이 몽마라면 총명한 주인 의지를 굳게 다져야 대적이 가능할 것 같았다. 꿈은 마음속에 있는 것. 마음만 굳게 먹으면 꿈에서나마 리의 염체를 구할 수 있을지도 모른다. 아니, 반드시 그래야 했다.

아무것도 없는 듯했다. 하지만 가만 보니 형체와 자취를 느낄 수 없을 뿐, 온갖 것들이 뒤섞여 들끓고 있었다. 빙글빙글 돌아가는 긴 터널을 빠져나가면서 연희는 자신이 생각한 바를 잊지 않으려고 계속 중얼거렸다.

연희는 오른손을 굳게 쥐었다. 꿈속이었지만 몸이 가늘게 떨렸다. 한참을 그렇게 흘러가는 대로 내버려두면서 몇 번이고 마음속으로 다짐을 했지만, 계속 생각을 하다 보니 자신이 정말 무엇을 생각하는지 종잡기 힘들었다. 그사이에 사고의 줄기를 놓치고 말았고, 그러다 보니 또다시 생각이 여러 줄기로 갈라져 더욱 혼란스러웠다. 본래대로 바로잡으려고 할수록 생각은 더욱더 옆으로 비껴 나가 마침내 어디서부터 어떻게 시작됐고 어떻게 갈라져 나갔는지 알 수 없는 상황이 되고 말았다.

머릿속이 미친 듯이 들끓으며 억제하고 있었던 온갖 잡념이 봇물처럼 흘러나왔다. 염체, 리의 얼굴, 십자가, 푸른빛, 준후의 얼굴, 죽어 가는 케인의 모습, 푸른 하늘빛, 블랙 서클, 현암 씨와 신부님, 유체, 염체, 환영, 그리고 알 수 없는 혼돈······.

그때 뒤에서 자신을 부르는 소리가 들렸다. 눈을 돌려 보니 휑한 소용돌이가 사방을 뒤덮고 있었다. 전체적으로 붉었지만 여러 가지 색깔이 아우성을 치듯 뒤섞여 들어가는, 넓이를 알 수 없을 만큼 텅 빈 곳. 그 안에 연희는 반쯤 떠 부유하고 있었다. 왜 이런 곳에 와 있는지 의식할 틈도 없이 자신을 부른 목소리는 공간을 가득 메우며 비웃는 듯 울려왔다.

왔군.

잠으로 깊이 빠져드는 혼돈 속에서 무엇 때문에 자신이 꿈속으로 들어왔는지 이유는 잊었지만, 막연하게 무엇을 해야 하는지는 기억이 났다.

'다시 한번 기회를 줘.'

목소리는 여전히 빈정거리듯 기분 나쁘게 말을 건넸다.

생각은 이미 많이 한 것 같은데······. 널 이리로 다시 데리고 오느라 몹시 힘들었다. 그런데 위험하다는 것을 알면서도 시험받기를 원해?

'잔소리 그만하고 다시······. 그분이 남긴 것을 되찾을 거야.'

눈앞에 낯익은 푸른빛이 서서히 떠올랐다. 연희는 자신의 왼손을 쳐다보았다. 왼손에는 구리 십자가가 쥐어져 있었는데 푸른빛이 일렁이고 있었다. 마음이 평온해지기 시작했다.

'아, 그래. 바로 이거야.'

연희가 염체를 잡으려고 오른손을 뻗자 염체는 공중으로 뛰어올라 연희에게서 멀찌감치 떨어진 곳에 멈추어 섰다. 저만치에서 뭔가가 번쩍하고 가느다란 빛줄기 하나가 날아왔다. 희미하게 아까의 기억이 되살아나기 시작했다.

'아까와 똑같은 광경. 그래, 기억나. 구해 줘야…….'

연희는 오른손을 들어 허공에 떠오른 채 머뭇거리고 있는 염체 앞을 막아서려 했으나 아까와 마찬가지로 연희의 생각만을 제외하고는 모든 것이 느리게, 아주 느리게 돌아갔다. 저만치에서 달려오는 가느다란 빛줄기도 연희의 속을 태울 정도로 천천히 다가왔고 허둥거리며 빛줄기를 피하려 하는 염체도 몹시 느렸다. 그중에서도 가장 느리게 움직이고 있는 것은 연희의 오른손이었다.

'또, 또 그렇구나. 그러나 이번에는, 이번만큼은…….'

연희는 그 빛줄기를 막기 위해 이를 악물면서 있는 힘을 다해 오른손을 뻗으려 했다. 꿈속에서 벌어진 일이라 실제와는 아무 상관도 없고, 자신의 노력도 헛수고가 될 수 있었다. 그러나 결과가 어떻게 되든 빛줄기를 막고 싶었다.

자, 좀 더, 좀 더, 낄낄…….

연희의 몸속에 있는 힘이 오른손을 통해 거침없이 빠져나갔다. 숨이 거칠어지고 몸에 식은땀이 흘러내렸다. 거칠게 내뿜는 숨이 하얗게 변했다. 분명 이건 이치에 맞지 않았다. 저 염체와 자신의 손과 날아오는 뇌전의 빛줄기는 이토록 느린데 다른 모든 것들은 ―그래 봐야 주변에는 아무것도 형체를 갖춘 것이 없었지만― 왜 정상적인 속도로 움직이는 것일까……. 머리에서 피가 거꾸로 솟는 것 같았다. 극도로 불만스러웠다.

이제 뇌전의 빛줄기와 염체와의 간격은 상당히 좁혀졌고, 있는 힘을 다한 덕분인지 연희의 손도 저번보다는 약간 빠르게 움직이고 있었다. 연희는 계속 힘을 쓰면서 들려오는 방향이 어딘지 모르는 그 목소리를 향해 마음속으로 외쳤다.

'네, 네 목적은 뭐지? 이 빌어먹을 몽마야!'

다시 깔깔거리는 목소리가 연희의 마음속에 울려 퍼졌다. 연희의 하얀 손등 위로 땀이 맺혀서 투둑 떨어졌다.

몽마? 몽마라고? 낄낄낄.

연희는 순간적으로 흠칫했다. 목소리는 발작적으로 웃음을 터뜨렸다.

너는 지금 네가 꿈을 꾸고 있다고 생각한 모양이지? 내가 몽마? 바보로군!

'그…… 그럼 뭐야? 넌…….'

그때 연희의 주변을 붉게 감싸고 있던 풍경들이 꿈틀거리면서 살아 있는 듯 움직였다. 날아오는 빛줄기가 부풀어 오르더니 커졌다. 목소리는 중얼거리면서 음산한 기운을 풍기며 연희에게 다가왔다.

나를 기억하지 못하나? 나는 케인이다.

연희가 반쯤은 잊고 있었던, 잊으려고 애썼던 과거의 일들이 삽시간에 와르르 머릿속을 훑고 지나갔다. 케인이라면 리와 비슷한 능력을 지녔던 블랙 서클의 일원이었다. 그러나 그는 죽지 않았던가.

'너는 죽었는데……. 몸도 혼도 아스타로트에게…….'

나는 케인이 남긴 기억이고, 케인이 남긴 마음이다.

연희는 이제야 모든 걸 이해할 수 있었다. 지금 벌어지고 있는 일은 케인이 생전에 만들어 두었던 염체가 꾸민 일이었다. 리의 마음과 염원이 염체로 바뀌어 연희를 지킬 수 있었던 것처럼, 케인도 염체로 남아 있었던 것이다. 연희를 달아날 수 없는 함정에 빠뜨린 이 목소리는 그녀 때문에 목숨을 잃은 케인의 사악함이 응집돼 만든 염체였다.

연희는 숨을 가쁘게 들이켜며 눈앞에서 파르르 떨고 있는 푸른 염체를 눈을 똑바로 뜨고 노려보았다.

마스터의 하얀 번개가 푸른 염체의 코앞까지 다가들고 있었다. 염체는 안간힘을 쓰며 거기서 벗어나려고 몸부림쳤고, 연희를 향해 서글프고 애절한 기색을 내보였다. 연희는 더더욱 안쓰러워 이를 악물고 손을 뻗었다. 온몸은 땀으로 흠뻑 젖어 갔고, 악다문 입 사이로 신음이 새어 나왔다. 너무 힘이 들었다.

너는 이번에도 구할 수 없을 거야…….

'아냐!'

연희는 있는 힘껏 마음속으로 소리를 쳤다. 그래, 조금만 더. 조금만 더 손을 들어 올린다면…….

손으로 가려 준다 한들 별수 없을걸? 네 그 희고 예쁜 손이 시커멓게 타서 산산조각 날 텐데.

'괜찮아! 괜찮다고!'

그래, 하하하. 마음대로 해 봐. 마음대로…….

'내 몸이 모두 부서지고 가루가 된다고 해도 상관없어. 상관없

다고!'

정말 그럴 수 있을까?

'너 따위는 몰라. 영원히 모를 거야. 그는 나를 지켜 준다고 했어. 그리고…….'

갑자기 연희는 등골이 서늘해지면서 오싹한 기운이 들었다. 뭔가 잘못됐다는 느낌이 머리를 스쳤다. 이게 아닌데, 이게 아니었는데…….

리는 약속했다. 항상 연희를 지켜 주겠다고. 실제로 리는 연희와의 약속을 끝까지 지켰다. 마지막 순간까지 리의 마음을 담은 염체는 연희를 위해 산산조각이 나서 없어졌다. 그런데…….

'이 염체는 정말 리의 마음일까? 리의 마음이라면 내 눈앞에서 이토록 고통스럽게 도망치려고만 할까? 정말 내 손이, 내 몸이 조각조각 부서지더라도 자기 혼자만 저렇게 달아나려고 할 수 있을까?'

연희는 헉하고 한숨을 내쉬었다. 아니다. 이건 리의 마음이 아니다. 모든 것을 잃어도 연희를 지켜 주고 싶어 하던 리다. 리의 염체도 그저 달아나기 위해 연희의 손이 부서지도록 하지는 않을 것이다.

"너는 그분의 마음이 아냐!"

연희가 있는 힘껏 소리를 쳤다. 그러자 사방이 와르르 허물어지듯 흔들리면서 눈앞의 푸른 염체가 마치 전기에 감전된 것처럼 부르르 떨었다. 날아오던 흰 빛줄기도, 다른 것들도 곧장 폭발해 터져 나갈 듯 부르르 떨었다.

"모두가 거짓이야! 거짓일 뿐이야!"

연희는 분노의 숨을 몰아쉬며 손을 내뻗었다. 아까보다는 훨씬 자유롭게 움직일 수 있었다. 힘이 빠져나가 탈진할 지경이었지만 거짓된 속박을 벗어 버리고 난 후라 몸을 뜻대로 움직일 수 있었다. 연희는 부르르 떨리는 손으로 푸른 염체를 지나쳐 날아오던 뇌전의 흰 빛줄기를 꽉 움켜잡았다.

"아악!"

열기를 품은 전기 같은 충격. 흰 빛줄기가 사방을 가득 메우는 듯했다. 연희의 몸은 벼락을 맞은 듯 덜덜 떨렸다. 극심한 고통이 연희의 온몸을 휘저었다.

"모두가 거짓, 거짓이야. 거짓……."

연희는 고통에 겨워 이를 악물면서도 손에 힘을 주었고, 그러자 극심한 고통이 서서히 사라지기 시작했다.

연희의 손에 뭉클한 촉감이 전달돼 왔다. 놀랍게도 빛이나 에너지 덩어리라고 여겼던 뇌전 줄기는 살아 있는 것처럼 연희의 손을 빠져나가려고 발버둥쳤다. 징그러웠다. 진짜 빛줄기나 뇌전이 아니었다. 이것 역시 케인의 마음이 속임수로 만들어 낸 염체에 불과했다. 연희는 자신의 오른손에 준후가 심어 준 부적의 힘이 있다는 사실을 떠올렸다. 연희가 염체를 움켜쥔 오른손에 더욱 힘을 주자, 갑자기 짜릿짜릿한 느낌이 전해 오면서 가벼운 떨림이 일었다. 그리고 이내 손안에서 꿈틀거리는 느낌이 들었다. 잠시 후 케인의 염체는 산산조각 나 사방으로 흩어지면서 불덩어리가 돼 사라졌다.

연희는 눈을 크게 뜨고 사방을 둘러보았다. 붉게 물들어 있던 주변은 시선이 닿을 때마다 흐트러지고 뭉개지면서 아무것도 없는 무(無)로 변했다.

너. 네가, 네가……

"비겁한 자! 더러운 속임수! 용서할 수 없어!"

예전에 들었던 이야기들이 연희의 기억 속에서 파도처럼 쏟아져 나왔다. 이건 내 꿈속이다. 주인은 나다. 의지를 잃지 않는다면 모든 것은 힘 한 번, 눈길 한 번, 생각 한 번이면 사라지게 만들 수 있다. 연희에게는 이미 죽어 버린 케인의 보잘것없고 사악한 찌꺼기 같은 마음이 만든 염체 따위는 안중에도 없었다.

"너, 이리 나와!"

연희의 입에서 침울한 듯한, 그러나 위압적인 목소리가 흘러나왔다. 위세 당당했던 케인의 목소리는 한없이 나약하고 애처롭게까지 들렸다.

안, 안 돼! 안……

"나와!"

연희가 버럭 소리를 치자 눈앞에 떠 있는 푸른 염체의 뒤쪽에서 그림자가 엉기더니 서서히 희미한 사람의 형태를 띠기 시작했다. 추악하고 더럽고 야비한 느낌만으로 뭉쳐진, 형체도 갖추지 못한 채 꿈틀거리는 음산한 회색의 덩어리. 그것이 케인의 마음이었고 속임수를 써서 연희의 힘을 빼앗으려고 했던 추악한 자의 본모습이었다. 그 덩어리는 빠져나가려고 발버둥 쳤지만 연희의 의지에 가로막혀 도망치거나 사라지지 못하고 다만 절망적으로 꿈틀거릴 뿐이었다.

너, 너는…… 아악!

연희가 오른손을 쳐들자 손바닥에서 휘황한 빛이 뿜어져 나왔다. 준후의 부적이 꿈속까지 따라왔는지 안 왔는지는 중요하지 않았다. 오히려 꿈속이라 더욱 간단했다. 그 속에는 연희를 위해 혼신의 힘을 다했던 준후의 마음이 들어 있었으니까.

그러나 금방이라도 케인의 염체를 내려칠 것 같던 연희의 손은 허공에 꼼짝하지 않고 멎었다. 만사를 포기하고 절망적으로 꿈틀대던 케인의 염체는 그런 연희의 모습을 보고 뭔가 알아냈는지 의기양양한 목소리로 떠들어 댔다.

그, 그래. 하하하.

연희의 눈앞에는 아직도 푸른 염체가 둥둥 떠다니고 있었다. 저 것은 케인의 거짓된 마음이 만든 가짜가 분명했다. 그렇지만…….

그래, 다시 생각해 봐. 거짓이어도 좋다고, 단 한 번만이라도 네 마음을 보일 수만 있다면 어떻게 돼도 좋다고 했지? 그래, 너는 네 뜻대로 내 시험을 받기 위해 들어온 거야.

연희는 꼼짝하지 않았다. 케인의 염체는 슬그머니 조그마한 푸른 염체 속으로 빨리듯 들어가서 숨어 버렸다. 그러면서 계속 중얼거렸다.

네가 이 모든 것이 거짓이라고 알아낸 것은 지금이 아냐. 그래, 너는 알고 있었어. 알면서도 이리 온 거야. 다만 지금 확인했을 뿐이지. 그래, 날 없애. 없애 버려. 그러나 날 없앤다 해도 너는 진 거야……. 이긴 게 아냐.

"나…… 난……."

연희의 어깨가 파르르 떨렸다. 연희의 손은 어느새 아래로 내려왔고, 손바닥에서 나오던 휘황한 빛도 서서히 그 힘을 잃어 가고 있었다. 케인은 신이 나는 듯 계속해서 집요하게 지껄여 댔다.

너는 분명히 말했지. 거짓이어도 좋고 네가 어떻게 돼도 좋다고. 그래서 잠에 들면서 다시 나를 부른 것이고……. 네가 졌어……. 네 사랑이란 그 정도밖에 안 되는 거였어.

"그만해. 그만!"

연희는 귀를 막으면서 그 자리에 쓰러지듯 주저앉았다. 이런 것이 아니었는데…….

역시 내 말이 맞았어. 내 짐작이 맞았어. 너희들은 완벽하게 서로 위해 주고 사랑한 것이 아니야. 너도 아니고 리도 그렇지 않았어.

"아냐, 아냐. 무슨 소리를 지껄이는 거야."

리도 너를 의심했어. 나는 들었어. 나를 만든 케인이 죽기 직전에, 만에 하나를 대비해 옥상의 뒤에 숨어 나를 만들어 내고 있을 때, 그걸 들었지.

"뭘? 뭘 들었단 거야!"

현암이 리와 싸우는 동안 리는 내내 네가 리를 싫어하기 때문에 현암을 보냈다고 여겼어. 리도 그렇고 너 역시 리를 의심했어. 리가 네 동생을 잡아 가지 않았는지 의심했잖아.

"그만!"

거짓말쟁이들…… 너희들은 위선자야. 너희는 아무도 서로를 위해 주지 않았어. 지금 리의 마음은 뭘 하고 있지? 내가 너의 꿈속에 들어와 있는데 왜 그의 마음은 없지? 하하하. 오지 못할 거야. 하하하. 네가 의심하고 있으니까. 그리고 그의 마음도 의심에 가득 차 있을 테고, 너를 보고 실망했을 테니까. 안 그래? 하하하.

연희의 머릿속이 복잡해졌다. 금방이라도 터져 버릴 것만 같았다. 자신이 리의 마음을 구하지 못했던 것처럼 이 모든 것이 정말로 아무것도 아니었다는 말인가? 그러면 이제 무엇을 해야 한단 말인가? 뭘 할 수 있단 말인가? 과거에 같이 보았던 그의 어두운 기억들, 구리 십자가, 해가 지는 모습, 자신을 구하고 산산이 흩어져 버리는 푸른 염체, 빛, 어두움, 그리고 그의 목소리…….

— 좋은 것만을 생각해요.

느낌만 남기고 숨을 거두던, 비참하게 말라 버린, 그러면서도 웃고 있던 그의 표정, 그의 선물, 허공을 가득 수놓았던 그의 마음, 그의 생각들…….

"아니야!"

의심하더라도 또 믿지 못한다 하더라도, 그 때문에 속았거나 자신의 마음을 받아들이지 않아도 좋다. 진정 자신은 그를 사랑했고 또 그것이면 되니까…….

연희가 고함을 내지르자 사방의 모든 것이 회오리치면서 부서져 없어지기 시작했다. 붉은 기둥과 벽, 케인의 끈적끈적한 염체,

거짓된 푸른 염체, 자기 자신, 그리고 그 너머에 있던 무(無)까지도 모두 산산이 부서져 없어졌다. 연희의 마음속에 있던 모든 것들이, 꿈속에서 보이던 모든 것들이 그렇게 사라졌다. 아무것도 남지 않은 것마저도, 그 너머의 혼돈마저도 없어져 갔다.

어둡고 텅 빈 곳에 연희 혼자 떠 있었다. 아니. 자신은 이미 없었고, 몸도 없었고, 마음도 없었다. 그냥 떠 있을 뿐.

반짝거리는 빛들이 서서히 나타나 반딧불처럼 너울거리면서 연희의 주변을 맴돌았다. 기억이 난다. 그래, 저건 지난번에 나를 구하러 달려왔던 리의 염체들. 그리고 널리 퍼져 세상을 가득 메운 그의 마음. 아무것도 없는 텅 빈 속이었지만 그들은 있었다. 연희도 원했으니까. 모든 것이 거짓이고 의심스럽고 믿을 수 없다 해도 그것만은 남아 있었다.

사방이 환하게 밝아 오면서 연희의 모습도 다시 나타나기 시작했다. 별빛이 생기고 저녁노을이 생기고, 만질 수 있고, 들을 수 있고, 느낄 수 있는 것들이 생겨났다. 주위에 아름답고 울긋불긋한 염체들의 영상이 떠다녔다. 아무런 목적 없이 리가 만들어 냈다던, 허공에 수를 놓기 위해 만들었다던 염체들. 그들이 춤을 추고 있었다. 그리고 그들에게서 모든 것이 다시 태어났다.

기쁘고 즐거웠다. 그가 남긴 마지막 말처럼 좋은 것만을 생각한다는 것. 없어졌던 세상이 되살아났고 그 모습은 전보다 아름다웠다. 그 아름다움은 모든 것을 이해하고 받아들여 한층 빛났다. 의심, 마음속 깊이 숨어 있던 불신, 슬프고 고통스럽고 어두운 기억들 역시 그와 함께했던 추억의 일부였고 그가 남긴 염체만큼이나 소중하다는 걸 느끼면서 연희는 행복해졌다. 연희의 꿈은 더욱더 밝아지고 더욱더 풍요로워졌으며 더욱더 힘차게 날아올랐다.

"이잉, 언니는 잠만 잔다."

수정이가 투덜거리는 소리에 오빠 연호도 잠시 문을 열고 방 안을 들여다보았다. 수정이의 말에 따르면 연희의 얼굴은 아까까지 피곤하고 수척한 얼굴이었다는데, 지금은 얼굴이 발그레하니 화색이 돌고 미소까지 띠고 있었다. 수정이는 칭얼거리면서 언니와 같이 놀고 싶어 했지만 연호는 웃으면서 수정이를 가볍게 감싸안았다.

"언니가 저렇게 편하게 자는데 그냥 두자. 몹시 피곤한 것 같았다면서?"

"응."

수정이는 씩 웃으면서 자고 있는 연희를 향해 조그만 소리로 말했다.

"언니, 메리 크리스마스. 헤헤헤."

연호는 행여 연희가 깰까 봐 수정이를 다독거렸다.

"그래그래. 그런데……."

"응?"

수정이가 눈을 크게 뜨고 연호를 올려다보자 연호는 살짝 미소를 띤 얼굴로 중얼거렸다.

"벌써 연희는 꿈속에서 크리스마스 선물을 받은 것 같네. 저렇게 웃으면서 곤히 자는 걸 보니까. 하하하."

연호는 수정이를 데리고 방을 나서면서 켜져 있던 방의 불을 꺼주었다. 그러면서 다시 한번 연희의 자는 모습을 보았다. 연희의 손에 뭔가 자그마한 것이 꼭 쥐어져 있었다. 자세히 보이지는 않지만 파르스름한 빛이 감도는 듯했다. 연호는 고개를 갸웃하고는 조용히 방문을 나섰다.

조용한, 아주 조용한 밤이었다.

와불(臥佛)이
일어나면

일러두기
- '일제 시대'는 현재 '일제 강점기'로 명칭이 바뀌었으나 작품의 시대 배경에 맞춰 '일제 시대'로 표기했습니다.

길었던 휴식

 겨울답지 않게 따스한 날씨가 계속됐다. 미국에서 부상을 치료하고 나서, 끈질기게 달라붙는 기자들을 뿌리치느라 신분을 감추고 어렵사리 한국으로 돌아온 퇴마사 일행은 그다지 특별한 일 없이 오래간만에 한가한 시간을 보내고 있었다.
 한국으로 돌아온 뒤에도 몇몇 끈질긴 기자들은 지칠 줄도 모르고 단서를 쫓고 있었다. 뉴욕의 경찰 당국에서는 '알 수 없는 일'로 치부해 단속을 하려 안간힘을 썼지만 블랙 서클과의 마지막 대결을 치른 폐허는 어쩔 수 없었다. 수백 명의 인원이 꼼짝도 하지 못하고 선 채로 의식을 잃어 몇 시간이 날아가 버렸다. 아무도 그 사이의 일을 기억하지 못했고 설명하지도 못했다. 전쟁터를 방불케 할 만큼 엉망이 돼 있는데도 화약이나 총기를 사용한 흔적이 ─ 이반 교수가 총을 쐈던 곳을 빼고는 ─ 전혀 없는 점, 퇴마사들이 중상을 입었는데도 안에 있던 다른 자들은 흔적도 없이 사라져 버린 일 등. 다만, 세상은 평온했다. 어떤 무시무시한 일도 벌어지지 않았다. 모든 것이 거짓이거나 해프닝이라면 몰라도, 무슨 일이 정말 일어났고 누군가 그것을 막았다면 그럴 수 있는 사람은 퇴마사밖에 없었다. 보도진이 벌떼처럼 달라붙지 않았다면 되레 이상했을 것이다.

보도진을 따돌릴 수 있었던 것은 승희의 투시력 덕분이었다. 보도진은 별별 핑계를 다 대고 변장까지 해 병원의 출입 금지 구역으로 들어오려 했으나 아무리 변장한들 승희에게 마음속이 훤히 들여다보이는 바에야 별수가 없었다. 좌우간 백호와 연희가 귀국한 지 한 달이 지나서 퇴마사 일행은 건강을 되찾을 수 있었고 그 후 한국으로 돌아와 그제야 한가한 시간을 보낼 수 있었다.

백호는 또 무슨 일인가를 추진하고 있어서 주기 선생 상준이나 현정, 사천왕 같은 주술사들과 빈번하게 접촉하는 것 같았다. 그러나 퇴마사들을 배려하는 건지 그들에게는 특별한 일을 의뢰하지 않았다. 이 기회에 현암은 한 달 이상 여유를 갖고 그동안 새로 깨달은 여러 가지 무공—'탄' 자 결 등—을 완숙하게 익히고자 산속으로 들어가 버렸고, 박 신부는 그들이 활동할 밑거름인 과수원을 마저 매각 처분하는 등 세속의 잡일에 시달리고 있었다. 승희는 그림을 그리러 다녔고, 연희는 그 후에도 계속 중요한 통역 의뢰가 많아 바쁘게 지냈다. 물론 남들이 보면 바쁘게 지내는 것 같지만 이들에게는 나름대로 한가한 시간이었다.

시간이 남아돌자 몸이 근질근질해지는 것은 준후였다. 이제 열

다섯 살이 됐지만 이상하게도 키는 별로 크지 않아서 여전히 어려 보였다. 그래도 나이는 먹어 가는지 부쩍 호기심이 왕성해지고 가만히 앉아서 수련하는 것을 지겹게 생각하는 눈치가 역력했다. 일 때문이었기는 했어도 외국까지 나가 돌아다니다가 한가한 시간을 갖게 되자 좀이 쑤시는 모양이었다. 허나 자신이 심심하다고 각자의 일에 열중하는 사람들을 방해하고 귀찮게 굴 성격은 아니었다.

준후는 요즈음 백호에게 자주 놀러 갔다. 정식 학교 교육을 받은 적이 없었기 때문에 보통 사람이 아는 것을 잘 알지 못했지만 주술에 대한 지식만큼은 놀랍도록 풍부했다. 어려서 이해하지 못하는 주술들도 해동밀교의 다섯 호법은 준후에게 반강제로 달달 외워 두게 한 모양이었는데, 세월이 흘러 사고가 깊어지면서 그때 외운 것들이 진가를 발휘했다. 시간을 때울 겸, 흰 한복 자락을 휘날리면서 대법원이나 검찰청 건물의 깊숙한 곳을 태평한 얼굴로 휘적휘적 누비는 준후의 모습은 이제 그곳 사람들에게는 일상이 됐다. 결국 준후는 백호가 은밀히 명령을 받은 소위 '중요한 프로젝트'에 고문 역할로 참가하기에 이르렀다.

과수원 매각 일로 골머리를 앓던 박 신부가 준후에게 그 이야기를 들은 건 춥지 않은 어느 겨울 저녁때의 일이었다.

"준후야, 네가 비밀 프로젝트의 정식 고문이라고? 어떻게 된 일이냐?"

준후는 싱글벙글한 얼굴이었다. 그게 높은 직위인지 낮은 직위인지 알지도 못하는 것 같았으나 지루하고 답답하게 시간을 보내던 차에 뭔가 소일거리가 생긴 것만으로도 기분이 몹시 좋은 것 같았다.

"헤헤…… 그게 말이죠. 원래 비밀이라는데 신부님은 아셔도 되죠, 뭐……."

박 신부는 고개를 갸웃했다.

"도대체 뭘 하는 건데?"

"중요한 일이에요. 이미 오래전에 했어야 하는 일인데……."

"오래전에 했어야 할 일? 그게 무슨 일인데 그러지?"

"한번 맞혀 보세요. 이건 일제 시대 때와 관계있는 일이에요. 헤헤…… 힌트를 너무 많이 드렸나?"

박 신부는 그 이야기를 듣고 아! 하는 소리를 냈다. 무슨 이야기를 하는 것인지 대략 감이 잡힐 것 같았다.

"그러면…… 풍수지리와 관련이 있는 일이겠구나? 그렇지?"

"헤헤헤…… 맞아요."

준후는 고개를 끄덕이면서 눈을 빛냈다.

"일제 시대 때 우리나라의 기력을 쇠약하게 한다고 명산 곳곳에 깊이 쇠 말뚝을 박아서 지혈(地穴)을 끊어 놓았던 일이 있지요."

"그걸 복구하려고 하는가 보구나."

"예, 그런데 그런 일은 비단 일제 시대 때뿐만이 아니에요. 까마득한 오래전부터 첩자들에 의해 그런 짓들이 자행됐다고 해요. 일제 시대 때 총독부 주관으로 한 것이 가장 대표적이고 규모도 컸지만, 그 밖에도 우리나라의 지혈이 상처 입은 일은 수도 없이 많다고 하더군요."

"음, 그래……."

박 신부가 고개를 끄덕였다.

"그럼, 그때 자행된 짓이 아직까지도 바로잡히지 않고 있다는 말이냐?"

"해방이 되고 나서 그 지방의 마을 사람들이 제거하기도 하고 관청에서 제거하기도 했지만 아직도 많이 남아 있다는 거예요. 말뚝을 어디다 박았는지 다 알아낼 수 있는 방법이 없었다더군요. 문서에도 일부밖에 남아 있지 않고요."

박 신부는 준후의 이야기를 들으면서 지난번 보았던 철기 옹과 스기노방의 모습을 떠올렸다. 두 사람은 이 일에 대해서 잘 알고 있었을 텐데…… 그렇지만 둘 다 이 세상 사람이 아니었다. 좌우간 그러한 목적으로 하는 일이라면 물론 박 신부도 반대할 이유가 없었다.

"힘들거나 위험한 일은 없겠니? 하긴, 너 혼자 갈 것도 아니고…… 네가 정말 적격이라는 생각이 들기는 한다만……."

박 신부의 말투에는 섭섭함과 걱정스러움이 배어 있었다. 물론 별일은 없을 거라 생각됐지만 항상 행동을 같이하다가 따로 준후를 내보낸다고 생각하니 어딘가 한쪽 구석이 허전했다. 준후도 사실 모두가 같이 갔으면 하고 바랐지만 백호가 반대했다. 이런 일을 정부에서 주도한다는 것이 알려지면 그다지 좋을 일이 없다는 것이 첫 번째 이유였고, 박 신부나 현암, 승희의 경우는 풍수지리에 대해서 문외한이니 가 봐야 시간 낭비만 할 것이라는 게 두 번째 이유였다. 세 번째 이유도 있었는데, 그 이유는 백호도 자세하게 말해 주지 않았다. 다만······.

"서울에도 누가 남아 있어야 한다고 백호 아저씨가 그러더군요. 그 밖에는 말해 주지 않았어요."

"누가······ 남아 있어야 한다고?"

박 신부는 고개를 갸웃했다. 서울에 왜 누가 남아 있어야 한다는 것일까? 서울에서 무슨 일이 있을 것이라는 말일까? 그러나 준후도 더 이상은 모르는 것 같았다. 박 신부는 미간을 찡그리며 안경을 추켜올리고 생각에 잠겼다가 다시 얼굴을 폈다. 쇠 말뚝의 위치를 알아내서 파내는 일에 많은 사람을 떠들썩하게 동원할 필요는 없을 거라는 백호의 주장에 수긍이 갔다. 준후도 마침 심심해하던 참인데 잘됐다 싶기도 했고.

"그래. 그러면 잘 다녀오려무나. 기간은 어느 정도 걸리지?"

"1차로 한 달 정도 잡고 있는 것 같아요. 남부 지방부터 시작해 위로 올라가면서 지기(地氣)를 가다듬는다고 하더군요."

"그렇구나. 같이 가는 사람은?"

"몇 명이 있는데, 모두 약간씩 주술력이 있는 사람들이래요. 아는 사람도 두어 사람 있고요."

"아는 사람? 그게 누군데?"

"승현 사미하고 무련(無戀) 비구니요······."

"승현 사미는 안다마는 무련 비구니는 누구지?"

"전에 만났던 분이에요. 속명이 현정⋯⋯ 그러니까 청홍검을 쓰던 누나요."

박 신부의 눈이 휘둥그레졌다. 그 가냘파 보이지만 당차던 여자가 출가를 했다니⋯⋯ 게다가 그 여자는 도지 무당의 후계자가 아니었던가?

박 신부가 놀라는 기색을 보이자 준후의 얼굴은 재미있다는 듯이 미소를 띠었다가 곧 어두워졌다. 현정이 안쓰럽다는 생각을 한 듯했다.

"어째서 현정 검사(劍士)가 출가해서 비구니로⋯⋯."

박 신부는 머리를 깨끗이 깎은 현정의 모습을 상상해 보았다. 무언가 짐작이 가는 일은 있었지만 그렇다고는 해도 당황스러운 소식임은 분명했다. 준후의 표정을 보니 뭔가 더 알고 있는 것 같았지만 별로 이야기하고 싶은 기색이 아니었기에 박 신부도 캐묻지는 않았다. 다만 한숨 소리를 냈을 뿐이었다.

'또 다른 사연이 있겠지. 굳이 알려고 할 필요가 있을까.'

침묵이 흐르자 준후가 은근슬쩍 말머리를 돌렸다.

"아마도 지금까지 정부 측에서는 쇠 말뚝을 박은 목적이 단순히 우리나라 사람들의 기를 꺾으려는 일종의 '쇼'로 여기고 별 신경을 쓰지 않았나 봐요. 아니, 적어도 공식적으로는 그랬겠죠. 풍수지리라는 것이 소위 서양적인 사고로 볼 때는 비과학적이고 전혀 근거가 없을 테니까요. 엉터리 풍수가들이 혹세무민했던 일도 많지만, 그것도 엄연히 나름의 근거와 합리성을 가지고 있는데 말이에요. 이번에 풍수를 볼 줄 아는 사람들을 조직해 지맥(支脈)을 다스리는 일이 '비밀' 프로젝트가 된 것도 정부에서 그런 사람들을 기용했다는 소문이 나는 것을 두려워하기 때문일 거예요. 그렇지만 실제로는 그런 명령을 내린 높으신 분들이 자기네 조상 묘는 좋은 데 쓰려고 별의별 짓을 다 할걸요?"

화가 났는지 말하는 중에도 준후의 얼굴은 다소 일그러져 있었다. 박 신부가 뭐라 할 말이 없어 쓴웃음을 짓자, 준후는 눈치 빠르게 눈동자를 굴리더니 웃는 표정으로 돌아왔다.

"아까도 말했듯, 이번 일은 백호 아저씨가 강력히 추진해서 하는 일이에요. 그리고 단순히 문서로 찾을 수 있는 일제 시대 때 총독부에서 박은 말뚝들만 뽑는 것이 아니고, 직접 산세(山勢)와 지기를 읽을 줄 아는 사람들을 모아서 우리나라의 중요한 지맥을 살펴보고 다스리는 것이 주목적이지요. 모르긴 해도, 그전부터 숱하게 상처를 입어 왔을 거예요. 너무 늦게 시작했어요……."

박 신부는 가톨릭에 몸을 담고 있는 입장이었지만, 자신의 믿음과 다르다고 해서 그런 것들을 터무니없다거나 가치 없다고 생각한 적은 한 번도 없었다. 그보다는 오히려 더욱 관심을 가지면서 '인간'과 '신'에 대해 오래전부터 품었던 여러 가지 의문을 푸는 데 도움을 얻어, 이 문제를 깊이 고민해 오던 차였다. 박 신부는 교단에서 파문당한 몸이지만, 스스로를 신지학파나 종교 다원주의자로 생각하지는 않았다. 그러나 그와 비슷한 견해를 가지고는 있었던 것이다. 풍수학, 지맥, 지기라…….

"그런데 어디부터 시작할 예정이지?"

박 신부가 물었다.

"동쪽요. 일단 설악산, 오대산, 소백산, 주왕산으로 갔다가 서쪽으로 가요. 그러니까 전라남도의 월출산, 무등산, 지리산을 거쳐서 내장산, 모악산, 덕유산, 대둔산, 계룡산…… 이런 식으로 충청도를 거쳐 위로 올라오는 것이 이번 1차 코스예요."

"그렇구나."

박 신부는 고개를 끄덕이며 그만 이야기를 맺기 위해서 준후가 참여하는 '비밀 프로젝트'라는 것이 좋은 일이고 중요한 일이니 잘 치르고 오라는 격려와 함께 수시로 연락을 취하라고 일렀다. 그리고 여러 명과 동행할 테니 별일은 없겠지만 그래도 조심해서 다녀오라는 말을 덧붙이고는 일상적인 이야기를 조금 더 하다가 밤을 마무리 지었다.

현암은 사방이 캄캄해진 어두운 산길을 걸어서 내려가고 있었다. 굳이 공력을 사용하지 않더라도 현암의 눈은 보통 사람의 눈보다 훨씬 어둠 속을 잘 볼 수 있었고 달빛이나 희미한 별빛만 있어도 거칠 것 없이 산길을 갈 수 있었다. 현암은 한 달간 속세와 연락을 끊고 수련에만 몰두하는 중이었다. 등산객도 잘 오지 않을 정도로 험하고, 주변 경치도 별것 없으며 교통편도 드문 산을 찾다가 마침내 '잘 알려진 명산 부근의 작은 산이면 오히려 사람들이 적게 올 것이다'라는 생각으로 무등산 줄기의 작은 산 하나를 택했다. 텐트 하나와 간단한 취사도구 몇 개, 침낭 하나와 수련 도구를 제외하고는 갈아입을 옷도 세면도구도 준비하지 않았다. 그렇게 한 달을 보낸 현암의 모습은, 후줄근한 차림에 봉두난발을 한 그야말로 거지꼴에 가까웠다. 그래도 세속의 습관이 남아 면도만은 꼬박꼬박 한 터라 얼굴은 봐 줄 만했지만…….

지금 현암은 예정한 기간을 채우지 못하고 수련을 중단해서 조금 언짢았다. 깊은 곳에 들어간다고 했는데도 등산객이며 놀러 나온 사람들이 자꾸 지나가서 집중을 방해했다. 남이야 놀건 말건 무시하면 되지만 문제는 자신이 수련하는 것을 보면 난리가 날 것이라는 점이다. 기를 응축시키고 내뿜는 것은 명상만으로는 안 되고, 실제로 연습을 해야 익숙해진다. 그렇다고 사람들이 있는 곳에서 검기를 내쏘거나 기공력을 내쏠 수는 없었다.

'조금만 더 할 수 있었으면 좋을 텐데. 아, 왜 이렇게 사람이 많은 거야. 조용한 곳이 이리 없나.'

잡념을 가지지 않고 수련을 하다가 잠시라도 세속에 내려오면 일껏 집중한 정신이 다소 복잡하게 흩어질 우려가 있고, 그 상태를 다시 바로잡는 데는 적지 않은 시간이 걸렸다. 현암은 시간이 아쉬웠지만 할 수 없었다. 절대 사람들이 드나들지 않을 곳을 수소문해 처박히고 싶었다.

현암은 가능하면 재빨리 일을 보고 다시 입산하기 위해서 느지막한 시간을 택해 산 아래쪽의 작은 마을로 내려갔다. 마을로 다가갈수록 시끄러운 음악 소리가 들려오는 것 같아서 내심 혀를 찼으나 그렇다고 돌아갈 수도 없는 일이라 현암은 발걸음을 그대로 옮겼다.

'이런 산속에서 웬 소란이람. 무슨 일이 있나? 아니면 젊은 애들이라도 놀러 온 건가…….'

침침한 백열등이 외롭게 비치는 좁은 길 사이를 지나 쌀가게에 들른 현암은 바깥의 시끄러운 음악 소리에 주의를 기울였다. 대학생으로 보이는 젊은이들이 카세트를 크게 틀어 놓고 노는 모양이었다. 현암은 여기서도 조용하게 지내기는 글렀나 보다 싶어 쓸쓸한 미소를 지었다. 이것저것 장을 보기 위해 잡화상에 들어가는데 주인이 혀를 끌끌 차며 혼잣말을 하는 소리가 귀에 들어왔다.

"저러다 큰코다치지. 그렇게 말려도 듣지 않고 굳이 그곳에서 장난을 치려 하다니……."

호기심에 찬 현암의 눈꼬리가 올라갔다.

현암은 호기심을 억누르고 가게 주인에게 필요한 물건을 싸 달라고 한 뒤 지나가듯 물었다. 주인의 나이가 아주 많아 보이지는 않았는데, 그런 말을 할 정도라면 이 마을에도 뭔가 있는 것이 아닐까 하는 까닭이었다.

노인네들이야 이런저런 이상한 일들을 잘 믿는다고는 하지만 나이도 많이 들지 않은 아저씨가 그런 말을 한다면 진짜로 이상한 일이 있는 건 아닐까? 수련하러 온 마당에 괜히 남의 일에 끼어드는 건 아닌지 망설이기도 했으나 혹시 자신의 힘이 필요할지도 모르는 일이라 가게 주인에게 물어보기로 했다.

"그런데 방금 무슨 말씀입니까? 큰코다치다뇨?"

현암은 태연한 어조로 물었다.

"이 마을엔 가서는 안 되는 장소가 하나 있답니다. 그런데 저 젊은이들이 거기에 호기심을 느끼고 담력 시험인지를 하려나 봐요. 그 근처에 갔다가 정말로 헛것인지 뭔지를 보고 놀라 기절하거나 폐인이 된 사람까지 있는데……."

"그래요? 어떤 덴데요?"

가게 주인은 물건을 싸 주다 말고 현암의 남루한 행색을 다시한번 눈여겨보았다. 현암은 무뚝뚝한 원래의 표정을 짓고 있었다. 가게 주인은 현암의 분위기가 예사롭지 않아 보였는지 고개를 갸웃거리면서 뜸을 들이더니 간단히 한마디 일러 주었다.

"일제 때의 신사(神社)지요. 거긴 절대 가까이 가선 안 되는 곳이에요. 가 봐야 볼 것도 없고……. 밑져야 본전이 아니라 잘돼야 본전인데 뭐 하러 가겠수?"

현암이 고개를 갸웃했다. 일제 시대의 신사가 아직도 남아 있다니? 그러나 가게 주인은 더 이상 이야기하고 싶은 눈치가 아닌 것 같아서 현암은 자리를 뜨려다가 잠시 생각해 보고는 막걸리 한 되를 같이 집어 들고 가게를 나섰다. 원래 술을 거의 마시지 않지만 혹시 쓸 데가 있을지도 몰랐다.

잘 그려지지 않는 유화에 매달려 작업복을 얼룩얼룩하게 만들고 있던 승희에게 예기치 않은 전화가 걸려 온 것은 늦은 밤중이었다. 승희는 아버지 현웅 화백이 돌아가시고 나서 전에 살던 집을 — 집이라 해 봐야 터밖에 남지 않았지만 — 매각하고 아버지가 쓰던 화실에서 숙식을 겸해 지내는 중이었다. 승희는 블랙 서클과의 대결 이후 그동안 팽개쳐 두었던 그림에 오랜만에 몰두하고 있었다. 오래전에 현암의 기억 속에서 월향검에 봉인된 영의 희미한 모습을 읽어 낸 후로, 승희는 그 영의 그림을 그려서 현암에게 선물해 주려 했지만 시간도 많지 않고 그림도 잘 그려지지 않아 애꿎은 화폭만 벌써 예닐곱 장 찢어 버린 상태였다.

영의 모습을 겨우겨우 떠올리고 있는 판에 울린 전화벨에 승희는 몹시 짜증이 났다. 붓을 획 던져 버리고 수화기를 들었다. 수화기 너머에서 낯익지만 뜻밖의 목소리가 들렸다.

"어? 백호 씨?"

[승희 씨, 안녕하셨습니까?]

"예……. 오랜만이군요. 그런데 어쩐 일로?"

승희는 습관적으로 화난 것처럼 보이는 눈썹을 살짝 올리면서 물었다. 원래는 반갑게 대해야 할 사람이었지만 이런 시각에 예고 없이 전화한 것을 보니 이상한 생각이 들었다. 승희는 구태여 대답을 기다릴 필요도 없이 백호의 마음속을 읽었다.

"그건 별로 내키지 않는군요. 감사합니다."

백호는 자신이 말도 하기 전에 승희가 거절의 말을 하자 조금 움찔했으나 곧 승희의 특기를 기억해 내고는 내키지 않는 듯 중얼

와불(臥佛)이 일어나면 57

거렸다.

[그렇군요……. 사실 저도 그다지 내키지 않았습니다. 미안합니다. 이해해 주십시오.]

"예, 알아요. 그러나 앞으로도 그런 부탁은 하지 마세요. 제가 무슨 스파이도 아니고요."

[알았습니다. 승희 씨와 연락이 취해지지 않는 걸로 해 두지요. 그렇지만…….]

"이해해 줘서 고마워요. 백호 씨 심정 잘 압니다. 제가 잠시 사라지면 되는 거죠?"

백호는 승희에게 청탁을 하려던 참이었다. 승희의 독심술과 투시력으로 '높은 분'과 라이벌 관계에 있는 또 다른 '높은 분'의 심중을 좀 알아내 달라는 부탁이었다.

백호는 이런 일이 영 체질에 맞지 않아 꺼림칙했고 승희 역시 그런 백호의 마음을 잘 알고 있었다. 승희는 자신의 능력이 슬슬 귀찮게 여겨졌다. 현암이나 신부님의 일을 돕기 위해서는 반드시 필요한 능력이었지만, 그 이외의 경우에는 영 마땅치 않았다. 어쨌거나 지금 백호가 무척 곤란한 모양이니 잠시 몸을 감추고 사라지는 편이 아예 속 편할 것 같았다. 정말 중요한 일이라면 못해 줄 것도 없었지만, 이런 사적이고 표 나지 않는 일에까지 능력을 쓰고 싶지 않았다.

전화를 끊고 나서 승희는 곰곰이 생각했다. 자기가 그냥 보통 사람이었다면…… 예전에 아무것도 몰랐을 때에는 그런 특이한 능력 한 가지쯤 가지고 있었으면 어떨까 하는 생각도 해 봤지만 막상 그런 능력이 있다는 걸 알고 나서는 오히려 거추장스럽고 어떨 땐 증오스럽기까지 했다.

승희는 혼잣말로 중얼거렸다.

"이런 빌어먹을……. 죄지은 것도 아닌데 도망까지 가야 하다니……. 성질나면 그 높은 양반 스캔들이나 읽어서 확 폭로해 버릴까 보다!"

승희는 중얼거리면서 그리다 만 그림을 바라보았다. 현암의 듬직한 모습이 머리에 떠올랐다. 신부님이야 수시로 연락할 수 있으니 언제든지 찾아갈 수 있고……. 지금 마땅히 갈 곳도 없는 처지에서 생각나는 사람은 현암뿐이었다. 수련을 방해한다고 뭐라 할지도 모르지만.

"맘 편하게 쉬는 건 끝인가 보군. 제길, 현암 군이나 보러 가자."

승희는 잠시 눈을 감고 현암이 있는 곳을 찾기 위해 정신을 집중하기 시작했다.

"후후훗…… 멀리도 가 있네. 무등산 정도 되는 것 같군."

대충 현암이 있는 위치를 확인한 승희는 현암을 깜짝 놀라게 해 줄 것을 생각하니 절로 신바람이 났다.

승희는 현암이 있는 곳 근처에 가서 찾아볼 생각으로 더 이상 투시를 하지 않았다. 그리고 콧노래를 부르면서 문을 나섰다.

박 신부는 준후가 하품을 하며 잠자리에 들어간 지 한참 후에야 몸을 묻고 있던 소파에서 일어나 자신의 방으로 향했다.

긴 휴식…….

박 신부는 최근 복잡한 일상사에 시달리고 있었지만 이렇게 늦은 시간이 되면 늘 너무나 빨리 지나갔던 지난 몇 달간을 조심스레 돌이켜 보곤 했다. 비단 몇 달뿐이 아니라 어떨 때에는 몇 년 전의 일까지 돌이켜 생각해 보는 경우도 있었다. 블랙 서클의 마스터와 최후의 싸움을 치르고 병원에서 휴식할 때도 그랬지만, 이렇게 시간 여유가 생길 때면 이런저런 회상이 물밀듯 밀려 들어왔다.

박 신부가 고민하는 것은 항상 비슷했다. 자신을 포함한 퇴마사들은 올바른 길을 걷고 있는가. 최선을 다하면서 처음에 지녔던 마음을 그대로 간직하고 있는가에 대한 반성이고 성찰이었다. 각국을 돌아다니면서 벌였던 블랙 서클과의 싸움 때는 그러한 생각을 할 겨를도 없었다. 전과는 달리 사악한 영들만이 아니라 사람들과도 싸웠다. 그들 중 많은 수는 악인이라 부를 수 없는, 그저 견해와 입장이 다른 이들에 지나지 않았는지도 모른다는 생각이 요즘 종종 들곤 했다.

'어떻든 많은 사람이 목숨을 잃었다.'

박 신부는 파문을 감수하면서 이러한 길로 들어서게 됐던 예전의 일을 떠올렸다. 작은 여자아이 미라, 때 묻지 않고 죄도 없던 아이…… 신의 섭리를 믿지 않는 것은 아니었다. 그러나 박 신부에게 이러한 길을 택하도록 만들었던 그때 그 사건을 자신은 잊고 있는 것이 아닌가 하는 느낌이 흠칫흠칫 들었다.

'우리는 살아 있는 사람들을 의도적으로 해친 적은 없다. 우리가 위험하게 되더라도…….'

 그러나 그것은 당연한 일이었다. 세상에 알려지지 않은, 어찌 보면 극히 위험하고 강한 힘을 손에 쥔 대가라고 할까? 그러나 그렇지 않은 경우…… 개인적인 차원이 아닌 대세를 위해서는 어떻게 해야 하는 것일까…….

 '나는 지금도 대를 위해 소를 희생한다는 것이 하나의 변명이고 명분일 뿐이라고 믿고 있다. 그러나 과연 나는 최선을 다했는가.'

 박 신부의 마음에 어느덧 코제트가 떠올라 괴로웠다. 친구 딸 미라의 사건이 있고 난 후, 여러 차례 그랬지만 특히 코제트 사건은 박 신부의 마음을 아프게 만들었다. 코제트가 회개를 했다고 박 신부는 믿었다. 그러면서도 코제트의 영혼이 구원을 받지 못했을 것이라는 사실이 박 신부의 마음을 아프게 했다. '성난큰곰'은 영혼의 구제를 받을 수 있었다. 그러면 다른 블랙 서클의 사람들도 어쩌면 성난큰곰처럼 영혼의 구원을 받을 수 있진 않았을까? 박 신부는 고개를 가로저었다.

 '그렇지는 못했을 것이다. 지나간 다음에 하는 변명일 뿐. 당시 나는 최선을 다했다.'

 이러한 목소리가 마음속에서 들려오지 않는 바가 아니었다. 아니, 현암이 자신과 싸우다가 죽은 것이나 다름없는 히루바바나 마스터에 대해 생각할 때, 그리고 승희가 자신의 힘 때문에 산산조각으로 부스러져 버린 이름 모를 흡혈귀를 떠올릴 때, 그들을 다독거리고 힘을 북돋워 준 사람은 박 신부였다. 그러나 자신을 다독여 줄 사람은 누구란 말인가.

'야훼시여……'

박 신부는 자신도 모르게 저절로 기도하는 자세를 취하면서 고개를 숙였다. 교단에서의 파문까지 무릅쓰면서 생각했던 자신의 소신이 흔들리고 있는 것이 아닐까 하는 생각마저도 들었다.

세상의 고통을 줄이는 것. 그리고 사람들을 구원하는 것. 그러나 점점 헤쳐 나가면 나갈수록 그 길은 걷기 힘들었다. 악령보다 악한 것이 살아 있는 사람들이었고, 자신들은 누가 뭐래도 그 사람들을 가련히 여기고 구원해야 했다. 그러나…….

'지난번과 같은 일들은 해서는 안 된다. 낮은 곳, 한 사람 한 사람부터 보살펴야 한다.'

아무리 어쩔 수 없는 상황이라 하더라도 지난번 같은 대규모적인 투쟁은 하고 싶지 않았다. 그런 복잡한 문제 때문에 개개인을 희생시킬 수는 없었다. 지난번에는 얼마나 많은 사람을 다치게 하고 상처를 입혔던가. 절대로 사람에게는 치명적인 주술을 쓰지 않기로 했던 준후마저도 몇 번이나 그 맹세를 어길 뻔했다.

'그래서는 안 된다……. 세상을 통째로 구원한다는 생각 자체가 잘못된 것…… 작은 일에 최선을 다하자……. 작은 일이 큰일이다…….'

『성경』의 구절 하나가 생각났다.

> 너희가 너희 주변의 가장 못한 자 한 사람에게 해 준 것이 바

로 내게 해 준 것이다.

 가장 작은 일부터…… 바로 주변부터…… 이런 마음이 들자 박 신부는 열심히 올리고 있던 기도를 끝맺고 고개를 들었다. 한참 기도를 올리고 난 박 신부의 눈가는 축축하게 젖어 있었다. 갑자기 자신과 같은, 아니, 자신 이상으로 마음고생을 했던 현암과 준후, 승희가 보고 싶어졌다.
 "허허…… 나이깨나 먹어서도 원……."
 박 신부는 눈가에 맺힌 눈물을 훔치고는 준후의 방 쪽으로 귀를 기울여 보았다. 자고 있는지 쌔근쌔근 숨 쉬는 소리가 들려왔다.
 박 신부는 빙긋 웃음을 짓고는 별생각 없이 수화기를 들었다. 승희 생각이 나서였다. 지난번 사건 때 너무 충격적인 일을 당해서인지 승희의 안색이 전보다 많이 창백해지고 나이가 든 것처럼 보인다는 생각이 불현듯 스치고 지나갔다. 친구의 딸이라서 그런지 가족 없는 자신의 입장에서는 친딸 같다는 기분이 드는 것도 박 신부가 승희에게 전화를 건 이유 중 하나였다. 전화를 할까 말까 망설이다가 번호를 누른 박 신부는, 승희가 전화를 받지 않자 조금 쑥스럽기도 하고 의아하기도 해서 고개를 갸웃했다.

 "아, 그렇군요……."
 현암은 노인네의 비위를 맞추느라 맞장구를 치면서도 속으로는 긴장했다. 잠이 오지 않는지 무료하게 밤을 보내고 있던 노인네에게 막걸리를 대접해 가며 이런저런 이야기를 나누다가 슬쩍 의문의 신사에 대해 질문을 던져 보았는데 실로 뜻밖의 대답이 돌아왔다.

"그렁께…… 그 신사라는 것이 흉물스러운 것이제. 왜놈들이 자기네에 복속시키려고 만들어 놓은 것이 맞기는 헌디, 여기 저 산 속에 있는 거기만은 뭔가가 있기는 있는 거 같더구먼. 왜, 우리도 버얼써 해방된 다음에 그 쬑일 놈의 집을 때려 부술라고 했었지라. 그런디 이상도 한 것이 대낮이건 밤이건 간에 그 집에 들어가기만 하문 이상한 기운이 느껴지고…… 거기다가 그놈의 집을 부수든 어쩌든 귀퉁이에다 손이라도 대면……."

"어떻게 되죠?"

"난데없는 괴이한 소리가 나면서 희한한 빛이 난단 말여……."

"괴상한 일이군요."

현암은 자신도 정말 괴상하게 여긴다는 듯이 대답했지만 속으로는 다른 생각을 하고 있었다. 영이라는 것은 어떤 물건 속에라도 깃들 수 있으며, 건물 전체에 깃들어 있는 경우도 많다. 그러나 대낮에 많은 사람이 기겁을 하게 할 정도로 심각하다니.

"그 뒤로도 여러 번 그놈의 집을 허물어 보려고도 하고, 또 불도 질러 보려고 했지만 통 안 된단 말씨. 왼통 젖은 짚 검불마냥 불이 붙어야지. 거기다가 그러고 난 담에는 꼭 동티가 생기는 거라."

"동티가 생기다뇨?"

"하늘이 컴컴해지도록 거무튀튀한 안개가 끼고…… 꼭 몇몇씩 이상한 병에 걸려서 고생하고 죽어 버리고 그랴……. 그러니……."

현암은 조그맣게 아…… 하는 소리를 냈다. 뭔가 있는 것이 틀림없었다. 악령? 아니면 원한령? 지박령?

"그래서 지금은 어쩌고 있지요?"

"어쩌긴? 그냥 내버려두는 게 상책이제. 그러나 요즘 사람들은 통 믿으려 들지를 않아. 전에는 정말 그놈의 것 땜시 죽은 사람들도 많았다구! 그라서……."

노인이 더 말을 이으려는데 지나가는 중년의 장정 하나가 피식 웃으며 흘리듯 이야기하는 소리가 현암의 귀에 들렸다.

"봉수 할배가 또 허풍 떠누먼…… 히히……."

'허풍……?'

현암은 잠시 눈을 찌푸렸다. 그러고 보니 자세한 내용은 허풍일지도 모른다는 생각이 들었지만 그래도 뭔가 있기는 한 것 같았다. 현암은 신사가 있는 곳의 대략적인 방향만 물어보고는 허리를 폈다. 대략적인 방향만 알면 거기서 풍겨 나오는 귀기로 찾아낼 수 있을 거라는 생각에서였다. 만약 현암이 느낄 만한 귀기조차 없다면 그냥 시골 영감님의 허풍으로 치면 될 것이고…….

수련차 산에 들어오긴 했지만 그런 일이 정말로 있다면 그냥 넘겨서는 안 될 일이었다. 일어서는 현암의 팔에 살짝 힘이 들어가자 왼쪽 팔목에 꽂혀 있는 월향검이 조그맣게 울었다.

신사(神社)

"자! 코스 설명이다! 아래쪽 산길부터 시작해서 이쪽 침침한 골짜기 지나고, 저기 보이는 저 낡은 집이 반환점! 오케이?"

대학생들의 리더인 듯한 남학생 하나가 크게 소리치면서 동료 학생들을 불러 모았다. 다들 들떠 있었고 즐거운 분위기였다. 현암은 숲에 숨어서 그 광경을 지켜보다가 고개를 저었다. 저런 기분을 이해 못 할 바는 아니었고 남들이 기분 좋게 노는 것을 말리고 싶은 생각도 없었지만 마음 한구석이 불안했다.

원래 현암은 저 대학생들보다 먼저 신사에 올라 잡귀가 있다면 일격으로 요절을 내거나 잘 인도해 승천시키고는 사라질 심산이었다. 그러나 영감님과 이야기를 오래 나누었던 듯, 어느새 '담력시험'을 하는 대학생들은 근처까지 와 있었다. 그리고 지금 저 신사—신사인지 뭔지 이제는 구별조차 잘 가지 않을 정도로 낡아 있었다. 그러니 노인들 말고는 저 건물이 무엇인지도 모를 것이고 당연히 철거하려는 노력 같은 것도 별반 하지 않았을 것이다—에서는 요기는 아니라도 심상치 않은 기운이 느껴졌다. 영력이 그다지 강하다고는 할 수 없는 현암에게도 저 정도의 기운이 느껴진다면 뭔가가 있는 것 같았다. 그러나 대학생들을 설득시켜서 피하게 하거나 분위기를 깨고 겁을 주어야 할 정도로 기운이 강한 것 같지는 않았다. 대학생들이 일을 마치고 돌아갈 때까지 지켜보고 있다가 행여 무슨 일이 있으면 처리하거나, 전부 돌아간 뒤에 조사를 해 보는 수밖에 없었다.

'젊은 애들이 많은데 무턱대고 뛰어들 수는 없지. 이해도 못 할 텐데 설득할 수도 없고…… 어쨌거나 오늘 하루는 날아갔군.'

이런저런 생각을 하면서 현암은 눈을 빛냈고 대학생들은 킬킬거리면서 변장을 하고 여기저기 숨기 시작했다. 남학생들이 귀신으로 변장을 하고 코스에서 기다렸다가 여학생들을 놀래는 것이 담력 시험의 골자인 것 같았다.

'좋은 시절이구나. 후훗.'

현암은 이유 모를 한숨을 내쉬면서 조용히 눈을 빛냈다.

박 신부는 승희가 전화를 받지 않자 궁금해졌다.

'뭐, 그 애도 어른이니…… 아니, 아니. 애가 어른이라니. 무슨 소리야, 허허. 잠이나 자자.'

박 신부는 실없이 웃으며 누우면서 전기 스위치에 손을 뻗었다. 그런데…….

"어?"

박 신부가 스위치에 손을 대기도 전에 전기가 끊어졌는지 탁 소리와 함께 깜깜하게 주변이 어두워졌다.

"무슨 일이지? 정전인가?"

고개를 갸웃거리는 그때 창밖에서 솨 하는 소리가 들렸다. 박 신부는 소리 나는 쪽으로 고개를 돌렸다.

'무슨 소리지?'

와불(臥佛)이 일어나면 67

창밖에는 아무것도 보이지 않았다. 외따로 떨어져 있는 집답게 조용한 어둠 속에 나뭇잎만 바람에 날리며 바스락거릴 뿐이었다.

'뭐지?'

박 신부는 긴장했다. 동네에서 꽤 떨어진 산 중턱 외딴집에, 이 늦은 시간에 누가 예고도 없이 찾아올 리는 만무했다. 그런데……

'영기다……. 이상한 일이다.'

어렴풋이 영기가 느껴졌다. 미미했지만 박 신부는 매우 긴장하고 있었다. 어째서 집 안에서까지 영기가 느껴지고 있는 것일까? 이곳은 준후가 만에 하나 생길지도 모를 일에 대비해 영적으로 철벽같이 진법을 펼쳐 두었고 박 신부도 주변의 모든 것을 축복했던 터라 보통의 영기라면 뚫고 들어올 여지가 없었다.

박 신부는 품에서 십자가를 꺼내 들고 조심스레 창문으로 다가섰다. 조심스럽게 창밖을 살펴보았으나 바스락거리며 움직이는 나뭇잎, 그리고 시커멓게 흐려진 하늘 외의 다른 것은 보이지 않았다.

"누구요!"

박 신부는 소리를 쳐 보았지만 대답이 들려올 것을 기대하지는 않았다. 그러면서 영기가 짙어지는 곳이 없는가 하고 날카롭게 신경을 곤두세웠다. 현관 쪽에서 약간의 영기가 느껴지는 듯했다.

박 신부는 재빨리 몸을 돌려 방문을 열고 조심스럽게 현관으로 돌아섰다. 그러나 잠시 느껴졌던 영기는 어디로 갔는지 흔적도 느낄 수 없었다.

'이게 도대체 무슨 일이지?'

박 신부가 고개를 갸웃하고 있는데 반쯤 열려진 문 뒤쪽에서 폭발하듯 영기가 뿜어져 나왔다. 몸이 뒤로 왈칵 밀려 나갔으나 박 신부는 반사적으로 몸에서 기운을 끌어올리고 몸을 돌리며 그쪽을 향해 십자가를 들이댔다.

뭔가 희끄무레한 형체가 보였으나, 박 신부가 들이댄 십자가는 허공을 훑듯 형체를 뚫고 지나갔다.

'아니!'

현암이 살짝 목을 돌리자 투둑 하고 조그맣게 마디 꺾이는 소리가 났다. 그러나 저쪽까지 들릴 염려는 없었다. 지금까지 신사로 올라가는 '담력 시험' 코스에서는 이미 여러 번의 비명과 그 뒤를 이어 깔깔거리며 멋쩍게 웃는 소리가 밤공기를 뚫고 울려 퍼졌고 "조용히 해!"라든지 "미쳤구먼!" 등의 툴툴거림도 몇 번인가 먼발치에서 들려왔다.

'별일 없는데 헛고생하는 것은 아닌가.'

현암은 공연히 남의 일에 끼어들지 말고 수련에나 더 몰두하는 편이 낫지 않았을까 생각하면서 슬슬 자리를 뜰 궁리를 했다.

어느새 여러 명의 여학생이 무서워 떨거나 기겁해 소리를 지르면서, 혹은 남자보다도 더욱 태연하고 대담하게 깔깔거리고 웃으며 담력 시험 코스를 지나갔다. 눈치를 보니 한두 명밖에 남지 않은 것 같았다. 현암은 슬그머니 자리를 떠나려고 했다. 어차피 밤

늦은 시간에 마을에 갔다 오기로 계획한 것이지만 시간이 너무 늦어졌기 때문이다. 그런데 먼발치에서 보아도 조그맣고 귀엽게 생긴 여학생이 머뭇머뭇하면서 몇 번씩 놀라며 신사의 앞까지 도달했을 즈음 현암은 뭔가 이상한 것을 느꼈다. 원래대로라면 신사 앞에 여학생이 도달했을 때 양쪽에서 너덜너덜한 천 조각을 몸에 두르고 붉은색의 빨랫줄 같은 것을 친친 감은 두 명의 남학생이 튀어나오게 돼 있었다. 그들은 신사 앞에서 여학생을 놀라게 한 다음 다독거려 주고 다 끝났다면서 아래쪽으로 내려 보내곤 했다. 즉 이 신사는 반환점인 동시에 마지막 코스인 셈이었다. 먼지와 거미줄투성이의 신사 내부로 들어가게 하지는 않았던 것이다.

그런데 이상하게 풀숲에 숨어 있을 두 명의 남학생이 나오지를 않았다. 여학생이 겁에 질린 듯 한참이나 주변을 두리번거리면서 신사의 문을 열고 들어가려고 할 때까지도 아무런 소리나 기척이 나지 않았다.

'뭔가 이상한데. 이번에는 무슨 다른 계획이 있는 걸까?'

현암은 끼어들까 말까 잠시 멈칫하는 사이, 여학생이 결심을 했는지 삐걱거리는 신사 문을 살그머니 밀면서 안으로 발걸음을 옮기기 시작했다. 현암은 여학생이 올라온 길 쪽을 자세히 들여다보았다. 그런데 풀숲에 숨어 있어야 할 두 명의 남학생이 깔깔거리며 웃고 떠드는 소리가 길 아래쪽에서 어렴풋이 들려왔다.

'끝났다고 생각한 모양이로군. 그렇다면 누가 더 나타날 일은 없겠어.'

고개를 돌리는 현암의 눈에 을씨년스럽게 서 있는 낡은 신사의 모습이 들어왔다. 그리고 신사의 안쪽에서 희미하게 하얀빛이 보였고, 여학생의 날카로운 비명이 이상하게도 아주 먼 데서 외치는 것처럼 들려왔다. 더 이상 지체할 겨를도 없이 현암은 본능적으로 기공력을 돌리면서 신사를 향해 몸을 날렸다.

"당, 당신은……."

 박 신부는 의외의 사태에 말이 잘 나오지 않았다. 나타난 것이 흉악한 악령이거나 사악한 괴물 같았다면 차라리 놀라지 않았을 것이다. 그러나 지금 박 신부의 앞에 모습을 나타낸 것은 사람이었다. 그다지 크지 않은 덩치에 몸은 뿌연 광채로 둘러싸인, 흰 두루마기를 입은 모습. 얼굴에는 주름살이 가득했으나 위엄이 있었고 전체적으로는 고통과 슬픈 기운이 가득한 표정이었다.

 박 신부가 더욱 놀랐던 것은 그가 아는 사람이었기 때문이다. 초치검 사건 때 천부인의 묘 앞에서 숨을 거두었던 철기 옹이었다. 박 신부는 공격하려던 자세와 기도력을 풀면서 침착함을 되찾으며 마음속으로 말했다.

 어쩐 일입니까?

 철기 옹의 모습은 눈에는 뚜렷하게 보였지만 영기는 느껴지지 않았다. 박 신부로서도 죽은 사람들의 영은 자주 보아 왔지만, 생전에 알던 사람의 영을 코앞에서 만난 적은 없었는데 이렇게 맞닥뜨리니 묘한 기분이 들었다.

'무슨 일이 있기에 죽은 사람이 다시 눈앞에 나타난단 말인가?'

자세히 살펴보니, 철기 옹의 모습은 영(靈) 같지가 않았고 일종의 환영처럼 보였다. 느껴지는 기운도 철기 옹이 아니라 어딘지 다른 사람 같은 기분이 들었다. 영이라면 박 신부의 친화력에 의해 마음속으로 대화를 나눌 수 있을 텐데도 그 형체는 박 신부의 마음을 받아들이지 않는 것 같았다. 아니, 받아들이지 않는 것이 아니라 아예 알아듣지도 못하는 것 같았다. 박 신부는 다시 한번 영기를 느껴 보고는 곧 그것이 무엇인지를 알아차렸다.

'영이 아니라 그냥 환영이구나.'

정말로 영이었다면 아지트 안에 배치된 주술의 방어를 뚫고 들어올 수 없었을 것이고 지금 눈앞에서 느낄 수 있는 영기도 이 정도로 미미하지는 않을 테니, 박 신부의 눈앞에 서 있는 모습은 환영이 틀림없었다. 그러자 뒤이어 또다시 의문이 생겼다. 영력으로 자기 자신의 모습을 다른 곳에 투영시키는 방법은 어느 정도의 능력을 지닌 술사가 되면 가능하지만 철기 옹은 죽은 사람이 아닌가? 죽은 사람이 어떻게 술수를 부린다는 말인가?

눈앞에 나타난 환영은 고통스러운 듯이 입을 열었으나 투사된 환영에게서 목소리가 흘러나올 리 없었다. 박 신부는 긴장해 그 모습을 자세히 지켜보았다. 입 모양을 자세히 읽으면 대강 무슨 말을 하고 싶어 하는지 알 수도 있을 것 같았다. 그렇게 자세히 들여다보자니 눈앞의 환영이 철기 옹의 모습과 거의 유사하기는 해도 어느 정도 다른 모습을 하고 있다는 사실을 깨달았다.

'그렇다면 누구란 말인가? 철기 옹 외에 이런 모습을 가진 사람을 나는 알지도 못할뿐더러 철기 옹도 강화도에서 만났을 당시 거기서 벗어나지 못하고 숨을 거두었는데…….'

환영도 자신의 목소리가 들리지 않는다는 것을 알고 있는 듯, 매우 힘겹게 입을 벙끗거리면서 손을 천천히 들어 망치질을 하는 것 같은 동작을 되풀이했다. 다른 입 모양은 제대로 알아볼 수 없었지만 계속 반복되는 한 가지는 알아볼 수 있었다. 입술을 비죽 내밀어 하는 말은 틀림없이.

'왜…… 왜놈, 왜놈들이라고 하고 있다!'

그 말과 동작이 무엇을 의미하는 것인지 박 신부는 곧 알아차릴 수 있었다. 말뚝! 분명 준후가 '비밀 프로젝트'라 말한 쇠 말뚝과 연관이 있는 게 틀림없었다. 그런데 왜 그 일에 대해서 박 신부에게 환영을 보낸 것일까? 그리고 철기 옹과 놀랄 만큼 닮은 이 사람은 도대체 누구란 말인가?

"왜놈들…… 그리고 말뚝…… 틀림없이 어르신은 일제 시대 때의 그 쇠 말뚝에 대해 말씀하시는 것이지요? 그리고……."

아쉽게도 환영은 박 신부의 말을 알아듣거나 전달해 주기까지는 못하는 모양이었다. 박 신부가 말을 다 알아들었는데도 불구하고 한참 동안이나 같은 동작을 고통스러운 듯이 반복하더니 다시 손을 덜덜 떨면서 몇 번 입을 움찔거렸다. 그러나 독순술을 따로 배운 바 없는 박 신부는 무슨 말인지 정확하게 알 수 없었다. '아리'와 비슷하게 입을 놀리는 것과 '잉아' 비슷하게 보이는 두 단어만 대강 알아보았을 뿐이었다. 그리고 '와우'와 같은 단어 하나와 '우우아'처럼 보이는 또 하나의 단어. 더 이상은 환영 자체가 흐릿해 잘 알아볼 수가 없었다.

뭔가 중요하고 커다란 비밀이 그 속에 있다고 느낀 박 신부는 정확한 내용을 알고 싶어 안달이 났지만 아무리 눈을 부릅떠 보아도 알아내기 힘들었다. 순간 환영이 갑자기 소스라치게 놀란 모습으로 사라져 버렸다.

'어떻게 된 거지? 내게 저 환영을 보낸 사람에게 무슨 일이 생겼단 말인가?'

박 신부는 입술을 깨물었다. 주변은 다시 조용해졌고 온통 어둠만 깔려 있었다. 환영을 보낼 정도의 실력이라면 큰 능력을 가지고 있는 사람일 터인데 어째서 직접 찾아오거나 하다못해 편지나 전화로 전달하려 하지 않고 굳이 저토록 의사소통하기 어려운 방법을 택했는지도 알 수 없었다. 그리고 왜 그 사람이 철기 옹과 그토록 닮은 모습이었는지, 그가 전달하려 했던 단어들과 그가 경고하고, 말하고자 하는 것은 무엇인지 알 수가 없었지만 한 가지는 알 수 있었다. 자세한 내막은 모르지만 그는 이번에 준후가 참여하기로 한 그 말뚝 제거의 일에 대해 알고 그에 관한 어떤 메시지를 보내려고 한 게 분명했다.

'적어도 그것만은 분명하다……'

박 신부는 흥분한 마음을 가라앉히고는 수화기 쪽으로 눈을 돌렸다. 그리고 백호와 바로 연결되는 호출 번호를 누르기 시작했다. 자신의 눈앞에 나타난 수수께끼의 곡절을 알아내기 위해서는, 지금 아무리 번잡한 일이 있다고 하더라도 걷어치우고 준후와 함께 이 일에 직접 참여해야 할 것 같았고, 불길한 예감이 들었기 때문이다.

 한참을 쉬고 난 다음이어서인지 유독 가슴이 들끓은 박 신부는 자신이 십 년은 젊어진 듯한 느낌이 들었다.

 신사 쪽으로 몸을 날리던 현암은 신사의 문틈을 통해 새어 나오는 강한 영기를 감지했다. 그런데 신기하게도, 바로 신사 앞에 도착했을 때에야 비로소 영기가 엄청나게 센 느낌으로 다가왔다. 저 아래에서는 이렇게까지 느껴지지 않았는데……. 현암의 머릿속에 '봉수 할배'라던 노인에게 들었던 이야기가 문득 떠올랐다. 건물을 부수려고 아무리 애를 써도 전혀 흠집이 가지 않았다는 말. 그렇다고 한다면 겉으로 보기에는 낡고 보잘것없어도 안쪽에는 주술적인 힘이 깃들어 있는 것이 분명했다. 신사의 안에 있는 것은 무엇이란 말인가? 그리고 여학생이 신사 안으로 들어섰을 때 영기가 강해지면서 빛을 뿜어낸 이유는 무엇일까? 이런 생각이 빠른 속도로 현암의 뇌리를 스치고 지나갔다.

 현암은 이것저것 고려할 틈 없이 만일을 대비해 손에 기공력을 돌리면서 신사의 문손잡이를 잡았다. 기공력이 실린 현암의 손이 신사의 문짝에 닿자 파팟 하면서 열기 없는 파란 불꽃이 튀었다. 현암이 깜짝 놀라 손을 떼고 안쪽 상황을 문틈으로라도 들여다보려는데 여학생의 비명이 안에서 희미하게 들렸다. 이상한 것은, 문 하나를 사이에 두고 나는 소리인데도 먼 데서 지르는 소리처럼 조그맣게 들린다는 점이었다.

현암은 손에서 기공력을 빼고 문의 손잡이를 잡아당겼다. 허술해서 살짝 건드려도 와르르 허물어져 버릴 것 같은 신사의 문은 강철 자물쇠라도 달린 것처럼 꼼짝도 하지 않았다.

'이렇게 된 바에야 할 수 없다. 네가 이기나 내가 이기나 보자!'

현암은 문손잡이를 단단히 잡고 벼락같이 손에서 기공력을 발출했다. 그러자 푸른 불꽃이 눈부시고 어지럽게 튀면서 현암의 몸이 충격에 의해 뒤로 튕겨져 날아갔다. 눈앞에서 일어난 시퍼런 불꽃 때문에 눈이 부셔서 잠시 제대로 앞이 보이지 않을 정도였다.

뒤로 날아가 떨어지는 중에도 현암은 의아한 생각이 들었다. 자신의 공력은 도혜 선사가 평생을 수련해 넣어 준 것으로 이제껏 거의 대적할 상대를 찾지 못했다. 아무리 공력을 완벽하게 운용하지 못한다 하더라도 도대체 이 문짝 하나에 얼마의 주술력이 깃들어 있기에 자신의 공력이 통하지 않는 것일까?

생각을 가다듬기도 전에 뒤쪽의 나무에 등을 호되게 부딪친 현암이 앞으로 고꾸라져 넘어졌다. 머리가 아찔아찔하고 등도 몹시 아픈 데다 몸에서 기혈이 들끓어 올랐으나 현암은 이를 갈면서 오뚝이처럼 벌떡 일어났다. 그리고 홧김에 옆에 굴러다니는 사람 머리통만큼 큰 돌을 집어 들어서 문짝을 향해 던졌다. 돌은 마치 야구공처럼 날아가 요란한 소리를 내며 문을 때렸지만 철판에 부딪힌 것처럼 막혀 바깥쪽으로 튕겨 나왔다.

'반탄력! 그렇구나.'

현암은 들끓는 기혈을 억누르며 손에 공력을 모았다. 분명 저것은 주술적이건 물리적이건 간에 외부에서 가해 오는 힘만큼 반발해서 미는 것이 분명했다. 그렇다면 잡아당겨서 문을 열 수 있을 것 같았다. 현암은 계속 수련을 해 더욱더 몸에 익은 태극기공 중 '흡(吸)' 자 결을 손에 돌리면서 손잡이를 잡았다.

불꽃이 일어나며 강한 압력과 충격이 현암의 팔을 통해 전달돼 왔다. 현암은 입술을 깨물면서 '흡' 자 결을 운용해 바깥쪽으로 밀어 내려는 힘을 오히려 끌어당겼다. 그러자 와지끈 소리가 났고, 현암은 밀려오는 힘을 다 받아 내지 못해 뒤로 한두 발짝 물러서다가 엉덩방아를 찧었다. 반쯤 부서진 문틈으로 정체를 알 수 없는 밝은 빛이 휘황하게 비쳐 나왔다.

현암은 쥐고 있던 문손잡이를 집어 던지고는 부서진 문틈에 손을 넣고 와락 열어젖혔다. 신사의 내부는 아무것도 식별할 수 없을 만큼 밝아서 눈을 뜨기조차 힘들었다. 현암이 긴장한 채 공력을 돌리면서 안으로 발을 내디디려는 순간, 발밑이 허전해졌다.

'함정!'

깜짝 놀란 현암은 재빨리 몸의 중심을 잡고 발을 빼 뒤로 돌아서려 했지만 이번에는 알 수 없는 힘이 현암의 몸 전체를 감싸고 아래로 내리눌렀다. 현암은 저항하지 못하고 중심을 잃은 채 아래쪽을 향해 떨어져 내렸다.

아침 일찍 해가 뜨자마자 박 신부는 준후와 함께 차를 타고 백호와 다른 사람들과 약속한 장소로 갔다. 준후는 불과 조금 전에 박 신부도 같이 간다는 말만 들었을 뿐 상세한 설명을 듣지 못한 터라 어리둥절했다. 박 신부에게는 다른 골치 아픈 일도 많을 텐데, 어찌 보면 별것도 아니고 시간만 잡아먹는 이번 일에 왜 따라나서게 됐는지 구체적인 이야기를 듣지 못해 궁금했다.

준후가 묵묵히 차를 모는 박 신부 얼굴을 바라보다가 입을 열었다.

"신부님, 신부님도 같이 가는 것 맞아요?"

박 신부가 피식 웃었다.

"왜, 내가 같이 가는 것이 싫으냐?"

"아니요. 물론 그런 것은 아니지만…… 갑작스러워서요. 어젯밤까지만 해도 그런 말씀은 없으셨잖아요."

"하하하."

박 신부가 웃으면서 말했다.

"준후야! 네 생각으로는 어떤 것 같으냐?"

"예? 그게 무슨 말씀이세요?"

"아 참. 나 혼자만 생각하느라 너에게 아직도 자세한 이야기를 하지 않았구나. 어젯밤에 말이야……. 이상한 것을 보았단다."

"이상한 거라고요? 뭘 보셨는데요?"

"어젯밤에 뭔가 느끼지 못했니? 하긴, 자고 있었고 기운도 약했으니……."

박 신부는 조용히 미소를 띠면서 어제 본 환영에 대한 이야기를 준후에게 간략하게 들려주었다. 준후는 눈을 깜박거리면서 생각에 잠기는 듯하더니 한참 지나서 입을 열었다.

"환영이라…… 원래 도가의 술수 중에는 자신의 모습을 다른 사람에게 투영시키는 방법이 있기는 하지요. 그런데 정말 그분이 철기 옹 아니었나요? 철기 옹의 영이 뭔가를 알려 주려고 온 것이 아닐까요?"

"그건 아니야. 너도 생각해 보면 알 수 있겠지만, 우리가 있는 곳에는 우리가 불러내지 않고서는 절대로 영이 들어올 수가 없어. 진을 펼쳐 놓은 네가 더 잘 알고 있을 것 아니냐."

"하긴 그래요. 그렇다면 도가의 환영술 같은 종류가 분명한데…… 철기 옹은 아니었겠네요. 죽은 영이 환영술을 쓸 수는 없을 테니까요. 그런데 철기 옹과 그렇게 모습이 닮았다면……."

"준후야! 환영을 보여 줄 때 자신의 모습을 그대로 보여 주지 않고 자신이 상상하는 모습을 나타나게 할 수도 있니?"

준후는 잠시 고개를 갸웃거리더니 말했다.

"글쎄요, 그럴 수도 있겠지만…… 어제 신부님이 본 모습은 말소리를 전달하거나 마음을 전달하지도 못하고 이쪽의 상황을 투시해서 읽지도 못했다면서요. 물론 그 정도도 대단한 술수지만 제 생각으로는 만약 자신을 다른 사람의 모습이나 자기가 상상하는 모습으로 남에게 투사시킬 수 있는 능력이라면 환영이 말을 전달하거나 의사소통을 할 수도 있었을 거예요. 그렇기 때문에 그 모습은 분명 그 주술을 쓴 당사자의 모습일 거라고 생각이 되네요."

박 신부는 나지막하게 한숨을 쉬었다.

"그렇다면 어떻게 된 걸까? 철기 옹은 돌아가셨는데 철기 옹과 그토록 닮은 분이 있다니…… 그리고 그 사람은 우리가 있는 곳을 어떻게 알아냈을까? 우리가 철기 옹을 직접 만난 것은 지난번 강화도에서 왜구들 지박령과의 싸움이 처음이자 마지막 아니었니? 그랬는데……."

준후는 무슨 생각을 하고 있는지 한참 동안 말이 없다가 고개를 설레설레 흔들더니 입을 열었다.

"저도 잘 모르겠어요."

박 신부는 핸들을 돌리면서 천천히 고개를 끄덕였다.

"음, 그래. 곧 알게 되겠지. 누구였든 환영까지 보내서 나에게 뭔가를 알려 주려고 한 것을 보면 이번 일에 중요한 것이 숨겨져 있을 거란 예감이 든다. 그래서 어제 늦게 백호 씨에게 전화를 걸어 여기에 합류하겠다고 생떼를 쓰다시피 해서 허락을 얻어 냈단다, 하하하."

"그런데 신부님!"

"음? 왜 그러니?"

"저도 물론 신부님이 같이 가게 돼서 기분이 좋아요. 그런데 의문이 있는데요. 그 환영이 정말 신부님에게 나타난 것일까요?"

"무슨 말이지?"

"방금 전에 말씀하시길 그 환영이 신부님의 의도를 알아차리지도 못하고 몇 번이고 반복해서 말, 아니! 말도 아니지. 입을 벙긋거리고 손만 휘젓다가 사라졌다면서요. 그렇다면 굳이 신부님에게 전달을 했다고만 보기보다는 우리 중의 누구, 아니 우리 모두에게 뭔가를 전달하려 했다고 볼 수 있지 않을까요?"

박 신부가 듣기에도 그쪽이 더 타당해 보였다. 굳이 박 신부를 지목하지 않았다는 편이 더 자연스러웠을지 모른다. 준후도 그런 사람은 알지 못하는 것 같으니…… 어쩌면 현암이 아는 사람은 아니었을까?

"음, 그래. 네 말이 맞는 것 같다. 그런데 준후야."

"예."

"우리가 이곳에 함께 모여서 지내고 있다는 사실을 아는 사람이 몇이나 될까?"

"글쎄요. 이제껏 만났던 사람 중에 그런 것을 알고 있는 사람은…… 살아 있는 사람으로서는 몇 안 되는데 어쩌면……."

"어쩌면이라니?"

"음. 제가 요즘 백호 아저씨 주변에 영능력자들이 들락거리는 것을 자주 보았거든요. 이번에 같이 가는 사람들 중에도 몇몇 끼어 있고, 전에 우리가 보았던 주기 선생이나 사천왕 같은 사람들도 백호 씨와 연락을 하고 있다고 해요. 그러니까……."

"……."

"우리 은신처를 백호 아저씨는 알고 있잖아요. 백호 아저씨가 그중 몇몇에게 이야기한 걸 수도 있고, 그래서 우리 은신처를 알고 있는 영능력자가 우리에게 환영을 보냈는지도 모르지요."

"그렇다면 일단 백호 씨를 만나서 과거에 철기 옹과 비슷한 사람이 있었는가 알아보면 되겠구나."

"예, 그리고 백호 아저씨보다는 아마도……."

"……."

"어떨지 모르겠지만 혹시 무련 비구니가……."

"무련 비구니? 그건 또 무슨 말이냐?"

"아니에요. 저도 정확히 알지는 못하고 다만 그런 생각이 들어서요. 조금 있으면 알게 되실 텐데요, 뭐."

박 신부는 고개를 끄덕거리면서 차의 액셀러레이터를 힘주어 밟았다. 백호를 비롯해 같이 가기로 돼 있는 사람들을 만나 보면 실마리를 잡을 수 있을 것 같았다. 그러나 전화 통화처럼 쉬운 방법을 두고 왜 굳이 그런 힘든 주술을 사용했을까? 그런 것이 아니라면 현암이나 다른 사람을 통해서 자신들의 은신처를 알고 있는 사람일 확률이 더 높은 것 아닐까? 박 신부는 조급해졌다.

"그나저나 준후야! 현암 군은 어디서 수도(修道)를 하고 있니?"

"글쎄요. 그건 저도 알 수가 없지요. 남도의 인적이 없는 산을 찾아가겠다고 이야기했으니까요."

"음, 그래. 남도란 말이지……."

"신부님 생각처럼 이번 일이 그렇게 중대한 것이라면 현암 형도 꼭 있어야 힘이 될 텐데요."

"그러게 말이다. 승희더러 찾아 달라고 하면 금방일 텐데."

"연락해 보세요."

"전화를 받지 않아. 어디로 나간 모양이다."

"오늘 아침에도 해 보셨어요?"

"응, 물론 해 봤지."

"그럼 이상한데요. 승희 누나가 돌아다니기를 좋아해도 우리에게 이야기도 하지 않고 집을 비우다니, 그건 좀······."

"글쎄다······. 승희도 어른이니 내가 뭐라고 하겠니. 허허허. 성깔이 있기는 하지만 믿을 수 있는 애고, 능력도 있으니 염려할 것은 없다. 나중에 다시 연락해 보자꾸나."

박 신부와 준후가 승희 이야기를 하는 동안 승희는 밤차를 타고 무등산 자락에 도착해 아침 햇빛을 받으며 박 신부에게 전화를 걸고 있었다. 마침 그 시간에 박 신부와 준후는 '프로젝트'에 참가하기 위해 차를 타고 가고 있어 통화가 되지 않았다. 승희는 투시를 해 볼까 아니면 박 신부의 카폰으로 연락을 할까 하다가 별것도 아닌 일에 꼬박꼬박 보고를 해야 하는가 하는 묘한 기분이 들자 그냥 두기로 했다. 투시는 쉬운 일이 아니었고 그런 힘을 쓸 때마다 조금씩 나이를 먹을 수밖에 없다는 사실을 잘 알았다. 그래서 가급적이면 힘을 쓰지 않으려 애쓰고 있었고 지금도 구태여 투시를 하면서까지 박 신부에게 자신의 거처를 알려야 할 필요는 없다고 생각했다.

'그렇지만 조금 나이를 먹더라도 현암 군은 찾아야겠지?'

승희는 다시 현암의 기척을 찾기 위해 정신을 집중했다. 그런데 희한하게도, 분명 차를 타고 이만큼 가까이 왔으니 기척이 서울보다 가깝게 느껴져야 하는데, 오히려 멀게 느껴졌다. 아니, 거리상으로 멀어진 것이 아니라 뭔가 중간에서 방해를 하는지 현암의 자취가 희미하게 느껴질 뿐이었다.

'이상하다, 왜 이러지? 현암 군이 또 무슨 짓을 하고 있나? 수련 중이라고 했으니 별일은 없을 텐데…….'

승희는 신경을 써서 현암의 생각까지 읽으려고 했으나 이상하게도 자꾸 뭔가에 의해 방해를 받는지 현암의 마음속을 도저히 읽어 낼 수가 없었다. 현암이 읽히기를 거부하는 것 같지도 않은데.

'이건 이상한데. 수련을 하러 들어간 곳에서 무슨 일이 생긴 건 아닐까? 하여간에 사고도 많아…….'

승희는 은근히 걱정이 됐으나 그래도 믿는 마음이 있었으므로 걱정은 접고 현암이 있는 곳을 찾아가기로 마음을 먹은 뒤 방향을 잡아 걸음을 옮기기 시작했다. 산속을 헤매고 다녀야 하니 좀 피곤할 것 같기는 했지만.

현암은 조금씩 정신이 들기 시작했다. 눈을 뜨기 전에 제일 먼저 느낀 것은 축축하고 차가운 바닥이었다. 신사의 내부에 감쪽같이 장치돼 있던 함정에 빠져 떨어지면서 정신을 잃은 후, 얼마나 오랜 시간이 지났는지 알 수 없었다. 높은 곳에서 떨어졌다고 해도 이렇게까지 정신을 잃을 정도는 아닌데 어쩌다 정신을 잃었는지 이상했다.

현암은 몸을 조금씩 조금씩 끝부분부터 움직이면서 부러지거나 상한 곳이 없나 꼼꼼하게 살펴보았다. 차라리 몸이 온전하다는 것을 확인할 때까지는 정신을 잃은 척하고 있는 게 좋겠다고 보았기 때문이다. 그리고 조심스럽게 몸을 움직여 본 후 다친 곳이 없는 것을 확인하고서야 서서히 눈을 떴다.

현암이 있는 곳은 땅을 파서 만들어 놓은 듯한 토굴이었다. 사람이 드나든 지 꽤 오래된 느낌이었고 벽은 지하수가 새는지 축축하게 젖은 채 눅눅한 곰팡이 냄새를 풍기고 있었다. 땅속 깊은 곳일 텐데 희한하게도 어둡지 않았다.

현암은 주변을 둘러보다가 천천히 몸을 일으켜 위쪽을 쳐다보았다. 현암이 떨어져 내린 구멍은 수직으로 뚫린 게 아니라 약간 기울어져서 전체가 아닌 한쪽만 보였고 상당히 긴 것 같았다. 그러나 분명 어두워야 할 토굴 안에 희미하게 퍼져 있는 빛에 대해서는 현암도 그 이유를 알 수 없었다.

'도대체 여기가 어디지?'

현암은 주변을 돌아보았다. 이 신사는 분명 일제 시대 때 세워진 것일 테고 적게 잡아도 오십 년 이상 사람들이 오간 적이 없을 텐데 이런 깊숙한 토굴은 언제 누가 만든 것일까? 그리고 도대체 무슨 목적으로 신사의 지하에 이러한 토굴을 뚫었던 것일까? 잠시 생각해 보다가 현암은 자기보다 조금 앞서서 여학생 한 명이 신사 안으로 들어갔다가 사라진 사실을 떠올렸다. 그 여학생도 분명 이 토굴로 떨어졌을 것이다. 현암은 팔목에 차고 있던 시계를 보았다. 시간은 아침나절을 가리키고 있었다.

현암은 몸을 일으켜 세우고 주변을 주의 깊게 둘러보면서 토굴 안으로 서서히 걸음을 옮겼다. 토굴은 사람 하나가 고개를 약간 숙이고 지나갈 수 있을 정도의 높이였고, 통로도 상당히 길었다. 여기저기 버팀목으로 세워 놓은 나무들은 몹시 낡아서 금방이라도 허물어져 버릴 것 같았다.

현암은 조심스럽게 그림자의 방향을 살폈다. 그림자가 드리운 방향을 보면 빛이 어디서 나오는지 알 수 있을 것 같았다. 그러나 방향을 알아내기는 쉽지 않았다.

걸음을 옮기면서 현암은 점점 이상한 느낌이 들었다. 알 수 없는 기운…… 악한 것도 아니고 영기라고는 할 수 없는, 그렇지만 몹시 강렬한 힘을 담고 있는 무엇이 분명 토굴 안에 있었다. 그러나 도대체 어떤 것이 이토록 강렬한 영기를 뿜어내는지 이해할 수 없었다. 조심스럽게 걸음을 옮기다 보니 토굴의 한쪽 벽이 굽어지고 반대쪽에 상당히 넓은 공간이 있었다. 현암은 왼쪽 팔에 차고 있던 월향검을 빼 들고는 벽에 몸을 붙여서 휘어진 통로로 다가섰다. 반대쪽의 인기척은 어디론가 자취도 없이 사라져 버렸다.

'어떻게 된 것일까? 여기에 뭔가 음모가 있는 건 아닐까? 그 여학생 말고 혹시 다른 사람이…….'

현암이 귀에 온 신경을 집중하자 발소리가 희미하게 울려 퍼졌다. 무척 조심해서 발소리를 내지 않고 걸으려 하는 것 같았으나 울림으로 보아 체중이 그다지 많아 나가는 사람은 아니었다. 아까 그 여학생일 것 같아서 현암은 큰마음을 먹고 소리쳐 불렀다.

"여보세요! 거기 누굽니까?"

그러나 응답이 없었다. 현암은 이상한 기분이 들었다. 만약에 저 발소리의 주인공이 여학생이었다면 이런 상황에서 응당 기뻐하고 반가워해야 옳을 것 같은데…….

"여보세요. 겁내지 마세요. 도와드릴게요."

현암은 소리를 계속 치면서 서서히 발걸음을 옮겼다. 그제야 저쪽에서도 반응을 보였다.

"나, 저…… 저…… 아니, 아니……."

앳된 여자의 음성이었다. 여학생이 틀림없는 것 같아서 현암은 안도의 한숨을 내쉬었다.

"겁내지 말아요. 저도 당신과 비슷하게 여기 들어온 사람입니다. 우리 함께 나갈 수 있는 길을 찾아봅시다."

"거짓말이야, 거짓말. 가까이 오지 마. 가까이 오지 마!"

"왜 그러시죠?"

"저리 가! 난 싫어, 싫어! 무서워! 없어져, 없어지라고!"

현암은 여학생이 떠드는 소리에서 이상한 느낌이 들었다.

'무섭다고? 없어지라고? 그렇다면 저 여학생은 이곳에서 무슨 무서운 것이라도 보았단 말인가?'

현암은 잠시 생각하다가 다시 큰 소리로 말했다.

"이봐요. 무서워하지 마세요. 나도 당신처럼 이곳에 굴러떨어진 사람입니다. 당신과 똑같은 보통 사람이란 말이에요. 제가 도와드릴 수 있을 겁니다. 숨지 말고 이쪽으로 나오세요."

대답 대신 큼직한 돌멩이가 휙 하고 날아왔다. 그러나 살의가 담겨 있지는 않았다. 힘을 잔뜩 실어 던지는 것 같지도 않았다. 현암은 가볍게 돌멩이를 피하고는 소리쳤다.

"겁내지 말라니까요!"

"저…… 저, 정말, 정말이죠?"

여학생은 이제야 긴장이 풀리는 듯 울먹거리는 목소리로 말했다. 잠시 동안 기다리자 저쪽에서 흐느끼는 소리가 들리더니 한쪽의 움푹 파인 어두운 구석에서 여학생이 주춤주춤 고개를 내밀었다. 현암은 미소를 지어 보이고는 조금씩 그녀에게로 다가섰다.

"자, 자. 이제 겁낼 것 없어요. 겁낼 것……."

현암이 채 말을 마치기도 전에 여학생은 울음을 터뜨리더니 자리에 털썩 주저앉았다.

'저런. 이 안에 뭔가 있긴 한가 보다. 방심하면 안 되겠군.'

현암은 여학생 쪽으로 다가갔다. 여학생이 나왔던 한쪽 구석의 방에서 희미한 빛줄기가 새어 나오고 있었다. 그러나 그 빛은 백열등과는 다르게 광선이 보이지도 않으면서 은은하게 사방을 가득 채워, 현암도 강렬한 영기를 느낄 수 있었다.

"자, 이제 됐어요. 겁먹지 말아요."

현암은 주저앉아 엉엉 울고 있는 여학생의 등을 다독거려 주었다. 여학생은 계속해서 흐느끼며 뭔가 말하려는 것 같았으나 입이 떨어지지 않는지 계속 웅얼대고 있었다.

"자, 자, 괜찮다니까요. 이제 나갈 방법을 찾아봅시다. 혹시 이 안에 다른 사람이 더 있는 것 같지는 않았나요?"

여학생은 계속 눈물을 줄줄 흘리며 흑흑거리면서 현암의 얼굴을 쳐다보았다. 귀엽고 앳돼 보이는 얼굴이었는데 눈물과 먼지로 범벅이 돼서 눈만 초롱초롱 빛나는 것이 더욱더 애처로워 보였다.

"저 안쪽에 시, 시……."

"예, 뭐라고요?"

"저 안쪽에 시체…… 그…… 그런데도 그게…… 그 이상한 게 자꾸 나와서 나는 저기……."

"자, 자……. 침착하게 말해 봐요."

"그게 나와서 나는 저 시체…… 시체 옆에서 계속…… 계속 난…… 난…… 더…… 그 이상한 게 더 무서워서……."

현암은 한숨을 쉬면서 입술을 살짝 깨물었다. 무슨 말인지 대강 짐작은 할 수 있었다. 그러니까 이 여학생은 토굴에 떨어진 뒤 뭔가에 쫓겨서 몸을 피하다가 저 안의 움푹한 방을 찾아냈는데 그 안에 시체가 있었던 모양이었다. 그렇다고 시체가 무서워 밖으로 나가면 그 이상한 것에게 잡힐 것 같고, 결국 그래서 할 수 없이 시체가 있는 방에서 거의 하룻밤을 보냈다는 뜻 같았다.

'이상하다. 만일 그렇다면 그 이상한 것은 어째서 저 안으로는 쫓아 들어가지 않았지?'

현암은 잠시 고개를 갸웃하다가 다시 여학생의 등을 토닥거려 주며 말했다.

"자, 자. 겁먹지 말고 얘기해요. 이젠 괜찮아요. 그 이상한 것이라는 게 도대체 뭐죠?"

현암이 묻자 여학생은 무서웠던 기억이 다시 떠올랐는지 몸을 부르르 떨었다. 눈물을 줄줄 흘리며 현암에게 매달리다시피 하면서 떠듬떠듬 입을 열었다.

"유…… 유령이요."

"도대체 어떤……."

"그것, 그것은…… 으, 으악!"

여학생은 갑자기 말하다 말고 소리를 지르면서 뒤로 기다시피 하며 몇 걸음을 물러섰다. 현암이 그녀가 응시하는 곳을 쳐다보니 토굴 저편에서 회색의 형체 하나가 일렁이며 이쪽으로 날아오고 있었다. 현암은 일단 여학생을 일으키려 했으나 다리의 힘이 풀렸는지 비명만 지르면서 움직이려 하지 않았다. 할 수 없이 현암은 기공력을 약간 올려서 여학생을 가볍게 들어 올려 토굴 안쪽으로 들여보내려 했다. 그러자 여학생은 고래고래 소리를 지르며 현암에게 죽자 살자 들러붙어 떨어지지 않았다.

"가, 가기 싫어요! 거긴 가기 싫어요! 거기 있는 시체는……."

"자, 걱정 말고 내 뒤에 잠깐만 숨어 있어요. 아이고, 이렇게 잡고 있으면……."

현암은 어찌할 바를 몰랐다. 힘 약한 여자라지만 혼신의 힘을 다해서 매달리는 바람에 제대로 몸을 움직일 수가 없었다. 그렇다고 힘을 주어 뿌리칠 수도 없고…….

"잠깐만요, 이것 좀 놔 달란 말이에요. 잠깐만요!"

현암이 어쩔 줄을 몰라 당황하고 있는 사이에도 회색의 형체는 서서히 둘을 향해 움직였다. 늙고 두 눈이 퀭하게 뚫린 모습. 그 영은 찢어진 옷자락을 펄럭이면서 뭔가 움켜쥐는 듯한 자세로 양손을 내밀며 두 사람 앞으로 날아왔다.

현암은 자신에게 달라붙는 여학생을 떼어 내길 포기했다. 여학생은 거의 넋이 나간 상태라 함부로 힘을 쓸 수도 없었다. 무엇보다도 회색의 형체가 빠른 속도로 다가오는 것을 먼저 처리해야 했다. 현암은 월향검으로 그냥 두 쪽을 내 버릴까 하다가 일단 그래서는 안 될 것 같다는 마음이 들었다. 이토록 오래된 신사 밑에 비밀리에 건립된 토굴 속을 헤매고 다니는 유령이라면 뭔가 사연이 있을 것 같았다.

현암은 자신에게 엉겨 붙는 여학생의 팔을 뿌리치면서 월향검을 뽑고 몸에 공력을 돌렸다. 오른손에 공력을 집중하자 월향검에서는 기다란 검기와 함께 귀곡성이 울려 나왔고, 현암의 몸에서는 자연스럽게 반탄력이 형성돼 여학생을 밀어 내게 됐다. 여학생은 난데없이 여자의 비명이 울리자 덩달아 소리를 지르면서 뒤로 풀썩 쓰러졌다. 그 비명에 그만 현암은 순간적으로 주의가 산만해졌고, 월향검의 날카로운 검기를 보고 주춤거리던 영은 그 틈을 놓치지 않고 현암에게로 달려들었다.

영의 공격을 피하려던 현암이 순간적으로 몸을 움찔거렸다. 지금 자신이 피한다면 뒤쪽에 있는 여학생이 영에게 붙잡힐 것이 아 닌가. 현암은 엉거주춤한 자세에서 검기가 맺혀 있는 월향검을 날카롭게 그었다. 파바박 하는 소리와 함께 월향검에서 뿜어져 나온 날카로운 검기는, 덮쳐드는 영의 왼쪽 팔과 어깨 부분을 마치 종이를 자르듯 가볍게 그었고, 영의 어깨와 왼쪽 팔은 파삭 소리를 내면서 그대로 쓰러져 버렸다. 그러나 영은 현암의 공격에도 아랑곳 않고 현암이 미처 중심을 잡지 못해 자세가 흐트러진 틈을 타서 투명하고도 앙상한 손을 현암의 왼쪽 어깨에 밀어 넣었다.

"으악!"

현암의 비명이 토굴 안을 크게 울렸다. 하필이면 공력으로 보호받고 있지 못한 왼쪽 어깨를 붙잡힌 것이다. 영은 비록 물리력은 없는 것 같았으나 투명한 손가락이 몸속을 파고들자 마치 근육을 후벼 파내는 것처럼 격렬한 고통과 함께 참을 수 없는 으슬으슬한 한기가 몰려들었다.

현암은 휘청하며 뒤로 쓰러지려는 몸을 겨우 가다듬고 왼쪽으로 반 바퀴쯤 돌려 영의 손아귀에서 빠져나오려고 했으나 소용없었다. 영의 손은 현암의 어깨 속에 깊숙이 박힌 채 팔목이 고무줄처럼 쭉 늘어났다. 현암의 공격에 왼쪽 어깨 부분이 부서져 없어졌는데도 고통을 느끼거나 타격을 받은 것 같지 않았다.

현암은 이를 악물고 있는 힘을 다해서 월향검을 쥔 손에 공력을 집중했고 월향검은 공력을 받아 다시 한번 길게 귀곡성을 울렸다. 월향의 검기가 허공을 날카롭게 휘젓고 지나가자 이번에는 영이 허공에서 둘로 갈라지더니 둥둥 떠 있는 영의 하반신 부분이 스러져 없어졌다. 그러나 이번에도 충격을 받지 않은 것 같았다. 영이 해골과 같이 앙상한 입을 헤벌리면서 웃는 듯한 표정을 짓자 몸에 소름이 쫙 끼쳤다.

'뭐 이런 놈이…… 으윽!'

현암은 다시 비명을 지를 뻔했다. 영의 손이 더욱더 안쪽으로 파고든 듯, 이루 형용할 수 없을 정도로 불쾌하고 음울한 한기가 일어나 견딜 수 없었다. 현암은 곧장 두 동강 내 버릴 생각으로 내리쳤던 월향검을 위로 쳐올렸다. 영의 그림자는 현암의 어깨에 박고 있는 손을 회전축으로 해 빙글 돌면서 공격을 피했다. 현암은 이제 온몸이 저릿저릿하고 꽁꽁 얼어붙는 듯해 버티고 서 있기조차 어려웠다. 현암이 쓰러지자 영은 입을 쫙 벌리면서 현암에게 달려들었다. 사방에 웃음소리 같은 것이 메아리가 돼 토굴 안에서 어지럽게 흔들렸다.

여학생은 자신의 앞에 서 있던 현암이 고통스러워하며 쓰러지자 기절할 듯한 비명을 질러 댔고, 현암은 넘어지는 와중에도 기합을 내지르며 영을 향해 월향검을 던졌다. 영의 웃음과 현암의 분노에 찬 고함, 여학생의 비명이 뒤섞여 좁은 토굴 벽에 마구 메아리쳤다.

월향검이 귀곡성을 내며 빠르게 날아갔으나 영은 월향검의 공격을 피하더니 이제 득의만만한 눈에서 붉은빛을 번뜩이며 현암의 어깨를 깊숙이 헤집고 다가섰다. 고통스러워하는 현암의 얼굴에 영이 내뿜는 붉은빛이 비치자 여학생은 뒤로 쓰러져서 기절해 버렸고, 현암 역시 온몸이 꽁꽁 얼어붙어 아무리 공력을 돌리려 기를 써도 팔은 조금도 움직이지 않았다. 현암은 있는 힘을 다해 길게 소리를 질렀다.

"월향, 어서!"

막 그 영이 현암의 몸속으로 완전히 비집고 들어가려 하는 찰나, 귀곡성을 울리면서 월향검이 빠른 속도로 호선을 그리며 날아왔다. 번뜩이는 빛을 사방에 뿌리며 날아든 월향은 방심한 영의 뒤통수에 박혀 들어가 앞이마를 뚫고 나왔다. 현암의 눈앞에 흰빛이 번뜩하면서 아슬아슬하게 현암을 피해 정수리 바로 위쪽의 땅에 푹 하고 꽂혔다. 영은 이제야 고통을 느끼는지 형체가 흐릿해지면서 흐물흐물 녹아내렸다. 영의 신음이 사방에 울려 퍼지자 주변의 돌이며 흙들이 와르르 무너지기 시작했다. 잠시 후 영은 바로 현암의 코앞에서 폭발하듯 터져 버렸고 현암은 그 힘을 이기지 못하고 뒤로 여러 번 데굴데굴 굴러 안쪽의 석실로 나가떨어졌다.

겨우 몸을 일으키려고 하는 현암의 눈에, 토굴의 좁은 벽 안에 쌓여 있는 시커멓게 삭아 버린 나무 상자들과 벽에 점점이 박힌 채 흰빛을 뿜어내는 옥색 구슬들이 보였다. 그리고 자신의 바로 밑에 한 사람이 반듯한 자세로 누워 있었다. 쪼글쪼글하게 늙고 체구가 몹시 작은 노인이었다. 노인의 얼굴을 본 현암의 얼굴에 심한 경련이 일었다.

'아니! 철기 어르신이 여기에 어떻게……'

영의 모습이 사라졌음에도 석실 바깥쪽에서는 단말마의 비명이 계속 울려 토굴의 사방을 떨리게 했고, 벽에 박혀 있던 옥색 구슬들은 밖의 영들이 비명을 질러 댈 때마다 점점 붉은빛을 띠어 갔다.

"아니, 이건……."

상황이 어떻게 돌아가는 것인지 알 수는 없었으나 본능적으로 위기감을 느낀 현암은 이를 악물면서 몸을 일으키려 했다. 그러나 몸이 움직여지지 않았다.

"월향!"

현암의 목소리를 들었는지 저쪽의 땅바닥에 꽂혀 있던 월향이 다시 날카로운 소리를 지르면서 날아왔다. 현암은 간신히 오른손을 뻗어서 월향검을 움켜쥐며 아직 남아 있는 공력을 아낌없이 월향에 주입시키고는 왼손으로 넘어져 있는 철기 옹의 팔목을 만져 보았다. 그러나 그 팔목은 섬뜩한, 이미 목숨을 잃은 사람의 식어 버린 팔목일 뿐이었다.

현암은 더 이상 몸을 가눌 힘이 없었다. 수백 마리 벌레들이 기어가는 느낌과 으스스한 한기, 저릿저릿한 고통 때문에 손끝과 목 위를 제외한 다른 부분은 조금도 움직일 수가 없었다.

'여기서 나가야 해. 나가야…….'

토굴은 점점 더 심하게 흔들리고 있었고 벽에 박혀 있던 옥색 구슬들은 더욱더 새빨간 빛을 띤 채 마치 화약처럼 섬광을 일으키면서 폭발했다. 폭발로 인해 구슬이 조각나고 그것이 흰 가루로 변해서 몸에 내려앉자 현암은 더 이상 견디지 못하고 길게 소리를 질렀다.

"월향! 나를, 나를 내보내 줘!"

현암에게 받은 공력을 비행하는 데만 쓰려는 건지 검기가 사라진 월향은 현암을 질질 끌면서 힘겹게 앞으로 나아가기 시작했다. 현암은 월향검을 꼭 쥔 오른손과 왼손, 그리고 얼굴을 제외하고는 아무런 감각이 없었다. 처음에 방심했던 것이 잘못이었을까. 이토록이나 지독한 술수를 부릴 줄 몰랐던 것이 실수라면 실수였다. 월향은 힘겨운 듯 토굴의 벽을 따라 현암을 질질 끌면서 앞으로 나아가고 있었다.

석실은 현암의 뒤에서 와르르 무너져 내렸다. 현암은 이성을 잃고 얼굴이 하얗게 질린 채 넋이 빠진 모습으로 앉아 있는 여학생을 보았다. 다시 정신이 든 모양이었다. 현암은 멍하니 주저앉아 있는 여학생의 옷자락을 왼손으로 아슬아슬하게 움켜잡았다. 월향은 무게가 가중되자 힘에 겨웠는지 주춤거렸다. 그러나 토굴이 온통 흔들릴 만큼 날카로운 귀곡성을 내면서 힘을 내 현암과 여학생의 몸을 끌고 토굴 벽을 따라 나아갔고, 토굴의 안쪽에서는 구슬이 터지는 소리가 갑자기 수그러들더니 곧이어 천둥과 같은 폭음이 울려 퍼졌다. 토굴은 천장에서부터 걷잡을 수 없이 무너져, 질질 끌려가는 현암과 여학생의 뒤를 쫓듯이 허물어졌다.

어느새 월향은 신사로 연결된 구멍 입구까지 둘을 끌고 왔다. 날카로운 소리를 지르면서 구멍을 향해 솟구쳐 올라가려 했으나 두 사람의 몸을 들어 올릴 정도의 힘은 없었다. 다시 한번 찢어지는 비명을 지르며 위로 솟구쳐 오르려 했지만 역시 마찬가지였다. 여학생의 얼굴은 하얗게 질려 있었다. 그때 갑자기 여학생이 잡고 있던 현암의 왼손을 놓았고, 그러자 현암의 몸이 위로 솟구쳐 올라가기 시작했다.

"아…… 그건 안……."

떨어지는 여학생의 하얀 얼굴이 슬픈 미소를 띠고 있었다. 마치 사방이 정지돼 있고, 전혀 다른 곳에 가 있는 듯한 느낌…… 여학생의 얼굴 위로 동생 현아의 얼굴이 겹쳐 보였다. 자신이 구해 주지 못한 동생 현아의 모습이…….

'안 돼. 그건 안 돼!'

현암은 월향을 쥐고 있던 오른손을 놓았다. 월향검의 날카로운 비명이 더 크게 현암의 귓전을 스쳤다. 커다랗고 널찍한 바윗덩어리 하나가 현암의 뒤를 따라 같이 떨어져 내리고 있었다.

되돌아오는 출발

간략한 인사와 소개를 나누고 손을 흔들며 일행을 전송하는 백호를 뒤에 두고, 박 신부와 준후를 포함한 일행이 탄 차는 아침 출근의 혼잡함이 가라앉은 도심 거리를 미끄러지듯 빠져나갔다. 승합차를 개조한 차의 뒷부분에는 무전기를 비롯한 몇 가지 장비가 실려 있었고, 운전하는 요원을 포함해 모두 일곱 명의 사람이 동승하고 있었다.

박 신부는 조금 겸연쩍었는지 준후의 얼굴을 슬쩍 쳐다보고는 자신과 일을 같이하게 될 여러 사람들의 얼굴을 찬찬히 살펴보았다. 맞은편에는 박 신부나 준후가 잘 알고 있는 승현 사미가 앉아 있었다. 백제암에서 사천왕과 함께 지내던 승현은 나이도 어리고 특별한 기술이나 능력은 없었지만, 나라 자손인 데다가 풍수나 지세를 보는 눈이 뛰어나다고 추천을 받아 이번 일에 동행하게 됐다. 승현의 왼쪽에는 수염을 시커멓게 기르고 덩치가 커다란 삼십 대 후반의 험상궂은 남자와 몸이 빼빼 마르고 염소수염을 한 한복 차림의 남자가 앉아 있었다. 텁석부리는 스스로를 임악(林岳) 거사라고 일컫는 사람으로 우도방(右道方)[1]에서 상당히 알려졌다는 사람이었다. 그 옆의 삐쩍 마른 남자는 풍수를 보는 데는 우리나라에서 몇 손가락 안에 꼽힌다고 하며 고문 경전에도 통달했다는 묘한 인상의 정 선생이라는 남자였다. 박 신부의 왼쪽에는 준후가 앉아 있었고 준후 왼쪽에서 조용히 합장하듯 고개를 숙이고 있는 사람은 과거에 아미파 검사였던 현정이었다. 지금은 출가해 무련이라는 법명의 비구니가 됐지만……. 그녀는 회색 장삼을 걸친 채 염주 알을 만지작거리고 있었다.

---

[1] 도가 술객 모임인 도방은 좌도방과 우도방 두 계열이 있다. 좌도방은 기문둔갑술과 같은 술법이나 부적술 같은 재주를 중시하는 파이고, 우도방은 순수한 정신 수련을 중시하는 파이다. 그러나 궁극에 이르면 차이 없이 하나로 합류된다고 한다.

무렵, 승현과는 꽤 반갑게 인사를 나누었지만, 임악 거사와 정 선생이 박 신부를 대하는 눈치는 자못 쌀쌀했다. 그도 그럴 것이 풍수와 지세를 찾으러 가는 길에 난데없이 가톨릭 신부가 끼어들었다는 것이 잘 이해가 되지 않았을 것이고, 무슨 훼방이나 놓으려고 끼어든 줄 오해하고 있는 것 같았다. 그렇다고 그들이 특별히 무슨 말을 하거나 적대적인 행동을 취한 것은 아니라서 먼저 말을 걸기도 어색했다. 무엇보다도 가끔씩 자신을 스치는 그다지 호의적이지 않은 눈길에 박 신부는 거의 숨고 싶은 기분이었다.

그들에게 말을 걸더라도 자연스럽게 대화가 이어질 것 같지 않아서 박 신부는 머뭇거리다가 앞에서 빙글빙글 웃으며 얼굴을 빤히 쳐다보고 있는 승현에게 말을 걸었다.

"승현 사미, 그동안에 별일 없이 잘 지내셨나? 다른 분들도 안녕하시고?"

승현은 애교 있는 웃음을 지으며 합장을 하고는 고개를 끄덕거렸다. 그러고는 장난기 섞인 말투로 박 신부의 물음에 대답했다.

"백제암의 큰스님과 사천왕 네 스님께서 신부님이 저와 동행하신 것을 알면 마음 든든해하셨을 겁니다. 그분들이 무척 걱정을 하셨어요."

"허허, 신부님이 그렇게 대단한 사람이셨소?"

승현의 말을 끊고, 임악 거사가 곱지 않은 투로 끼어들었다. 옆에 앉아 있던 정 선생은 쥐새끼 같은 표정을 지으면서, 나이에 어울리지 않게 졸랑거리더니 임악 거사의 옷소매를 잡아당겼다. 임악 거사는 부리부리한 눈으로 박 신부를 훑어보고 나서 못 이기는 척 입을 다물었다. 박 신부는 못 들은 척하고는 다시 승현에게 말을 건넸다.

"같이 갈 예정이 아니었네만, 뭔가 중요한 일이 생길 것 같은 예감에서 동행을 자원했다네."

"예. 그러시군요. 아미타불."

승현이 중얼거리는데, 갑자기 준후가 장난삼아 승현의 발을 톡 건드렸다. 승현도 씩 웃으면서 준후의 발을 톡톡 찼다. 어른들 속에만 묻혀 있다가 또래를 만나게 되니 반가웠던 모양이었다.

박 신부는 흐뭇한 표정으로 둘을 바라보다가, 준후의 옆에 눈을 감은 채 염주 알만 만지작거리고 있는 무련을 향해 눈을 돌렸다. 아까부터 그녀의 눈빛은 이상하리만치 슬프고 처연한 듯이 보였다. 박 신부가 아까 인사를 했을 때도 무련은 다만 합장하며 고개만 까딱해 보이면서 박 신부가 뭔가 입을 열려고 하자 중얼거리듯 말했다.

"소승은 이미 출가한 몸이니 속세의 일에 대해서는 말하실 것이 없습니다. 다 인연대로 순리대로 되겠지요. 아미타불."

전에 준후가 이야기했던 대로 현정, 그러니까 무련은 그사이에 여러 가지 일들을 겪었던 듯, 옛날의 투지만만하고 패기 있던 모습이 아니라 보고만 있어도 애처로운 모습을 하고 있었다. 박 신부는 저렇게 눈을 감고 있는 사람에게 말을 걸기도 뭣했고, 어떤 말을 해야 적당할지 알 수가 없어서 입을 열려고 머뭇거리다가 다물었다. 무릎 옆에는 여전히 헝겊으로 싼 기다란 막대기 같은 것이 놓여 있었다.

'청홍검이겠지. 출가했어도 저것은 아직도 가지고 다니는구나.'

박 신부는 야릇한 기분과 씁쓸한 기분을 동시에 느꼈다.

차내에서는 임악 거사의 흥흥대며 빈정거리는 듯한 콧소리와 그에 개의치 않고 발 장난을 쳐 대는 준후와 승현의 떠드는 소리, 그리고 단조로운 차의 엔진 소리만이 들려왔다. 박 신부는 첫 번째 목적지인 설악을 돌아본 뒤, 잘 곳을 정해 밤에 쉴 때쯤 차차 자신의 입장을 밝히고 화해해 나갈 생각이었다. 아무리 임악 거사가 못마땅하게 여긴다 하더라도 괜한 싸움을 하고 싶지 않았다.

단조로운 정적을 깨고 카폰 소리가 울려 퍼졌다. 운전을 하던 요원은 날렵하게 카폰을 들고 뭐라고 하더니 뒤쪽을 보며 말했다.

"박 신부님, 전화입니다."

"전화라고요? 내게 무슨……"

"받아 보십시오."

승희였다. 흥분했는지 떨리는 목소리로 말을 하고 있었지만 전화의 감이 안 좋았다.

[신부님?]

"응. 승희냐? 아니…… 여기는 어떻게 알고……"

박 신부가 대답을 하자마자 승희가 떼를 쓰는 듯하기도 하고 화가 난 듯한 목소리로 외치기 시작했다.

[아니, 신부님은 도대체 거기서 뭘 하고 계시는 거예요. 연락하

려고 얼마나 힘들었는지 알아요? 도대체 여기 일이 어떻게 돼 가는지도 모르시고…… 신부님은 너무해요! 너무해요!]

정신없이 쏟아져 나오는 승희의 말에 박 신부는 어안이 벙벙했으나 몇 번 헛기침을 한 다음에 말을 이었다.

"승희야. 왜 그러니? 도대체 무슨 일이라도 있었니?"

[큰일 났단 말이에요. 현암 군이 다 죽어 가요!]

"뭐라고!"

박 신부는 놀라서 눈을 크게 떴다.

박 신부에게 반쯤은 신경질을 내고 반쯤은 울먹거리는 목소리로 대강의 상황을 털어놓은 승희는 현암이 회복되면 자세한 이야기를 다시 전하기로 하고 전화를 끊었다.

현암의 자취를 찾아 무등산 자락의 나지막한 계곡으로 올라가고 있던 승희는 현암의 주변에서 강한 영기를 느꼈다. 그 기운은 현암에게 호의적이지 않았다. 더군다나 그 정체는…….

승희는 그날 오후 늦게야 간신히 반쯤 허물어져서 삐걱거리고 있는 신사를 찾아냈다. 신사는 지탱해 주고 있던 주술의 힘이 현암과의 싸움으로 폭발해 버린 탓에 허물어져 내리고 있었다. 승희는 투시를 통해 신사의 밑에 현암이 있다는 것을 알아냈고, 함정을 찾아 무작정 밑으로 내려갔다. 근처에서 밧줄 한 가닥을 구해 몸을 묶고서 내려가 보니 현암이 반쯤 흙더미에 뒤덮인 채 정신을 잃고 쓰러져 있었고, 현암의 양쪽에는 반으로 갈라진 커다란 바위가 한 쪽씩 떨어져 있었다.

도대체 무슨 일이 벌어졌었는지 마음속을 투시하려 해도 현암은 의식을 잃은 채 꿈 비슷한 것을 꾸고 있는 상태일 거라서 우선 현암의 머리맡 땅속에 깊이 꽂힌 월향검부터 조심스럽게 빼내어 품 안에 넣었다. 흐느끼는 듯 나지막하게 귀곡성을 내는 월향검을 다독이고는 몸 위에 덮여 있는 흙을 치우고 현암을 빼냈다. 그런데 뜻밖에도 현암의 밑에는 앳돼 보이는 여학생 하나가 같이 정신을 잃고 쓰러져 있었다.

"어라, 이건 누구지?"

승희는 무슨 일이 벌어졌는지 궁금했지만 어차피 현암이 정신을 차려야만 사건의 진상이 밝혀질 터였다. 승희는 현암과 이 여자를 끌어내야겠다는 마음을 먹고 한 시간가량 손발이 부르트도록 씨름을 해서 겨우 두 사람을 바깥으로 옮겨 놓았다. 잠시 후에 여학생이 정신이 돌아오는지 신음을 냈다. 충격을 받은 듯 덜덜 떨고 있는 여학생을 보고 있노라니 이유 없이 미워졌다. 승희는 여학생에게 현암 옆에 꼼짝 말고 있으라고 톡 쏘듯이 말을 던지고는 도움을 청하기 위해 마을로 내려갔다. 마을 역시 난장판이었다. 놀러 왔던 대학생들도 실종된 여학생을 찾기 위해 밤을 꼬박 새워 가며 법석을 떨고 있었다. 승희는 투시력을 발휘해서 그들이 찾는 사람이 현암과 같이 있었던 여학생이라는 것을 알아냈다.

승희는 학생들의 도움을 얻어 현암과 여학생을 병원으로 옮겼다. 여학생은 약간의 충격을 받았을 뿐 특별히 다친 데는 없었고,

현암도 겉보기에는 멀쩡했다. 그런데 참으로 희한한 것이 현암의 몸속에서 여태까지 볼 수 없었던 이상한 한기가 느껴졌다. 체온계로 재었을 때는 정상적이었지만 현암의 몸에 손을 갖다 댈 때마다 섬뜩섬뜩 얼음같이 차가운 기운이 승희의 몸속까지 뻗쳐 온몸에 쫙쫙 소름이 돋았다.

의사들은 주사를 놓기도 하고 갖가지 방법으로 치료해 보려고 애를 썼으나, 현암은 알 수 없는 한기에 부들부들 떨며 약도 넘기지 못했고 주삿바늘도 몸속으로 파고들지 못한 채 모두 부러지고 말았다. 승희도 그렇지만 의사들도 매우 당황했다. 승희는 정신을 간신히 가다듬고 법석을 떠는 의사들을 내버려둔 채 박 신부에게 도움을 청하기 위해 전화를 했던 것이다.

'도대체 현암 군이 이 꼴이 됐는데도 팔자 좋게 쇠 말뚝이나 찾으러 다니고 있다니…… 바보들!'

승희는 신경질이 나 그렇지 않아도 화난 듯이 보이는 눈썹을 더욱 치켜올렸다. 그래도 박 신부한테 전화를 하니 불안한 마음이 조금 가셨다.

겨우 신경질을 가라앉히고 현암의 방으로 올라간 승희는 또다시 성질이 왈칵 치밀어 올랐다. 아까 현암의 몸 아래에 안겨(?) 있었던 여학생이 옆에서 눈물을 주룩주룩 흘리는 모습이 보였던 것이다. 승희는 이유도 없이 이 여자가 꼴 보기 싫었고 당장 뭐라고 말을 해서 쫓아낼까 하다가 먼저 마음속을 들여다보기로 했다. 그런데…….

'아니, 저런, 저런! 저 계집애가 지금 무슨 생각을 하고 있는 거야. 이거 정말……'

마음속은 터무니없을 정도로 단순했다. 목숨을 구해 준 것을 고맙게 생각하는 한편으로 은근히 현암에게 마음을 쏟고 있었다.

'이런 불여우 같은 것이 있나!'

승희는 자기가 왜 화를 내는지 알 수 없었다. 뒤에 사람이 있다는 것도 모른 채 눈물만 흘리고 있는 여학생을 끌어내려다가, 여학생이 아까 벌어졌던 광경들을 떠올리는 것을 보고 화를 삭인 뒤 마음속을 살폈다. 화를 내기보다 사정을 정확히 알고 싶어진 것이다.

여학생은 담력 시험을 하다가 신사의 안으로 들어섰고 토굴 속으로 떨어졌다. 그리고 그 안에서 펄럭거리면서 다가오는 회색 유령을 보고 놀라서 토굴을 헤매고 다니다가 쫓기다시피 막다른 방에 들어가게 됐는데, 그곳에는 한 구의 시체가 누워 있었다.

'어! 이상하다. 철기 옹…… 철기 어르신 아니야? 그분의 시신이 왜 저기에 있지?'

승희는 이상하다고 여기고는 계속해서 생각을 읽었다.

밖에는 유령이 있고 안에는 시체가 있다. 정신이 흐트러져서 우왕좌왕하고 있던 차에 현암의 목소리가 들렸고 무슨 방법을 썼는지 모르지만 놀라운 힘과 용기로 유령을 없애 버렸다. 자신을 위해서…….

'놀고 있네! 너를 위해서라고? 웃겨!'

승희는 투덜거리면서도 생각을 읽어 나갔다. 다음에는 정신을 잃은 듯했는데 안에서 폭발이 일어났고 현암이 위험에 처해 있는 자신을 구해 주었다. 그러고 나서 두 사람은 알 수 없는 힘에 의해 공중으로 몸이 솟구치다가 다시 서서히 내려갔고…… 현암 혼자였으면 충분히 위로 빠져나갈 수 있다는 것을 알았다. 어떻게 위로 오르고 있는지는 몰랐지만.

승희는 월향의 힘으로 현암이 위로 빠져나오려고 했다는 결론을 내렸다. 그러나 둘을 끌어 올리기에는 역부족이었다. 여학생은 고마운 남자를 위험에 빠뜨리고 싶지 않았다. 뒤에는 계속 토굴 벽이 무너져 내렸고…… 그래서 여학생은 잡고 있던 현암의 손을 놓아 버렸다. 그런데 천만뜻밖에도 현암이 따라 떨어져 여학생을 보호하기 위해서 쏟아져 내리는 흙더미를 몸으로 가려 주었다. 집채만 한 바위가 뒤따라서 떨어지는데 흰빛이 번쩍하더니 바위가 양쪽으로 갈라지는 것을 보면서 여학생도 정신을 잃었다.

승희는 여학생의 기억을 통해 무슨 일이 벌어졌는지 짐작할 수 있었다. 현암의 성격으로 볼 때 여학생이 그를 생각해서 손을 놓았다고 하더라도 자기 혼자 빠져나가려고 하지는 않았을 것이다. 현암의 성격을 알고 있던 승희로서는 짐작하지 못할 바가 아니었지만, 그런 일이 실제로 있었다는 것을 알고 나자 이 여학생이 아까보다 더 미워졌다.

'요 불여우 같은 것이 없었다면 현암 군은 다치지도 않고 무사히 빠져나왔을 것 아냐? 죽으려면 저나 죽지, 왜 현암 군을 이 꼴로 만들어? 이런 못된! 몹쓸! 망할! 빌어먹을!'

집채만 한 돌덩이가 떨어져서 현암과 여학생을 짓눌러 버리려고 할 때 번쩍하고 바위를 갈라낸 것은 월향이었을 것이다. 승희는 눈물을 억지로 참으며 자신의 품 안에 있는 월향검을 쓰다듬었다. 월향검이 파르르 떨고 있는 것을 느끼면서 승희는 마음속으로 이야기했다.

'고마워.'

승희의 상상은 울고 있던 여학생이 기척을 알아차리고 뒤를 돌아봄으로써 중단됐다. 둘의 시선이 마주치자 승희는 어떻게든 이 여학생을 못살게 굴어야 속이 시원할 것 같았다.

"아…… 안녕하세요. 뭐라고 말씀을 드려야 할지……."

"뭐라고 말씀드려야 될지 모르겠으면 아무 말도 말아요!"

"아…… 아니에요. 어떻게 그럴 수가 있겠어요. 저…… 정말, 고마워요, 고마워요."

"고맙긴 뭐가 고마워요. 저기 쓰러져 있는 저 멍청이한테나 고맙다고 그러시죠."

"멍청이라뇨?"

여학생은 승희가 거침없이 현암을 보고 멍청이라고 하자 금방이라도 대들 듯한 표정을 지었다가 다시 누그러뜨렸다. 그 모습을 보고 승희는 또다시 여학생이 미워져서 속이 부글부글 끓어오르는 것을 간신히 참았다. 여학생이 슬픈 얼굴로 말했다.

"저분과 잘 아시는 분이신가 보죠?"

승희는 시무룩하게 있다가 쌀쌀맞게 내뱉었다.

"그래요, 원래 잘 알아요. 잘 알았으니까 꺼내 줬죠. 그냥 묻혀 있게 내버려둘 걸 잘못했어."

"아니, 무슨 말을 그렇게 하세요!"

"내가 어떻게 하든 무슨 상관이에요? 저 바보 같은, 으으! 얼간이, 아이구! 열 받아!"

승희가 분통을 터뜨리자 여학생은 무슨 영문인지 모르겠다는 듯 겁먹은 눈만 깜박거리며 승희를 바라보았다. 승희는 더 이상 참지 못하고 문을 쾅 닫고 나가 버렸다. 그러나 곧 현암이 여학생과 둘만 있다는 데 생각이 미치자마자 후다닥 문을 열고 병실로 다시 들어왔다. 그러고는 태도를 돌변해 뭐라 뭐라 수다를 떨면서 여학생을 잡고 끌다시피 밖으로 데리고 나갔다.

"어디 아픈 데는 없나요? 이젠 괜찮아요? 다 나았나요?"

정신없이 승희가 떠들어 대면서 문밖으로 데리고 나오는 바람에 여학생은 정신이 없는 듯 따라나섰다. 승희는 계속 똑같은 말만 되풀이하면서 병실 문을 쾅 닫고는 대답할 틈도 주지 않고 쏟아 뱉듯이 말했다.

"자, 자. 아가씨도 많이 다쳤으니까 이렇게 나와서 돌아다니면 안 돼요. 자기 병실에만 꼭 있고 바깥으로 나오지 말아요. 알았죠? 꼭 그렇게 하는 거예요. 약속했죠? 예? 알았어요? 어서 들어가요. 들어가라고요!"

승희는 뭐라고 말하려 하는 여학생을 몰아넣다시피 병실에 들여보내고는 문을 쾅 닫았다. 그리고 문에 기대어 서서 분을 참지 못하고 한참을 씩씩거렸다.

"으으! 열 받아."

전화를 끊고 나서 박 신부는 한동안 생각에 잠겨 있었다.

'도대체 어떻게 해서 수련을 하던 현암 군이 심하게 다쳤을까? 무슨 일이 생겼단 말인가?'

현암은 박 신부와 처음 만났을 때와는 비교도 되지 않을 정도로 공력이나 무술이 훨씬 증진된 상태였다. 그런 현암을 그토록 중상에 빠뜨릴 무언가가, 하필이면 현암이 수련하러 들어간 조용한 산중에 나타났다는 사실이 실감 나지 않았고, 또 승희가 어떻게 알고 현암을 구해 주게 됐는지 의아할 따름이었다. 세상일에는 우연의 일치라는 게 있다고들 하지만, 박 신부로서는 이 모든 일들이 우연의 일치라기보다는 무슨 운명의 장난에 홀려서 말려들게 된 것은 아닐까 염려됐다.

준후도 박 신부의 얼굴이 심상치 않은 것을 보고 걱정이 되는지 한참 동안 쳐다보다가 간신히 입을 떼었다.

"신부님. 현암 형이 어떻게 됐대요? 승희 누나가 뭐라고 해요?"

박 신부는 한숨을 깊게 내쉬면서 말했다.

"현암 군이 심하게 다쳐서 병원에 입원해 있다는구나. 이걸 어떻게 해야 할지……."

입장이 난처했다. 당장이라도 현암에게 달려가고 싶은 마음이 굴뚝같았으나 이 프로젝트에 참여하겠다고 생떼를 쓰다시피 해

겨우 합류하게 되지 않았는가? 그것도 바로 어젯밤에. 그런데 얼마 지나지도 않아서 다시 혼자 빠져나가기가 영 꺼림칙했다.

'그렇지만 지금 면목이고 체면이고 중요한 게 아니지. 현암 군이 일을 당했다는데 어떻게 가만있을 수가 있나.'

잠시 생각에 잠긴 박 신부가 준후에게 나직한 목소리로 말했다.

"준후야. 내가 아무래도 현암 군에게 가 보아야 할 것 같구나. 그리고……."

박 신부는 고개를 들어 쑥스러운 표정으로 차 안을 둘러보며 말했다.

"잠깐 죄송한 말씀을 드리겠습니다. 제 발로 들어오겠다고 해 놓고서 일을 하기도 전에 다른 일 때문에 나간다는 게 좀 뭣하기는 하지만 이해해 주십시오. 백호 씨께도 제가 설명을 드리도록 하겠습니다. 그러니까……."

박 신부가 계속 말을 이으려는데 임악 거사가 말꼬리를 잡고 늘어졌다.

"음. 신부님께서는 참으로 정중하신 분이군요. 마음대로 왔다가 마음대로 가시고, 정말 편안하시겠습니다."

박 신부는 뭐라 대꾸할 수도 없어서 잠시 임악 거사를 쳐다보고 있는데 준후가 눈초리를 올리면서 소리를 쳤다.

"세상일이 그럴 수도 있는 것 아니겠어요? 언제 급한 일이 생길지 거사님도 알 수 없잖아요. 그만큼 중요한 일이 생겨서 그러는 건데."

임악 거사는 준후의 목소리를 듣고 오히려 껄껄껄 너털웃음을 터뜨렸다.

"보자 보자 하니 너무하는군. 능력이 있다 해서 아이까지 나를 업신여겨? 인생이 어떻고 세상일이 어떻다고? 너 지금 몇 살이냐?"

준후는 아차 싶었으나 뭐라고 변명을 하지 못하고 우물쭈물했다. 승현도 무서웠는지 눈만 말똥거리며 세 사람을 번갈아 쳐다보았다. 정 선생이 옷자락을 잡아당기면서 말려 보려 했지만 아까와는 달리 이번에는 임악 거사도 들으려 하지 않았다.

"보아하니 아는 사람이 다친 모양인데 그렇다 해도 이렇게 여러 사람이 같이하는 중요한 일에 마음대로 들어왔다 나갔다 장난감 다루듯 할 수가 있는 겁니까? 도대체 우리를 뭐로 생각하는 거요? 그냥 자신들의 재주가 높다 해서 우리 따위는 안중에도 없다 그 말씀이시군. 좋소. 나도 당장 돌아가겠소. 돌아가서 나 혼자 일을 하든지 차라리……."

박 신부와 준후는 어떻게 대처해야 할지 몰라 쭈뼛거렸다. 뭐라 대답할 수 없고 화가 나기도 했지만 한편으로는 부끄럽기도 해서 말하지 못했다. 그런데 그 와중에 갑자기 조용한 음성이 끼어들었다.

"이번 일이 그렇게까지 시간을 다투는 일이라고는 생각지 않습니다. 비록 한 사람의 안위에 관한 일일 뿐이지만 그것을 먼저 해야 할 필요도 있을 법합니다."

말을 꺼낸 사람은 여태까지 아무 말 없이 가만히 앉아 있던 무련이었다. 무련도 현암의 안위가 걱정이 되는 모양이었다. 무련이

와불(臥佛)이 일어나면 111

조용히 말을 이었다.

"연락이 되지 않아서 우리와 합류하지는 못했지만 현암 시주의 능력은 정말 대단합니다. 이번 일에 그분이 동참하게 되면 일이 훨씬 수월해질지 모릅니다. 제 생각엔 아예 우리가 예정을 바꾸어서 현암 시주의 상태를 본 뒤, 도울 수 있는 일은 돕는 것이 어떨까 합니다. 거사님도 아시다시피 능력을 지닌 분들은 비슷한 능력자에게 도움을 받아야 할 때가 많지 않습니까? 그래서 일단 그분을 도운 뒤, 함께 이 일을 수행해도 결코 늦는다거나 손해가 되지는 않을 겁니다. 어떻게 생각하시는지요?"

저쪽에 있는 승현이 큰 소리로 대답했다.

"그래요. 그분은 참 좋은 분이고 능력도 대단한 분이에요. 같이 다닌다면 좋겠어요."

"하! 원 참……."

임악 거사는 계속 툴툴거리는 표정이었다.

"나는 아무것도 아니라 이거요? 그래, 그러면 그 현암이라는 자와 같이 가야 마음이 편하고 나는 도움이 되지 않을 것 같다, 이 말씀이시군. 좋소, 맘대로 하시오. 나는 원래 예정대로 내 길을 가겠소. 다 가든지 말든지 신경 쓰지 않을 테니 그렇게 하란 말이요. 아마 백호 씨도 갑자기 예정을 바꾸는 것을 찬성하지는 않을……."

임악 거사가 말을 하는 도중 또 한 번 전화벨이 울렸다. 운전하던 요원이 잠시 전화를 받더니 말했다.

"백호 검사님의 전화입니다. 승희라는 분에게 이야기를 들었다고요. 심상치 않은 일이 발생한 것 같으니 계획을 바꾸어서 무등산 쪽의 일부터 수행하는 것이 어떠냐고 말씀하시는군요. 특별히 여러분들이 반대하시지 않는다면 예정된 코스를 그쪽으로 바꾸는 것이……."

임악 거사의 얼굴이 붉어지면서 씩씩거렸지만 반대로 준후의 얼굴은 웃는 얼굴로 바뀌었다.

동해안을 향하던 차는 방향을 바꾸어서 되돌아가기 시작했다. 박 신부는 임악 거사라는 사람에게 미안한 마음을 감추지 못했으나 동시에 마음속에서는 또 다른 생각이 떠올랐다.

'도대체 승희에게 무슨 이야기를 들었기에 백호 씨는 그쪽이 더 급하다고 판단했을까?'

현암이 다쳤다고 프로젝트의 일정을 수정한다는 것은 공적인 업무를 수행하는 백호에게 어울리지 않는 일이었다. 그렇다면 예기치 않았던 뭔가를 알아냈거나 무슨 일이 발생했다는 말인가?

박 신부가 심각하게 생각에 잠긴 가운데, 차는 남쪽으로 진로를 바꾸어서 달려가고 있었다.

한빈 거사

어느덧 시간은 저녁때를 가리키고 있었다. 그사이 의사와 간호사들이 병실을 들락거리며 여러 방법을 써서 현암을 검진했다. 덜

덜덜 떨고 있는 현암을 침대째 싣고 가서 엑스레이를 찍기도 하고 단층 촬영인지 뭔지도 해 보았지만 소득은 전혀 없는 것 같았다.

승희는 걱정이 된 나머지 현암 뒤를 졸졸 따라다니면서 의사들의 마음속을 읽어 보려 했다. 그들은 지금 현암의 증상에 대해서 전혀 감을 잡지 못했다.

의사들은 두 가지 증상에 놀라고 있었다. 한 가지는 현암의 몸 주위에 팽팽하게 퍼져서 주사나 약을 전혀 받아들이지 않게 하는 힘에 대한 의문이었다. 그럴 때마다 승희는 속으로 답답하고 한심하다는 생각이 들었다. 현암의 공력에 의한 무의식적인 반탄력이 분명한데 그것을 아픈 증상이라고 취급하고 저렇게 법석을 떨고 있으니. 또 한 가지는 원인을 알 수 없는 한기였다. 정도가 얼마나 심한지 현암의 얼굴은 얼어 죽은 사람처럼 새파랗게 변해 있었고 온몸을 멈추지 않고 와들와들 떨었다. 한기의 원인만은 승희도 알 길이 없었고 도대체 어떤 방법에 의해서 현암 같은 철골이 저 모양 저 꼴이 됐는지 짐작되는 게 하나도 없었다. 그러나 어쨌든 지금 현암을 저 모양으로 만든 것은 몸속에 들어가 한기를 느끼게 만드는 무엇임이 분명했고, 바깥으로 뻗쳐 나오는 힘은 의식을 잃은 상태에서 현암이 무의식적으로 한기를 몰아내기 위해 공력을 운행하기 때문일 것이다. 승희는 의사들을 따라다니면서 성질을 이기지 못하고 몇 번이나 어떻게 된 것이냐고 물었으나 알아내고 있는 중이니까 염려 말라는 판에 박힌 말만 들었다. 다른 사람들이야 의사들의 그런 말에 위안을 받을 수도 있겠지만, 마음을 훤히 들여다볼 수 있는 승희에게는 그런 선의의 거짓말이 더욱더 속을 펄펄 끓게 만들었다. 그렇다고 그들에게 당신들 속을 뻔히 안다거나 하나도 감을 못 잡고 있는 것이 아니냐거나 현암의 공력이 몸에 퍼지고 있다거나 하는 따위의 얘기를 할 수는 없었다. 그 말을 하면 자기까지 미친 사람 취급을 할 것이 분명했다.

승희는 울화가 치밀어 올라서 참을 수 없었다. 이럴 줄 알았으면 병원 말고 차라리 한의사에게 보였으면 더 쉬웠겠다는 생각도 뒤늦게 들었지만 엎질러진 물이었다.

승희가 채근하는 통에 의사와 간호사도 폭발하기 일보 직전이었다. 간호사, 의사와 한바탕 말다툼을 하고 울상이 돼 병실로 돌아온 승희는 눈물이 그렁그렁 맺힌 채 현암의 옆에 무릎을 꿇고 앉아서 손을 꼭 잡고 있는 여학생의 모습을 목격했다.

"이것 봐요. 왜 자꾸 여기 와서 이러고 있어요? 이 환자는 절대 안정이 필요하단 말이에요. 안정! 안정! 알겠어요?"

승희가 언성을 높이자 여학생은 멍한 눈으로 현암의 손을 꽉 쥔 채 승희를 올려다보았다.

"그렇게 소리를 치는 게 안정에 더 방해가 되지 않을까요?"

"아니, 뭐라고? 지금 도대체……."

"도대체 왜 그러시는 거죠? 저는 이분이 걱정이 돼서 그러는 건데요. 이분 성함이 현암 씨 맞나요?"

"그건 알아서 뭐 하게요?"

"왜 제가 알면 안 되죠? 이분은 제 생명을 구해 주셨는데…….

와불(臥佛)이 일어나면

아, 이분이 신기한 힘을 가지고 있는 사실이 알려질까 봐 그러시는 거죠? 그건 염려하지 마세요. 절대 말 안 할게요."

"절대 말 안 한다고 그러면서 왜 지금 나한테는 말하죠?"

"그건 억지예요. 잘 아시는 사이라고 하셨잖아요. 이렇게 신경을 쓰시는 것을 보면 그 문제 때문에 그러는 모양인데 저도 어쩐지 기억나는 게 없어요. 그래서 뭐라 설명을 드릴 수가 없네요."

'기억이 안 나기는 뭐가 기억이 안 나? 내가 이미 훤하게 다 아는데. 이 여우 껍데기를 확……. 아니, 이 쪼그만 것이 그래도 남자 보는 눈은 있어 가지고 도대체 이건 뭐…… 어떻게 해야 되나. 아이구, 열 받아!'

승희가 화를 내자 품속에 있던 월향검이 움직이는지 나지막한 떨림이 전달됐다. 여학생이 승희의 옷 속에서 뭔가가 움직이는 것을 보고 눈을 휘둥그레 뜨자 승희는 재빨리 꼼지락거리는 월향검을 손으로 꾹 눌렀다.

'아이고, 이런! 이것까지 보여 주면 큰일 나겠군!'

승희는 생글생글 웃음을 띠면서 여학생에게 무슨 말을 하려고 했다. 승희가 표정을 바꾸자마자 여학생은 겁먹은 듯이 주춤거리면서 뒤로 물러섰다.

"아니, 왜 그러세요? 또 저를 제 방으로 밀어 넣으려고 그러시죠? 그러지 마세요. 같이 있게 해 주세요. 네? 저도 걱정돼서 그런단 말이에요."

"누가 걱정해 달라고 그랬어요? 이렇게 아무 말도 못 하고 누워 있는 게 안 보여요? 당신이 옆에 있으면 맘이 편하다고 이 바보가 그러던가요?"

 승희는 그 말을 하고 나서 얼굴에 웃음기를 싹 거두며 무서운 표정을 지어 보였다. 그러나 여학생이 울먹이는 모습을 보이자 미안한 생각이 들었다. 그것도 잠시, 여전히 현암의 손을 꼭 붙들고 있는 것을 보고는 다시 열이 받아 큰 소리로 말했다.

 "당장 나가요, 나가! 도대체 이런 머저리 같은 친구를 생각해서 뭘 한다는 거예요? 이 친구는 아가씨 같은 사람한테는 관심이 없으니까 신경 쓰지 말고 제발 좀…… 아이고, 이걸 뭐라고 얘기해야 하나. 답답해서……."

 승희가 분에 겨워 가슴을 통통 두드려도 여학생은 울먹이면서 현암의 손을 놓지 않았다.

 "이것 좀 놔요. 잡고 있으면 뭐가 나와요?"

 승희가 매몰차게 현암의 손에서 여학생의 손을 떼어 내자 여학생은 뾰로통해지더니 손을 더 꼭 잡았다.

 '어쭈! 해보겠다, 이거지?'

 승희가 완연히 전투태세로 여학생의 손을 떼어 내려고 하는 순간, 뒤에서 걸걸한 목소리가 들려왔다.

 "어허, 여자들은 좀 비키게나."

 승희는 깜짝 놀라서 뒤를 돌아보았다. 언제 나타났는지 얼굴이 시뻘겋고 머리를 길게 기른, 술주정뱅이 같은 인상을 주는 텁석부리 노인 하나가 서 있었다. 현암 못지않게 너절한 옷차림을 하고 있었으나 눈만은 번쩍번쩍 빛났고 몸에서는 이상한 기운이 느껴졌다.

"하…… 할아버지는 누구시죠?"

"왜, 나도 다리가 두 개고 걸어 다닐 수 있는데, 오면 안 되나?"

"아니, 그래도……."

노인은 승희를 위아래로 자세히 훑어보더니 껄껄껄 웃음을 터뜨렸다.

"이거 놀랍군그래. 아가씨 같은 말괄량이의 몸속에 어떻게 이런……."

노인은 말을 하다 말고 옆에 또 다른 여자가 눈물을 글썽이며 자신을 쳐다보는 것을 보고 흠흠 헛기침을 하더니 말을 이었다.

"아무튼 지금은 내가 나서야 한단 말이야. 그러니 잠시 비켜 주시겠나? 시답지 않은 의사 나부랭이들이 들어오지 못하도록 해 주고."

"할아버지는…… 아니, 영감님은……."

"할아버지에서 영감이라, 조금 올라갔나? 좌우간 긴말하고 있을 틈이 없어. 요 녀석이 매우 위험하단 말이야!"

"아니, 현암 군이 위험하다는 건 어떻게 아셨어요? 그리고 누구시죠? 저는……."

승희가 더 말을 이으려고 했으나 노인은 말을 막고 엄숙한 얼굴로 승희에게만 들리도록 말을 건넸다. 입도 거의 움직이지 않고 조그마한 소리로 움찔거릴 뿐이었는데 승희는 그 목소리를 똑똑히 들을 수 있었지만 옆에 있는 여학생은 말을 전혀 듣지 못했다.

이건 전음술(轉音術)[2]이라 저 아가씨는 들을 수 없으니 걱정은 하지 말게. 또 내가 어떻게 알았는지 궁금해하지도 말고. 타심통(他心通)[3]은 아가씨만 할 줄 아는 게 아니라네.

'전음술, 타심통…… 그게 뭐지?'

승희가 의심을 품자 노인은 승희의 마음속을 알아차린 듯 말했다.

남의 마음을 읽을 수 있는 재주 말이야. 설마 아가씨 혼자만 그런 재주를 지니고 있다고는 생각하지 않겠지?

노인의 얼굴이 약간 풀려, 웃는 표정으로 계속 전음술을 써서 승희에게 말했다.

나는 이놈을 아주 잘 알고 있지. 이 녀석은 나한테 일 년 정도 술수를 배우다가 자기 성질에 못 이겨서 뛰쳐나간 멍청이라네. 이놈의 마음씨가 갸륵해 이제껏 그대로 놔두며 도방(道方)의 규제도 막아 주고 간섭을 하지 않았네만, 지금은 그러면 안 될 것 같아서 나타난 것일세. 알겠나?

승희는 현암에 관한 이야기들을 떠올려 보았다. 현암에게 스승이자 은인이라고 말할 수 있는 사람은 단 두 분, 도혜 선사와 한빈

---

[2] 내공으로 소리를 모아 가늘게 퍼져 나가도록 만들어 원하는 사람에게만 소리를 전달하는 도가의 술수이다.
[3] 공력의 수위가 올라가면 터득하게 되는 방법으로, 다른 사람의 마음을 읽어 내는 도가의 술수이다. 정신 수련이 어느 정도 단계에 접어들면 상단전이 발달하면서 자연스럽게 얻게 된다고 한다.

거사뿐이었다. 그러나 도혜 선사는 스님이니 이런 모습은 아닐 테고, 그러면 이분이 한빈 거사란 말인가?

놀란 승희가 비명을 지르기도 전에 한빈 거사가 전음으로 말했다.

음, 그래. 이제 의심이 풀리나? 좌우간 이 친구가 꼭 풀어야 할 일이 앞에 기다리고 있고, 나는 별로 시간이 없단 말이야. 그러니 이 친구를 회복시켜 주는 동안 아까 내가 말한 대로 어중이떠중이들이 이 방에 들어오지 못하게 막아 주게나. 알겠어? 여기 있는 아가씨도 데리고 나가고. 잘못하면 우리 둘 다 위험해진다네.

승희는 놀라서 얼빠진 듯이 고개를 끄덕일 뿐이었다.

'한빈 거사라니…… 그렇다면 현암 군의 스승이 직접 나타나셨단 말인가?'

또한 한빈 거사도 자신과 같은 투시력이나 독심술을 갖고 있는 사람이란 말인가? 그렇지 않고서야 어떻게 현암이 이런 일을 당하고 여기까지 온 것을 알고 있단 말인가?

승희는 이해되지 않는 것들이 한두 가지가 아니라 머릿속이 복잡했다. 그러나 한빈 거사가 급하다는 듯이 손짓하는 바람에 승희는 정신이 번쩍 들었다. 어찌 됐든 지금은 한빈 거사를 믿을 수밖에 없었다. 시퍼렇게 질린 얼굴과 몸을 부들부들 떨고 있는 모습, 그리고 손을 댈 때마다 현암의 몸에서 서늘하게 느껴지는 한기가 승희에게 더 이상 다른 생각을 못 하도록 만들었다. 승희는 거의 반강제로 여학생을 질질 끌다시피 밖으로 데리고 나가서 그 앞에 버티고 섰다.

"다른 사람은 물론이고 나한테도 절대로 아무 말 하지 말아요. 아무도 들어오지 못하게 해야 해요."

여학생이 뭔가 불만을 토로하려고 하자 승희는 싸늘하게 말을 내뱉고는 여학생의 눈을 쳐다보았다. 승희의 눈빛에서 뭔가를 느꼈는지 여학생도 고개를 끄덕거렸다.

둘은 문 앞에 경호원처럼 뻣뻣하게 버티고 서서 지나가는 사람들을 엄숙한 표정으로 감시하기 시작했다. 누가 보면 참 웃기는 일이었다.

백호와 몇 번을 통화해서 현암이 입원한 병원의 위치를 알아낸 박 신부 일행은 무등산이 보이는 광주 시가지로 접어들었다. 오는 내내 임악 거사는 화가 풀리지 않은 듯 간헐적으로 헛기침을 하면서 창밖만 내다보고 있었고, 박 신부는 깍지를 끼고 몸을 앞으로 숙인 채 침중한 얼굴로 아무 말 없이 앉아 있었다. 정 선생은 이리저리 남의 눈치만 살피고 있었고, 무련은 염주 알을 뱅글뱅글 돌리면서 눈을 감은 채 묵묵히 앉아 있었다. 준후와 승현은 주변의 분위기에 눌려서 아무 말도 하지 못해 답답한지 몸을 뒤척였다.

한참이 지나서야 준후가 뭐가 생각났는지 눈을 말똥말똥 뜨고 무련에게 말을 걸었다.

"저번에 보고 나서 참 오래됐죠. 그렇죠?"

"예, 그렇군요."

무련이 눈을 반쯤 뜨고서 살짝 웃으며 대답했다. 준후는 일단 말을 꺼내기는 했으나 다음에 할 말이 떠오르지 않아 더듬거리다가 어린애들 특유의 돌발적인 질문을 툭 꺼냈다.

"근데 왜 출가할 생각을 하셨어요?"

박 신부는 그 말을 듣고 조금 뜨끔했지만 엎질러진 물이었다. 그런 질문을 함부로 해서는 안 된다는 생각이었으나, 어린애가 스스럼없이 물어본 거라 상대가 이해해 줄 것 같기도 했다. 무련은 얼굴에 동요하는 빛을 보였지만 곧 평상시의 얼굴로 돌아왔다.

"아미타불. 글쎄요······. 후후후."

무련은 호흡을 고르고 나서 나지막한 소리로 준후의 질문에 답했다.

"지난번 우리가 헤어지고 나서 저는 저의 의모님의 시신을 수습해서 장례를 치렀지요. 철기 어르신의 시신도 같이요. 그런 다음에 그분들의 옛날이야기가 궁금해져서 그분들의 과거를 조사하러 다녔어요. 도대체 왜 두 분께서는 그렇게 서로를 생각했으면서도 아웅다웅하며 끝까지 화해하지 못하고 지냈는지 말이지요. 두 분은 돌아가실 때까지 앙숙이었지만 속으로는 언제나 서로를 그리워하고 있었다는 것을 알게 됐답니다. 왜냐하면 의모님이 저를 거두어서 길러 주시다시피 했기 때문에······."

무련은 말을 하다 말고 잠시 창밖을 내다보았다. 그 눈빛은 애틋한 것 같기도 했고 무슨 깊은 사연이 있는 것 같기도 했다. 출가했음에도 불구하고 옛날 일들이 다시 생각나서일까? 무련은 거의 무아지경 상태에 빠져 이야기를 술술 이어 갔다.

"행적을 조사하던 끝에 저는 두 분이 무엇 때문에 그렇게 됐는지 알게 됐답니다. 두 분이 섬기는 신이 서로 대립했기 때문이었어요. 그래서 속으로는 서로를 생각하고 계시면서도 언감생심 마음을 품지도 못하고, 고통을 받으면서 평생을 사실 수밖에 없었답니다."

"신이요? 두 분이 모시는 신이 서로 맞지 않다니요?"

박 신부는 자신도 모르게 안타까운 생각이 들어서 무련에게 불쑥 말을 꺼냈다.

"글쎄요. 그건…… 두 분의 믿음이었으니 저도 내면까지 속속들이 알지는 못하지요. 하여간 그분들께 그런 고충이 있었습니다. 그분들의 옛날이야기를 조사하다가 철기 어르신의 형님을 만나 뵌 적이 있는데 대부분의 이야기는 그분에게서 들은 것이죠. 그러고 나서……."

"앗, 잠깐!"

박 신부는 무련의 이야기를 듣다 말고 중단시켰다. 박 신부가 보았던 그 환영, 그것은 철기 옹의 모습과 똑같지 않았던가? 그런데 철기 옹의 형님이 무련과 만난 적이 있다면 형님이 아직도 살아 계신단 말 아닌가. 그렇다면 혹시…….

"혹시 철기 어르신의 형님 되시는 분이 철기 어르신과 용모가 흡사하지 않습니까?"

무련은 의아한 듯 반쯤 감고 있던 눈을 뜨더니 고개를 끄덕이면서 말했다.

"예. 두 분은 쌍둥이시랍니다. 또 두 분 다 신내림을 받아 박수가 되셨고, 그리고……."

"그랬군."

박 신부는 깊은 한숨을 내쉬면서 침을 꿀꺽 삼켰다. 그렇다면 환영을 보냈었던 것은 철기 옹이 아니라 철기 옹의 형님일 거라는 확신이 들었다.

"혹시 그분께 우리 이야기도 했습니까?"

무련은 어떻게 알았냐는 듯 놀랍다는 표정으로 박 신부를 쳐다보면서 고개를 끄덕였다. 어떻게 박 신부가 그분을 알까 궁금한 모양이었다.

"예. 철기 어르신이 돌아가셨을 때의 상황을 얘기하면서 잠시 여러분 말씀을 드린 적이 있습니다. 아마 우리나라에서 신부님이나 현암 시주, 그리고 여기 준후나 승희 시주만큼 능력이 큰 분은 없을 것이라는 말도요. 퍽 깊은 인상을 받으신 눈치였답니다."

"그분은 지금 어디에 계십니까?"

"예? 글쎄요. 그건 잘 모르겠네요. 그분도 아마 우리와 비슷한 일을 하고 계실 거예요."

박 신부가 의아한 표정을 짓자 무련이 담담하게 웃으면서 말을 이어 갔다.

"그분은 항상 일본이 우리나라의 지혈에 쇠 말뚝질을 한 것에 대해서 비분강개하고 계셨지요. 그래서 말뚝들을 없애고 제거하는 데 거의 평생을 바치셨어요. 그러나 정부에서도 그렇고, 또 어떤 특별한 자료가 있는 것도 아니어서 그냥 산천을 여행하시면서 보이는 대로 그런 쇠 말뚝을 제거하는 것이 당신의 사명이라고 여기고 계셨어요."

"그렇다면 그분의 존함은?"

"은기(銀基) 옹이라 불러요."

"은기 옹? 그분도 철기 옹만큼이나 대단한 능력을 지니신 분이 아니셨던가요?"

"예, 그래요. 철기 옹보다 위이면 위였지 아래는 아닐 거예요. 그러나 은기 옹께서는 우리나라 중요한 산에 쇠 말뚝이 박히게 된 것을 저지하지 못했다는 자책감 때문에 세상에 거의 모습을 드러내지 않았지요."

"그건 또 무슨 말입니까?"

"일제 시대 때 총독부의 관할 아래서 우리나라 지혈에 말뚝질을 가한 주모자 중의 한 명이 스기노방이에요. 스기노방에 대해서는 저번에 만나 보셨을 테니까 잘 알고 계시겠지요."

"예, 그건 알지요. 아! 그리고……."

박 신부는 희미하게 기억이 났다. 지난번 강화도 싸움에서 철기 옹은 스기노방이 자신의 형과 도력을 겨루다가 단단히 패한 적이 있었다고 말했고, 또한 그 후에 우리나라의 지혈을 끊는 데 스기노방이 주도적인 역할을 했다는 이야기도 했다.

"혹시 그러면 예전에 스기노방을 도력으로 눌러 이기셨다는 분이 바로 그 은기 옹이십니까?"

"예. 맞아요. 은기 옹이 젊으셨을 때 밀교의 수법을 자랑하던 스기노방을 단신으로 찾아가서 담판을 지으려고 하셨던 모양이에요. 도력을 펼쳐서 스기노방을 제압하셨지요. 그러고는 원통해하는 스기노방을 향해서 '우리나라는 산천의 기운이 홍하고 뻗친 나라이기 때문에 지금 너희가 아무리 날뛰어도 결코 우리를 어찌할 수는 없을 것'이라고 말씀하셨답니다. 그런데 그 말 한마디가 스기노방으로 하여금 우리나라의 산천에 못질을 해야겠다는 결심을 하는 계기가 될 줄은 미처 예상하지 못하셨던 거예요. 정말 그 일 때문에 스기노방이 그런 계획을 세웠는지는 알 수 없지만, 은기 옹께서는 그렇게 믿고 계셨답니다. 그 이후로 평생 동안 곳곳의 명산을 찾아다니면서 말뚝들을 제거하려 하신 겁니다."

"그러나 은기 옹께서 산천의 말뚝을 다 제거하셨다면 우리가 할 일이 없는 것이 아닙니까? 특별히 관청에서 문서를 찾지 않더라도 풍수에 조예가 있는 사람과 같이 다니셨으면 모르긴 몰라도 십 년 이내에 다 찾아낼 수 있었을 것 같은데요?"

"은기 어르신께서는 풍수학에는 조예가 없으셨을 뿐 아니라 당신으로 인해 문제가 발생한 만큼 남의 도움을 받아서는 안 된다고 생각하셨죠. 철기 어르신과 마찬가지로 그분도 몹시 자존심이 강하고 고집이 센 분이셨어요."

박 신부는 나직이 한숨을 쉬었다. 무련의 말을 듣고 나니 사건들의 전말이 이해가 됐다. 박 신부의 머릿속으로 몇 가지 생각이 스치고 지나갔다. 은기 옹은 퇴마사들에 대해서 무련에게 말을 들어서 익히 알고 있었다. 그러한 은기 옹이 어떤 일을 당했는지 모르지만 도움을 청하고자 했다면 퇴마사에게 환영을 내보냈을 법도 했다. 도대체 은기 옹은 어떤 상황에 처해 있었기에 그런 힘든 주술을 써 가면서 자신들에게 메시지를 남기려고 했을까? 은기 옹이 그때 말하려고 했던 입 모양이나 동작을 제대로만 이해할 수 있었으면 하는 아쉬움이 박 신부의 마음속에 자꾸 치밀어 올랐다.

박 신부는 뭔가 깊은 생각에 잠겨 있었고 옆에 있는 준후까지도 박 신부가 무슨 생각을 하는지 알아내기 위해 골머리를 앓는 것을 보고 무련은 눈을 들어 가만히 그들을 바라보았다. 박 신부가 무슨 말을 하려다가 고개를 흔들고는 굳게 입을 다물었다. 일단은 현암의 안위가 걱정이 됐고, 지금 임악 거사와의 말다툼으로 냉랭한 분위기에서 그런 자세한 이야기까지 하고 싶지는 않았던 것이다.

준후와 무련이 일상적인 이야기들을 나누고, 박 신부가 고심하는 사이 차는 어느덧 현암이 입원해 있는 병원 부근에 당도했다.

병원 주차장에 차를 세운 뒤 다들 자리에서 일어나려 했지만 임악 거사와 정 선생은 내리려고 하지 않았다.

"우리는 여기 있겠소."

"저는 가 봐도 되는데……."

임악 거사는 딱 잘라 말한 반면, 정 선생은 우물쭈물했다. 그러나 임악 거사가 부리부리한 눈으로 째려보자 정 선생은 찔끔하면서 옆에 순순히 앉았다. 박 신부는 한숨을 내쉬고는 말했다.

"편안한 대로 하십시오. 곧 오겠습니다."

일행은 병원 안으로 들어가서 창구에 있는 간호사에게 현암이 몇 호실에 입원해 있는지 물었다. 그러자 간호사는 정말 이상하고 골치 아프다는 눈치로 자기 앞에 있는 일행을 빤히 쳐다보았다.

그도 그럴 것이 앞에 선 네 사람의 복장이 평범해 보이지 않았기 때문이다. 사제복을 입고 있는 신부에다 비구니, 자그마한 동자승과 한복을 펄렁거리면서 눈만 껌벅거리고 있는 작은 아이.

"1210호실입니다."

간호사는 현암이 입원한 병실을 알려 주고는 뭐가 이상했던지 연신 고개를 갸웃거렸다.

"왜 그러죠?"

박 신부가 뭔가 꺼림칙한 눈치를 보이는 간호사에게 조심스럽게 물었다.

"무슨 일이 있었습니까? 그 환자에 대해 알고 계신가 보죠?"

간호사는 고개를 설레설레 흔들며 어이가 없다는 듯 웃었다.

"지금 이 병원에서 그 환자를 모르는 사람은 아무도 없어요."

"예?"

준후가 되묻자 간호사는 준후의 얼굴이 귀엽다는 듯 잠시 쳐다보더니 나지막한 소리로 말했다.

"그 환자야, 아직도 의식이 회복되지 않고 있는 상태니 문제랄 게 없지요. 그런데 여자 둘이 앞에서 난리를 치고 있어요. 조금 있으면 수위 아저씨라도 불러서 강제로 끌어낼 모양이던데……."

"예?"

박 신부는 고개를 갸웃했다. 현암의 병실 앞에서 두 명의 여자가 소란을 피우고 있다니…… 한 명은 분명히 승희일 테지만 다른 한 명은 누구이기에 무슨 이유로 현암의 병실 앞에서 소란을 피운단 말인가?

"빨리 올라가 봅시다."

"예. 그러지요."

일행은 서둘러서 엘리베이터를 잡아타고 현암이 입원해 있는 십이 층 병실로 향했다.

"도대체 뭐 하자는 겁니까? 제발 좀 비켜 달란 말이에요!"

"안 돼요! 절대 안 돼요!"

엘리베이터 문이 열리자마자 승희의 앙칼진 목소리가 들려왔다. 박 신부는 반갑기도 하고 또 한편으로는 승희가 왜 저러는지 궁금해서 서둘러 엘리베이터를 나와 소리가 들리는 쪽을 향해 빠르게 걸음을 옮겼다. 다른 사람들도 박 신부를 따라 승희가 있는 곳으로 갔다.

이미 병실 앞에는 승희와 또 한 명의 여자가 문을 막아선 채 앞에 서 있는 의사와 간호사, 간호조무사들과 심한 말다툼을 벌이고 있었고, 병자들을 위문하러 온 사람들이나 붕대를 두른 환자들까지도 목을 내밀고 희한한 구경거리를 쳐다보고 있었다.

"도대체 뭡니까? 환자의 치료를 거부한다면 왜 병원에 입원시켰어요?"

"그까짓 아무리 찔러도 들어가지도 않는 주사를 놓으면 뭘 해요? 약 먹인다고 약이 넘어나 갑디까?"

"아니, 그렇다면 도대체 우리한테 어쩌라는 말입니까? 환자를 맡기셨으면 치료를 하도록 해 주셔야죠."

"환자를 입원시킨 것은 저니까 제 판단에 맡겨 주세요. 좌우간 지금은 가만두란 말이에요."

"그 환자는 대단히 위중합니다. 지금 치료를 받지 않으면……."

"치료는 무슨 치료야! 당신들이 치료를 했어?"

승희는 화가 머리끝까지 치밀어 오른 듯 얼굴이 새빨갛게 변해서 반시비조로 욕에 가까운 말들을 토해 내고 있었다.

"승희야."

박 신부는 구름처럼 모인 사람들을 헤치고 지나가기가 멋쩍어서 뒤쪽에 선 채 승희를 불렀다. 체구가 장대하고 키가 큰 박 신부는 둘러선 사람들의 뒤쪽에서도 머리 하나만큼 더 솟아 있어서 눈에 쉽게 띄었다.

"신부님, 와 주셨군요. 어째서 이제야 도착……."

승희의 말이 채 끝나기도 전에 실랑이를 벌이던 키 작은 의사의 눈이 휘둥그레졌다.

"신부님이라뇨? 신부님을 부르셨습니까?"

"왜요? 그러면 안 되나요?"

승희의 주된 말싸움 대상이 이 작달막한 의사였던 듯 그 의사는 박 신부와 승희의 얼굴을 번갈아 쳐다보았다.

"아니, 신부님을 부르다뇨? 저 환자가 임종 직전입니까?"

더 참지 못하고 승희가 뭐라고 말을 하려는 순간 이번엔 어이없게도 옆에 있던 여자가 의사의 따귀를 찰싹 후려쳤다.

"말이면 다예요!"

"아니, 이건 도대체……."

의사가 화가 나서 두어 걸음 뒤로 물러섰다. 승희는 잡아먹을 듯한 눈으로 고개를 돌려서 여학생을 쳐다보더니 빽 소리를 질렀다.

"죽건 말건 네가 무슨 상관이야! 너는 왜 끼어들어?"

"왜 내가 좀 끼면 안 돼요?"

"그만해. 그만해. 신부님 빨리 와 줘요. 제발 어떻게 좀 해 줘요."

박 신부가 사람 사이를 뚫고 들어오자, 승희의 주변을 까맣게 둘러싸고 있던 사람들은 박 신부에게 길을 터 주었다. 박 신부의 뒤로 이상한 사람 셋이 따라오는 것을 본 사람들의 눈은 더욱더 휘둥그레졌다. 사람들이 뭐라고 하건 말건 박 신부가 앞으로 다가가자 승희는 그만 울음을 터뜨리면서 박 신부에게 매달렸다.

"신부님. 어떻게 하면 좋아요. 도대체 어디 갔었어요. 나 혼자 얼마나 힘들었는지……."

"그래그래. 승희야, 미안하다. 그래서 이렇게 왔잖니? 자, 자. 이제 진정하렴."

박 신부가 승희를 달래는 동안 준후는 눈물이 그렁그렁한 채 마치 승희가 밉다는 듯 쳐다보고 있는 또 한 명의 여자를 응시하고 있었다.

"누나는 누구세요?"

준후가 말하자 여학생은 준후를 힐끗 보고 고개를 돌렸다가 다시 바라보면서 힘없는 미소를 지었다.

"귀엽기도 해라. 너도 저 안에 계신 현암 씨라는 분이랑 잘 아니? 동생?"

"예? 뭐, 글쎄요……. 동생? 예. 동생이라고 할 수도 있겠네요. 제가 형이라고 부르니까요."

준후가 어이없는 듯 떠듬거리며 말을 하자 여자는 울음을 터뜨리면서 준후를 와락 끌어안았다.

"어어. 누나. 이거 뭐예요? 에그그…… 이것 좀 놔요."

승희가 고개를 돌리더니 소리를 쳤다.

"야! 이 바보야. 그 애는 현암 군의 동생이 아니란 말이야! 꿩 대신 닭이냐? 음흉하기는……."

"승희야. 그건 그렇고 이게 도대체 어떻게 된 것인지 말해 보려무나. 이 안에 현암 군이 있니?"

박 신부가 말하면서 문고리에 손을 갖다 대려고 하자 승희가 당황한 얼굴로 박 신부를 제지하며 작은 소리로 말했다.

"들어가면 안 돼요."

"응? 도대체 왜? 왜 안 된다는 거냐? 현암 군의 상태가……."

"그건 지금 말씀드릴 수 없네요. 아무튼 들어가시면 안 돼요."

"아니, 그게 도대체 무슨……."

말을 하는 사이 간신히 그 여자의 품에서 풀려난 준후는 옷자락을 탈탈 털면서 뭐라고 구시렁거리더니 눈을 번쩍 떴다.

"엇! 저 안에서…… 저 안에 지금 누가 있죠?"

"그게 무슨 말이냐?"

"뭔가가 느껴지는데요. 저 안에 분명히 누군가가…… 어! 현암 형만큼이나 큰 힘을 가진 것 같네?"

"뭐요? 저 안에 누가 있다고?"

이번에는 저만치 밀려 있던 의사와 간호사들이 소리를 치면서 다가왔다. 따귀를 얻어맞았던 의사가 앞으로 나섰다.

"도대체 이게 무슨 꿍꿍이속입니까? 우리는 의료인이에요. 어디까지나 환자를 돌볼 의무와 책임이 있단 말입니다."

"그런 소리 하지 말아요. 실력도 없는 주제에……."

"뭐라고요? 실력이라고요?"

승희와 젊은 의사가 얼굴을 붉히고 맞붙으려는 순간, 갑자기 안에서 쾅 하는 폭발음이 들리며 문이 덜그럭거리고 문틈으로 밝은 빛이 새어 나왔다. 그러자 놀란 승희가 비명을 지르더니 문을 활짝 열고 안으로 뛰어들었다. 도대체 뭐가 어떻게 된 일인지 알 수가 없어서 박 신부와 준후도 승희의 뒤를 따라 병실의 안쪽으로 들어갔고 다른 사람들도 우르르 병실 안쪽으로 몰려들었다.

병실 안에서는 몇 가닥의 연기가 사라지는 중이었다. 여태까지 누워 있던 현암이 꼿꼿하게 가부좌를 튼 자세로 등을 보인 채 침대

위에 앉아 있었다. 한빈 거사의 모습은 어디론가 사라지고 없었다.

"아니, 도대체 이건…… 그분은 어디 가셨……."

여학생이 말을 하려는 것을 승희가 손으로 입을 틀어막았다.

"됐어요. 됐어! 그런데 현암 군, 괜찮아?"

승희가 울음 섞인 목소리로 말을 했고 박 신부는 입을 다문 채 현암에게 다가가 어깨에 손을 얹었다. 준후도 쪼르르 다가가서 가부좌를 틀고 있는 현암의 등에다 조심스럽게 손을 대보았다. 잠시 후 나직한 목소리가 방 안을 울렸다.

"이제 괜찮으니 걱정하지 마세요. 죄송합니다."

조금 맥이 풀린 듯했지만 평상시와 다름없는 건강한 현암의 목소리였다.

한참이 지나서야 병실이 조용해졌다.

현암이 멀쩡한 것을 보고 의사와 간호사들은 다시 진찰해 보아야 된다고 했지만, 현암은 이제 괜찮으니 자리를 비켜 달라고 말했다. 의사들은 그래도 현암의 상태가 어떻게 될지 몰라 야단을 피웠다. 하지만 어쨌거나 혼수상태에 빠져 있던 사람이 멀쩡하게 일어났고 겉으로 보기에도 아까의 증상들이 씻은 듯 없어진 데다가 승희가 눈에 쌍심지를 켜고 그들을 노려보았기 때문에 할 수 없이 병실에서 물러났다.

의사들이 병실 밖으로 나가자 준후가 문을 닫은 뒤 그 앞에다가 수인을 맺고 허공에 글씨를 썼다. 승현이 뒤에서 눈을 말똥거리면서 그 모습을 보고 있다가 물었다.

"준후 시주, 지금 뭐 하는 거죠?"

준후는 한쪽 눈을 깜빡하면서 말했다.

"안에서 나는 소리가 바깥으로 새 나가지 않게 하는 거야. 지금 여긴 우리만 있는 게 아니고 다른 분도 계시니까."

준후의 말에 박 신부도 슬쩍 고개를 끄덕이며 병실의 한쪽 구석을 향해 말을 걸었다.

"이제 그만 나오시지요."

그러자 놀랍게도 아무것도 없는 벽 한쪽 구석에서 사람의 모습이 나타났다. 무련과 승현, 승희, 여학생은 놀란 나머지 소리를 질렀고, 그 사람의 모습이 채 드러나기도 전에 현암이 바닥으로 내려서더니 그 사람을 향해 큰절을 올렸다. 남루한 옷차림이었지만 위풍당당한 기운이 느껴지는 노인이었다. 노인은 껄껄껄 웃으면서 엎드려 있는 현암을 일으켜 세웠다. 뒤에 있던 준후가 조그마한 소리로 박 신부에게 말을 건넸다.

"은신술! 놀랍네요. 부적 없이 저렇게 은신하실 수가 있다니. 현암 형이 저렇게 예를 갖출 분은 세상에 몇 분 없으니 틀림없이……."

승희는 한빈 거사라는 것을 알고 있었고 박 신부도 준후도 그 사람이 누구라는 것을 금방 알 수 있었다.

"됐다, 됐다. 이제 몸은 괜찮으냐?"

"예, 거사님. 정말 이 은혜를 어떻게 갚아야 할지……."

현암의 목소리가 격동하듯 떨리더니 금방이라도 눈물이 쏟아질 것 같았다. 한빈 거사는 한바탕 호탕하게 웃으면서 현암을 토닥거려 주고는 주위를 향해 입을 열었다.

"불초 한빈이라고 합니다. 이 녀석이 일을 당했다기에 달려왔습니다. 여러분에게 알려 드릴 것도 있고 해서요."

"알려 주실 것이 있다니요?"

박 신부는 눈을 조금 크게 뜨면서 말했다. 한빈 거사는 마치 술주정뱅이처럼 시뻘건 얼굴에 싱긋 미소를 짓더니 박 신부에게 인사를 했다.

"신부님, 이렇게 뵙게 돼서 영광입니다. 과연 소문으로 들은 것보다 훨씬 더 인자하고 훌륭하신 분이군요."

이번엔 한빈 거사의 눈길이 준후를 향했다.

"준후라고 했던가? 자네도 놀랍군. 내가 아는 해동밀교의 비술보다 더 많은 것을 지니고 있다니…… 정말 놀라운 일일세."

"뭘요. 헤헤헤."

준후는 부끄러웠던지 얼굴이 빨개졌고 한빈 거사는 그러한 준후를 귀엽다는 듯 내려다보다가 원래의 얼굴로 되돌아갔다.

"그런데 준후야."

"예."

박 신부와 준후는 한빈 거사를 처음 봄에도 오래전부터 보아 왔던 것처럼 친근한 감정이 들었다. 특히 준후는 한빈 거사가 마치 자신의 친할아버지 같은 느낌이 들었다.

"너 해동밀교에서 천정개혈대법(天正開穴大法)을 익힌 적이 있느냐?"

"천정개혈대법이요? 아니요. 저는……."

준후는 얼버무리듯 잠시 말을 끊었다가 대답했다.

"저는 해동밀교의 의술에 대해서는 하나도 배운 것이 없어요."

"허허, 이런…… 그랬구나. 그래, 그렇다면 할 수 없는 일이지."

한빈 거사는 한숨을 쉬면서 조용히 중얼거렸다. 박 신부가 그 모습을 보고 의아해서 한빈 거사에게 물었다.

"천정개혈대법이라니요? 그게 무엇입니까?"

한빈 거사는 아무 말도 없이 정중한 자세로 고개를 숙인 채 앉아 있는 현암을 힐끗 보면서 웃는 얼굴로 말했다.

"해동밀교의 그 수법이 있다면 이 녀석의 막힌 혈도를 모두 열어서 완전무결하게 공력을 사용하도록 만들 수 있을 터인데……."

한빈 거사의 말이 채 끝나기도 전에 갑자기 현암이 불쑥 끼어들었다.

"괜찮습니다. 한빈 거사님. 저에게는 이 이상의 힘이 필요 없습니다."

한빈 거사는 싱긋 웃으면서 현암에게 다시 물었다.

"어째서 더 이상의 힘이 필요 없다고 하느냐? 힘이 많으면 네가 바라는 일을 하기에도 더욱더 좋을 것이 아니냐? 그리고 몸의 반탄강기(反彈剛氣)[4]를 완성한다면 이렇게 상처 입고 낑낑거리며 고

---

4   몸 주위에 공력을 서리게 해 자연히 외부에서 가해지는 힘을 튕겨 내는 힘이다. 공격하는 사람이 반탄력보다 공력이 낮을 경우 공격하는 힘보다 더 큰 피해를 입는다.

생하는 일도 없어질 것이고."

현암은 고개를 가로저었다.

"제가 위기에 처하고, 상처를 입었던 것은 힘이 모자라 그런 것이 아니었습니다. 제 생각이 짧고 의지가 박약하기 때문이지요. 이 이상의 힘은 제가 감당할 수도, 또 주체할 수도 없을 것 같습니다. 지금으로도 충분합니다. 혈도를 전부 열어서 더 큰 힘을 얻겠다는 욕심은 없습니다."

현암은 자신이 왜 그런 말을 하는지 스스로도 제대로 알지 못했다.

그러나 현암의 마음속에는 옛날에 겪었던 경험들이 주마등같이 지나갔다. 목소리가 조금씩 떨렸다.

"힘! 그 힘을 얻기 위해 수단과 방법을 가리지 않고, 그리고 그 힘을 얻고 난 후에는 더 큰 힘을 원하고…… 그것은……."

한빈 거사는 큰 소리로 웃더니 박 신부를 쳐다보며 말했다.

"내가 데리고 있을 때는 이런 성격이 아니었는데 신부님께서 감화시키신 모양입니다. 저렇게 거칠고 막돼먹은 놈을 이 정도까지 만들어 주셨으니, 신부님이야말로 세상에 다시없는 스승이시군요."

"별말씀을…… 부덕한 저를 어찌……."

"신부님의 마음이 신부님을 그런 훌륭한 분으로 만들고 있다고 생각합니다. 자신이 믿는 바가 있고, 옳다고 여기는 바가 있는 만큼, 남에게도 그러한 믿음과 확신이 있는 법이죠. 비록 저와는 믿는 바가 다르지만 요즘 흔히 보이는 믿음이나 생각을 가지신 분은 아닌 것 같습니다. 남의 의견을 존중할 줄 알아야 자신도 더욱 존중받지 않겠습니까?"

한빈 거사의 말에 박 신부는 고개를 저으면서 말했다.

"그들도 원래 그런 의도는 아닐 것입니다. 무슨 말씀을 하시는 건지는 이해합니다만……."

한빈 거사는 박 신부의 말을 듣고 얼굴에 온화한 미소를 지었다. 그러다가 다시 엄숙한 얼굴이 돼서 아까 했던 말을 계속 이어 나갔다.

"제가 이곳에 모습을 드러낸 이유는 물론 이 녀석의 상태가 위중해서이기도 하지만, 한 가지 알려 드릴 것이 있어서였습니다. 신부님, 신부님은 철기와 은기라는 두 늙은이에 대해 들어 본 적이 있으신지요?"

박 신부는 눈을 크게 떴다. 한빈 거사도 철기 옹과 은기 옹에 대한 일을 알고 있단 말인가? 박 신부는 고개를 끄덕였고 한빈 거사는 그런 박 신부의 눈을 조용히 쳐다보면서 계속 말을 했다.

"저도 마침 은기라는 늙은이의 청을 듣고 이 근방으로 왔던 겁니다. 저 녀석이 들어가기 전에 제가 먼저 그 신사에 들어가 볼 생각이었지요. 그런데 저 녀석이 먼저 들어가서 일을 망쳐 놓았어요. 이번 일에는 뭔가 큰 음모가 있는 것 같습니다. 이번 일의 전모에 대해서는 저도 대략 감이 잡힙니다만, 여러분께 말씀드리는 게 그다지 도움이 될 것 같지 않군요. 그리고 저도 사실은 어떻게 결단을 내릴 수가 없기 때문에……."

한빈 거사는 말꼬리를 흐렸다. 도대체 무엇이 있기에 한빈 거사는 이런 말을 하는 것일까? 한빈 거사는 궁금해하는 박 신부와 다른 모든 사람의 시선을 의식한 듯 조용히 한마디를 덧붙였다.

"신사를 잘 조사해 보시고 운주사로 가십시오. 여기서 그다지 멀지 않습니다."

한빈 거사는 이번엔 얼굴을 돌려 준후에게 말했다.

"문을 좀 열어 주겠니?"

"예? 예, 아……."

준후는 놀란 눈을 껌벅거리다가 주술을 풀고 문을 열었다. 그러자 한빈 거사의 모습은 문으로 빨려 나가듯이 없어져서 허공 속으로 사라진 양 보이지 않았다. 승희는 제대로 말도 해 주지 않고 그냥 자리를 떠 버려 안타까웠으나 그렇다고 끼어들 분위기도 아니어서 입을 다물고 있었다. 승희의 옆에 있던 여학생은 이미 넋이 빠진 듯 그 자리에 가만히 서 있었다. 박 신부가 조용히 중얼거렸다.

"운주사라……."

박 신부의 눈이 다시 현암에게 돌아갔고 현암도 눈을 빛내면서 뭔가 할 얘기가 있다는 표정으로 고개를 끄덕였다.

운주사

 방 안이 조용해지자 승희는 간략하게 그간에 있었던 일들을 이야기했다. 그러자 현암도 한빈 거사에게 귀띔을 받은 것과 자신이 겪었던 이상한 일에 대해 박 신부에게 조용히 할 이야기가 있는 듯했고, 박 신부도 그간 알아내고 생각했던 바를 차근차근 이야기를 나누었으면 하는 눈치였다. 그러나 병실에서 그런 대화를 나누기에는 적당치 않아 자리를 옮겨야 할 것 같았다. 박 신부는 승희에게 퇴원 수속을 해 달라고 부탁하고는 현암에게 걸을 수 있겠느냐고 물어보았다. 현암이 웃으며 말했다.
 "걸을 수 있는 정도가 아니라 예전보다도 몸이 더 좋아진 것 같습니다. 한빈 거사님이 추궁과혈(推宮過穴) 수법으로 저에게 활공(滑空)[5]을 행해 주셨어요. 그분은 정말……."
 현암은 감정이 복받치는지 평소답지 않게 울음을 꿀꺽 삼켰다. 저쪽에선 현암이 구해 주었던 여학생이 흐느끼고 있었다. 자신은 병원을 뜰 수가 없는데 현암이 떠난다니 기약 없는 이별이 아닌가 싶어 그러는 것을 승희는 알 수 있었다. 그렇지만 흥! 하고 코웃음을 한 번 쳤을 뿐 다른 사람에게 여학생의 속마음을 말해 주지는 않았다. 현암이 무표정한 얼굴로 여학생에게 다가가서 조심스럽

---

[5] 공력을 다른 사람의 몸속에 불어 넣어 그 사람의 공력을 바로잡거나 상처를 치유하는 방법이다.

게 말했다.

"이젠 괜찮은가요? 어디 다친 데는 없고요?"

"예, 다친 데는 없어요. 뭐라고 고맙다는 말씀을 드려야 할지……."

여학생은 말도 제대로 하지 못하고 눈물만 펑펑 흘렸다. 원래 말주변이 별로 없는 현암으로서는 그 여학생에게 할 말도 없고 해서 화제도 바꿀 겸 이번에는 승희에게로 눈길을 돌렸다.

"승희야, 네가 날 구해 주었다며? 한빈 거사님께 들었다. 고마워."

"헤헤, 뭘…… 그저 내가 그랬던 건……."

승희가 얼굴을 붉히면서 쑥스러운 듯 조금씩 몸을 꼬고 있는데 현암이 눈을 바라보더니 가만히 손을 내밀었다.

"승희야, 도로 줄래?"

"주다니, 뭘?"

"월향 말이야."

승희는 뾰로통해졌다. 그러고 보니 월향이 주머니에서 꼼지락거리면서 현암에게 돌아가기를 바라고 있었다. 승희는 월향을 꺼내 거칠게 현암의 손에 탁 놓고는 흥! 하고 코웃음을 치고 고개를 뒤로 돌렸다.

'자나 깨나 칼 생각뿐이군.'

현암은 어안이 벙벙한 듯 승희를 쳐다보다가 월향을 조심스럽게 쓰다듬었다. 현암의 무표정하던 눈에 그윽한 눈빛이 어리는 것을 보자 승희는 자신도 모르게 속이 타들어 가는 느낌이었다.

박 신부는 안의 분위기가 이상하게 변하는 것을 보고 헛기침을 하면서 아무 말 없이 사람들이 바깥으로 내몰기 시작했다. 이미 무련과 승현은 바깥에 나가서 기다리고 있었고, 준후도 밖으로 나가는 중이었다. 토라진 승희가 먼저 바깥으로 나가 퇴원 수속을 위해 아래층으로 내려갔고, 박 신부와 현암이 마지막으로 조심스럽게 문밖으로 나가려고 할 때 뒤쪽에 있던 여학생이 현암을 불렀다.

"현암 씨라고 하셨나요? 저는…… 저는……."

뒤를 돌아본 현암이 살짝 웃는 얼굴로 고개를 끄덕하고 손가락 하나를 입술에 갖다 댔다. 그런 현암을 가만히 바라보고 있던 여학생은 터질 듯한 울음을 꾹 참고 가만히 고개를 끄덕였다. 더 이상 고마워할 필요 없다는 것과 이제껏 보고 들은 것을 남한테 이야기하지 말라는 현암의 뜻을 이해라도 한 듯이…….

병원에서 나온 일행은 차에 탔다. 바깥에서 대기하고 있던 요원과 임악 거사, 정 선생은 지루한 듯이 앉아 있다가 일행과 한 명의 청년이 추가돼서 차에 타는 것을 보고 눈을 크게 떴다. 차 안으로 들어온 임악 거사는 부리부리한 눈으로 현암의 위아래를 살펴보더니 조용히 말했다.

"당신이 현암 씨요?"

"예, 그렇습니다만……."

"아, 이쪽은 임악 거사라고 하지. 도방에 몸담고 계신 분이니 자네와도 인연이 아주 없다고는 할 수 없다네."

박 신부가 어색한 분위기를 바꾸기 위해서 웃음 띤 얼굴로 이야기를 하자 현암도 가볍게 목례했다. 그러자 갑자기 임악 거사의 몸이 무언가에 밀쳐진 듯 의자에 푹 하고 깊이 파묻혔다. 임악 거사의 얼굴에 놀란 빛이 스쳤고, 현암은 아무 말 없이 미안하다는 듯 임악 거사에게 고개를 꾸벅하고는 말없이 박 신부의 오른쪽 자리에 앉았다. 무련은 무슨 상황인지 눈치챈 듯 가만히 염주 알을 굴리면서 아미타불 하는 소리를 냈고, 임악 거사는 얼굴이 하얗게 질린 채 아무 말도 하지 못했다.

임악 거사는 현암이 내공을 지니고 있는 사람이라는 걸 간파하고 아무도 모르게 자신의 공력을 구성 이상 펼쳐서 반탄력을 만들어 냈는데, 자신이 암암리에 밀어 냈던 힘이 튕겨져 나와 그를 이기지 못하고 그만 의자에 푹 파묻혀 버렸던 것이다. 평소 자신의 위에 설 사람이 별로 없다고 믿고 있었던 임악 거사는 훨씬 젊고 체구도 그다지 큰 편이 아닌 청년이 이렇게까지 강한 내력을 지니고 있을 거라고는 상상하지 못했다.

현암의 내공은 도혜 선사가 필생을 걸고 수련한 것을 그대로 이어받았기 때문에 맞설 상대가 없다고 보아도 과언이 아니었다. 사실 현암도 임악 거사의 공력과 자신의 공력을 정확히 비교할 수 없어서 좀 과하게 힘을 쓴 것이었는데, 임악 거사의 공력으로 보아 현암이 오성 공력만 썼어도 밀려 났을 터였다. 만약 혈도가 모두 뚫려서 정상적으로 유통됐다면 아마 임악 거사는 차를 뚫고 바깥으로 튕겨 나갔으리라. 그러나 임악 거사는 지금 현암이 보여 준 그만큼의 능력만으로도 충분히 기가 질리고 말았다. 그런 광경을 본 정 선생은 눈을 반짝반짝 빛내면서 강한 호기심을 보였다.

현암은 자리에 앉은 뒤 정 선생에게도 고개를 숙여 정중히 인사를 했다. 임악 거사의 큰 덩치에 가려서 정 선생이 미처 보이지 않아 인사를 못했던 것이다.

"아, 조금 아까는 딴 데 한눈을 파느라 인사를 잊었습니다. 대단히 죄송합니다."

"아니오. 젊은 양반이 참 대단하시구먼. 그런데 혹시……."

"예?"

현암은 정 선생의 눈빛에서 뭔가를 발견하고는 호기심에 눈을 똑바로 바라보았다. 정 선생은 이제까지와는 달리 조금 비굴하게 보였던 인상은 어디론가 사라지고 엄숙한 표정을 짓고 있었다.

"당신의 공력은 태극기공의 술수가 아닙니까?"

"예, 맞습니다. 그것을 어찌……."

"그렇다면 혹시 당신은 한빈 거사님의 문하십니까?"

"예? 글쎄요……. 문하라고까지야 할 순 없지만 몇 번 한빈 거사님께 큰 은혜를 입은 바가 있습니다. 방금 병원에서도 마찬가지였고요."

"예? 뭐라고요? 방금 병원에서라니요? 그러면 한빈 거사님이 이곳에 오셨단 말인가요?"

현암은 물론 박 신부와 승희, 준후는 정 선생이 한빈 거사를 알고 있을 거라고는 짐작하지 못했고, 정 선생은 주변의 시선이 자신에게 몰리는 것이 부담스러웠던지 기어들어 가는 태도로 변해서 말을 이었다.

"우리나라에서 이름깨나 알려진 풍수사나 무술가, 그리고 도방의 사람치고 한빈 거사님을 모르는 분은 없지요. 그분은 성미가 퍽 괴팍하셔서 제자를 거두지 않는 것으로 알고 있는데, 이렇게 한빈 거사님의 문하 되는 분을 직접 뵙게 되다니. 게다가 직접 이곳에까지 오셨었다니…… 아이고! 뵈었어야 하는데."

정 선생이 희한하게 태도를 바꾸면서 끝도 없는 한탄만 늘어놓자 이번에는 박 신부가 분위기를 바꿀 양으로 정 선생에게 물었다.

"한빈 거사님께서 한마디 말씀을 당부하고 사라지셨지요. 운주사로 가 보라고 하시던데, 정 선생님은 풍수지리에 정통하신 분이니 운주사가 어떤 곳인지 이야기를 해 주실 수 있으신지요?"

"아하, 운주사! 거사님이 그렇게 말씀하셨습니까?"

이번엔 승현이 또랑또랑한 목소리로 말했다.

"운주사라고 하면 천불천탑이 있는 곳이 아닌가요?"

"아, 그렇군! 천불천탑!"

박 신부와 현암도 언젠가 어렴풋이 이야기를 들은 바가 있었다. 천불천탑이 있는 운주사. 천불천탑은 고려 이전에 만들어진 것으로 알려져 있지만 누가 어떤 목적으로 만들었는지 아는 사람은 하나도 없었고, 퇴마사들도 그곳에 들러 볼 기회는 한 번도 없었다.

세상 물정을 잘 모르는 준후만이 천불천탑에 대한 이야기를 처음 들었을 뿐 나머지 사람들은 자세히는 아니지만 들은 풍문은 있었다.

"천불천탑에 대해서 알고 계시는 바가 있으면 저희에게 가르쳐 주실 수 있겠습니까?"

"예, 그러지요."

정 선생이 말을 꺼내려는데 퇴원 수속을 마친 승희가 그제야 두리번거리며 차로 다가오고 있는 것이 보였다. 박 신부는 차 밖으로 반쯤 몸을 내밀고 손짓을 해서 승희를 불렀다. 승희가 들어서자 박 신부가 사람들에게 소개시켰다. 승희는 기분이 그다지 좋지는 않은 듯 조금 예의 없는 태도로 사람들에게 까딱까딱 고개만 끄덕여 보이고는 승현의 옆자리에 풀썩 앉았다.

자꾸 맥이 끊기기는 했지만 어쨌든 일행이 다 모였기에 박 신부는 정 선생에게 운주사와 천불천탑에 대해 알고 있는 것이 있느냐고 다시 물어보았다. 그러자 정 선생은 처음에는 난해한 말로 뭐라고 말을 하다가 다른 사람들이 이해하지 못하겠다는 듯한 표정을 짓자 말을 바꾸어서 운주사와 천불천탑에 대해 전해 내려오는 전설 몇 가지를 이야기해 주었다.

"운주사에 있는 천불천탑은 도선 국사에 의해 건립됐다고 합니다. 도선 국사라면 신라 효공왕 때의 분으로 높은 도력으로 세상을 놀라게 하신 대선사지요. 당나라에서 풍수지리설을 배워 처음으로 신라에 전파했고 후에까지 풍수지리의 시조 역할을 하신 분입니다. 도선 국사에 따르면 우리나라 전체 지형은 행주형국(行舟形局)으로 동쪽의 큰 바다를 향해 나아가는 배와 같은 모양을 하고 있지요. 그러니까 태백산맥이 있는 동해안의 관동 지방이나 영남 지방은 지대가 높아서 몹시 무겁지만 호서 지방이나 호남 지방은 평야가 많아서 가볍기 때문에 지세가 동쪽으로 기울어져서 국운이 바다 쪽, 그러니까 동쪽으로 흘러 들어가 나라가 편안치 못하다고 하셨답니다. 다시 말해 한쪽으로 쏠린 무거운 짐 때문에 배가 균형을 바로잡지 못하고 삐딱하게 기울어 있는 형국이라는 것이죠. 이런 산세를 관찰한 도선 국사는 서쪽 지방에 높은 탑을 많이 세워서 그 탑을 배의 돛대로 삼고, 균형을 맞추기 위해 배에 짐을 싣는 격으로 부처를 많이 만들어 눌러 놓으면 배가 균형을 잃지 않을 것이고, 또 천불이 사공이 돼서 대양을 향해 저어가면 풍파를 만나더라도 평안하게 갈 수 있을 것이라 여기셨습니다. 그게 천불천탑이 만들어진 이유라고 전해지지요. 놀라운 것은, 일설에 의하면 도선 국사가 도력으로 천상의 석공들을 불러서 그날 닭이 울기 전까지 흙을 뭉치고 돌을 깎아 천 개의 불상과 천 개의 불탑을 만들어 놓고 닭이 울면 천상으로 가라고 이야기했다고 합니다. 하지만 도선 국사는 혹시나 시간이 부족해서 일을 다 마치지 못할까 봐 절의 서쪽에 있는 일개봉이라는 봉우리에 도력으로 해를 잡아매어 놓았다는 겁니다. 그런데 도선 국사를 따라왔던 시동 한 명이 돌을 날라 주다가 그만 짜증이 나서 일이 거의 마무리될 적에 빨리 일이 끝나게 하기 위해 '꼬꼬꼬 꼬꼬댁!' 하고 닭 울음소리를 냈다지요. 이에 석공들은 누워 있던 부처를 세우다 말고 일손을 멈춘 뒤 하늘로 올라가 버렸다고 합니다. 그래서 천불 중에서 가장 큰 불상인 와불이 일어나지 못했고, 탑과 부처가 각각 천 개에서 하나씩 모자랐다고 전해지지요."

"천상의 석공이라……."

"또 다른 전설도 있습니다. 도선 국사가 세상에 태어났을 때 중국에서 벌써 이곳의 천기를 짚어 보고, 신동인 도선 국사를 데려가기 위해 신라에 사자를 보냈다고 합니다. 그때 도선 국사는 중국의 일행 선사로부터 풍수지리를 배웠고, 음양의 술수와 여러 도술을 배웠다고 하지요. 더 이상 배울 것이 없어서 고국으로 귀국하는데 일행 선사는 중국보다 신라의 기운이 너무 지나치게 강해지는 것은 좋지 않으니 신라의 지혈 몇 개를 끊어 달라고 부탁했답니다. 차마 스승의 부탁을 거절할 수 없어 신라에 돌아온 후 지혈을 몇 군데 끊어 놓았는데 그러자 능주 지방에 있는 피재에서 땅이 피를 토했다고 합니다. 이렇게 우리나라의 땅이 피를 토하는 참상을 목격하고 자신의 잘못을 깨달은 도선 국사는 중국에 보복을 결심했답니다. 천태산(天太山, 중국 저장성[浙江省]에 있는 산) 꼭대기에 제단을 쌓고 그 위의 방아 머리에 쇠로 만든 말을 붙인 철마 방아를 만들어 한 번씩 방아를 찧으니 국가의 큰 인물이 매일 한 명씩 죽었다고 하지요. 일행 선사는 중국 황제의 명을 받고 급히 사자를 보내어 제발 그 일만 중지해 준다면 어떤 청이라도 다 들어주겠다고 약속했다고 합니다. 그러자 도선 국사는 이곳 운주사가 땅 기운이 약한 곳이어서 이곳을 무겁게 누르지 않으면 일본의 침략을 받을 우려가 있으니 이곳에 천불천탑을 세워 일본의 기운이 승하지 못하게 해 달라고 부탁했다고 합니다. 그래서 중국에 있는 석공들이 이곳으로 와서 천불천탑을 만들어 주었다고 하지요. 그런데 그 중심에 있는 가장 커다란 와불만은 일어나지 못하도록 했다고 합니다."

"그건 왜죠?"

"와불이 일어나면 방향이 중국의 곤륜산을 향하게 돼 중국의 정기를 흡수하게 돼 있기 때문이지요. 그렇지만 앞의 두 이야기는 모두 다 전설일 뿐입니다. 이 외에도 와불에 얽힌 전설은 엄청나게 많지요. 이 와불을 일으키려고 시도를 했던 흔적이 와불 밑부분에 남아 있는데, 이는 쉽지 않았겠지요. 높이가 십삼 미터 가까이 되니까요. 그런데 만들 당시 와불을 정말 일으켜 세우려고 했던 것인지, 아니면 후세 사람들이 세워 보려 했던 것인지 알 수 없습니다. 이렇게 거대한 와불을 세운다는 것은 지금 보아도 난공사일 것인데 당시로서는······."

"와불, 와불이라······."

한참 동안 침묵이 흘렀다. 임악 거사는 내내 관심 없다는 듯 얼굴을 돌리고 있었으나 정 선생은 눈을 계속해서 반짝였다. 다들 어느 정도 생각이 정리된 후에 박 신부가 먼저 자신이 보았던 환영에 대해서 이야기를 꺼냈다. 그 환영은 틀림없는 은기 옹의 모습일 것이며, 은기 옹이 뭔가 부탁하기 위해서 나타났을 것이라고.

현암은 은기 옹의 환영이 나타났었다는 이야기를 듣자 깜짝 놀라면서 자신이 신사 밑에서 철기 옹과 똑같은 모습을 한 시체 한

구를 봤다고 이야기했다. 현암의 이야기를 듣고 박 신부와 준후, 무련은 거의 동시에 깜짝 놀란 얼굴이 됐다. 무련이 슬픈 목소리로 말했다.

"철기 어르신과 꼭 같이 닮으셨다면 틀림없이 은기 어르신일 거예요. 그럼 은기 어르신이 그 이상한 신사 아래 있는 토굴에서 돌아가셨단 말씀인가요?"

"예, 틀림없습니다. 그곳엔 이상한 옥색 구슬 같은 것도 있었고, 정체를 알 수 없는 회색의 영도 있었죠. 그 영처럼 지독한 녀석은 처음 보았어요."

"음......"

박 신부가 나직한 소리를 내며 뭔가 생각에 잠기더니 천천히 현암과 준후를 쳐다보며 입을 열었다.

"자, 처음부터 정리를 해 보세. 일단, 우리가 알고 있던 철기 옹의 형님이시자 같은 박수무당이셨던 은기 옹은 과거 스기노방에게 패배를 안겨 주었고, 그 때문에 우리나라 곳곳의 지혈이 끊기게 됐다고 여기시고는 평생을 지혈 복구에 바치셨다고 하셨네. 분명한 것은 최근까지도 은기 옹께서 생존해 계셨다는 점일세. 그런데 그런 능력이 있으신 은기 옹이 다른 연락 수단도 아니고 까다로운 환영술을 사용해 우리에게 도움을 청한 것은 이런 이유에서가 아닌가 싶네. 현암 군이 말한 신사 아래의 토굴에서 위기에 빠지자 당신이 알아낸 사실들을 알려 주기 위해 우리에게 마지막으로 그 주술을 쓰고 돌아가신 것이지. 그러면 모든 것이 말이 되네.

내가 환영을 본 것은 바로 어젯밤이었고 현암 자네뿐만 아니라 아까 그 여학생이 은기 옹의 시체를 발견한 것도 또한 어젯밤이라고 했으니까. 준후야, 분명히 그런 환영 주술을 죽은 사람이 쓸 수는 없겠지?"

준후가 흥분되는 듯 고개를 심하게 끄덕거렸다.

"예, 당연하지요."

"그렇다면 분명해. 은기 옹은 신사의 지하에서 수상한 것을 발견해 그곳으로 들어가셨고, 큰 위기에 처한 거야. 아마도 현암 자네가 맞서서 싸웠다던 그 영의 습격을 받으셨겠지. 영의 손길이 닿자 반탄력과 깊은 내공이 있는 자네조차도 한기 때문에 정신을 잃지 않았었는가?"

"예. 맞습니다."

현암도 고개를 끄덕였다.

'맞아. 신부님 말씀대로라면 모두가 이치에 딱 들어맞는군.'

현암은 그 여학생이 어떻게 하룻밤을 넘길 수 있었는가 되짚어 보았다. 자신과 맞서 싸운 영은 자기도 당할 수 없을 만큼 지독한 술수를 지니고 있었는데 아무런 힘도 없는 여학생이 단지 그 토굴의 방에 숨었다고 해서 영이 쫓아오지 못할 리가 없었다. 토굴의 방에는 여학생을 도울 만한 응원군도 없었고, 있다고 하면 오직 은기 옹의 시체가 있었을 뿐인데……. 은기 옹이 필경 돌아가기 직전에 어떤 술수를 부려서 영이 방 안으로 들어오지 못하게 해 놓은 것이 분명했다. 덕분에 그 여학생이 무사할 수 있었을 것이다. 그리고 그 영은 여학생에게만 집중하다가 정신을 잃고 쓰러진 자신을 미처 공격하지 못했던 것이리라. 참으로 아슬아슬한 순간이었다.

"은기 옹께서 그곳에서 알아내신 것이 무엇일까요? 환영술까지 써서 우리에게 알리려고 했던 것은……."

박 신부는 답답한 듯 한숨을 내쉬었다.

"그래, 내가 보기는 했는데 소리가 들리지 않았기 때문에 무슨 말인지 제대로 알 수가 없었단 말이야. 단지 알 수 있는 단어 몇 개뿐이었어. 왜놈들, 그리고 말뚝 박는 시늉, 그리고 무얼까? '아리' 같기도 하고 '잉아', '와우' 그리고 '우우아' 같은……."

박 신부가 좀 우스꽝스럽기도 하고 쑥스럽기도 한 것을 입을 벌리며 흉내를 냈으나 입 모양을 제대로 알아볼 수는 없었다.

"아이고! 그것 가지고 어떻게 알아내요?"

준후가 고개를 설레설레 저으면서 말했다. 박 신부도 멋쩍은 듯이 얼굴을 붉혔지만 별달리 생각나는 것이 없었다. 그런데 저쪽에 앉아 있는 승현이 눈을 반짝이며 말을 꺼냈다.

"신부님, '아리'라고 하신 것 같다고요?"

"그렇네."

승현이 이번엔 현암에게 물었다.

"현암 시주님, 시주님께서 토굴에서 옥색 구슬을 보셨다고 했죠?"

"음, 그래."

"그렇다면 그건 혹시 사리가 아니었을까요?"

현암이 눈을 크게 떴다. 다른 사람들도 마찬가지였다.

"사리라고? 득도한 고승의 몸에서 나오는?"

"예, 맞아요. 사리는 고승의 불력이 깃들어진 상징이지요. 원래 불가에서 세우는 탑이 바로 사리를 안장하기 위한 것이었으니까요. 그런데 사리가 그곳에 그토록 많이 있었다고 하면, 그리고 도력이 높은 은기 옹이시라면 그 광경을 보고 분명 뭔가 알아내셨을 거예요."

현암은 잠시 생각에 잠겼다. 그럴 법했다. 굴 안에서 자신이 느낀 기운은 매우 강력했고, 구슬들은 영을 죽이고 나자 이상하게 새빨갛게 변하면서 폭발했다. 만약 영이 그 사리들의 힘을 모조리 모아서 자신을 공격했다면 자신이 열 명 있어도 결코 당해 내지 못했을 것이다. 사리 하나하나가 고승들의 불력의 결정체인데 그토록 많은 사리가 점점이 박혀 있었다면 신사 밑의 토굴이야말로 무슨 내력이 있는 장소가 아니었을까?

현암이 추측하는 동안 승현이 잠시 눈을 깜박거리다가 또 다른 말을 꺼냈다.

"저도 다른 것은 몰라요. 그런데 또 한 가지 '우우아' 이런 식으로 입을 움직이셨다고 했죠?

박 신부가 기대에 차서 다시 고개를 끄덕였다. 승현은 여전히 눈을 깜박하면서 귀엽게 웃으며 이야기했다.

"그건 혹시 운주사가 아닐까요?"

"운주사……? 그렇군. 운주사라고 발음하면 입 모양이 거의 비슷하게 되는군."

"맞아요. 아까 한빈 거사님도 운주사로 가 보라고 말씀하셨잖아요. 한빈 거사님께서는 뭔가 많은 것을 알고 계신 것이 분명해요. 그런데……."

준후가 잠시 말을 끊었다.

"한빈 거사님께서는 왜 우리에게 자세히 알려 주시질 않죠?"

현암이 조용히 준후를 타이르듯이 말했다.

"한빈 거사님은 보다 큰 할 일이 있으시단다."

"보다 큰 할 일이라고요? 우리가 하는 일보다 더요?"

"글쎄, 어떻게 설명해야 될지는 모르겠지만 그분은 헤아릴 수 없을 만큼 도력이 높은 분이시란다. 내 생각으론 그분 정도 되면 보다 큰일을 하고 계실 거라는 생각이 든다. 그러니 그분의 의도를 섣불리 짐작하려 하지 말자. 우리는 우리에게 주어진 일만 하면 되는 거야. 알겠니?"

박 신부도 현암의 말에 동의하는지 고개를 끄덕였다.

"그래, 현암 군의 말이 맞을 거야. 이건 우리가 해결해야 할 일이야. 한빈 거사님도 그렇고 은기 옹께서도 우리에게 부탁하지 않았니? 은기 옹께서 평생을 지혈 복구에 힘을 쓰신 분이라는 것을 생각하면 이번 일을 해결하는 것이 우리가 지혈을 다스리고 쇠 말뚝을 찾는 것보다 결코 못한 일은 아닐 것이라는 생각이 드는구나."

무련은 합장을 하면서 동감의 뜻을 표했고, 정 선생과 임악 거사는 도대체 무슨 말인지 잘 알아듣지 못하는 표정이었으나 눈을 빛내면서 무언가 골똘히 궁리하는 눈치였다.

"자, 그렇게 되면 만나자마자 또 헤어져야 할지도 모르겠군. 한꺼번에 두 마리 토끼를 쫓는 것은 어리석은 일일지도 모르지만 그래야 할 때도 있지. 현암 군과 나는 신사 밑의 토굴을 조사하러 가는 것이 어떨까? 한빈 거사님의 당부도 있었으니까, 현암 군이 안 가 볼 수는 없을 테고. 나도 운주사의 경내에서 조사를 하기에는 조금 뭣하니까."

준후 생각에도 가톨릭에 몸을 담고 있는 박 신부가 절에 들어가면 여러모로 불편할 것 같았다. 퇴마사들은 그런 것에 신경을 쓸 만큼 속이 좁지는 않았으나 사정을 모르는 운주사의 스님은 어떻게 여길지 알 수 없었다. 그리고 지금 당장 운주사에서 알아낼 수 있는 것보다 신사의 토굴에서 알아낼 수 있는 것이 훨씬 많을 것 같았다.

"예, 그렇다면 저는 뭘 하지요?"

준후가 묻자 박 신부는 잠시 고개를 갸웃하다가 말했다.

"준후야. 너는 이분들과 함께 원래 계획했던 일을 하도록 해라. 운주사 쪽 조사는 네가 하는 것이 훨씬 좋을 것 같다. 원래 도선 국사도 밀교 쪽의 술법에 능하신 분이었다고 했고, 또 풍수지리를 보거나 천불천탑 자체를 조사하는 일은 네가……."

박 신부는 말하는 도중 슬쩍 정 선생과 임악 거사의 눈치를 살폈다.

"네가 두 분을 도와줄 수 있는 일이 있을 것 같다. 물론 저 두 분께서 더 잘해 주시겠지만……."

 무련이 그 말에 동감이라도 하듯 조용히 합장했고 정 선생과 임악 거사는 아무 말 없이 담담히 앉아 있었다. 박 신부가 제안한 대로 일행은 역할 분담을 했고 다들 수긍하는 분위기였다.

 승희가 다른 사람에게 잘 보이지 않도록 품 안에서 세크메트의 눈 하나를 꺼내 살짝 준후에게 건네주었다.

 "준후야. 이것 가지고 가."

 "예? 아. 예. 그런데 승희 누나는 같이 안 가요?"

 "당연하지. 내가 절에 가서 뭘 해? 나는 신부님과 같이 갈 거야."

 말을 하면서도 승희의 눈은 현암을 원망스럽다는 듯이 바라보고 있었다.

 박 신부는 백호에게 현재까지 사정을 말하고서 자주 연락을 바란다는 통화를 한 후 현암과 승희와 함께 차에서 내렸고, 준후와 다른 사람들을 태운 차는 운주사로 향했다. 일단 오늘은 쉬고 내일부터 새로운 마음으로 일을 시작할 예정이었다.

 병원 근처에서 묵을 곳을 찾기 위해 두리번거리던 승희는 뭔가 꺼림칙한 것을 느끼고 병실 위쪽을 쳐다보았다. 십이 층의 한쪽에 창문이 열려 있는 것으로 보아 승희는 직감적으로 그 여학생이 내려다보고 있을 거라는 생각이 들었다.

 "자. 빨리빨리 갑시다! 일단 푹 쉬고, 내일부터 그 괴상망측한 것을 찾아 나서야지요."

 승희가 앞장서서 서둘러 걸음을 떼자 현암과 박 신부는 무슨 영문인지도 모르고 승희의 뒤를 따라서 거리의 인파 속으로 몸을 묻었다.

천불천탑(千佛千塔)

저녁 늦게야 운주사에 도착한 준후 일행은 백호의 연락을 받고 마중 나온 운주사 승려들의 안내를 받아 일단 경내에서 하룻밤을 묵기로 했다. 무련과 준후, 승현은 본당에서 좀 떨어진 조용한 방을 쓰기로 했고, 임악 거사와 정 선생은 건너편에 있는 다른 방으로 갔다. 양측의 사람들은 거의 대화를 나누지 않아 서먹서먹한 관계였으니 이렇게 방을 나누어 쓰게 된 것이 오히려 다행스러웠다.

하룻밤 동안 이런저런 지난 이야기들을 나누며 대강 밤을 지샌 일행은 다음 날 운주사 승려들의 안내를 받아 천불천탑의 자리를 둘러보았다. 거창한 이름과는 달리 천불천탑 근처는 상당히 쓸쓸하고 애틋하기까지 한 야릇한 기운이 감돌고 있었다. 탑과 불상들은 화려하거나 손질이 잘된 것 같지 않았지만, 크기나 모양이 가지각색인 것이 퍽 인상적이었다.

부근을 안내하면서 이곳저곳을 설명하던 운주사의 승려가 지나가는 투로 중얼거리는 소리가 준후의 귀에 들어왔다.

"이상하군. 엊그제까지만 해도 이런 묘한 느낌은 없었는데……."

"무슨 말씀이세요?"

"아, 예…… 뭐랄까요? 땅속으로 들어가는 듯한 느낌이 드는 것 같군요. 전에 비하면 이상하게 발걸음이 무거워지고…… 허허. 아미타불…….."

승려는 더 이상 말하지 않으려는 듯 가볍게 웃음으로 대신했고 준후도 더 이상 캐묻지 않았다. 그러나 준후는 승려의 말이 아니더라도 천불천탑에 들어올 때부터 이곳이 뭔가 내력을 지닌 곳이라는 느낌이 들었다. 뭔지 알 수 없었지만 강렬한 힘이 이 근방에 넘치고 있었고, 천불천탑의 크고 작은 탑이며 불상의 위치 하나하나가 범상한 것 같지 않다는 생각이 들었다.

그로부터 벌써 며칠째 준후는 사람들과 함께 천불천탑이 서 있는 곳을 돌아보며 조사를 했다. 가끔가다가 저녁 무렵에 승희와 연락을 취하는 것 외에는 별달리 할 일도 없었고…… 천불천탑에는 특별히 영기 같은 것은 느껴지지 않았으나 막연하게 천불천탑이 일종의 진세를 형성하고 있다는 느낌을 지울 수 없었다. 그러나 원래의 탑 천 개, 불상 천 개, 도합해서 이천 개나 있어야 할 탑과 불상들이 지금은 고작 백여 개 남짓 남아 있었고 그나마 작은 것들은 이곳저곳으로 옮겨지고 원래 있던 곳에서 위치를 바꾸었기 때문에 그런 느낌이 강한 확신으로까지 이어지지는 못했다.

하나하나 조사하면 할수록 참으로 희한하고 불가사의한 건축물이었다. 그곳의 탑과 불상 대부분은 몹시 성급하게 만들어, 거칠고 모양새가 파격적이었다. 그러나 자세히 살펴보면 같은 것이 없고, 근처에 있는 돌을 이용해 최소한의 손질만으로 만들어진 듯한 몹시 특이한 형태를 지니고 있었다. 준후는 왠지 그런 것이 마음에 걸렸다. 승현도 준후와 의견을 같이했고 무련과도 의견을 교환해 보았다. 준후의 생각엔 탑이나 불상을 일종의 예술품으로 생각하고 만들었다면, 많은 탑 중의 하나인 '거지 탑'처럼 거의 돌을 하나도 다듬지 않은 채 탑을 만들 리가 없었다. 불상이나 탑의 크기와 형식이 제각기 다르다는 것도 준후의 궁금증을 불러일으켰다.

옆에 있는 무련을 바라보며 준후가 말했다.

"이렇게 생각해 볼 수도 있겠네요."

"어떻게 말이지요?"

"제가 보기에는 이 탑들과 불상들은 분명히 어떤 진세를 형성하고 있어요. 물론 도선 국사가 천불천탑을 창건했다는 이야기는 전설이니, 사실일지 아닐지 모르지만 어쨌든 시대상으로 그때쯤에 천불천탑이 조성됐던 것은 분명하고, 그 후에도 여러 차례에 걸쳐서 손질이 가해졌다고 돼 있어요. 그렇게 오랫동안 만들었는데도 이곳의 탑이나 불상들은 마무리가 돼 있지 않고, 더군다나 이 천불천탑의 불상들은 와불처럼 사람 키의 열 배나 되는 큰 것부터 시작해서 겨우 주먹만 하고 다듬어지지 않은 것까지 종류가 다양하잖아요? 그리고 와불처럼 그냥 돌 위에 있는 것, 언덕 위에 서 있는 것, 또 석실 안에 들어 있는 것, 바위 밑에 있는 것 등, 탑이나 불상의 위치도 다른 것들처럼 사람들이 보고 참배하기 위해 만들어진 것 같지는 않아요."

"그러니까 정확한 위치에 자리 잡게 하기 위해서 사람 눈에 띄지 않는 곳에까지 불상을 배치했다는 말이니?"

옆에서 말을 듣고 있던 승현도 고개를 끄덕였다.

"그러나……."

무련이 잠시 생각하다가 조용히 입을 열었다.

"이 탑들 중에서는 사리공[6]들이 발견된 탑도 있다고 하지 않니? 그런 것으로 볼 때 이 탑들도 사리를 안치한다는 원래의 목적대로 지어진 것들도 있을 텐데……."

"그럴지도 모르지요. 그렇지만 탑이라는 것 자체가 원래 부처님의 사리를 담고 그 기운을 하늘로 뻗치게 하기 위해서 만들어진 '스투파(stupa)[7]'가 기원 아닌가요? 그러니까 특정한 위치에 사리가 들어가면 탑의 기운을 더욱더 높여 주는 역할을 한다고 볼 수 있어요. 좌우간 이곳의 지도를 자세히 검토해 봐야겠어요."

"지도? 지도라면 작성된 것이 있지 않니?"

준후는 고개를 저었다.

"아니에요. 이 진은 분명히 입체적으로 만들어진 거예요. 평면적으로 만들어진 진이었으면 저도 한눈에 알아볼 수 있었을 거예요. 이 탑들의 높이와 크기, 또 불상들의 크기와 높이, 그리고 주변에 있는 자연 경관들까지 세심하게 고려해서 만들어진 진과 비슷

---

6   사리를 장치하기 위해 탑재에 파 놓은 구멍이다.
7   고대 인도에서 부처님의 사리를 보존하기 위해 만든 역삼각형의 구조물로, 이것이 발전해 탑이 됐다.

해요. 지금은 아는 사람이 얼마 없겠지만 밀교식의 진법……."

준후는 말을 하다 말고 뭔가 생각하다가 머리를 긁으며 머리카락을 쥐어뜯었다.

"아…… 너무 복잡하군요. 탑과 불상이 너무 많이 없어졌어요. 원래의 반만이라도 남아 있었으면 어떻게 해 볼 수 있을 텐데……."

무련이 안타까워하는 준후를 보더니 조용히 고개를 끄덕였고, 승현도 까닭 모르게 슬픈 느낌을 주는 탑과 불상들을 물끄러미 쳐다보았다.

그들이 주로 천불천탑 주변을 조사하는 동안 정 선생과 임악 거사는 천불천탑보다 주변의 산중을 돌아다니기에 여념이 없었다. 두 사람은 원래부터도 그랬지만 퇴마사들에게 호감을 가지고 있지 않은 탓에 준후나 무련, 승현에게도 별 관심을 기울이지 않았다. 서로 대화도 없고 도움도 없다 보니 준후는 몹시 답답했다. 또 근처의 박물관장이나 문화재 보호 관청, 그리고 운주사의 승려들까지도 이 사람들이 비록 정부의 특명을 받고 온 것이라고는 하지만, 귀중한 문화재인 천불천탑을 혹시 훼손하는 일은 없을까 하고 눈치를 돋우고 있어서 준후는 소신껏 일하기가 더욱더 힘들었다.

그런 처지였지만 이곳에서 주문한 대로 백호가 보내 준 자료와 측량 기사들의 지원을 받아 준후와 승현, 무련은 자신들만이 알아볼 수 있는 진세 구조에 따른 천불천탑의 상세도를 작성하기 시작했다.

한편 현암과 박 신부, 승희는 백호에게 연락해 무너져 버린 신사 밑의 토굴을 파헤치는 일을 지원해 달라고 부탁했다. 백호는 별다른 질문 없이 지금 직접 내려갈 수는 없으나 곧 다른 사람을 시켜서 최대한의 지원을 해 주겠다고 약속했다.

약속한 다음 날, 일단의 중장비와 인부들이 도착해서 반쯤 썩은 신사를 철거한 후 무너졌던 안쪽의 토굴들을 파내기 시작했다. 현암과 박 신부 그리고 승희는 발굴 현장 부근에서 단서 같은 것이 나오지 않나 주시하고 있었다. 파내진 흙 속에는 사리 조각이었을 것으로 보이는 하얀 가루들이 섞여 있었다.

"이야, 이것이야말로 진짜 사리들이군요. 그런데 궁금한 게 있어요. 어떻게 해서 이렇게 많은 사리가 이곳에 있는 것일까요?"

"글쎄……."

박 신부가 모르겠다는 듯 머리를 긁적였다.

"나도 그 문제에 대해서는 곰곰이 생각해 보았네. 어느 절에서나 덕망 높은 고승이 돌아가신 후에는 꼭 부도(浮屠, 부처의 사리를 안치한 탑)나 탑 안에 사리를 안장하게 돼 있네. 그러나……."

박 신부는 잠시 말을 끊었다.

"현암 군, 혹시 이런 생각을 해 본 적은 없는가? 나도 요즘에 해 본 생각이지만 지금의 탑이나 부도 안에 과연 사리가 있을까 하는 것 말이야?"

"그건 무슨 말씀이시죠?"

"탑이나 부도는 외부에 방치된 것이네. 만약에 어떤 자가 목적을 가지고 사리를 훔쳐 내고자 한다면, 아니 훔쳐 냈다고 해도 아무도 모르지 않겠나? 탑이나 부도는 일종의 묘나 마찬가지인데 말이야. 탑은 어렵다 해도 부도 안에 안치한 정도는 어렵지 않게 꺼낼 수 있을 것이네. 물론 상식적으로 그런 사람이 있기야 하겠냐마는……."

박 신부는 잠시 말꼬리를 흐리다가 다시 입을 열었다.

"그러나 우리처럼 영적인 힘을 가지고 있고, 뭔가 힘을 가지고 싶어 하는 사람이라면, 그 사리에 담겨 있는 영적인 힘을 이용하려고 할 것 같다는 막연한 생각이 들었다네. 그러니까……."

그 말을 듣고 있던 승희가 조용히 말했다.

"신부님 말씀대로라면, 이곳에 사리가 많다는 소문이 났다. 그래서 오래전부터 무슨 목적에 의해 사리가 조직적으로 빼돌려졌고 이곳 어디엔가 감춰져 왔을 가능성도 있다. 이런 말씀이신가요?"

"정확한 것은 하나도 없지. 이곳에서 은기 옹의 시신을 찾아내는 것도 물론. 그 외에 또 다른 무엇인가가 나오지 않을까 하는 생각도 드네. 이 신사가 만들어진 게 일제 때일 테고…… 그러니 서둘러 발굴을 해야지. 아마 뭔가 단서를 찾을 수 있을 거야."

"그럴 수도 있겠군요."

현암은 갑자기 연희를 떠올렸다.

"연희 씨에게 이곳 신사와 관련된 자료가 없는지 조사해 달라고 하면 어떨까요? 백호 씨에게 부탁해서 문서 보관소 같은 곳에서요. 예를 들어 일제 시대 때의 문서 중 이곳의 건립과 관련된 문서라거나 기타 자료가 있는지……."

"글쎄, 그렇지만 절에 있어야 할 사리들을 훔쳐 내서 이런 비밀스러운 굴을 만들었다고 한다면 그 자체가 상당히 은밀한 일이었을 테니, 그런 자료를 남겨 두었을 것 같지가 않은데?"

"하지만……."

이번에는 승희가 조심스럽게 말을 꺼냈다.

"제 생각엔 그렇지만도 않을 것 같은데요? 어쨌거나 이곳 밑의 토굴은 별개로 치더라도 이 토굴 위를 덮고 있는 신사에 대해서만은 무슨 자료가 남아 있을 것도 같아요. 아무리 위장이었을지라도 신사를 만들었으면 참배를 하거나 하다못해 관리인이라도 두었을 것이잖아요."

"음, 그럴지도 모르겠군. 말을 듣고 보니 여기서 속절없이 기다리고만 있을 것이 아니라 그런 것들도 찾아보았어야 하는 건데……."

"제가 가서 찾아보죠. 뭐, 여기 있어 봐야 지루하기만 하고……."

박 신부는 살짝 미소를 띠면서 승희의 모습을 귀엽다는 듯이 바라보았다.

"그래, 승희 네가 수고 좀 해 줘야겠다. 아마 백호 씨에게 도움을 요청하면 이 지역의 군청이나 다른 곳에서 보관하고 있는 자료들을 볼 수 있을 거야."

"예. 그러죠, 뭐. 여기서 맨날 똑같은 것만 보고 있으니 너무 따분해요. 그러니 저도 찾아보고 제가 연희 언니한테 연락해서 서울에서도 혹시 무슨 자료를 구할 수 있는지 한번 알아봐 달라고 이야기할게요."

승희는 그동안 무척 답답했던지 이제야 살겠구나, 하는 듯한 걸음걸이로 저만치 멀어져 갔다. 박 신부가 현암을 향해 물었다.

"현암 군, 자네도 뭔가 느끼는 것이 있지?"

"예, 뭔가 순탄치만은 않을 것 같은 느낌이 드는군요."

"맞아. 지하에서 느껴지는 영기는 범상한 것이 아니야."

현암도 고개를 끄덕였다. 분명 사리 굴이라고 할 수 있는 토굴을 지키고 있었음이 분명한 영은 자신의 손으로 해치웠었다. 그렇지만 그것으로 모든 것이 끝났다는 생각은 들지 않았다. 어떤 사태가 벌어질지 몰라 박 신부와 현암은 서로의 마음을 읽고 여러 명의 인부가 공사를 하는 그 주변을 떠나지 않았던 것이다.

일행이 헤어진 지도 어느덧 사흘이 지나갔다. 그동안 승희는 오전에는 발굴 현장 근처 인부들의 합숙소에서 아예 죽치고 살고 있는 현암과 박 신부를 찾아왔다가 조사를 한다고 도심으로 내려가곤 했다. 그러나 사흘 동안 승희가 찾아낸 자료는 쓸 만한 게 거의 없었고 준후한테서도 특별한 소식은 오지 않았다. 세크메트의 눈으로 서로 연락을 하고 있었지만, 준후 쪽에서도 그다지 특별한 것을 찾아내지 못했다는 말을 들었다. 승희는 준후가 했던 몇 가지의 말들을 현암과 박 신부에게 전해 주었다.

"준후의 말로는 다른 곳은 퍽 평온하고 별다른 것은 느낄 수 없대요. 그러나 천불천탑만은 강한 기운을 풍기고 있다는군요."

"그래?"

"준후도 궁금한 게 많은 모양이에요. 천불천탑이라고 한다면 분명 탑 천 개, 불상 천 개여야 하는데 지금 남아 있는 것은 다 합해 보아야 백여 개도 안 된다나 봐요. 백여 개 남짓한 불상과 탑의 기운이 이 정도인데, 정말로 천 개의 불상과 천 개의 탑이 아직 남아 있다면 도대체 그 기운은 얼마나 될까 하는 생각이 든다는군요. 또 그것들이 무슨 목적으로 만들어졌는지도 모르겠대요. 좌우간 저와 연희 언니가 자료를 조사한다니까 몇 가지를 부탁하더군요. 원래의 천불천탑들의 위치가 어떻게 돼 있는지 기록된 자료가 있으면 보내 달라는데…… 그리고 정 선생과 임악 거사는 뭔가 알아낸 것 같은데 그게 무언지 통 말을 하지 않는다는 거예요."

"음…… 무련 비구니와 승현 사미는 잘 있다고 하니?"

"예, 그 두 사람과는 머리를 맞대고 상의하고 있대요. 다섯 명이 같이 갔지만 실제로는 두 조가 따로따로 조사하는 것이나 다름없어서 영 답답하다는군요."

"음, 그런 것까지야 어쩔 수 있나. 할 수 없지."

"대강 그런 정도였어요, 신부님."

"그래. 준후 쪽에서도 뭔가 알아내고 있는 모양이니 수시로 연락하도록 하고…… 이 신사의 건립에 대해서는 알아봤니?"

"예, 조금 묘한 것이 있더라고요. 이 신사의 관리인들에 대한 고용 기록 문서가 남아 있는데…… 이 신사를 관리했던 사람들은 일본 승려들이었다는군요."

"승려들이?"

"예. 신사는 엄연히 불교와는 다른 일본의 종교인 신도(神道)[8]의 건물인데 왜 이 신사를 승려들이 관리했는지 이해하기 어렵네요."

"흠……."

박 신부와 현암은 뭔가가 잡힐 듯 말 듯했으나 아직 결론을 내릴 수는 없었고, 승희는 그런 둘을 보고 싱긋 미소를 지으며 말했다.

"뭣하시면 신부님이 이 세크메트의 눈을 가지고 준후와 계속 연락을 취해 보시겠어요? 저는 그냥 자료만 조사하고 있을게요."

"음, 그렇지만 나는 내 믿음과 상반되는 그런 것을 직접 손에 지니고 싶은 생각은……."

박 신부가 우물쭈물하는 눈치를 보고 현암이 씩 웃으며 대신 세크메트의 눈을 승희에게서 받아 들었다.

"내가 하면 되겠지?"

승희는 고개를 끄덕이고 깔깔깔 웃으면서 다시 산을 내려갔고, 현암은 다시 공사 현장 쪽으로 고개를 돌리고 무슨 이상한 기색이 없나 신경을 곤두세우고 있었다. 박 신부는 의문이 드는 것이 많은지 골똘히 생각에 잠겨 있었다.

'천불천탑과 운주사라……. 그곳에서 산을 몇 개 넘은 이곳에 위치한 사리 매장 토굴. 그곳을 수호하고 있었다는 영과 그곳에서 죽음을 맞이한 은기 옹……. 도대체 이 모든 것이 어떤 연관이 있는 걸까? 가장 중요한 한 가지 단서만 알아낼 수 있으면 모든 것

---

8   일본 토착 종교로서 신(神)이나 가미를 섬기는 것이다.

이 다 풀릴 수도 있을 텐데…….'

 그 문제를 푸는 열쇠가 무엇인지 알 수 없어 박 신부는 몹시 답답한지, 옆에 있는 현암이 들릴락 말락 한숨을 내뱉었다. 현암은 신사를 관리했다는 일본 승려들에 대해 생각했다. 그렇다면 자신과 싸웠던 영이 그 일본 승려가 아닐까 싶기도 했고…….

 그러는 사이에도 또 시간은 지나갔고 어느덧 저녁때가 되자 현암은 세크메트의 눈을 손에 쥐고 준후와 연락을 취하려 했다. 그러나 준후는 아무런 반응을 보이지 않았다.

 "오늘은 준후가 피곤한가? 아니면 바빠서……."

 현암은 쉬지 않고 삼교대로 작업을 진행하고 있는 토굴 쪽을 한번 둘러보았다. 박 신부가 깊은 생각에 빠져 있는 것 같아서 혼자 밖으로 나와 본 것이다. 그런데 갑자기 인부들이 외치는 소리에 조용하던 발굴 현장이 갑자기 수선스러워지며 활기를 띠기 시작했다.

 "나왔어요. 나왔어! 시신입니다!"

 현암은 박 신부를 부른 다음 서둘러 안으로 들어갔다. 정말 흙으로 뒤덮인 은기 옹의 시체가 토굴의 경사진 구멍 안에서 인부들에 의해 들려 나오고 있었다. 박 신부는 입술을 꼭 다물고 시체의 얼굴에 묻은 흙이며 먼지를 손으로 털어 냈다. 그 모습을 보고 인부들이 눈살을 찌푸렸으나 박 신부는 힐끗 인부들을 쳐다보았을 뿐, 아무 말 없이 맨손으로 은기 옹 시신의 얼굴을 털어 내었다. 흙을 다 털어 내고 나자 옛날에 보았던 철기 옹의 모습과 놀랄 만큼 닮은 모습이었다. 돌아가신 지 며칠이 지났지만 은기 옹의 시체는 하나도 상하거나 변색되지 않고 평온한 모습으로 눈을 감고 있었다.

현암이 조금 주저하는 듯이 박 신부에게 말했다.

"신부님, 좀 불경스럽기는 하지만 시신을 조사해 봐야 할 것 같은데요."

"음, 그건 무슨 말이지?"

"은기 옹께서 저 토굴에 몰래 들어가신 후에 환영술을 써서 신부님께 모습을 나타내기까지 했었다면, 그 안에서 필경 어느 정도의 시간 여유는 있었을 겁니다. 제 생각으로 은기 옹께서는 전에 저와 겨루었던 영과 대적하시다가 몸에 한독(寒毒)이 퍼지게 되고, 그러자 그 석실 안으로 들어가셔서 진을 쳐 놓으신 거겠죠. 그래서 영이 들어오지 못하게 한 후 신부님께 환영을 보냈을 겁니다. 그런 다음에도 시간이 조금 있었을 텐데 뭔가 비밀을 알아내셨다면 돌아가시기 전에 어디엔가 기록해 놓았을 것이라고 생각되는군요."

"음, 그래. 그 말이 맞군."

박 신부는 현암의 말이 옳다고 생각하는 듯 은기 옹이 입고 있던 흰 두루마기 위에 덮인 흙과 먼지들을 털어 내기 시작했고, 현암도 옆에서 박 신부를 거들었다. 둘이 한참 시신을 덮은 흙이며 잔돌 부스러기 같은 것들을 치우고 있는데 갑자기 난데없이 토굴의 안쪽에서 비명이 들리며 인부들이 우왕좌왕하는 것이었다.

박 신부와 현암은 순간적으로 손을 멈추고 토굴 쪽을 바라보았다. 토굴의 좁은 구멍에 설치된 사다리 사이로 인부들이 마구 비명을 지르면서 빠져나오고 있었다.

"으악! 저 밑에……."

현암이 재빠르게 달려가서 정신이 나간 듯 마구 소리를 질러 대는 한 명의 인부를 잡고 흔들며 소리쳤다.

"저 밑에 뭐란 말입니까?"

"저 밑에…… 알 수 없는…… 귀신……."

현암은 재빨리 토굴 안쪽으로 몸을 날렸다. 박 신부도 근처에서 영문을 몰라 웅성거리는 사람들에게 조용히 할 것과 은기 옹의 시신을 절대 건드리지 말 것을 당부하고는 현암의 뒤를 따라 굴속으로 들어갔다.

"알았다!"

조용히 염주 알만 굴리고 있던 무련은 합장하고 있던 자세에서 고개를 들어 준후와 승현을 바라보았다. 지도로는 만족하지 못한 둘은 벌써 며칠 사이에 종이와 가위, 풀 같은 것을 잔뜩 사 와서 직접 측량한 높이와 길이를 바탕으로 입체적인 모형을 만들고 있었다. 큰 책상 넓이 정도의 판지에다가 비록 조잡한 솜씨였지만 탑이나 불상의 크기를 각각 같은 배율로 줄여서 배치해 놓으니 대강의 형체가 만들어졌다. 거의 완성된 모형을 한참 동안 들여다보던 준후의 입에서 갑작스러운 탄성이 터졌다. 승현도 준후를 말똥

말똥하게 쳐다보고 있었고 무련도 눈을 들어서 쳐다보자 준후가 얼굴에 환한 웃음을 지으면서 말했다.

"분명해요. 진세에요. 진세. 틀림없어요. 무게를 주기 위한 진세. 그러니까……."

"진세라니? 어떤 진세란 말이야?"

승현이 장난기 어리게 씨익 웃으면서 말하자 준후도 얼굴을 마주 보고 웃어 주었다. 둘이서 죽이 척척 잘 맞는 모양이었다. 그런 둘의 모습을 보고만 있던 무련은 더욱 궁금증이 이는지 준후 앞으로 바짝 다가서며 물었다.

"예, 그러니까…… 전설은 사실이라고 볼 수 있어요. 핵심부터 말씀드리면 이 천불천탑은 특별한 목적으로 만들어진 탑과 불상이라는 뜻이죠. 도선 국사의 전설 그대로예요. 무게를 주는 거죠. 우리나라 전체가 동쪽에 무거운 산이 많아서 기울어진 형태라고 풍수상으로는 나와 있다고 했지요? 행주형국의 세(勢), 즉 나라 전체가 바다로 나아가는 배의 형국인 셈인데 무게가 치우쳐 있다고요. 그것을 바로잡기 위해서 천불천탑을 도선 국사가 조성했다는 전설이 내려온다잖아요. 물론 도선 국사가 직접 천불천탑을 조성했는지 아닌지는 알 수 없지만 어쨌거나 천불천탑은 분명히 그러한 무게를 주기 위한 진세를 형성하고 있어요. 그러니……."

"기울어진 형세를 바로 잡지 않는다면 어떤 일이 생기지? 일본의 침략을 받는다고 전에 언뜻 들었던 것 같은데."

"예, 그럴 수도 있지요. 그렇지만 꼭 침략을 받는다는 의미는 아니에요. 풍수 때문에 전쟁이 일어난다고까지는 볼 수 없지요. 다만 우리나라의 전체를 감돌고 있는 기운이 일본으로 흘러 들어가죠. 그러면 일본의 세력이 강대해지고 우리나라 세력은 줄어들게 되고, 일본이 우리나라로 손을 뻗치는 일이 생긴다는 겁니다."

"그래? 아니, 그렇다면……."

"맞아요. 고려 시대 이후로 우리나라는 점점 세력이 쇠약해지기 시작했어요. 조선 시대만 해도 임진왜란을 비롯해서, 무수한 왜구의 침탈이 있었잖아요. 일제 시대도 겪었고요. 어하튼 경제적인 면이라지만 일본의 기세가 하늘을 찌르고 세계 최강국의 반열에 올라선 건 사실이잖아요. 일본에 우리나라의 기운이 흘러 나가는 것을 막기 위해서 천불천탑을 조성했던 것이 분명한데……."

"그렇다면 그 천불천탑이 훼손되고 없어졌기 때문에 우리나라의 기운이 일본으로 많이 흘러갔다는 거니?"

준후는 계속 신나서 말을 하다가 무련의 지적을 듣고는 잠시 생각에 잠기더니 다시 헤헤 웃었다.

"글쎄요. 하지만 이 천불천탑이 아무리 큰 진세라고 할지라도 그것 하나 때문에 나라 전체의 기운을 바꿀 수야 있겠어요? 아무리 탑이 무겁고 그 안에 있는 진세가 큰 힘을 발휘한다고 해도 이건 겨우 반쪽짜리 진세일 뿐이고……."

"반쪽짜리 진세라니? 그건 무슨 말이야?"

이번엔 승현이 눈을 반짝이며 물었다. 준후는 눈앞에 있는 어지러운 모형을 놓고 설명할까 하다가 쉽게 설명할 수 없었던지

평면도, 그러니까 위쪽에서 내려다본 운주사 부근의 탑 배치도를 꺼냈다.

"자, 이걸 보세요. 산 주변으로 불상과 탑들이 이 나지막한 동산 아랫부분에 모여 있지요? 물론 사람들 말로는 산 밑자락에 천불천탑을 조성하다 보니 자연적으로 형성됐다고 하는데 그렇게 생각할 수도 있긴 하죠. 그렇지만……"

"그렇다면 뭐지?"

"자, 자세히 보세요. 여기가 운주사이고 이곳이 산, 아니 나지막한 동산이라고 해야겠군요. 좌우간 이 주변을 따라 석불과 석탑이 아주 큰 원의 한 부분처럼 배치돼 있지요. 그리고 이 산, 이 동산의 꼭대기 부분에 바로 와불이 있어요. 그렇지 않은가요?"

"음. 그렇네."

"이 와불이 바로 진세의 중심이에요. 그리고 분명 이 주변의 진세는 밀교의 만다라를 바탕으로 하고 있는 것이 틀림없어요.⁹ 물론 저도 아직 정확하게는 알지 못해요. 왜 이렇게 천불천탑으로 일부분만의 진세를 조성했었는지는……"

"일부분만이라니?"

"만다라는 원래 원형이 기본이지요. 원형으로 조성되지 않고 이

---

9 천불천탑이 만다라의 진세를 지니고 있다는 것은 소설적인 착상에 근거한 하나의 가정이다. 실제로 천불천탑이 만다라적 구조를 띠고 있다는 논문이 발표된 적은 있으나, 본문에서는 허구로 쓰였음을 밝힌다.

쪽에만 탑과 불상들이 많이 배치돼 있는 것은 좀…… 하지만 지금 이곳에 남아 있는 불상과 탑들은 몇 개 되지도 않잖아요. 옛날에는 이 산을 중심으로 해서 원형으로 퍼져 있었다고 볼 수도 있지요. 그러니까 이쪽 용강리를 돌아서 이 나지막한 동산 전체가 하나의 진세를 형성한다는 말이에요. 분명 지금 남아 있는 탑과 불상들만으로는 진세가 될 수 없어요. 단지 만다라의 한쪽 귀퉁이일 뿐이죠. 그러니 생각해 볼 수 있는 건 천불천탑이 이 동산 전체에 퍼져 있었다는 말이 되죠."

"그럴까?"

"이만큼 큰 진세를 가진 것은 아직은 본 적이 없어요. 동산 전체를 진으로 쓰다니……. 전에 영국의 스톤헨지에 가 본 적이 있어요. 상당히 큰 돌로 이루어진 스톤헨지 역시 그 나름의 의미는 있는 것 같았지만, 그걸 진세로 보더라도 이렇게 크게 형성하지는 않았어요. 가만……."

"왜 그래, 준후야?"

"아…… 모르겠어요. 그것만은 알 수가 없네요. 천불천탑이 이 산자락 밑에 다 몰려 있었는지 아니면 산을 중심으로 둥글게 퍼져 있었는지를요. 다만 제 추측으로는 다른 탑과 불상들이 산을 중심으로 둥글게 퍼져 있었을 것 같은데 확실한 것은 모르겠어요. 산을 중심으로 퍼져 있었다고 한다면 제가 얘기한 대로 하나의 완벽한 진세를 이루지만 그렇지 않았다면 불완전한 진세가 돼 버려요. 그러면 도대체 어떻게 되는지 잘 알 수가 없는데……."

준후가 다시 중얼거리고 있는데 운주사의 한 승려가 찾아와 문 밖에서 조용히 말했다.

"서울에서 연락이 왔습니다. 승희 씨라는 여자 분인데 준후 씨라는 분을 바꿔 달라는군요."

"예? 아, 저예요."

준후는 팔짝 뛰어서 쪼르르 그 승려를 따라갔다. 승려를 따라 나가는 준후의 뒷모습을 바라보던 무런은 깜짝 놀랐다. 문 앞에서 정 선생이 묘한 눈빛을 빛내며 서 있었기 때문이다. 준후도 잠시 멈칫하다가 그냥 승려의 뒤를 따라서 나갔고 무런이 고개를 숙이며 말했다.

"정 선생님, 언제 오셨지요?"

"조금 아까 왔소이다. 이야기를 다 들었지요. 본의 아니게 엿들은 것처럼 돼서 좀 죄송합니다만."

"엿듣다니요? 어차피 같은 일을 하는 사람인데요. 이리 들어오세요. 준후는 전화를 받고 올 거예요."

"그래도 될까요?"

정 선생은 조금 머뭇거리는 눈치를 보였으나 여전히 안광을 빛내며 준후와 승현이 만들어 놓은 그 모형들에서 눈을 떼지 않고 계속 살펴보고 있었다. 승현이 그 모습을 보고 조금 묘한 생각이 들어서 물었다.

"선생님, 선생님도 뭔가 알 것 같은가요?"

"나는 그냥 풍수쟁이오. 밀교의 진세니 만다라니 하는 것은 잘 알지 못하지요. 그러나 저 준후라는 꼬마가 이야기한 것에 대해서는 감이 잡히는 바가 있지만……."

무련이 조용히 물었다.

"서로 아는 바가 있으면 같이 나눴으면 합니다. 모르는 건 서로 깨우쳐서 알 수 있도록 하는 것이 좋지 않을까요? 제가 보기에도 이 일은 대단히 중요한 일이고, 모두에게 잊힌 채 너무도 오랫동안 파묻혀 왔던 일입니다. 그러니……."

"저도 뭣 좀 알아낸 게 있지요."

"어떤 것이지요?"

"저는 탑이나 불상보다는 이 근처의 산세를 보고 다녔지요. 이곳의 산세는 비록 크지는 않지만 무등산 자락이 내려오고……."

정 선생은 또 뭐라고 다시 설명하려다가 입을 다물었다. 자신만 알고 있는 풍수학 전문 용어를 쓰려다 보니 좀 주저하는 모양이었다.

"방금 준후의 이야기를 듣고 뭔가 짚이는 것이 있었습니다. 제가 이곳 산세를 보며 좀 묘하다고 여긴 것은 이 근처의 산들이 반원형을 이루면서 불룩불룩 봉우리가 솟아 있다는 점이었지요. 물론 저는 밀교 진세에 대해서는 아는 바가 없지만 그 산 자체가 천연의 뭔가를 형성하고 있는 듯한, 그런 느낌이 들었어요. 뭐라 할까, 조물주의 안배로……."

"예, 조물주의 안배요? 그건 무슨 말씀이시죠?"

"간단히 말하면 내 말은 이렇습니다. 우리나라는 풍수상으로 분명 행주형국의 형세요. 그렇지만 조물주께서 그렇게 불안정하게 땅을 만들어 놓았을 리가 있겠습니까? 이쪽에 있는 이 무등산 자락의 산들이야말로 그런 큰 산들에 대항해 반대쪽에 무게를 주기 위해서 창조된 산들이 분명할 거란 말이요. 즉 준후의 말마따나 무게를 주기 위한 것이지요."

승현이 잠시 눈을 굴리다가 조심스럽게 입을 열었다.

"하지만 우리나라 동쪽에 있는 큰 산들의 무게와 이쪽에 있는 작은 산들의 무게가 어떻게 비슷할까요?"

"그렇지. 그러니까 바로 진세가 필요하단 말이지. 하나에다 하나를 더해서 둘 이상의 힘이 나오게 하는 것. 그것이 바로 전쟁에 사용하면 전술이 되는 것이고 사람들에게 협동이 필요한 이치요. 마찬가지로 자연에도 그런 이치가 있어요. 그런 것이 바로 진법이고 진세이며 이 근처의 산들은 천연의 타고난 것이지. 그러나……."

"그러나 뭐죠?"

"아쉽게도 부족합니다. 진세로서의 성격이 부족하기 때문에 이곳에 천불천탑을 조성한 것이 아닌가 싶어요. 자, 내 말을 한 번 들어 보세요."

정 선생은 준후와 승현 그리고 무련이 보던 산세도보다 훨씬 큰 지도를 품에서 꺼내더니 쫙 펼쳤다. 아마 직접 작성한 풍수지리 지도인 듯, 수치나 등고선 대신 어려운 한문과 복잡한 가상선들이 빽빽이 차 있었다.

"자, 이 지도는 천불천탑 같은 것은 나와 있지 않지만 이 근처의 산세와 높이는 비교적 상세하게 그려 놓은 것입니다. 여기 온 후 내가 대강 그린 것이라 그다지 정밀하지는 않지만. 자, 보세요. 이쪽으로 이 산과 이 산봉우리를 잇고, 또 이 산 높이가 이렇게 배치돼 있는 점을 감안한다면……."

무련은 뭐가 뭔지 잘 몰랐으나 승현은 눈을 번쩍번쩍 빛내기 시작했다.

"틀림없어요. 정 선생님. 정확히 보셨습니다. 그렇다면……."

막 승현이 더 말하려는데 준후가 전화를 받고 돌아왔다.

"에이! 원래 천불천탑이 있던 곳은 산자락 밑부분에 불과했대요. 오래된 자료일수록 이 근처의 산 중에 다른 불상이나 탑들이 있었다는 기록은 하나도 없고요! 그러니 도대체 진세가……."

준후는 말을 이으며 방으로 들어서다가 정 선생과 정 선생이 펴놓은 지도를 힐끗 보더니 조금 놀라는 듯했다.

"아니, 정 선생님. 그 지도는 뭐죠?"

순간적으로 뭔가 감이 잡히는 듯했다. 정 선생은 떨리는 목소리로 자신이 알아낸 것을 약간의 전문 용어를 섞어 가며 준후에게 이야기해 주기 시작했다.

"아니, 그렇다면……."

"그래, 우리 전부 깊이 한번 연구해 보세. 이건 굉장히 중요한 일이야."

"에, 맞아요. 그러니까 이쪽 산세를 배경으로 일부분을 보완하기 위해서 만들어진 것이 천불천탑이라고 볼 수 있겠군요."

"이 진세는 제가 생각했던 것보다 몇십 배 더 크네요. 이 근처의 산과 강, 그리고 초목과 평야들까지도 모두 진세에 포함된 거예요. 이렇게 큰 진세라면 설마······."

정 선생의 눈이 번쩍하고 빛났다.

"그래, 그리고 이 진세. 이 중앙에 무엇이 있지? 거리가 문제가 아니야. 전체적인 기운이 모이는 곳은······."

준후가 채 정 선생의 말에 대답하기도 전에 승현이 손가락 하나를 재빨리 갖다 댔다.

"바로 이거죠."

사람들은 승현의 손가락 끝을 지켜보았다. 만들어지기는 했으나 세워지지 않았던 바로 수수께끼의 거대한 불상, 와불이 있는 자리였다.

와불이 일어나면

발굴이라 해야 겨우 사나흘에 불과했지만, 큰 돌덩이 같은 것은 생각보다 적었고 대부분 흙더미였기 때문에 굴은 거의 드러난 상태였다. 안으로 재빨리 몸을 날린 현암은 고개를 숙이고 토굴 속을 헤치면서 걸음을 옮겼다. 저만치에 두 명의 인부가 쓰러져 있는 것이 보였다. 발굴하는 동안 토굴 안은 버팀목으로 보강되고 전등까지 설치돼서 꽤 환했다. 현암이 잠시 인부들의 옆에 멈추어 서서 월향검을 빼 들고 있는데 그 뒤를 따라 박 신부도 달려왔다.

"현암 군, 조심하게. 뭔가 곱지 않은 영기가 느껴지고 있어."

"예, 저도 압니다."

현암은 월향검을 빼 들고 심호흡하며 서서히 공력을 모았다. 지난번에 나타났던 영은 분명히 월향검의 검기에 맞아 소멸했을 터인데 그런 것들이 더 있단 말인가? 좌우간 이번에 그러한 영을 다시 만나게 된다면 영과 의사소통할 수 있는 박 신부의 도움을 받아 그 영들이 무엇을 지키려고 하는지 알아낼 작정이었다.

현암이 앞장서고 박 신부가 그 뒤를 이었다. 둘은 쓰러져 있는 인부를 힐끗 쳐다본 다음 안쪽으로 조심스럽게 몸을 옮기기 시작했다. 은기 옹의 시체가 발견됐으니만큼 안쪽의 움푹 들어간 자리에 있었던, 사리들이 박혀 있던 방까지 다 발굴 작업이 끝난 모양이었다.

방 쪽으로 고개를 돌리려던 현암은 안에서 폭발하듯 뿜어져 나오는 사악한 영기 때문에 흠칫 뒤로 물러섰다. 심호흡하고 다시 굴 쪽을 바라보고는 나직하게 신음을 내뱉을 수밖에 없었다. 사리 굴 안쪽은 이상한 복색을 한 영들이 부글부글 끓고 있었다. 그 하나하나가 예전에 현암이 보았던 것과 비슷한 퀭한 얼굴 모습을 한 해골 같은 영들이었고, 적게 잡아도 십여 명 이상이 될 듯했다. 무의식적으로 몇 발짝을 물러선 현암은 뒤에 있는 박 신부에게 조심하라고 소리쳤다. 그런데 이상한 일이었다. 뒤쪽에서 박 신부의 기척이 느껴지지 않는 것이었다. 현암이 깜짝 놀라 뒤를 돌아보니 박 신부는 이미 그 자리에 없었고 앞쪽의 영들은 우우 소리를 내면서 현암을 향해 달려들기 시작했다.

현암은 눈앞에 몰려오는 영들에게서 시선을 떼지 않으며 뒤쪽을 향해 다급하게 소리쳤다.

"신부님, 신부님! 어디 계세요!"

현암이 박 신부를 부르는 와중에도 희뿌연 영 하나가 웅웅 소리를 내면서 현암에게 덤벼들었다. 현암은 더 생각할 것도 없이 공력을 집중해 검기를 길게 뿜어 그 영을 순식간에 옆으로 한 번 베고 세로로 한 번 베어서 네 토막을 만들어 버렸다. 허공에서 이상한 울음소리를 내며 그 영은 퍼벅 소리와 함께 공중에 녹아들듯 사라져 버렸고, 다른 영들이 놀란 듯 주춤하는 사이에 현암은 뒤로 몇 발짝 더 재빨리 물러났다. 물러서면서 뒤를 보니 박 신부는 아까 쓰러졌던 두 명의 인부들에게 입이 막히고 몸이 붙들린 채 그들을 떨쳐 내기 위해서 몸부림치고 있었다. 그 인부들은 눈이 풀려 있고 얼굴빛이 푸르죽죽한 것으로 보아 분명히 저 영들의 일부가 인부의 몸에 들어가 빙의된 것이 틀림없었다.

"이런 망할 놈들!"

현암은 소리치면서 뒤쪽으로 달려들었다. 박 신부는 삽시간에 기습을 당해 뒤통수를 심하게 얻어맞은 듯 제정신을 차리지 못하고 비틀거렸다. 현암이 덤벼들면서 한 명의 인부를 손으로 붙잡아 와락 끌어내자, 겨우 숨을 돌린 박 신부는 다른 한 명을 벽에다 밀고 쿵 소리가 나게 부딪쳤다. 그 인부가 엉겁결에 잡고 있던 손을 놓자 현암은 재빨리 박 신부를 밀며 뒤로 몇 발짝 후퇴했다. 그러자 밀려 났던 두 명의 인부는 곡괭이와 삽을 들고는 현암과 박 신부의 앞에 버티고 섰고, 뒤쪽에 몰려오던 많은 희뿌연 영들이 다시 스르르르 그 두 인부의 몸에 들어갔다.

"이런! 저놈들이 힘을 합치는군. 신부님! 괜찮으세요?"

박 신부는 한 손으로 뒤통수를 움켜쥔 채 끄덕거리며 괜찮다는 시늉을 했다. 현암이 다시 숨을 몰아쉬면서 위협하듯 검기가 길게 뻗어 나온 월향검을 앞으로 내밀자, 인부들은 조심조심 주춤거리며 뒤로 물러섰다. 박 신부도 왼손으로 십자가를 꺼내 들었다. 박 신부의 몸에서 오라가 퍼져 나왔으나, 두 명이 나란히 있을 정도로 토굴이 넓은 것은 아니었다. 앞에 선 현암은 다시 한두 발짝을 내디디며 힐끗 박 신부를 보고 말했다.

"신부님은 뒤쪽에 가 계세요. 이것들은 제가 상대하지요. 아무래도 놈들이 사람들의 몸속에 들어갔으니만큼······."

그때 갑자기 인부 한 명이 캭 소리를 지르면서 들고 있던 삽을 내던졌다. 눈치 빠른 현암은 인부의 몸속에 들어 있던 영 하나가 그 삽에 들어가는 것을 보았다.

'자유자재로 물건에 영을 감염시켜서 물리력을 쓰다니······ 그다지 강한 기운은 아니지만 아무 데서나 볼 수 있는 놈들은 아닌데, 신사를 지키고 있었다는 그 일본 승려들의 영일까?'

현암은 무심한 태도로 월향검을 허공에 그었다. 월향검의 귀곡성이 울려 퍼짐과 동시에 현암에게 날아오던 삽은 월향검에 의해 반 토막이 되더니 갑자기 화르르 불이 붙어서 현암의 양쪽에 투둑 떨어져 내렸다. 그 모습을 보고 영에 빙의된 인부들이 놀란 표정을 지었다. 현암은 앞으로 뚜벅뚜벅 걸어가면서 나직하게 말했다.

"당장 그 사람들의 몸에서 나와라! 감히 너희 따위 놈들이 내 상대가 될 수 있다고 생각하느냐?"

영들의 숫자는 많았으나 현암이 지난번에 겨루었던 영에 비하면 힘이 많이 모자란 놈들이었다. 그러나 지난번 방심해서 크게 당했기 때문에 현암은 긴장을 풀지 않고 인부들을 쳐다보았다. 또 한 명의 인부가 갑자기 고함을 지르면서 앞쪽으로 튀어나오는 것을 본 현암은 재빨리 오른손에 움켜쥐고 있던 월향검을 왼손으로 바꿔 쥐면서 인부의 등을 퍽 하고 쳐서 뒤쪽의 박 신부에게로 넘겼다.

치는 순간에 현암은 공력을 '유(柔)' 자 결과 '투' 자 결을 동시에 섞어서 손에 배분한 후 인부의 몸속을 훑듯이 기공력을 몰았고 짧은 순간에 공력을 '흡' 자 결로 바꾸었다. 인부의 온몸을 훑고 지나가면서 '흡' 자 결로 영들을 빨아들여 인부들의 몸속에서 떼어 내려고 한 것이다. 이렇게 두 가지의 서로 다른 수법을 한꺼번에 쓰려고 했던 것이 바로 이번에 현암이 산에 들어가서 수련하고자 한 목표였다. 그 술수는 아직 완전하지 않았지만 몸에 들어간 많은 영 중 서너 놈은 현암의 손에 이미 붙어 버린 듯 쭉 빨려 나온 듯한 느낌이 전달돼 왔다.

뒤쪽에 서 있던 박 신부는 인부의 양쪽 어깨를 꼭 잡고 몸에 기도력을 발하면서 엑소시즘의 기도문을 읊었다. 그러자 인부는 마치 애초에 그렇게 만들어진 장난감처럼 몸을 후들후들 떨더니 그 자리에 힘없이 쓰러졌다. 현암은 오른손에 붙들고 있는 영들을 쭉 끌어다가 허공에다가 내팽개치고는 왼손에 들고 있는 월향검으로 놈들을 내리그었다. 한꺼번에 서넛이 얽혀서 몸부림치고 있던 영들은 월향검이 한 번 번쩍하자 소리 없는 비명을 지르며 사라져 갔다. 뒤에서 박 신부는 현암이 좀 지독하게 손을 쓰는 것이 아닌가 싶었지만 생각해 보면 은기 옹의 죽음도 바로 이놈들 때문이라고 볼 수 있었다. 이렇게 숨어서 사람을 해치고 다른 일을 꾸미는 영들은 혼내도 괜찮지 않을까 싶었다. 현암이 그 인부를 노려보자 놈들은 도망치려는 듯 인부의 몸에서 우르르 빠져나가더니 사방으로 흩어지기 시작했다. 현암은 코웃음을 치고 손을 뻗어 오른손에 공력을 집중하면서 다시 한번 '흡' 자 결의 기공력을 쏘았다. 그러자 빠져나가는 영 중 한 놈이 마구 몸부림치면서 마치 진공청소기에 먼지가 빨려 들 듯 현암의 손에 철컥 달라붙었다. 박 신부는 그 모든 광경을 눈으로 볼 수는 없었지만 대강의 영기로 사태를 파악할 수 있었던지라, 현암이 전에 볼 수 없었던 새로운 힘을 발휘하는 것을 보고 깜짝 놀랐다.

"현암 군, 자네 굉장해졌군."

"그건……."

현암은 잠시 미소를 지으며 조용히 말했다.

"한빈 거사님 덕분이지요."

박 신부는 현암의 손에 잡혀서 발버둥 치고 있는 영에게 뭔가를 알아내야겠다고 생각했다.

"신부님, 이놈이 뭘 알고 있나 알아볼까요? 신부님께서 하실 수 있겠지요?"

박 신부가 고개를 끄덕였다. 박 신부는 잠시 눈을 감고 현암의 손에 잡혀서 발버둥 치는 영에게 주의를 집중했다. 그러더니 박 신부는 대번에 눈을 크게 뜬 채 현암을 쳐다보았다. 현암은 박 신부가 왜 그러는지를 알 수 없어서 박 신부의 얼굴을 물끄러미 바라보았다. 박 신부는 다시 눈을 감고는 생각에 잠기더니 무언가 알아낸 듯 갑자기 소리를 쳤다.

"그렇군!"

박 신부가 고개를 돌려 현암에게 말했다.

"이러고 있을 때가 아니네. 지금 급히 준후에게로 가야 할 것 같아. 가서 물어볼 것이 있네."

"예? 무엇을 말이지요?"

"아니, 아니. 그보다 먼저 은기 옹의 시신을 살펴야 되겠군. 분명히 뭔가가 있을 거야. 그것을 보고 나서 준후에게 나머지 다른 것을 물어보면 모든 의문이 풀릴 수 있을 것 같네."

박 신부는 서둘러서 토굴을 빠져나가려고 몸을 돌렸다. 항상 침착한 박 신부가 급하게 서두르는 것으로 보아 뭔가 중요한 일을 알아낸 모양이었다. 현암은 뭐가 뭔지 몰라 어리둥절한 표정을 짓고는, 잠시 후 오른손에 잡고 있던 영을 한 번 더 혼내 줄 셈으로 공력을 몰아서 바깥으로 내팽개치며 소리쳤다.

"또다시 사람들에게 장난을 치면 혼날 줄 알아라!"

현암이 보여 준 엄청난 위력 앞에서 영들은 뿔뿔이 흩어져 완전히 사라져 버렸고, 토굴 안에서는 더 이상 영기가 느껴지지 않았다.

두 명의 인부가 쓰러져 있는 것이 마음에 걸렸지만 지금 박 신부가 저렇게 급하게 서두르는 것을 보면 현암도 바삐 움직여야 할 것 같았다. 현암이 걸음을 잽싸게 놀려 박 신부의 뒤를 따라 좁은 통로를 빠져나와 위로 올라오자 인부들 몇 명이 굴속으로 내려갔다. 기절한 두 명의 인부를 데리러 가는 모양이었다. 그들의 얼굴을 보니 걱정스러운 기색이 역력했지만 현암은 이제 그다지 염려할 것 없다고 말해 주고는 박 신부의 뒤를 따랐다.

박 신부는 은기 옹 시신의 몸에 묻은 흙먼지를 다시 털어 내면서 꼼꼼히 살펴보고 있었다. 한참을 살피더니 이윽고 박 신부의 입에서 아, 하는 신음이 나왔다. 현암이 물었다.

"신부님 뭘 알아내셨나요?"

"현암 군, 이걸 보게나!"

박 신부는 쓰러져 있는 은기 옹의 시신의 오른쪽 손을 들어 보였다. 새끼손가락 끝이 뭔가에 으깨어져서 검붉은 핏자국이 맺혀 있었다.

"아니! 이건, 이 상처는……."

"틀림없이 뭔가를 써 놓으셨을 걸세."

박 신부가 이번에는 은기 옹의 치렁치렁한 한복 자락의 소매를 안쪽으로 뒤집어서 펼쳤다. 그러자 소맷자락 안쪽에 드문드문 쓰인 글자들이 보였다. 현암은 그 글씨를 자세히 보았다. 비록 정확한 필체는 아니었지만, 몇 자 안 되는 글자들이 무엇을 의미하는지는 알 수 있었다.

"〈추를 들어 올려 배를 뒤집으려는 이곳을 부수고 와불을 일으켜 세워라.〉 이게 무슨 뜻이지요?"

중간중간 알아볼 수 없는 글자가 있어서 현암은 떠듬떠듬 읽을 수밖에 없었다. 박 신부는 그 글자들을 보고는 잠시 눈살을 찌푸리더니 현암에게 말했다.

"배? 배가 뒤집힌다……. 혹시 그런 말을 들은 적이 없는가?"

현암도 옛날 일들을 곰곰이 되짚어 보았다.

'지맥…… 그리고 배…….'

현암은 정 선생이 이야기해 주었던 운주사와 천불천탑 전설을 떠올렸다.

"맞아요. 우리나라의 지세는 행주형국으로 배와 같다고 했지요. 동쪽으로 기울어진 배. 그래서 도선 국사가 천불천탑을 만들었다고 했습니다."

"그래, 그런데?"

"추를 들어 올리고 이곳을 부수라는 말은…… 혹시 그 추가 천불천탑이 아닐까요? 그러나 그렇다고 해도 그걸 들어 올린다는 말은……."

"그래. 아까 그 토굴에서 그 영들의 말도 마찬가지였어."

"영들이 무슨 소리를 했지요?"

박 신부는 주변을 한 번 휙 훑어보더니 현암에게 나직한 소리로 말했다.

"그 영이 말하길 자기네들은 이곳을 지키고 있었다는 거야. 영들은 기록에 있는 대로 신사를 관리했다는 일본 승려들이 분명했고, 굴은 대략 칠팔십 년 전에 만들어진 거였어."

"칠팔십 년 전이요?"

"그래. 거의 일제 시대 초기지. 그 방에 있던 사리들은 모두 우리나라에 산재해 있던 탑과 부도에서 훔쳐 낸 것들이었어. 그 목적은 추를 위로 들어 올리기 위해서였다고 하네."

"추를 위로 들어 올린다고요? 그건 또 무슨 말이지요?"

"그것까지는 그 영도 모르고 있었어. 내 생각엔 아마도 자네가 이전에 상대했던 영이 우두머리였던 것 같고 아까 나타난 것들은 그 영의 제자들이었던 것 같네. 이들은 과거 일본 밀교 승려들이었지. 이곳을 지켜야만 일본의 기운이 흥한다는 믿음을 가지고, 죽은 후에도 계속 이곳을 지키고 있었어."

"음! 이번 일은 일본과 관련이 있고 또 굉장히 중요한 것이 숨겨져 있는 것 같은데요. 이토록 많은 영이 죽어서까지 지킬 정도라면요. 그런데 쉽게 이해되지 않는 게 있어요. 추를 들어 올리는 것은 무엇이고, 와불은 왜 세우라는 것이죠?"

"글쎄. 뭔가가 감이 잡힐 듯 말 듯하긴 한데…… 좌우간 우리 어서 운주사로 가세. 준후를 만나 보아야 할 것 같네."

"운주사로요? 아, 그렇군요!"

현암은 박 신부가 무엇을 알아냈는지 궁금했으나 박 신부는 채 정리가 안 됐는지 눈을 꼭 감고 계속 생각에만 잠겨 있었다. 현암은 공사장 근처에서 차를 하나 빌려 박 신부와 함께 차를 탔다. 아무 말 없이 눈을 감고 있던 박 신부가 불쑥 현암에게 말을 꺼냈다.

"승희도 데리고 가기로 하세. 아마 분명히 승희의 힘도 필요할 거야."

"예, 그러지요."

두 사람이 탄 차는 광주로 방향을 돌렸다. 승희를 데리고 준후가 천불천탑을 살피고 있는 운주사로 향하기 위해서였다.

현암과 박 신부는 승희가 머무는 숙소에 도착해 승희의 방문을 두들겼으나 안에서는 아무 대답이 없었다.

"어딜 나간 모양인데요."

현암이 멋쩍게 말하자 박 신부는 고개를 끄덕이다가 현암에게 말했다.

"그러면 나중에 연락하기로 하고 우리가 먼저 운주사로 가세. 승희의 도움이 필요하면 아무 때나 연락을 할 수 있지 않겠나?"

"그러는 편이 낫겠군요."

박 신부와 현암은 다시 차를 타고 운주사로 향했다.

광주에서 운주사까지는 그다지 먼 길이 아니었다. 광주에서 남평을 거쳐 능주 쪽에서 꺾어 용강을 통해 올라가는 길과 화순과

능주를 거쳐서 가는 길, 두 가지가 있는데 현암은 그중 좀 더 가까운 광주에서 남평 쪽으로 내려가는 길을 택해 운주사로 향했다.

차를 몰면서 현암은 깊이 생각에 빠져 있는 박 신부에게 물었다.

"신부님, 뭔가 좀 알아내신 것이 있습니까? 이렇게 서둘러서 운주사로 가다니……."

"현암 군, 우리 한번 잘 정리해 보세나. 내 생각이 맞는 것인지 한번 들어 주게."

"예, 그러지요."

"자, 아까 은기 옹이 적어 놓은 글자들을 다시 생각해 보세나. 〈추를 들어 올려 배를 뒤집으려는 이곳을 부수고 와불을 일으켜 세워라.〉 여기서 이곳이라는 것은 아까 그 사리들이 보관돼 있던 신사 지하의 토굴임이 분명하겠지. 그렇지?"

"예, 그렇습니다."

"자네가 했던 말도 역시 맞는 것 같아. 우리나라의 지세가 행주형국으로 배와 같다고 한다면 그 배는 풍수적으로 볼 때 동쪽에 무거운 산이 많기 때문에 동쪽으로 기울어져 있다는 말…… 그래서 도선 국사가 천불천탑을 만들었다고 했지? 그러니까 자네의 말대로 그 천불천탑은 추 역할을 하는 것이고, 은기 옹이 추라 하신 것도 천불천탑이 틀림없어. 더구나 신사 지하의 토굴은 일제 시대 초기인 칠팔십 년 전에 만들어졌고, 또 추를 위로 들어 올린다고 말을 했다고 하지? 아마도 은기 옹도 자네가 싸웠던 영에게서 그러한 내용을 알아내셨던 것 같아. 그래서 그 내용을 혈서로 남기셨고…… 즉 추를 들어 올린다는 것은 그 사리들의 기운으로 천불천탑의 무게를 위로 들어 올리려는 게 아니었을까 하는 생각이 드네."

"음, 하긴 그렇게 볼 수도 있겠군요."

현암은 고개를 끄덕였다.

애당초 탑이 세워지는 목적이 사리를 안장하고 그 불력의 기운을 하늘로 쏘아 올리는 일종의 안테나 역할을 하는 것이 아닌가 하고 현암은 생각한 적이 있었다. 하늘과 바로 통하는 기운, 즉 아래쪽에 있는 기운을 하늘로 쏘아 보내는 것이 탑이라고 생각됐다. 그렇지만 지금 생각해 보니, 반대로 그렇게 많은 사리가 안장돼 있으면 기운은 그만큼 아래로 눌리는 것이 아닐까 싶기도 했다. 좀 황당한 이야기 같지만 탑이 무게를 준다는 것은 어떻게 보면 로켓의 원리와 비슷한 것인지도 몰랐다. 탑을 안테나로 삼아서 기운을 위로 쏘아 보낸다면 그 반작용으로 탑의 지반은 더욱더 눌리게 될 테니까. 그렇다고 한다면 그 사리들이 추를 들어 올리는 역할을 하지는 않고 오히려 더 내리누르는 것은 아닐까?

현암이 조금 웃음을 섞어 가면서 자신의 추측을 박 신부에게 말하자 박 신부는 눈을 빛내며 고개를 끄덕였다.

"자네와 비슷한 생각을 나도 했었네. 그런데 그 사리들은 어디 있었지? 탑에 있는 것이 아니지 않은가?"

"……."

"탑과 정반대의 구조물, 즉 탑은 땅 위의 빈 곳에 건축물을 세우고 그 안에 사리를 안장한 것이네. 그런데 사리들은 어떻게 됐지? 땅을 파서 토굴을 만들고는 그곳에 사리를 안장하지 않았던가? 사진 필름이 인화지에는 정반대의 색상으로 나오는 것처럼 그 토굴은 탑과 정반대의 이미지를 가지고 있는 것이라고 볼 수 있지 않을까? 더군다나 그곳에 그토록 많은 사리를 안장해 기운을 아래로 쏘아 보낸다면 오히려 추 역할을 하던 천불천탑의 기운을 들어 올릴 수도 있을 것 같네.

"그렇군요."

"그래, 일본에서도 풍수지리를 볼 줄 아는 사람들이 있었을 테니 아마도 그자들이 그런 짓을 했겠지."

"그런데 왜 그렇게 했을까요? 천불천탑을 없애 버리면 그만일 것을……"

"글쎄, 그것까지는 나도 모르지. 그러나 천불천탑을 고의로 없애는 것보다는 그렇게 해서 그 기운을 오히려 역으로 이용하는 것이 좋다고 생각했겠지. 그렇게 되면 우리나라의 기세는 계속 일본으로 흘러 들어갈 것이고……"

박 신부가 계속 말을 잇다가 고개를 설레설레 저었다.

"아, 그러나 정말 모르겠어. 정말 그런 일이 벌어질 수가 있는 것일까? 구조물 몇 개 만들었다고 해서 나라 전체의 기운을 마음대로 흥하고 쇠하게 할 수 있다는 말인가?"

"글쎄요. 하지만 옛날부터 우리나라 사람들의 풍수에 대한 믿음은 굉장하지 않았습니까? 지금도 묏자리 쓰는 걸 허투루 여기는 사람은 하나도 없을 겁니다. 전설에 의하면 조선 시대 때 서울에 도읍을 정한 것도 무학 대사가 어떤 이인(異人)의 가르침을 얻어서 한 것이라 전하지 않습니까."

"음……."

무학 대사가 서울 부근에 도읍을 정하려고 했을 적에 한 이인이 소를 끌다가 '이…… 이잇! 미련한 소, 미련하기가 꼭 무학 같구나'라고 하는 말을 듣고 그 사람에게 가르침을 얻어서 다시 십 리를 더 가서 서울을 정했다고 한다는 전설을 박 신부도 생각해 냈다. 그렇게 해서 지금 서울에 왕십리라는 지명이 있는 것이 아닌가. 게다가 우리나라가 풍수적인 영향을 강하게 받고 있었다는 전설은 그 외에도 수없이 많다. 지금 아파트 단지가 조성된 잠실도 관악산이 누에의 형국으로 서울을 갉아먹으려는 형세이기 때문에 그 시선을 뽕나무로 돌리게 하기 위해 일대에 뽕나무 밭을 조성했다는 것이 아닌가.

잠시 그러한 사례들에 대해 이야기를 나누다가 현암이 한숨을 푹 쉬었다.

"글쎄요. 하긴, 아무리 그래도 국운이 그런 것 하나에 의해 좌우된다는 것은 믿기 어려운 일일지도 모르죠. 그러나 우리가 현재 겪고 있는 여러 가지의 일들 또한 다른 사람들은 믿을 수 없는 일 아닙니까?"

"글쎄, 아무튼 풍수지리적인 설들이 사실이라면 일본에서는 일제 시대 때부터 우리나라의 기운을 빼앗아 갔었다고 볼 수 있고,

지금 그곳을 완전히 부수라는 은기 옹의 말도 분명 일리가 있다고 생각하네. 그런데 와불을 일으켜 세우라는 것은 무슨 말이지?"

"그건 준후를 만나서 이야기해 보면 잘 알 수 있을 것 같군요."

"그래, 일단 우리가 알아낸 것들을 다시 정리해 보면서 준후와 이야기하세."

"예."

현암은 차의 액셀러레이터를 더욱더 힘 있게 밟았고 차는 어두운 밤길을 미끄러지듯이 달려 운주사를 향했다.

그 시간 승희는 서울로 올라가는 우등 고속버스에 몸을 묻고 있었다. 이렇게 밤차로 가서 잠시 연희를 만난 뒤 다시 아침 차를 타고 내려오면, 내일 아침이면 연희가 조사한 자료를 현암과 박 신부에게 전달할 수 있을 것 같아서였다. 아침 비행기를 탈까도 생각해 보았지만, 출근 시간 때라 터미널에서 공항까지 가는 길이 막힐 것 같아서 그냥 편하게 버스를 탔다. 굳이 그렇게 올라올 것 없이 우편으로 부치면 되지 않겠느냐고 연희가 전화로 말했지만, 우편물이라는 것이 제대로 도착해 주면 다행인데 가끔가다가 늦게 도착하거나 중간에 사라지는 일까지도 종종 있다고 해서 아예 확실하게, 조금 피곤하더라도 자신이 직접 올라가서 연희가 조사했다는 자료를 받아 올 생각이었다.

연희가 이번에 발견했다는 자료는 승희가 이삼 일 전에 이야기했던 신사에 관한 자료였다. 승희가 문서 보관소 한구석에 처박혀 있던 일제 시대의 자료들을 뒤적거리다가 마침내 그 신사와 관련되는 자료와 편지 몇 점을 찾아냈다는 연희의 전화를 받은 것은 저녁 무렵이었다.

연희는 내용이 어려워 알 수 없고 설명하기도 마땅치 않지만 지세와 지기에 관계된 것 같다고 했다. 승희는 연희가 찾은 자료에서 뭔가 큰 비밀을 알아낼 수 있는 열쇠가 있다고 믿었다. 그래서 현암과 박 신부에게 알리지도 않고 서울로 올라가는 중이었다.

승희가 서울로 향한 그 시각에 백호를 비롯한 몇 명의 사람들이 운주사를 향하고 있었고, 비슷한 시간에 현암과 박 신부도 운주사를 향해 차를 몰고 있었다.

운주사에 도착한 현암과 박 신부는 정 선생과 준후, 그리고 승현과 매우 늦은 시간임에도 불구하고 머리를 맞대고 계속 무슨 이야기를 나누고 있었다. 현암과 박 신부가 그동안 사리 굴에서 알아낸 것들을 준후에게 이야기해 주었고, 준후도 자신들이 알아낸 사실을 이야기해 주었다. 결국 운주사의 천불천탑이 국운과 나라 전체의 지세에 관계된 중요한 곳이라는 것을 다시 한번 확인하게 됐다. 정 선생이 사람들의 눈치를 보더니 조심스럽게 이야기를 꺼냈다.

"제가 아까 이러한 내용을 백호 씨에게 전달했습니다. 백호 씨도 매우 관심을 가지는 듯 이 내용을 곧바로 위에다 보고하겠답니다."

"위라니요?"

"그분이 누군지는 알 수가 없지요. 혹시 여러분들은 알고 계시나요?"

"글쎄요. 저도 모릅니다. 저희도 전혀 들은 바가 없습니다."

박 신부는 백호와 만나고 나서 지금까지 벌어진 일들에 대해 백호가 해결해 주었던 것들을 곰곰이 되짚어 보았다. 경찰서나 사법 조직은 물론, 군대에까지 백호의 말은 곧바로 통용돼서 퇴마사들이 지난번 블랙 서클과의 일을 해결하는 데도 큰 도움을 주었다. 그런 백호의 뒤에 막강한 힘이 있는 것은 분명했지만, 그들은 누군지 어떤 사람인지 묻지도 않고 대답을 요구하지도 않았다.

잠시 그러한 생각들을 하고 있는데 정 선생이 다시 주저하며 이야기를 꺼냈다.

"가능하면 지금 당장 이곳으로 내려오겠다고 합니다. 아마 내일 아침 무렵이면 도착할 테니 이야기할 수 있는 자료들을 모두 모아 놓는 것이 좋겠지요."

"내려오다니요. 누가 말이죠?"

준후가 묻자 정 선생이 히죽 웃으며 말했다.

"백호 씨와 그분 말이야. 상세한 설명도 듣고 근방을 둘러보고 싶으시다는 거야."

"그래요? 좌우간 잘됐군요. 어차피 여기 천불천탑의 일은 우리가 이번에 계획했던 지혈을 다스리는 일과도 크게 벗어나지 않는 일이니 오히려 잘된 일인지도 모르겠네요."

승현이 눈을 반짝이며 말하자 준후도 신이 나서 고개를 끄덕였고, 정 선생도 고개를 끄덕였다. 현암은 좀 이상하다는 생각이 들었지만 나라의 국운을 승하게 만든다는 데야 반대할 것이 없었다. 다만 박 신부는 뭔가 불안했던지 얼굴이 굳어 있었다.

"그러면 이다음에 어떻게 할 계획이지?"

박 신부가 준후에게 묻자 준후는 눈을 말똥거리면서 말했다.

"글쎄요. 될지는 해 봐야 알겠지만, 우리는 이곳의 천불천탑을 한 번 복구해 보고 싶어요."

"천불천탑을 복구한다고? 도대체 어떻게 복구한단 말이지? 각 탑이나 불상들이 어떻게 생겼는지 사진이나 그림이 남아 있는 것이 없고 또 위치도 정확하지 않은데."

"원래의 모양대로 복구하겠다는 것은 아니에요. 이 천불천탑이 지니고 있는 원래의 진세를 복구하기 위한 구조물을 만들어 내는 거죠. 신부님과 현암 형 이야기를 들어 보니 저쪽의 사리탑과 신사는 이쪽의 천불천탑의 기운을 억누르기 위해서 만들어졌던 것이 분명하고, 그것이 부서져서 없어진 지금 천불천탑의 진세를 다 복구해 놓으면 좋잖아요? 똑같지는 않더라도 불상이나 탑 비슷한 크기와 무게를 가진 구조물을 만들어서 진세만이라도 복구하자는 말이죠."

현암이 눈을 빛내면서 말했다.

"할 수 있겠니?"

준후는 약간 머쓱한 듯 고개를 갸웃거리다가 정 선생과 승현의 눈치를 살폈다. 그러자 정 선생이 잠시 헛기침을 하면서 말했다.

"제가 비록 능력은 없지만 이런 중요한 일에 끼게 된 것을 일생일대의 영광으로 생각하고 있는 힘을 다하겠습니다."

"저도요."

승현이 눈을 빛내면서 말했고 준후도 고개를 끄덕이며 한마디를 덧붙였다.

"우리들이 힘을 모으면 충분할 거예요. 꼭 원래의 진세 그대로 복구해야 된다는 법은 없지요. 어쩌면 옛날에 만들었던 것보다 더 훌륭한 진세가 나올 수도 있지 않겠어요? 제가 알고 있는 밀교적인 내용과 승현 사미가 알고 있는 선불교적인 지식, 그리고 정 선생님의 풍수지리적인 지식, 그리고 현암 형도 도가의 진법을 조금 응용해 보셔도 좋을 것 같은데요."

"내가 뭘 아는 게 있다고……."

"아니에요. 현암 형도 임악 거사님도, 그리고 신부님도 하실 일이 있을지 몰라요. 중요한 일이잖아요. 더군다나 와불 바로 밑에는 칠성석(七星石)[10]이 있어요. 이건 도가에서 중시하는 북두의 방위와 같아요. 현암 형의 도움도 꼭 필요해요."

박 신부가 조용히 말했다.

"준후야. 그런데 정말로 이곳에 진세를 복구한다면 우리나라의

---

10 칠성 신앙은 본래 도교에서 주로 믿는 신앙이며, 우리나라에서는 불교와 결합해 사찰에서 칠성각을 볼 수 있다. 운주사에는 와불 아래쪽 부근에 칠성석이 있는데, 그 배치가 북두칠성의 일곱 별의 위치와 닮아 있으며, 돌들의 크기와 광도 등도 같은 비례로 돼 있어 천문학적으로 볼 때도 놀랄 만큼 과학적이라고 한다.

국운이 다시 돌아서게 될까?"

준후는 박 신부의 말을 듣고 잠시 말문이 막힌 듯 눈만 껌벅거리다가 조용히 말했다.

"그렇게 될지 안 될지는 알 수 없지요. 꼭 보장이 있는 것도 아니고요. 단지 어떤 믿음이나 희망을 주는 것만으로도 이 일은 꼭 필요하다고 봐요."

박 신부는 알았다는 듯이 눈을 감은 채 고개를 끄덕였다. 분명히 좋은 일이고 만사가 다 잘 풀리는 것 같았는데 왜 계속해서 뭔가 꺼림칙한 느낌이 드는지 박 신부로서도 잘 알 수가 없었다.

다음 날 해가 뜨기도 전에 백호는 검은 양복을 입은 한 무리의 사람들과 함께 여러 대의 차에 나눠 타고 운주사로 내려왔다. 차들의 중앙에는 커다란 검은색 승용차 한 대가 있었다. 백호는 마중을 나와 있던 일행을 향해 웃으며 고개를 끄덕여 인사를 해 보이고는, 일행이 뒤쪽의 차를 궁금하다는 듯이 쳐다보자 뒤쪽을 힐끗 보더니 일행에게 눈짓을 보냈다.

"그냥 한번 살펴보고 싶으셔서 오신 겁니다. 얼굴을 드러낼 만한 입장은 안 되시니 그 점은 이해해 주셨으면 합니다."

일행은 그 차 안에 타고 있는 사람이 과연 누군지가 궁금했으나 백호는 그런 것은 말하려고 하지 않았다. 아마도 백호의 위치와 깍듯한 말투로 보아서 적어도 장관급 이상인 고위 관리일 것 같았다. 그러한 사람이 이런 초자연적인 면에 관심을 가지고 지원하고 있다는 것이 세상에 알려진다면 그 사람으로서도 좋을 것이 없을 테니 이해는 갔다.

일행의 상세한 설명을 듣고 나서 백호는 사람들에게 다음과 같은 말을 했다.

"여러분께서 조사하고 수고해 주신 것에 대해 대단히 감사하게 생각합니다. 운주사 일대에 그런 내력이 있었다는 것은 여태까지 아무도 몰랐습니다. 여러분들이 그런 것을 조사해 주신 것, 특히 이 프로젝트가 시작되자마자 이런 큰일을 알아내시게 된 것에 대해 저 또한 깊은 감사를 드리는 바입니다. 그런데 여러분께 한 가지 질문이 있습니다. 여러분들은 이곳의 천불천탑을 복구하고 싶다고 하셨는데 그게 사실입니까?"

"예, 그렇습니다."

정 선생이 먼저 대답했다. 임악 거사는 정 선생을 끌고 다니는 듯한 이전의 태도에서 벗어나 이상하게도 정 선생을 깍듯하게 대하는 것은 물론, 다른 사람들에게도 몹시 고분고분해져서 입도 잘 열지 않는 유순한 사람으로 변해 있었다. 어떻게 해서 그 짧은 시간에 태도가 그렇게 변했는지는 알 수 없는 일이었지만 현암이나 준후, 박 신부로서는 임악 거사보다 정 선생의 정체가 더 궁금해졌다. 정 선생은 처음 봤을 때의 모습과는 달리 나름의 내력을 감추고 있는 게 아닐까 하는 생각이 들었다.

정 선생은 헛기침을 몇 번 한 뒤 백호에게 말했다.

"준후 덕분에 모든 것을 알아낼 수가 있었지요. 좌우간 우리가 다른 곳의 끊어진 지맥을 복구하는 것보다도 이곳에 천불천탑의 진세를 복원하는 것이 더욱더 큰 의미가 있을 것 같습니다."

백호는 고개를 끄덕이다가 조금 고민을 하는 듯하더니 정 선생에게 물었다.

"운주사 일대는 문화재로 지정이 된 곳이고 천불천탑도 세상에 많이 알려져 있습니다. 따라서 지금 이곳을 들쑤시는 것이 세상에 알려지면 좋지 않을 것 같은데요. 그런 대공사를 하려면 출입을 통제하고 나름의 명목을 붙여야 할 터인데…… 상당히 번잡한 일이 되겠군요."

"그러나 해야 합니다."

백호는 다시 생각에 잠기더니 잠시 후 입을 열었다.

"정말 이번 일이 그만큼의 가치가 있는 일이라는 정 선생님 의견에 여러분 모두 동의하십니까?"

"예."

준후와 승현이 고개를 끄덕였다. 다른 사람들도 모두 동조하는 눈빛이었고 박 신부 혼자만 담담한 얼굴이었다. 정 선생이 목에 힘을 주며 말했다.

"풍수적인 내용대로라면 이제 이 천불천탑을 다시 복원하기만 하면 그동안 기울어져서 일본으로 흘러 들어갔던 우리나라의 기세를 단번에 바로잡을 수 있을 겁니다. 그러면 그동안 일본에 빼앗겨 왔던 우리의 국운이나 지세를 모조리 되찾을 수도 있을 거고요. 그러니까 아무도 알지 못하게 하는 것이 오히려 좋을 것 같습니다. 문화재를 손상하는 것도 아니고 부근에 다른 것들을 세우는 것에 불과합니다."

정 선생은 말을 마치면서 다시 한동안 무슨 생각인가를 하다가 백호에게 말했다.

"우리가 이런 일을 하고 있다는 것은 절대 비밀에 부쳐야 합니다. 만약 일본의 기운을 우리나라에서 도로 다 되찾아 가려고 하는 것이 알려진다면 반드시 뭔가 조치를 취할 겁니다. 일본에서도 이곳에 얽힌 내막을 알고 있는 사람이 반드시 있을 테니까요."

백호도 나직이 웃었다.

"여러분들과 같이 있다 보면 정말 믿어지지 않은 일을 많이 보게 됩니다. 저도 처음에는 설마 그런 일이 있겠는가 했지만 차차 관심을 가지게 됐죠. 그건 그렇고…… 이번 일은 너무도 중요한 것이라……."

백호는 잠시 말을 끊었다가 한 번 헛기침을 한 다음 말했다.

"설령 사실이 아니더라도 한번 시도해 볼 가치는 있겠지요."

일행은 모두 다 고개를 끄덕거렸다. 백호도 고개를 끄덕이더니 사람들에게 잠시만 기다리라 말하고 검은 차 쪽으로 다가갔다. 차의 창문이 약간 열리더니 백호가 차 안에 있는 사람과 이야기를 나누었다. 잠시 후 백호는 깍듯이 인사한 뒤 일행 쪽으로 돌아왔고 그 차는 스르르 방향을 돌려서 다른 차의 호위를 받으며 운주사를 빠져나가기 시작했다.

백호는 차가 떠나는 것을 보고 일행에게 말했다.

"가능한 한 모든 지원을 약속해 주셨습니다. 염려 마시고 소신껏 일에 착수하십시오. 저도 여러분들과 함께 이곳에 남아 있을 테니까요."

백호는 말하면서 씨익 웃어 보였다. 다들 좋아서 싱글벙글 웃는 얼굴이었다.

박 신부는 무련의 표정을 유심히 살피고 있었다. 무련의 얼굴은 아까부터 왠지 조금씩 떨리고 있는 것 같았다. 그걸 보자 박 신부는 처음에 생각했던 꺼림칙한 생각이 더욱더 깊어졌다. 마음속에 풀 수 없는 의문 한 가지가 더 남아 있었다. 박 신부는 사리가 보관돼 있던 토굴에 대한 이야기를 아직 백호에게 정확히 하지 않았고, 다만 그 진세를 누르고 있던 것 가운데 하나를 현암과 함께 제거했다고만 말했다. 그렇다 해도 하나의 의문이 가시지 않아서였다. 그 의문은 바로 천불천탑에 대한 과거 일본인들의 태도였는데, 박 신부는 지금 거기에서 모순을 찾아내는 중이었다. 처음에는 사고가 잘 정리되지 않았지만 차차 앞뒤의 상황을 맞추어 나가자 서서히 가닥이 잡혔다. 이야기한 대로라면 천불천탑은 우리나라의 지세를 바로잡기 위해 만들어진 것이고, 일본인들은 비밀리에 천불천탑의 기운을 역으로 이용하는 사리 굴을 만들었다. 거기까지는 좋았다. 그러나 천불천탑은 많이 훼손돼서 지금은 겨우 불상 팔십여 개와 탑 십여 개밖에 남아 있지 않았다. 이것이 바로 박 신부의 마음에 걸리는 점이었다. 일본인들이 천불천탑의 진세를 역으로 바꾸어 이용하려고 했다면 천불천탑 자체를 잘 관리해 그 진세가 지금처럼 흐트러지지 않게 만들어 놓았을 것이다. 또 만약 그게 아니라면 천불천탑을 모조리 부숴 버리거나 철거해 버리는 것이 더 낫지 않았을까? 그런데 왜 일본인들은 천불천탑을 부수지도 고치지도 않고 그대로 방치해 둔 채 조금씩 그 기운이 흐트러지게 한 것일까? 그냥 무관심해서? 소문이 나지 않도록 하기 위해서? 어떤 경우라도 조금씩은 걸리는 것이 있었고 합당하지 않은 구석이 있었다.

박 신부는 그런 생각 때문에 다른 사람들이 천불천탑 쪽으로 올라가 그 근처의 진세를 살피면서 복구할 지점을 찾는 것을 쓸쓸한 얼굴로 바라보았다. 그러다가 박 신부는 저만치에서 무련이 착잡한 표정으로 혼자서 운주사로 돌아가고 있는 것을 보았다. 혹시 무련은 무엇인가를 알고 있는 것일까? 박 신부는 호기심에 조용히 무련의 뒤를 따라 운주사의 경내로 발걸음을 옮겼다.

승희는 고속버스 터미널에서 연희와 만나 되돌아갈 광주행 표를 끊고 연희한테서 자료의 사본을 넘겨받았다. 연희는 미소를 지으며 자신은 이 자료들의 내용이 뭔지 잘 알 수 없지만 중요한 내용이 있을 것 같으니 잘 전달해 달라고 부탁했고, 승희도 고개를 끄덕이면서 봉투를 받아 들었다. 연희가 밤을 새워서 일본어와 한문이 뒤섞인 난해한 원래의 문장들을 우리말로 옮겨 봉투 속에 같이 넣어 두었다고 말했고, 승희는 고맙다며 살짝 미소를 지었다.

"고맙긴 뭐, 나도 내려가서 같이 도와야 하는데…… 이번에는 외국에 나간 것도 아니니 내가 도울 일이 있나? 이렇게라도 도움을 줘야지. 안 그래?"

연희는 큰 눈으로 시원하게 윙크를 해 보였다. 승희는 차 시간에 쫓겨서 연희에게 고맙다는 말 한마디만을 남기고는 다시 광주로 내려가는 고속버스에 몸을 실었다. 밤차를 타고 와서인지 몹시 피곤했다. 승희는 차를 타자마자 두어 시간 정도 잠을 청한 뒤 일어나 피곤이 덜 풀린 눈을 비비면서 봉투 속의 종이 뭉치들을 꺼내 읽어 보기 시작했다.

차 안에서 글을 읽으면 멀미가 나 그냥 전달만 해 줄까 하다가 그래도 궁금한 생각이 들기도 하고 심심하기도 해서 그 서류들을 꺼낸 것이다. 승희의 옆자리에는 어떤 아주머니가 아기를 안고 깊은 잠에 빠져 있었고 승희는 입을 헤벌리고 자는 아기의 모습을 들여다보다가 봉투에서 서류를 꺼내 보기 시작했다.

일본어를 못하는 승희는 쓰여 있는 내용을 전혀 알 수가 없어서 원본을 복사한 사본은 그냥 접어서 봉투 안에 넣고 연희가 번역해 준 것을 꺼내어 읽었다.

처음에는 별 내용이 없었다. 일단 처음에 꺼낸 서류는 총독부 관할 화순군의 주재로 운주사가 자리 잡은 천불산 자락의 나지막한 동산에 신사를 세웠다는 기록과 공사 계약서 같은 것이었다. 그 내용을 대충 보고 난 승희는 다시 다음 서류로 눈을 돌렸다. 그 서류는 신사를 관리하고 있던 승려 중 한 명이 총독부에 보낸 보고서 비슷한 편지였다. 승희가 광주의 문서 창고 속에 처박혀서 찾아낸 문서들과 흡사했다. 자신이 찾아낸 문서는 진언종의 승려들에게 그 신사의 관리를 맡긴 임명장 비슷한 것이었는데 이 서류는 그 신사를 관리하는 실태를 편지 형식의 보고서로 올린 것이었다.

> 조선의 지세는 동쪽이 무겁고 서쪽이 가벼운 행주형국의 지세라고 신라 때 풍수가인 도선 국사가 이야기한 바 있습니다. 그 지세를 바로잡기 위해 천불천탑을 만들었다고 하는데, 그러한 것은 저희 황국으로 조선의 운세가 흘러 들어갈 것을 염려한 나머지 도선 국사가 조성한 것이라고 하나, 실제의 연대 조사에 의하면 천불천탑은 고려 초부터 수백 년간에 걸쳐서 만들어진 것으로 돼 있습니다. 이러한 천불천탑은 누가 만들었는지는 알 바 없으나 지세로 볼 때 대단한 진세의 형국을 띠므로 이것을 제대로 억누르지 않는다면 황국에 좋지 않을 것으로 예상합니다…….

승희는 그 문서를 읽으면서 점점 더 흥미가 더해 갔다. 예전 같았으면 하나도 알아들을 수 없는 내용이었을 테지만 이번에 귀동냥으로 얻어들은 이야기들과 이 문서에 쓰여 있는 내용이 마치 신기할 정도로 부합하자 마음속에서 점점 호기심이 치밀어 오르는 것이었다.

'그때도 이런 내용을 알아보는 사람들이 많이 있었군.'

······전체의 진세는 천연의 산봉우리들을 탑과 같이 이용해 그 하단부에 약간 인공적인 것을 덧붙임으로써 유래가 없을 정도로 크기가 크며, 풍수설에 따르면 운주사 부근은 강화도 부근과 함께 조선의 지형에 있어서 대단히 중요한 곳이라고 합니다. 강화도가 세상의 정기가 모여드는 중앙이라고 한다면 운주사는 중국에서부터 흘러서 태평양 쪽으로 흘러드는 기세를 바로잡아 주는 조종타 역할을 한다는 것입니다. 이 전반적인 진세를 누가 만들었는지는 알 수 없지만, 이번에 타원형으로 된 이 지세에 두 개의 정점이 있다는 것을 알아냈습니다. 그러니 그 하나의 정점에 탑과 반대의 부조물을 만들어 지세를 자연적으로 억누르게 한다면 천불천탑의 진세는 쓸모없게 될 것이며, 조선의 지세는 더욱 황국 쪽으로 기울어져서 황국의 국세는 한층 커질 것으로······.

한참을 읽다가 승희는 고개를 끄덕였다. 그 사리 굴에 대한 현암과 박 신부의 예측은 거의 정확했다. 아직 승희는 은기 옹의 시신이 발굴된 것을 모르고 있었지만······. 승희는 장황하게 쓰여 있는 서류의 내용을 한참 동안 훑어보다가 갑자기 눈에 확 들어오는 단어 하나를 발견했다. 바로 '와불'이라는 단어였다.

······또 하나의 중심에는 와불이 있습니다. 와불은 풍수에 의하면 곤륜산에서부터 시작되는 대륙의 정기를 모조리 받아들여서 그냥 흘러넘치는 정기를 조선의 땅에 그대로 부여하는 역할

을 해 주며, 와불이 일어나면 칠성석의 수레를 타고 날아오른다는 전설도 있습니다. 천불천탑을 만들었을 당시의 사람들도 그런 실정을 알고 있었던 듯 우리가 신사를 건립한 곳 지하에는 와불의 내력을 기록해 놓은 비석 하나가 있었는데, 비석의 내용은 전설일지도 모르지만 엄청난 내용을 담고 있습니다. 비석은 땅속 깊숙이 사람들에게 발각되지 않도록……

 승희는 거기까지 읽다가 고개를 들었다. 보고서의 내용이 사실이라면 천불천탑의 유래를 소상히 기록한 비석이 와불과 다른 또 하나의 진세의 정점에 서 있었다는 말이었다. 그리고 일본인들은 그것을 발견해 눈에 띄지 않도록 땅속 깊이 묻어 놓았다고 했다. 그렇다면 그 묻어 놓은 곳은 어디였을까? 혹시 사리 굴…….
 '틀림없어. 그 안을 조금 더 조사해 보았어야 하는 건데.'
 승희는 자기도 모르게 눈을 크게 떴다. 그것을 찾아내면 골치 아프게 추리할 것도 없이 모든 사실이 분명해질 것이다. 그런 생각이 들자 서둘러 그 신사의 발굴 현장으로 돌아가서 모두 철수하기 전에 그 비석을 찾아내야겠다고 판단했다. 승희는 마음이 조급했지만 어차피 차가 달리고 있는 바에야 그렇게 조급할 필요는 없다는 쪽으로 생각을 바꾸었다. 광주에 도착하는 대로 바로 그 신사 자리로 가서 신부님과 현암에게 알려 주면 되겠지 하는 생각에서였다. 잠시 복잡한 머리를 식히기 위해 자료를 다시 접어서 봉투 안에 넣고 의자에 깊이 몸을 묻었다. 차 안에서 자잘한 글씨를 봐서인지 멀미가 날 것 같았다.

이제 준후와 현암 등이 한참 인부들을 지휘해 진세를 살피고 탑이나 불상에 해당하는 구조물들을 준비해 온 석재로 이곳저곳에 쌓아 올리기 시작했다. 많은 인부가 동원돼 일행이 지적해 주는 장소에다가 얼기설기 구조물들을 쌓고 있었다. 준후와 승현, 정 선생, 임악 거사, 그리고 현암까지도 계속 의견을 나누어 가면서 이곳에 쌓아 놓은 돌들이 너무 높다거나 혹은 낮다거나, 이쪽으로 조금 이동을 시켜야 한다는 등등의 지시를 내리느라 경황이 없었다.

특히 준후는 커다란 종이에 그 진세를 기록해 나가면서 계속 살피고 있었다.

박 신부와 무련은 운주사에 내려와 있었다. 박 신부는 운주사의 대웅전 바깥에서 예불을 드리는 무련을 기다렸다. 한참을 지나서 무련은 여전히 착잡한 얼굴로 대웅전에서 걸어 나오다가 박 신부를 보더니 놀라는 표정을 지었다.

"잠시 이야기 좀 나눠도 되겠습니까?"

박 신부가 말하자 무련은 조금 망설이는 듯했지만 곧 평정을 찾고는 고개를 끄덕였다. 둘은 복구공사 소리가 시끄럽게 들려오는 운주사 부근의 현장에서 벗어나 천불산의 맞은편 귀퉁이 쪽으로 걸음을 옮겼다.

몇 마디 일상적인 말을 나누다가 박 신부는 무련의 얼굴을 다시 한번 살펴보았다. 무련의 얼굴에는 틀림없이 초조한 빛이 서려 있었다. 박 신부는 나직하면서도 단호한 목소리로 말했다.

"무슨 걱정되는 일이 있으신지요?"

무련은 대답하지 않았다. 대답이 없는 것을 보니 걱정스러운 일이 있는 모양이었다. 박 신부가 다시 한번 물었다.

"무언가 다른 것을 알고 계시는지요. 알고 계신다면 말씀해 주시는 것이 어떻겠습니까?"

무련은 박 신부의 얼굴을 한 번 쳐다보면서 뭐라고 말하려다가 얼굴을 돌렸다. 박 신부가 조용히 미소를 지으면서 무련의 얼굴을 쳐다보자, 한참 지나서야 떨리는 목소리로 더듬거리며 말을 꺼내기 시작했다.

"모르겠어요. 잘 모르겠는데, 어쨌거나……."

"무슨 말씀이지요?"

"우리는 너무도 많이 당했어요. 너무도 많이요. 그러니 아마도 이 일은 옳은 것일 거예요."

"예? 무슨 말이지요?"

"와불이 일어나면 모든 것이 다 바로잡히겠지요. 그렇게 믿어요."

무련은 더 이상 말하지 않고 조용히 박 신부에게 합장해 보이고 다시 안쪽으로 걸어갔다. 그 뒷모습을 보면서 박 신부의 가슴엔 뭔가 석연치 않은 느낌이 밀려왔으나 뭐라고 말을 할 수는 없었다. 그런 도중에 이곳저곳을 찾아 헤맨 듯 숨을 헐떡거리고 있던 젊은 승려 하나가 저만치에 서 있는 박 신부의 모습을 발견하고 먼발치에서 손을 흔들었다. 경내 부근에서 크게 소리를 치면 안 되기 때문에 저렇게 손짓으로 부르는 것이리라. 승려는 급한 전화가 왔다고 말했다.

"전화?"

박 신부가 고개를 갸웃하면서 임시로 가설된 전화의 수화기를 드니 짜증을 내는 듯한 승희의 목소리가 들렸다.

"여보세요. 엇? 승희니?"

[신부님, 또 왜 거기 가 계신 거예요. 이거 원 답답해서……. 신사 발굴 현장엔 전화도 없고…….]

"승희야, 왜 그러니? 뭔가 새로운 소식이라도 있니?"

[제가 서울에 갔다 왔단 말이에요. 연희 언니가 찾아낸 자료가 있는데 무척 중요할 것 같아요.]

"중요한 자료? 어떤 내용인데?"

[전에 우리가 발굴하고 있었던 신사 밑의 토굴 말이에요. 그 밑에 뭔가가 있을 것 같아요.]

"그 토굴 밑에 뭔가가 있다고?"

[예. 천불천탑의 비밀이 적혀 있다는 비석이요.]

"비석? 아니, 그런 것이 토굴 밑에 숨겨져 있었단 말이냐?"

[전화로 길게는 말씀드릴 수 없고요. 제가 인부들에게 토굴 밑을 다 파헤치라고 했는데 인부들은 제 말을 듣지를 않아요. 어서 신부님이 오셔서 비석을 찾아봐 주세요.]

박 신부는 잠시 생각에 잠겼다.

'천불천탑의 비밀이 적혀 있는 비석이라…….'

어차피 이곳에 남아 있어도 자신이 할 일은 별로 없을 것이고 그럴 바에야 승희와 함께 그곳에서 그 비석을 찾아내는 것도 괜찮은 일일 것 같았다.

"알았다. 내가 곧 가마."

[빨리 오셔야 해요.]

승희는 숨이 꼴딱꼴딱 넘어가는 듯이 서두르라는 말 한마디를 남기고는 찰칵 전화를 끊었다. 수화기를 내려놓은 박 신부는 천불천탑의 복구공사가 진행되고 있는 쪽으로 발걸음을 옮겼다. 신사 밑에 있다는 비석을 찾으러 간다는 이야기를 하기 위해서였다. 그러나 가면서 생각해 보니 정 선생이나 임악 거사에게 그 이야기를 하는 것이 괜히 마음에 내키지 않았다. 지금 무련의 태도를 보아서도 무련이 무언가 숨기는 것 같았고…… 마치 그들은 무슨 꿍꿍이를 품고 있는 듯했다.

박 신부는 공사 현장에 도착해 현암만을 조용히 불러서 나직하게 승희에게 연락이 왔다는 내용을 알려 주었다.

"현암 군. 이곳의 일을 계속 돕고 있게나. 그곳의 일은 내가 알아서 찾아보도록 할 테니."

"예, 신부님. 그러시겠습니까? 아무래도 정 선생과 임악 거사의 눈치가 수상합니다. 준후가 하자는 대로 진세에 꼭 따르는 것이 아니라 자기 나름대로 그 진세를 보강하고 있어요. 뭐라고 말하면 풍수학이나 자신들이 알고 있는 도방의 지식이라고 이야기하긴 하지만, 자꾸 진세를 이상하게 퍼뜨리는 것 같아서 영 이상해요."

"뭔가가 있을 것 같으니 자네도 눈을 떼지 말고 있게. 아무래도 지금까지 우리가 알아낸 것 외에 더 큰 비밀이 있는 것 같아. 우리가 이렇게 대번에 알아낼 수 있는 정도의 비밀이었다면 벌써 누군가가 천불천탑을 이미 복구했거나 와불을 세웠을지도 모르지 않겠는가? 저 와불에는 옛날에 한 번 세우려다 말았다는 흔적이 있다고 했지?"

"예, 그런 흔적이 아직도 남아 있지요. 누가 그랬는지, 왜 그랬는지는 모르지만요. 좌우간 저 와불은 주변의 모든 진세가 완료된 다음 마지막으로 세워지는 것이 좋습니다. 진세를 모두 만들어 놓은 후에 최후의 작업으로 저 와불을 일으키게 될 겁니다."

"음, 그래. 좌우간 그때까지는 시간이 좀 있을 테니 나도 비석을 찾아낼 수 있도록 최대한 노력하겠네. 아무래도 뭔가 석연치 않아."

"예, 저도 느끼고 있습니다."

현암도 눈빛을 빛냈지만 좀 맥이 풀린 목소리로 박 신부에게 말했다.

"그러나 지금 좋은 일이라고 하는데 이 일을 늦추게 하거나 기다리라고 할 수는 없지 않습니까?"

"음, 그건 그래. 그러니 자네가 계속 여기에 남아 있으면서 주의를 기울여 주게. 그동안 나는 토굴로 가서 비석을 찾아내겠네. 그 비석엔 뭔가 있을 법도 한데…… 아무튼 우리 서로 자주 연락하도록 하세."

"예."

그러자 현암은 씨익 웃으면서 세크메트의 눈 한쪽을 박 신부에게로 건네주었다. 박 신부는 또 그 '직업의식'이 발동되는지 눈살을 찌푸렸다.

"이걸 가지고 가라는 건가?"

"승희에게 전해 주시면 되지 않습니까? 구태여 신부님이 직접 이용하시지 않더라도요. 나머지 한쪽은 아까 준후한테서 제가 이미 받아 놓았으니 승희와 제가 계속해서 연락을 취하도록 하죠."

박 신부는 익살스러운 표정을 지으며 손수건을 꺼내어 세크메트의 눈을 싸 마치 보기 흉한 것이라도 되는 것인 양 집어넣었다. 그리고 현암에게 고개를 끄덕거려 보이고는 몸을 돌려서 내려갔다. 현암은 그런 박 신부의 뒷모습을 보다가 천불산의 야트막한 구릉 위에 있는 와불을 무심한 눈길로 쳐다보았다.

도선 국사의 비석

신사 발굴 현장에 도착한 박 신부는 승희에게서 자료를 받아 자세히 읽어 보았다. 읽어 본 결과, 박 신부도 천불천탑의 비밀이 적혀 있다는 비석이 토굴 속에 숨겨져 있을 것이라는 승희와 의견을 같이했다. 곧 박 신부는 인부들을 동원해 신사 밑의 토굴을 저번보다도 더욱 신경 써서 발굴하는 것은 물론, 아예 토굴 속에 내려가서 살다시피 했다.

승희는 그렇게 박 신부가 애쓰는 것을 보고 자신도 뭔가 도울 수 있는 일이 없을까 궁리했으나, 지금 당장 할 수 있는 일은 별로 없었다. 정 선생과 임악 거사가 뭔가 꿍꿍이가 있을지도 모른다는 말을 얼핏 들은 바가 있어서 그들 마음속을 투시해 볼까 싶기도 했다. 그러나 두 사람 다 다른 생각만 하고 있었고, 능력자들이어서 그런지 투시도 쉽지 않았다. 그렇다고 하루 종일 그 사람들 투시만 하고 있을 수도 없는 노릇이어서 승희는 공사 현장 부근을 서성거리며 가끔가다 박 신부의 말 상대가 돼 주는 정도로 시간을 보내고 있었다.

어느덧 사흘이라는 시간이 지나갔다.

저녁때가 되면 승희는 주기적으로 현암과 세크메트의 눈으로 연락을 취했다. 그쪽에서도 급속도로 일이 진행되고 있었기 때문에 아마도 내일 정도면 천불천탑의 진세가 거의 완성될 것 같다는 이야기를 들었다. 그러나 이쪽에서는 수북한 흙더미와 부서져서 가루가 돼 버린 사리 조각 외에 특별한 것은 나오지 않아 박 신부와 승희는 몹시 답답했다. 그러던 중 워낙 심심했던지 승희도 그 토굴 밑으로 들어가 보고 싶다고 박 신부에게 말했다.

"맨날 바깥에서만 지내고 있으려니 답답하네요. 그렇다고 또 어디 놀러 가기도 그렇고요. 저도 들어가 볼래요."

"허허허."

박 신부는 승희의 말을 듣고는 여기저기 흙이 묻은 얼굴을 털면서 가볍게 웃었다.

"그렇게 예쁘게 화장까지 하고는 두더지처럼 땅굴로 들어가서 흙이라도 뒤집어쓰면 어쩌려고 그러니?"

"그런 것쯤은 상관없단 말이에요."

승희는 박 신부를 따라 토굴 속으로 들어갔다. 그러나 승희의 예상과는 달리 보이는 것이라고는 오로지 흙밖에 없었다. 꽁해진 승희는 다시 지루하다며 밖으로 나가 버렸다. 답답한 토굴보다는 바깥쪽이 그래도 숨이 트이는 것 같고 기분이 풀리는 듯했지만, 여전히 갑갑한 느낌은 가시지를 않았다. 입이 툭 튀어나온 승희가 고개를 돌리는데 저만치에서 낯익은 사람 하나가 오고 있었다.

'아니, 가만있자……. 저게 누구지?'

승희는 인상을 쓰듯이 눈을 약간 찌푸리며 자세히 살폈다. 올라오고 있는 사람은 젊은 여자였다. 그냥 젊은 여자가 아니라 승희와도 안면이 있는, 얼마 전 현암과 함께 이곳에서 죽을 뻔했던 바로 그 여학생이 틀림없었다.

'아니, 저 불여우가 왜 또 여기까지 왔지? 현암 군이 여기 있는 줄 알고 온 모양인데……. 흠! 원 참, 이거 뭐라고 할 수도 없고…….'

승희는 잠시 생각하다가 샐쭉 웃었다.

'어차피 현암 군이 여기 있지도 않은데, 뭐. 어디 갔는지 말 안 해 주면 그뿐이지.'

여학생은 승희의 심사도 모르는 듯, 저만치에서 승희가 서 있는 것을 보고는 반갑게 손을 흔들면서 올라오고 있었다.

'손은 뭐 하러 흔드나? 하나도 반갑지 않구만.'

승희는 속으로 중얼중얼하면서 서 있었으나 그래도 막상 그 여학생이 다가와서 귀엽게 웃는 것을 보고는 예의상 한마디 했다.

"이젠 좀 나았나요?"

"예, 이젠 괜찮아졌어요. 그래서 고맙다는 인사를 드리려고요. 떠나기 전에 제가 억지를 부려 겨우 시간을 내서 올라왔어요. 지난번에 현암 씨에게 제대로 인사도 못 드려서 인사도 드릴 겸해서요."

"아, 현암 군은 바쁜 일이 있어서 먼저 갔어요. 외국으로 나갔으니까 한 삼사 년 쯤 있어야 돌아올지도 몰라요."

"예? 아니, 가 버리셨단 말인가요? 저런 그, 그러니까······."

여학생의 안색이 단번에 어두워지며 울 듯한 표정을 짓자 승희는 속으로 코웃음을 쳤다.

'헤헤헤. 좀 미안은 하지만 제발 그런 것 좀 신경 쓰지 말고 살아라. 너도 모르고 사는 게 속 편할 거다.'

속으로 승희가 무슨 생각을 하고 있는지도 모르고 여학생은 어깨가 축 처진 채 다시 발걸음을 돌렸다. 그러면서 그 여학생은 암굴에서 파내어져서 무더기로 쌓여 있는 흙더미와 돌무더기들을 보았다. 그중에서 반으로 쫙 쪼개진 커다랗고 넓적한 바위가 보이자 여학생은 전에 벌어진 일이 생각난 듯 우울한 표정이 됐다.

'그분은 그 위험에서도 나를 구해 주셨는데······.'

승희는 그 여학생이 반쪽으로 쪼개진 바위를 보고 얼굴이 변해서 살짝 투시를 했고, 여학생이 무슨 생각을 하는지 알자 괜히 심술이 나기 시작했다.

"지금 여기는 굉장히 중요한 일로 바쁘고 또 유적을 조사하고 있는 중이니까 일반인들이 함부로 들어오면 안 되는 곳이에요. 나중에 현암 군이 한 삼사 년 지나서 돌아오게 된다면 내가 아가씨가 찾아왔었다는 말을 꼭 전해 줄게요. 예? 그러면 됐죠? 안녕히 가세요."

승희는 떠들어 대면서 여학생을 돌려보내려 했다. 여학생은 뭔가 멋쩍은 듯이 뒤를 돌아보며 만약에 현암이 다시 돌아와서 연락이 된다면 자신의 이름은 미애, 정미애였다고 전해 달라면서 떠나갔다.

"정미애라고? 흥! 누가 기억이나 한대?"

승희는 그 여학생이 완전히 사라지는 것을 보고 코웃음을 치며 다시 신사 쪽으로 발걸음을 돌렸다. 승희의 눈에 앞서 파냈던 흙더미와 쪼개진 돌 조각이 보였다. 예전에 현암이 신사를 탈출하기 직전 깔릴 뻔하다가 월향이 반으로 쪼개 줘 아슬아슬하게 살아남을 수 있었던 돌이었다. 저 여자에게는 그 일이 평생 잊지 못할 기억으로 남을 것이고 더불어 현암의 모습까지도…….

승희는 그런 생각이 들자 갑자기 이유 없이 그 돌이 미워져 에잇! 에잇! 하면서 돌을 몇 번 걷어찼다. 그러자 돌덩이에서 흙부스러기가 떨어져 내리더니 뭔가 움푹움푹 파낸 듯한 흔적이 보였다.

"어, 이게 뭐지?"

승희는 돌덩이 위를 손으로 훑어보았다. 뭔가가 이상했다. 자연적으로 이렇게 인위적인 요철이 많은 돌이 있을 리 없다. 아무리 세월이 오래돼서 닳고 뭉그러지기는 했으나 이 파인 것들은 글자를 새겨 놓은 게 분명했다. 이상하게도 둥글넓적한 모양의 이 돌은……

"아니, 이럴 수가! 이 돌이 바로 우리가 찾고 있는 그……"

승희는 소리를 질러 박 신부를 불렀고 박 신부는 영문도 모르고 다시 흙으로 범벅이 된 얼굴을 하고 구멍에서 고개를 내밀었다.

"신부님, 찾았어요! 비석은 벌써 우리가 찾기 이전에 파내어져서 저 아래쪽에 버려져 있었어요. 이제 더 이상 뒤질 필요가 없다고요!"

"뭐, 뭐라고? 승희야, 정말 그 비석을 찾았단 말이냐?"

"예, 틀림없어요. 저기 있어요. 빨리 가 봐요."

"음, 알았다."

박 신부도 급히 토굴을 빠져나와서 승희와 함께 그 쪼개진 비석이 있는 쪽으로 나는 듯이 달려갔다.

어느덧 준후와 승현, 그리고 임악 거사와 정 선생은 이제 거의 다 완성된 진세를 다시 한번 지나가면서 이곳저곳을 점검하고 있는 중이었다. 구조물들은 거의 생각한 대로 배치됐지만 거기에 몇 개의 구조물들을 임악 거사와 정 선생이 추가로 설치한 것이 아무래도 조금 찜찜했으나 그렇다고 특별히 이상한 점은 느껴지지 않앉다.

"참으로 엄청난 진세지요? 그렇지 않은가요?"

"음, 그렇구나."

정 선생은 입가에 묘한 미소를 띠면서 빛나는 눈으로 진세를 바라보고 있었다. 한참이나 살펴보다가 임악 거사는 갑자기 껄껄껄 하고 큰 소리로 호탕하게 웃어젖혔고, 준후는 그러한 임악 거사의 모습을 보면서 알게 모르게 불안감을 느꼈다. 정 선생은 와불이 누워 있는 야트막한 동산 위쪽을 가리키며 말했다.

"이제 저 와불만 일으키면 되는군."

그 말을 듣고 승현이 조용히 말했다.

"와불을 일으키는 일은 그렇게 쉽지는 않을 텐데요. 워낙 거대하고…… 우선 꼭대기에 있는 암반에서 와불을 떼어 내야 하는데, 그게……."

"아무 염려 말아라."

정 선생이 웃으면서 말했다.

"요즘의 공법으로 하면 그 암반에서 와불을 떼는 것 정도는 별 문제가 아니란다. 폭약을 이용하면 간단해."

"폭약을 이용한다고요? 그러면 와불이 모조리 부서져 버리는 것 아니에요?"

이번에는 임악 거사가 껄껄껄 웃으면서 굵은 목소리로 말했다.

"폭약이라는 것이 사방으로 퍼져 나가는 것만 있는 것은 아니지. 한쪽 방향으로만 폭발력이 가게 만들어서 마치 칼로 베어 낸 것처럼 깔끔하게 잘라 내는 방법도 있단다."

"그렇군요. 그렇지만······."

준후는 다시 자기가 작성한 지도를 들여다보면서 뭔가 생각에 잠겼다. 그런 준후를 보고 정 선생이 서두르며 말했다.

"자, 자. 공연히 이렇게 시간 낭비하지 말고 정리를 마치고 와불의 밑부분에 폭약 장치하는 일을 부탁하도록 하자고."

임악 거사가 고개를 끄덕거리며 아래로 내려갔고, 준후는 그 자리에 못 박힌 듯 서서 계속 그 진세를 응시하고 있었다.

현암은 지금 사람이 없는 외딴곳에서 세크메트의 눈을 꺼내어 쥐고 박 신부와의 통신을 기다리고 있었다. 아마도 평상시처럼 박 신부는 승희를 시켜서 이야기를 할 듯싶었는데 시간이 벌써 십오 분이나 지났는데도 저쪽에서 세크메트의 눈을 손에 쥐고 있지 않은지 통신이 되질 않았다.

'승희 혼자만이라면 몰라도 시간관념이 투철하신 신부님께서 옆에 계신데······ 혹시 뭔가를 알아낸 것이 아닐까?'

현암이 혼자 생각하는 중에 저쪽에서 반응이 왔다. 승희가 세크메트의 눈을 쥐고 메시지를 전달하고 있었다.

현암 군, 현암 군! 급한 일이야.

왜 그러지, 승희야? 비석을 찾았니?

그래, 찾았어. 찾긴 찾았는데 도대체······.

무슨 소리야?

글쎄, 잘은 모르겠어. 하여간 진세를 복구하고 와불을 세우는 일은 당장 그만두어야 해.

응, 뭐라고? 왜 그걸 멈추라는 거지? 지금 진세 복구는 거의 다 끝나서 와불을 세우는 작업만 하면 되는데…….'

아이고, 저런! 그러면 안 돼, 그러면…….

응? 그게 무슨 말이야?

이 비석의 내용을 보라고. 아이고, 이런…… 내가 비석에 적혀 있는 내용을 떠올릴 테니까 현암 군이 직접 읽어 봐.

승희는 마음을 열고 비석에 새겨져 있던 내용들을 떠올렸고, 그러자 승희의 기억이 현암에게 느껴지기 시작했다.

왜는 지금 비록 야만하고 무지한 종족이나, 흘러넘치는 대륙의 기운을 모아서 장차 크게 부흥하리라. 왜가 흥하면 왜가 힘을 뻗치려고 할 곳은 우리 땅이 분명할진저, 그 기운을 막기 위해서는 행주형국의 세를 가진 우리 땅의 남단 서쪽에 천불천탑을 세워 무게를 줌이 가하다. 그리고 그 진세는…….

뒤에 한참이나 현암이 잘 이해하지 못하는 풍수지리적인 설명이 나왔다. 아마 승희도 그 부분을 제대로 이해하지는 못한 듯, 기억이 좀 불확실했지만 아마도 천불천탑과 둘레의 산들을 이용한 진세에 대한 설명인 것 같았다. 그러한 내용이 한참 나오다가 눈에 띄는 구절이 나오자 현암도 내심 섬뜩함을 느꼈다.

진세의 한쪽 정점은 큰 암반의 꼭대기에 마침 있으니 그곳에 큰 불상을 세우면 좋을 것이며 다른 한쪽 정점에는 이 비를 세운다. 이 두 정점은 진세의 핵심으로 서로 저울추와 같아서 한쪽이 기울어지면 한쪽이 올라가는 것, 진세 전체의 형국도 그리 따르리라. 후인들은 명심하라. 한쪽 정점을 그대로 두고 다른 정점인 동산 위에 큰 불상을 세우고 주위에 천불과 천탑을 세워 받들면 왜는 가라앉으리라. 불상이 세워지고 천불천탑이 세워져도 이 비석이 있는 곳의 땅을 파면 모든 것이 반대로 되리라. 그러나 후인들은 명심하라. 천명과 천리를 생각하면서 인간의 손으로 이러한 일을 해야 하는지, 하지 않아야 되는지. 가슴에 새겨 잘 판단해 신중할 것이니라.

왜가 가라앉는다고?

그래, 큰일이야. 지금 그 와불을 세운다면…….

천불천탑을 다시 조성하고 그 와불을 세우는 것이 우리나라의 국운을 흥하게 하는 것이 아니라, 일본을 가라앉혀 버리는 결과를 초래할 수도 있단 말이야?

그래. 그러니까 신부님 생각으로는…… 아이고, 신부님!

잠시 승희의 생각이 끊어지더니 박 신부가 세크메트의 눈을 받은 듯, 박 신부의 마음속의 목소리가 현암에게 울려왔다. 평상시 그렇게 만지기 싫어하던 물건이었는데 어지간히 급한 모양이었다.

그 비석의 뒷부분을 보면 후에 추가된 글자들이 있네. 천불천탑의 앞에 나오는 이야기는 도선 국사가 새겨 놓은 것이고, 뒷부분에 있는 글자들은 후에 다른 사람이 추가한 내용이지. 도선 국사는 그러한 지형을 읽어 내기는 했지만 직접 천불천탑을 세우신 것은 아니고, 다만 그러한 힘으로 이용될 수 있다는 것만 후대에 알려 주신 것이네. 그리해 그 비밀을 알아낸 사람들, 그러니까 왜구의 침략과 노략질로 인해 피해를 본 원한 서린 민중들이 힘을 모아서 그 천불천탑을 조각하기 시작한 것이네.

아, 그렇다면…….

현암은 이제야 모든 것이 분명히 보이는 것 같았다. 도선 국사는 지형을 보고 단번에 일본을 망하게 할 수 있는 지기의 흐름을 읽어 낸 것이다. 단지 그러한 내용을 알리는 비석만을 만들어 놓았을 뿐, 천불천탑을 도선 국사가 직접 조성한 것은 아니었다. 오히려 그 천불천탑을 조성한 사람들은 바로 소박한 민중들로 우연한 기회에 비석을 보고 그러한 내용을 알아낸 사람들임이 분명했다. 왜구의 침략 때문에 가족을 잃고 피해를 입은 사람들, 그리해 왜를 미워하고 원한을 가지게 된 사람들이 소박한 솜씨로 하나씩 하나씩 나름대로 정성을 들여서 무수한 세월에 걸쳐 만들어 낸 것이 바로 그 천불천탑이었다.

'그랬구나!'

그래서 불상의 크기가 다르고 탑도 정형이 아닌 파격적인 모양을 하는 등, 그 만들어진 모양과 형태, 크기가 제각각이었던 것이다.

그렇군요.

그래, 천불천탑과 와불은 바로 고대의 초무기와 비슷했던 것이네. 요즘 핵무기가 있어서 단번에 나라를 망하게 할 수 있는 것처럼 그러한 기를 과거에 풍수적인 흐름으로 알아내었던 것이지.

그렇지만 와불을 세우면 어떻게 일본이 망한다는 말입니까? 도대체 무슨 일이 생긴다는 것이죠?

그건 모르겠어. 흐름, 기의 흐름이 막혀서 국운이 단순히 막히는 것인지 아니면…….

아니면 뭐죠?

'저울추와 같이 배가 기울어진다.' 이런 생각을 해 보게. 내 짐작이지만 우리나라는 동쪽이 무거워 동해 쪽으로 기울어진 지세였다고 했네. 그렇게 기울어져 있을 때 우리나라보다도 더 동쪽에 있는 일본이 오히려 들렸다면, 우리나라 동쪽 지형이 올라가면 일본의 지형은 오히려 꺼져 들어가는 것이 아닐까 하는 생각을…….

예?

놀란 현암의 마음속에 뭔가 짚이는 것이 있었다. 그렇지 않아도 일본 열도는 지층이 불안정해 지각 변동과 지진이 수없이 일어나는 곳이고, 일본 열도 전체가 조금씩 가라앉는다는 설도 있다. 그렇다면 이번 일이 그러한 것들을 단번에 촉발하는 결과를 초래하는 것은 아닐지…….

그렇다면 일본의 대지진이나 일본 열도의 침몰까지도 이 와불이나 천불천탑의 진세 하나로 조정할 수가 있다는 말입니까? 세상에 어떻게 그런 일이 있을 수 있지요?

모르겠어, 모르겠어. 모든 것이 확실하지가 않아.

박 신부는 잠시 생각을 끊더니 다시 현암에게로 마음을 전달해 왔다.

그러나 만에 하나. 아니, 백만에 하나라도 그것이 사실이라면 어쩌나, 응?

그렇게 되면…….

현암 군, 내 생각은 이러네. 우리는 비록 일본에 의해서 수없이 침탈당하고 일본에 의해 점령돼 식민지가 됐던 쓰라린 기억이 있지. 그 이전부터 왜구의 침탈과 같은, 수많은 노략질을 당해 온 건 사실일세. 그렇지만 과연 여기에 나온 대로 일본을 전멸시켜 버리는 것이 과연 옳은 일이라고 생각하나?

현암은 단호한 마음으로 박 신부에게 대답했다.

아닙니다!

나도 그러네. 그러니 어쨌든 와불이 일어서는 것을 막아야만 해. 그리고 또 한 가지 의문스러운 구절이 그 밑에 있네.

그건 또 어떤 구절이지요?

세상일은 공평하니 한쪽에만 피해를 주고 한쪽이 무사하지는 않을 것이라는 탄식 비슷한 구절……. 그것을 보면…… 아니, 내가 아예 그 부분을 생각하겠네. 그러면 자네에게 뜻이 그대로 전달되지?

예.

현암은 다시 박 신부가 전해 주는 비석 뒷부분의 내용을 읽었다. 그 내용은 다음과 같았다.

…… 수백 년에 걸쳐서 이름 없고 고초를 당한 불쌍한 백성들이 만든 천불천탑, 그 광경을 보고 눈물짓지 않는 사람은 없을 것이다. 내 이에 크게 분개해 와불을 일으키려고 했으나 한쪽에만 피해를 주고 한쪽이 무사할 수는 없는 것, 천명과 천리를 생각하라는 도선 국사의 뜻을 받들어 천불천탑의 진

세를 평화적인 것으로 바로잡는 일이 더욱더 필요하다고 여기고 그리 행한다. 무명씨.

 그 말은······.

 현암 군, 과거에 와불을 일으켜 세우려다가 만 흔적이 있었다고 했지? 왜 그랬을까? 기술이 없고 그럴 만한 힘이 없어서 그랬을까? 세우려고 했다가 마음을 바꾸어서 그만둔 것은 아닐까? 바로 여기 무명씨라고 적힌 사람은 옛적 또 다른 풍수학의 거두였는지도 모르네. 그리해 천불천탑이 조성된 것을 보고 와불을 일으켜 세우려다가 다시 마음을 돌렸을 거야. 우리도 세워서는 안 되네. 그래서는 안 돼!

 예, 알겠습니다. 어떻게 하든지 반드시 이 뜻을 전달하지요. 신부님께서도 어서 오십시오.

 안 그래도 지금 가고 있는 중이네. 아마도 몇십 분 내로 도착을 할 것 같아.

 시간이 급합니다! 저 위쪽에서는 벌써······.

 현암이 더 말을 이으려는데 갑자기 저 위쪽의 산에서 쾅 하는 폭발음이 들려왔다. 틀림없었다. 와불을 화약으로 암반에서 떼어낸다고 언뜻 들은 기억이 났다. 그렇다면 지금 그 화약을 터뜨리고 있는 것이 분명했다.

 신부님 시간이 없습니다. 어서 올라가서 막아야겠어요.

 현암은 박 신부의 대답도 채 듣지 않고 세크메트의 눈을 주머니에 집어넣고는 몸을 돌리다가 흠칫하고 놀랐다. 현암의 앞에는 무련이 합장을 한 채로 서 있었다. 현암은 무련의 등에 흰 천으로 싸인 뭔가가 있는 것을 보고 의아했으나, 반가운 마음에 무련에게 다급히 말했다.

"무련 님, 와불을 세우려는 것을 막아야 합니다. 자칫 잘못하면 큰 결과가 초래될 수도 있어요. 그래서는 안 돼요! 무서운 결과가 초래……."

"어떤 결과 말인가요?"

"사실일지 사실이 아닐지는 모르겠지만 만에 하나, 아니 백만에 하나라도 사실이라면 큰일이 납니다. 그 와불은 우리나라의 국운을 흥하게 만드는 것이 아니라 일본을 제압하고 멸망시키기 위해서 만들어진……."

무련은 현암의 다급한 말을 듣고도 놀라지 않았다. 오히려 담담하게 합장을 한 자세에서 나직한 목소리로 현암에게 말했다.

"그러면 안 되는 것인가요?"

"예? 지금 무슨 말씀을……."

현암은 놀라서 쳐다보다가 일단 무련의 옆을 돌아 와불을 세우는 현장으로 가려고 했다. 그런데 갑자기 쨍 하는 소리가 나면서 섬뜩한 빛이 걸음을 옮기려는 현암의 앞을 막아섰다. 현암의 앞에 무련이 청홍검을 빼어 든 채 서 있었다.

"무, 무련 님. 이, 이게 무슨……."

"용서해 주십시오. 와불은 세워져야만 합니다."

"그게 무슨 말씀입니까? ……무련 님, 당신은 처음부터 저 와불이 어떤 의미를 가졌는지 알고 계셨죠, 그렇지요?"

"아미타불, 저도 오랫동안 생각해 보았습니다. 그래야 하는 것인지, 말아야 하는 것인지······. 주변을 보십시오. 천불천탑을 세운, 그동안 당해 왔던 우리 백성들의 한을 보십시오. 그리고 목숨을 잃으신 철기 어르신과 은기 어르신을 생각해 보십시오. 은기 어르신의 뜻을 저는 믿습니다. 저는 예전부터 그 일에 대한 이야기를 들었지요. 다만 천불천탑을 복구할 만한 능력을 갖춘 사람이 없었기 때문에 저 혼자서는 어찌할 수 없었습니다. 그래서 이제껏 천불천탑은 방치돼 왔고······. 지금이야말로 좋은 기회입니다. 저도 오랫동안 번민했으나 이것만이 최선의 길이라고 생각했습니다. 현암 시주, 방해하지 마시지요. 그냥 두고만 보시면 됩니다. 그러면······."

"안 됩니다! 어떻게 그럴 수가 있습니까? 아무리 우리가 일본에 당한 것이 많더라도 이런 식으로 보복하는 것은 옳은 일이 아닙니다. 절대로요!"

"아미타불. 용서하십시오. 현암 시주는 좌우간 올라가지 못하십니다."

"······제가 정말로 올라가지 못할 것 같습니까?"

현암이 말하는 순간, 다시 위쪽에서 쾅 하는 폭발 소리가 들려왔다. 현암은 자기의 눈앞에 놓여 있는 청홍검을 무시하고 지나가려 했으나 무련은 획획 소리를 내면서 놀라운 검술로 현암이 빠져나갈 수 없게끔 청홍검의 그림자를 수십 개 만들며 칼을 휘둘렀다.

"무련 님! 이건, 이건 정말······ 속세를 잊고 출가한 몸으로 어쩌서……."

"사명 대사나 서산 대사 같은 고승들께서도 왜군을 무찌르기 위해 살생의 계를 범했습니다. 비록 제가 계를 범해 지옥에 떨어진다고 해도 반드시 이 일만은 행해져야 한다고 생각합니다."

"무련 님! 그건 잘못된 생각입니다!"

다시 한번 현암이 몸을 옮기려고 하자 청홍검이 허공에 은빛 장막을 펼치고 있었고 이번에는 위협하듯 현암의 코앞에까지 청홍검의 기운이 들이닥쳤다. 현암은 입술을 깨물면서 뒤로 재빨리 몇 발짝 물러선 뒤에 한숨을 쉬며 월향검을 뽑아 들었다.

"무련 님! 도대체 우리가 왜 이래야 합니까? 이건……."

무련은 담담하게 미소를 지으면서 현암을 바라보았다.

"좋습니다. 제가 속세에 있을 때 항상 호승심을 가지고 현암 시주와 실력을 겨루어 보기를 원했었죠. 지금 비록 출가한 몸이지만 이제 와서 속세의 소원이 이루어지는 것 또한 인연이라고 하지 않을 수 없습니다. 얼마든지 오십시오."

무련은 청홍검을 끌어들여 아미파 검법의 기수식을 취하며 심호흡했다. 비록 월향검이 천하무적인 무기였지만 무련의 손에 들려 있는 청홍검도 전설적으로 내려오는 병기였고, 무련의 검술 조예 또한 현암의 밑에 서는 것이 아니었다. 현암은 눈썹을 찡그리면서 가쁘게 숨을 몰아쉬고 있었다. 어떻게 해야 좋을지 알 수가 없었다. 지금 무련을 힘으로 제압해서라도 와불을 일으켜 세우려는 것을 막아야 하는 것인지, 아니면…….

현암은 침중하게 입술을 깨물면서 오른팔에 공력을 모았고, 현암의 손에 들려 있던 월향검에서 주변의 평화스러운 풍경과 어울리지 않는 귀곡성이 울려 나오며 길게 검기가 뻗어 나왔다.

순리대로

박 신부는 지금 승희와 함께 비석의 내용을 탁본한 종이를 가지고 운주사를 향해 급히 차를 몰고 가는 중이었다. 백호에게 먼저 전화를 걸어서 와불을 세우는 것을 중지시키려고 할 생각이었으나 안타깝게도 백호는 자리에 없었다. 이곳에서 운주사까지는 고개를 두 개만 넘어가면 되니 대략 이십 분 정도면 충분히 도착할 수 있을 것 같았다.

박 신부 옆에서는 승희가 계속해서 카폰으로 백호를 호출하고 있었다. 그러나 백호는 이런 중요한 순간에 어디로 갔는지 행방을 알 수가 없었고, 승희는 전화를 받은 요원에게 공연히 신경질을 부려 댔다.

"승희야, 그러지 마라. 일단 우리가 도착할 때까지 현암 군이 알아서 어떻게 해 주겠지."

"예, 어서 빨리 가요. 아예 공사 현장까지 곧바로 올라가 버리죠."

박 신부가 고개를 끄덕이면서 커브 길에서도 속도를 줄이지 않고 핸들을 꺾었다.

승희의 몸이 한쪽으로 쏠렸지만 승희는 그럼에도 불구하고 계속 백호를 바꿔 달라는 말만 되풀이하고 있었다. 승희와 박 신부 두 사람의 이마에는 굵은 땀이 흘러내리고 있었다.

"하하하. 전혀 문제가 없군요. 안 그래요?"

임악 거사는 기분이 좋은지 껄껄껄 호탕하게 웃으면서 폭발물 처리 기사를 바라보고 있었다. 폭발물 처리 기사는 퍽 노련한 사람인 듯 얼굴빛 하나 변하지 않고 시험 삼아 커다란 석재 두 개를 도폭선[11]이라고 하는, 끈 모양으로 된 화약을 사용해 날카롭게 반으로 절단해 보였다. 혹시나 와불이 손상을 입을 것을 대비해 미리 다른 석재 두 개로 시험한 것인데, 결과가 대단히 만족스러웠던지 씩 웃었다. 준후도 고개를 끄덕였다.

"이 정도라면 와불도 전혀 손상을 입지 않고 암반에서 떼어 낼 수 있겠군요."

폭발물 처리 기사는 준후의 말에 조용히 마주 고개를 끄덕여 보였다. 그가 와불의 주위에 도폭선을 감기 위해 동산 위쪽으로 올라가는데, 저 아래쪽에서 낮익은 여자의 비명이 작지만 또렷하게 들려오는 것이었다.

"어, 이상하다. 저건 월향의 소리인데?"

준후가 고개를 갸웃하면서 그쪽으로 내려가려 하자 정 선생이

---

11 comp-C 계열의 폭약을 도화선 주위에 말아 끈처럼 만든 폭약이다.

준후의 어깨를 잡고는 돌려세웠다.

"준후야, 왜 그러지? 지금 너는 여기 있어야만 해. 그렇지 않니?"

"이상한데요. 현암 형에게 무슨 일이 있나? 그러고 보니 현암 형과 무련 님 둘 다 보이지 않네요. 어떻게 된 거죠?"

정 선생은 고개를 설레설레 흔들면서 준후에게 말했다.

"준후야. 네가 와불이 서야 하는 방향과 각도를 알려 줘야 하지 않겠니? 어떻게 와불을 세워야 진세가 가장 효과적인 힘을 발휘할지 말이야."

"그거야 정 선생님도 잘 아시지 않아요? 저 잠깐 내려가 보고 올게요. 어차피 지금은 화약을 장치하는 중이잖아요?"

정 선생이 당황한 듯 눈동자가 흔들렸다. 준후는 영문을 몰라 정 선생을 빤히 쳐다보고는 정 선생의 손을 어깨에서 떼어 내고 아래쪽으로 걸음을 옮기려 했다. 그런데 그때 갑자기 준후의 머리에 뭔가가 세게 부딪히면서 준후는 그대로 정신을 잃고 말았다. 그 광경을 본 승현의 얼굴이 파랗게 질렸다. 정 선생은 쓰러진 준후를 한 번 쳐다보고 고개를 흔들더니 정신을 잃은 준후를 번쩍 안아 들었다.

"왜…… 왜, 준후 시주를 그렇게 하지요?"

"이번 일은 너무도 중요한 것이란다. 조금도 지체돼선 안 돼."

"하지만 왜 준후 시주를 그런 식으로……."

"너희들은 몰라도 된다. 어른들이 하시는 일이니 냉큼 물러나 있거라."

정 선생은 승현에게도 손을 뻗치려고 했다. 승현이 놀라서 뒤로 몇 걸음 주춤거리며 물러서는데 뒤에서 단단한 사람의 몸이 느껴졌다. 임악 거사였다.

"어! 이거…… 왜 이러는 거예요?"

"몇천 년에 걸친 숙원을 드디어 풀 때가 왔다. 하하하."

임악 거사는 하늘을 보고 껄껄껄 너털웃음을 웃으면서 헝겊 인형처럼 발버둥 치는 승현을 옆구리에 끼었다. 정 선생은 정신을 잃고 쓰러진 준후를 임악 거사에게로 넘겨주었고 임악 거사는 준후의 몸도 반대쪽 옆구리에 끼더니 고개를 끄덕해 보였다. 정 선생이 조용히 말했다.

"사실을 알게 되면 이 사람들은 찬성하지 않을지도 모르네. 그러니 잠깐만, 와불이 일어날 때까지만 어디 적당한 곳에 눈에 띄지 않게 해 주게나. 나는 계속 이쪽 일을 진행시키겠네."

임악 거사가 고개를 끄덕하더니 산자락 뒤쪽의 수풀 속으로 몸을 숨겼고, 정 선생은 다시 태연한 얼굴을 한 채 와불을 암반에서 떼어 내기 위해 폭약을 장치하는 쪽으로 걸음을 옮겼다. 마지막 발파 작업이라 모든 사람은 운주사 경내에 내려가 쉬고 있었기에 그 광경을 지켜보는 사람은 하나도 없었다.

검을 뽑아 들고 빈틈없는 자세로 서 있기는 했지만 무련은 현암을 구태여 공격하려고 하지 않았다. 그것은 현암도 마찬가지였다. 무련은 현암을 꼭 해치겠다기보다는 현암이 공사장으로 올라가서 와불을 세우는 것을 방해할까 봐 계속 이곳에 잡아 두려고 했다.

현암은 속이 탔지만 그렇다고 무련에게 상처를 입히면서까지 여기서 벗어나고 싶은 마음은 없었다. 현암도 빈틈없는 자세로 서서 무련에게 다시 말했다.

"무련 님께서는 처음부터 저 와불이 일어서면 어떻게 될 것이라는 것을 알고 계셨단 말인가요?"

무련은 잠시 고개를 들었다.

"아니에요. 아무도 그 자세한 사정을 알고 있지는 못했지요. 그러나 지난번 은기 어르신을 만났을 때 와불에 대한 이야기를 잠깐 들은 바가 있었어요. 그 후에 여기에서 다시 정 선생님과 임악 거사님을 만나게 된 것이고, 그래서……."

"뭐라고요? 은기 옹께서 와불에 대한 이야기를 그때 하셨다고요? 그렇다면 왜 그 이야기는 우리에게 해 주지 않으셨지요?"

"저 자신도 그 이야기에 대해 그다지 확신을 가지고 있지는 않았습니다. 그렇지만 은기 어르신께서 반대편 산자락의 토굴 속에서 돌아가셨다고 했을 때부터 결심이 굳어졌지요. 그리고 정 선생님도 그런 사실을 익히 알고 계셨고요."

"정 선생님도요?"

현암은 뭔가 감이 잡히는 것이 있었다.

정 선생이 맨 처음에는 임악 거사의 눈치를 살피는 듯하다가 일이 본궤도에 오르자 임악 거사를 마치 수족처럼 부리는 것을 보고 의아하게 생각했었다.

'그렇다면 맨 처음에 임악 거사가 보였던 허풍 비슷한 것은 일종의 위장이었고 실제로는 임악 거사보다도 정 선생이 몇 배나 단수가 높은 사람이었다는 말인가?'

 현암이 그런 생각을 하면서 나직하게 말했다.

 "정 선생이라는 분은 어떤 내력을 가지고 계십니까?"

 무련이 말했다.

 "저도 어제야 알게 된 겁니다. 정 선생님이야말로 우도방의 대가이시지요. 한빈 거사님보다 배분[12]은 낮지만 도방에서는 '누구보다도 잘 알려진 인물이십니다. 임악 거사님보다도 몇 배분이 높지요."

 "그런데 왜 처음부터 단순한 풍수가로서만 행세를 하고 본색을 드러내지 않았습니까? 저 정 선생이라는 분은 처음부터 일이 이렇게 될 줄 다 알고 계셨단 말인가요?"

 무련이 한숨 비슷하게 불어(佛語)를 읊더니 현암에게 몇 마디 말을 더해 주었다.

 "이제 거의 다 지나가 버린 일이니 말씀을 드려도 상관이 없을 것 같군요. 정 선생님은 도방에 계시면서 자신의 풍수학적인 능력과 도가의 능력으로 이 와불이 있는 운주사 일대의 지세를 알아내신 겁니다. 그래서 예전부터 천불천탑의 진세를 복원하고 와불을 일으켜 세우는 일을 염두에 두고 계셨지요. 그렇지만 천불천탑

---

[12] 무예나 도술 계열에서 위계를 따지는 말로 항렬(行列), 촌수(寸數)와 비슷한 개념이다.

의 진세가 완전히 복원되지 않고서는 와불이 일어서도 별 힘이 없는 것으로 알고 계셨고, 또한 뭔지 알 수 없는 힘이 천불천탑의 진세를 찍어 누르고 있었던 것을 알아내셨습니다. 그런데 그 기운이 완전히 없어졌다고 했지요. 정 선생님은 이미 예전부터 천불천탑 주위를 자주 보셨기 때문에 그러한 사실을 알아내실 수 있었던 겁니다. 아마도 은기 어르신께서 돌아가셨던 그 토굴이 무너졌기 때문이 아닌가 생각이 됩니다만, 아무튼 그 토굴을 없애 버리신 것만 해도 현암 시주께는 크게 감사를 드려야겠지요. 그리고······."

"그리고 또 뭡니까?"

"천불천탑의 기운을 찍어 누르고 있던 기운이 없어지자 정 선생님은 이때야말로 천불천탑의 진세를 복원할 시기라 생각하시고 일부러 가장을 하신 거지요. 여러분이 알면 반대할 테니까요."

"우리가 반대하다니요? 정 선생은 일본에 치명적인 타격을 주고자 이 진세를 복구하려는 생각을 옛날부터 하고 계셨단 말인가요?"

"그런 셈이지요. 정 선생님의 아버님은 일제 시대 때 고문에 못 이겨서 돌아가셨어요. 할아버님도 그러셨고요."

"······."

무련이 계속 말을 이어 갔다.

"아무리 도력이 높고 수양이 된 사람이더라도 도를 쌓기 전에 받았던 상처까지 아문다는 보장은 없겠지요. 더구나 저도 그분의 말씀에 동감을 합니다. 일본이라는 나라는 우리나라에 대해서 어떤 입장이었던가요? 우리가 일본을 해하고 못살게 군 적이 있었던가요? 그러나 그들은 어떻게 했나요? 현암 시주께서도 이곳 운주사에 서 있는 불상들과 탑들을 보셨을 테니 거기 서려 있는 한 같은 것을 느끼셨으리라 생각합니다. 이 운주사의 탑과 불상들, 이것은 유명한 석공이나 명장의 기술로 세워진 것이 아니죠. 다만 그 일념, 즉 한과 원수를 갚고자 하는 일념으로, 지금 우리가 밝혀낸 비밀을 이전에 알아냈던 힘없는 민초들이 자신들의 심혈을 바쳐 몇백 년에 걸쳐서 세워 온 것입니다. 이것을 모른 척하실 수가 있습니까? 철기 어르신과 은기 어르신의 죽음을 저는 잊을 수가 없습니다. 앞으로 영원히 싸우고 경쟁하고 다투는 것보다 이렇게 해 한 번에 결말을 보는 것이 더 좋지……."

무련의 말이 끝나기도 전에 현암이 말을 끊었다.

"그렇지 않아요! 틀렸습니다! 절대 그래서는 안 돼요! 우리에게 악한 짓을 많이 했다고는 해도 그렇게 옥석의 구분이 없이 모두를 벌하는 것이야말로 가장 큰 잘못이라는 것을 왜 모르시죠? 그러면 와불을 왜 세우나요? 핵무기를 떨어뜨리고, 나치들이 유대인에게 했던 것처럼 일본인을 말살시켜 버리면 그 원한이 풀린단 말입니까?"

무련이 웃으며 말했다.

"아미타불. 현암 시주께서는 저 와불이 일어서면 정말로 일본이 망하게 될 것이라고 믿으시나요?"

현암은 씩씩거리면서 내뱉듯이 말했다.

"확신하고 있지는 않소."

"저희도 그렇답니다. 그렇다면 한번 세워 보는 것도 나쁘지 않잖습니까? 꼭 와불을 세운다고 해서 일본 전체가 망한다는 것은 저도 믿어지지 않습니다. 그렇지만 일본의 기운을 조금이라도 억눌러서 우리나라의 기세가 되살아난다면 그것이 또한 좋은 일이 아니겠습니까?"

"그렇지만 말이오. 만에 하나 정말로 그 진세를 모조리 조성하고 와불을 일으켜 세움으로써 일본이 망한다면 어떻게 하시겠소?"

"그럴 리는 없다고 믿고 있습니다."

"하지만 만약 그렇다면 세울 수 없는 것 아니오?"

"그런 일이 벌어지지 않으리라는 것을 현암 시주도 생각하고 있지 않습니까? 그러니까 그냥 세우도록 내버려두십시오."

"만에 하나 그런 일이 벌어질 것을 대비해서 그것은 절대 세워서는 안 된단 말이오!"

현암은 거의 악을 쓰듯이 소리를 치다가 갑자기 엇! 하면서 무련 뒤쪽을 쳐다보았다. 무련도 열이 올랐던 듯 현암의 말에 뭐라고 반박하려다가 현암의 놀라는 표정을 보고 뒤를 돌아본 순간, 현암은 바람처럼 몸을 굴려서 무련의 밑을 빠져나갔다. 어린아이처럼 잔꾀를 부린 셈이지만 이것이 지금으로서는 가장 좋은 방법이었다.

"앗, 이런!"

무련이 순간적으로 당황해 현암을 향해 몸을 날리며 뛰어올랐으나 이미 현암은 무련보다 육칠 미터 이상이나 앞서서 와불을 세우려 하는 그 동산 쪽으로 뛰어가고 있었다. 무련은 새빨개진 얼굴로 칼을 들고 뒤쫓았지만 현암만큼 빠르게 뛸 수는 없는 듯했다.

 몇 명의 운주사 승려가 사람들이 다투는 소리를 듣고 나와 보았다가 칼을 들고 기세등등하게 쫓고 쫓기는 두 사람의 모습을 보고, 어! 어! 하는 소리를 지르며 놀라서 뒤로 물러났다.

 현암이 막 뒤쪽의 공사 현장으로 올라서니 그곳에는 이미 인부들이 낙석에 대비해 모두 모습을 감추었는지 아무도 없었고, 다만 화약 기사와 정 선생 둘이 와불 뒤에서 뭔가 작업을 하고 있었다. 그 옆쪽에는 큼지막한 크레인도 한 대 있었다. 이미 와불의 움푹 들어간 면에는 쇠줄이 감겨져서 폭파가 되자마자 크레인으로 와불을 세울 수 있도록 미리 준비해 두었던 것이다. 작업은 화약으로 완전히 와불을 떼어 내는 것이 아니고 한 곳만 충격을 가해 돌의 결을 따라 와불이 암반에서 자연스럽게 떨어지도록 돼 있었다.

 "멈추시오! 멈추시오! 절대……."

 현암이 소리를 치려고 하는데 뒤쪽에서 쫓아오던 무련이 "조심하세요!"라는 말과 함께 칼을 휘둘렀다. 현암은 빙글 재주를 넘으면서 날카롭게 스쳐 가는 청홍검을 피했지만 청홍검에서 뿜어져 나오는 기세가 얼마나 서늘했던지 발에 땅을 내딛는 현암의 등에 식은땀이 솟았다. 무련은 태연한 기세로 검을 휙휙 돌려 뒤로 돌리고 한 손으로 합장하는 듯한 태도를 취하면서 말했다.

 "현암 시주, 조금만 기다리십시오."

폭발물 처리 기사가 몸을 일으켜 아래에서 무슨 일이 벌어지는지 내려다보려고 하는 것을 정 선생이 윽박지르면서 일을 계속하게 만들었다. 그러고 나서 이번에는 정 선생이 몸을 돌려 아래로 뛰어 내려오는 것이었다.

'이런!'

현암은 정 선생이 뛰어 내려오는 모습을 쳐다보다가 깜짝 놀랐다. 여태까지 문약한 시골 촌로처럼 보이던 정 선생의 몸 주위에는 엄청난 기운이 일고 있었다. 요즘 흔히 볼 수 없는 도력의 소유자라는 것을 현암은 알 수 있었다. 뒤에는 무련, 앞에는 정 선생을 맞아 움찔거리면서 주변을 살피다가 현암은 언뜻 화약 기사가 작업하고 있는 것이 보였다.

"절대로 그 폭발물을 터뜨리면 안 돼요! 상부의 명령이오!"

현암은 일단 거짓말을 했다. 그러자 정 선생도 화난 표정을 지으면서 그 기사를 향해 소리를 쳤다.

"계속 진행하시오! 이 사람은 거짓말쟁이요. 상부의 지시는 내가 받았소!"

"안 돼, 폭발시켜서는 안 돼요! 조금만 더 기다리세요. 조금만. 백호 씨가 온 다음에……."

"백호 씨의 명령을 내가 직접 들었단 말이오. 어서 진행시켜요!"

정 선생이 무련을 향해 눈짓했고, 무련은 잠시 망설이다가 다시 나직하게 불어를 읊으면서 현암을 향해 청홍검을 찔렀다. 그 기세는 퍽 빨랐지만 현암을 직접적으로 상하게 할 뜻은 없었던 듯, 청홍검은 현암의 몸에서 어느 정도 비껴 지나간 곳을 노리며 날아들고 있었다. 현암은 그냥도 충분히 피할 수 있었지만 마음을 독하게 먹었다.

"보통 방법을 써서는 안 될 거야."

현암은 찔러 오는 청홍검을 한쪽 옆으로 피하면서 오른손에 들고 있던 월향검을 청홍검의 검날에 부딪쳤다. 칼과 칼이 부딪치는 순간, 현암은 태극기공 구결 중에 '나' 자 결을 운용해 월향검과 청홍검의 검신을 통해 기공력을 무련 쪽으로 쏟아 냈다. 밀어 내는 힘인 '나' 자 결의 힘을 받은 무련은 순간적으로 헉하는 소리를 지르면서 그만 청홍검을 놓쳐 버렸고, 현암은 청홍검이 땅에 떨어지기 전에 재빨리 왼손으로 잡으며 다시 정 선생에게로 몸을 돌렸다.

"어서 중단시키시오. 어서!"

그러나 정 선생은 현암이 들고 있는 청홍검을 보고 안색만 굳혔을 뿐 입을 열려 하지 않았고, 현암도 정 선생을 협박하거나 해칠 수 없어서 소리만 치며 언덕 위로 뛰어올랐다. 현암이 뛰어오르자마자 정 선생이 뒤에서 몸을 날려 현암의 허리를 잡고 그 자리에 넘어뜨려 버렸다. 천만뜻밖이었다. 정 선생은 조그마한 체구로 현암을 덮치고 있었지만, 무슨 힘을 어떻게 썼는지 몇천 근이나 되는 것처럼 무거워서 밑에 깔린 현암은 그냥 헉하는 소리만 냈을 뿐, 조금도 힘을 쓸 수가 없었다. 마치 정 선생이 와불로 변해 버린 것 같았다. 정 선생은 밑에 깔린 현암에게 이를 가는 듯한 목소리로 나직하게 말했다.

"자네는 우리나라 사람이 아니란 말인가? 자네는 과거 우리가 조상 때부터 겪어 왔던 그 모든 한과 고통을 잊었단 말인가? 지금 때가 왔는데, 지금 기회가 왔는데! 도대체 왜?"

"이런 방법은 안 됩니다. 절대로, 절대로!"

현암은 있는 힘을 다해 맨땅을 기공력이 도는 오른 손바닥으로 내리쳤고, 반탄력에 밀려서 현암과 정 선생의 몸은 뒤로 붕 떴다가 각각 땅바닥에 나뒹굴었다. 아래에서 두 사람이 싸우고 있는 것을 본 화약 기사는 주춤거리면서 아래쪽을 향해 외쳤다. 화약 기사는 아마 둘이 무슨 장난이라도 치는 것처럼 보였는지 목소리에 장난기가 어려 있었다.

"도대체 왜들 그러십니까? 설치는 다 끝났고 발파만 하면 되는데 당최 어떻게 하란 말이지요?"

그러자 정 선생은 몸을 벌떡 일으키더니 현암을 그대로 내버려두고 위쪽을 향해 달음질쳤다. 현암도 정 선생의 뒤를 쫓았고 무련은 그냥 그 자리에 주저앉은 채 눈물을 흘리며 "아미타불…… 아미타불……" 하고 읊고 있었다.

정 선생은 무슨 축지법이라도 쓰는지 무서운 속도로 비탈을 올라가고 있어서 현암이 죽을힘을 다해 뛰었지만 정 선생을 따라잡을 수는 없었다. 정 선생과 현암이 와불이 있는 위쪽으로 뛰어 올라가는 동안, 마구 가속을 내어 언덕길을 올라오던 차 한 대가 미친 듯이 달려와 천불천탑의 옆쪽에 끼익 소리를 내며 섰다. 그러더니 그 안쪽에서는 다급한 표정의 박 신부와 승희, 그리고 백호가 허둥대며 내렸다.

"아니, 도대체 이게 어떻게 된 일이에요?"

승희가 제일 먼저 구릉을 향해 있는 힘을 다해 뛰어 올라가고 있는 정 선생과 현암을 보고 말했다. 박 신부는 한눈에 사태를 파악할 수 있었다. 현암의 손에 청홍검이 들려 있었고 무련은 흐느끼면서 그냥 그 자리에 주저앉아 있었고, 그리고 정 선생은……

박 신부를 보고 무련이 눈물을 흘리며 말했다.

"제가 잘못 생각한 것일까요? 도대체 어떻게……."

박 신부가 빠른 소리로 백호에게 말했다.

"백호 씨! 어서 발파를 중지하라고 하시오. 어서요!"

백호는 잠시 멈칫거렸지만 곧 판단이 선 듯 위쪽을 향해 큰 소리로 외쳤다.

"발파를 중지하시오. 발파를!"

막 백호가 소리를 치자 화약 기사가 그때서야 허둥지둥 뭔가 조치를 취하려 했다. 그러나 위로 먼저 뛰어 올라온 정 선생이 다짜고짜 화약 기사의 어깨를 잡고 아래쪽으로 휙 내던졌다. 화약 기사는 비명을 지르며 데굴데굴 비탈을 굴러 내려갔고, 정 선생이 발파기를 움켜쥐는 것을 보고 올라가던 현암은 그 자리에 급히 멈춰 서서 소리를 쳤다. 정 선생과의 거리는 십여 미터 이상 됐다.

"미쳤어요? 발파하면 당신도 같이 날아갈지 모릅니다!"

그러나 현암의 말도 아랑곳없다는 듯 정 선생은 웃고 있었다.

정 선생이 발파기 쪽으로 손을 옮겨 가는 것을 본 현암은 정신이 아찔했다.

"설령 와불을 떼어 낸다 해도 혼자 힘으로 와불을 세울 수는 없을 거요. 절대로…… 그 크레인은……."

정 선생은 발파기에 달린 안전 열쇠를 풀었다. 벌써 뒤쪽에는 거대한 크레인이 그르릉 소리를 내면서 와불과 연결된 쇠줄을 끌어당기기 시작했다.

"이럴 수가!"

시간이 없었다. 지금 현암이 다시 위로 올라가려 한다면 정 선생은 발파 스위치를 눌러 버릴 것이고, 그러면 아무리 폭발력을 한곳에만 모으도록 도폭선이 장치돼 있다고는 하나 정 선생도 폭발력 때문에 크게 다치거나 죽을지도 몰랐다. 현암은 그 자리에 서서 어쩔까 망설이면서 손에 들고 있던 월향검을 치켜들었다. 정 선생이 막 스위치를 누르려는데 뒤쪽에서 백호가 소리쳤다.

"그런 방법은 안 됩니다. 다른 방법을 생각해 봅시다. 어서요. 어서! 그 발파기를 내려놓으시오!"

정 선생이 백호를 보고 씁쓸히 웃으면서 다시 뭔가 말을 하려고 한 짧은 순간, 현암은 백호의 의도를 알아차렸다. 백호는 정 선생에게 뭔가 말을 시켜서 현암으로 하여금 시간을 벌게 해 주려는 것이다. 정 선생은 이미 멀리 떨어져 있는 현암에 대해서는 그다지 마음을 쓰지 않았고, 또 현암이 지닌 월향검이 어떤 것이라는 것도 잘 모르고 있었다. 현암은 때를 놓치지 않고 월향검에 기공력을 집중해 정 선생의 앞쪽을 향해 날카롭게 월향검을 날렸다. 갑자기 허공에 비명이 퍼지면서 월향검은 현암의 의도를 알아차린 듯, 보통 때보다 몇 배나 빠르게 정 선생의 앞쪽으로 날아들었다. 정 선생은 놀라서 발파 스위치를 눌렀으나 월향검은 그것보다 아슬아슬 빠르게 발파기에 연결돼 있는 전선을 끊고 지나가 버렸고 너무 속도를 냈는지 월향검은 건너편 숲속으로 틀어박혔다. 나지막한 나무들이 몇 그루 쓰러졌고 월향검은 굵은 나무에 박혀 버리기라도 했는지 되돌아오지 않았다.

현암이 위쪽으로 달려가자 박 신부와 백호, 그리고 승희도 같이 뛰어 올라가기 시작했다. 그런데 뒤에서 갑자기 승희가 놀란 듯 날카로운 고함을 질렀다.

"현암 군. 저…… 저 사람들은?"

제일 앞서 있는 현암이 뒤를 돌아보는 순간, 갑자기 정 선생이 날 듯이 현암에게 달려들면서 오른손을 펴더니 현암의 아랫배에 일격을 가했다. 현암은 헉하는 비명과 함께 숨이 멈추는 듯한 고통으로 눈앞이 깜깜해지면서 몸이 붕 날고 있다는 느낌이 들었다. 방심하고 있는 현암에게 정 선생이 내가권법(内家拳法)[13] 중 하나인 듯한, 수법을 잘 알 수 없는 장력으로 현암을 한 방 내리친 것이다. 현암이 데굴데굴 굴러떨어지는 것을 보고는 승희가 걸음을 멈춰 뒤쪽의 백호를 향해 급하게 소리를 쳤다. 그사이 임약 거사

---

13 내공이나 내력을 응용해 보다 큰 힘을 낼 수 있게 하는 권법이다.

의 마음을 읽어 낸 것이다.

"저 뒤에 임악 거사라는 사람, 폭파가 안 되더라도 크레인으로 와불을 세우려고 해요."

뒤에서 백호가 소리쳤다.

"와불이 세워진다 해도 금방 다시 눕혀 버리면 될 것 아니요?"

승희가 맞받아 고함을 쳤다.

"한 번이라도 세워지면 그동안 응축됐던 기운이 모조리 터져 나가게 되고 그 후에 아무리 와불을 눕혀 봐야 아무 소용없어요. 아이고!"

백호가 마음을 단단히 먹고 품 안에서 권총을 꺼내는 사이 어느새 박 신부가 정 선생 근처에 다가서고 있었다. 정 선생은 다가오는 박 신부를 보고 위협하듯이 현암을 공격했던 권법의 자세를 취했고, 그 뒤에서 거대한 크레인은 계속 연기를 뿜으며 쇠줄을 말아 올리고 있었다. 와불이 새겨져 있는 거대한 암반이 조금씩 들썩거리면서 우르릉 소리를 내기 시작했다. 박 신부는 입술을 깨물며 정 선생을 노려보고 있었고, 정 선생은 계속 뒤쪽에 움찔거리고 있는 와불과 박 신부의 얼굴을 번갈아 쳐다보면서 교활한 웃음을 띠고 있었다.

"나를 나쁜 놈이라 해도 할 말은 없소이다."

"정 선생, 당신은 뭔가 크게 잘못 생각하고 있어요!"

"나로서도 어쩔 수가 없소이다."

"당신은, 당신들은 왜 이해하지 못합니까? 그런 식의 시도는 너무도 무모하고……."

"모든 일은 간단할수록 좋은 법이오."

"그런 일을 하는 것이 과연 순리라고 여기시오?"

"아무리 천명과 천리가 올바로 흘러가는 것이더라도 한 번쯤은 이렇게 뒤집어 보는 것도 좋지 않겠소이까?"

"정 선생, 당신은 정신병자요!"

"아무렇게나 불러도 상관없소이다. 아무튼 이 와불이 세워질 때까지 이 근방에는 누구도 가까이 오지 못하오. 절대로!"

정 선생은 위협하듯 박 신부 앞으로 발자국을 뚜벅뚜벅 옮기고 있었다. 물리력을 행세할 힘이 없는 박 신부로서는 현암조차도 한 방에 날려 버린 정 선생의 그 장력을 버텨 낼 수 있을 것 같지 않았고, 기도력을 응축시키는 것 외에는 별다른 방법을 취할 수 없었다. 그런데 갑자기 저쪽에서 탕 하는 총소리가 나면서 정 선생의 앞뒤에서 흙먼지가 튀어 올랐다. 백호가 위협사격을 한 것이다. 정 선생은 다시 아래쪽의 백호를 힐끗 쳐다보면서 크게 너털웃음을 터뜨렸다.

"관에 있는 사람이 나라를 흥하게 하는 일에는 신경을 쓰지 않고 오히려 나를 죽이려 해?"

백호도 어찌할 바를 모르는 것 같았고, 정 선생은 이제 모든 것을 달관한 듯 미소를 지으며 박 신부 쪽으로 다가들고 있었다. 그때 뒤쪽에서 뭔가가 퍼버벅 소리를 내는 것 같더니 정 선생의 어깨가 움찔했다.

"앗! 이…… 이게 뭐야!"

정 선생이 놀라 뒤를 돌아보자 정 선생의 등에는 누런 부적들이 달라붙어 있었다. 정 선생은 영문을 몰라서 뒤쪽을 쳐다보았다. 와불이 조각된 암반은 이제 조금씩 들어 올려지고 있었는데 그 뒤편에서 팔짝팔짝 뛰듯이 숲을 빠져나오고 있는 낯익은 조그마한 아이의 모습이 나타났다. 바로 준후였다. 준후는 올라오면서 묶여 있던 밧줄을 걷어 내고 있는 것으로 보아, 수형도의 수법으로 줄을 끊어 낸 것 같았다.

"당장 그만둬요. 당장!"

준후는 소리를 치면서 재빨리 손으로 수인을 옮겨 짚으며 소리를 쳤다. 그러자 정 선생의 등에 붙어 있던 부적들이 갑자기 불이 붙으면서 타올랐고, 정 선생은 놀라 "으앗!" 하는 비명을 지르며 불을 끄려고 했다. 그때를 놓치지 않고 박 신부는 기도력에다 손에 쥔 베케트의 십자가의 기도력까지 최대로 모아 오라 구체를 와르르 정 선생에게 내쏘았다. 큰 피해는 없으나 수십 대의 주먹을 맞은 듯한 타격을 입은 정 선생은 비틀거렸고, 박 신부는 크게 소리를 지르며 그 큰 체구로 정 선생에게 몸을 날렸다. 정 선생과 박 신부는 그 자리에 쓰러졌다. 그러나 정 선생도 만만하지는 않았다. 박 신부는 정 선생을 넘어뜨리고 크레인 쪽으로 가려다가 정 선생의 일격을 맞았다. 박 신부는 현암이 쓰러진 옆으로 굴러갔고, 그 모습을 보고 누군가가 달려드는 준후의 멱살을 잡더니 허공으로 집어 던졌다. 임악 거사였다. 크레인을 계속 끌어 올리도록 조종해 둔 채 아래의 급한 상황을 보고 잠시 나온 모양이었다.

"요 꼬마 녀석이 어떻게 줄을 모두 풀고……."

준후도 허공을 날아 아래로 굴러떨어졌고, 임약 거사는 중얼거리면서 다시 크레인이 있는 곳으로 올라갔다. 쓰러져 있던 정 선생은 등에 붙었던 불을 끈 다음에 임약 거사에게 날카롭게 소리쳤다.

"어서! 어서, 들어 올려. 어서 세우라고!"

이제 크레인은 시커먼 연기와 우릉거리는 소리를 내면서 거의 와불을 일으켜 세우기 일보 직전이었다. 벌써 와불은 각도가 삼십 도 이상 암반째 들어 올려지고 있었다. 정신을 차린 현암이 크게 외쳤다.

"조금만 더 올라가면 더 이상 수습할 수가 없습니다. 시간이 없어요! 신부님! 준후야! 힘을……."

"현암 형. 어떻게 하려고요?"

"현암 군. 자네 지금 월향검도 없……."

말하려던 박 신부는 현암이 손에 들고 있는 청홍검을 힐끗 보았다.

"아, 그래. 그거라면……."

박 신부와 준후는 현암에게로 퇴마진의 힘을 모조리 모아 주었고 저 아래서 발만 동동 구르고 있던 승희도 현암에게 힘을 보탰다. 현암은 입에서 계속 피를 흘리면서도 받은 힘을 한곳에 모아 날카로운 소리와 함께 청홍검을 내던졌다. 청홍검은 빛나는 검기를 담고 파사신검 제칠 초식의 방법으로 빙글빙글 돌면서 크레인과 와불을 연결한 두꺼운 철제 밧줄을 향해 날아갔다. 임악 거사는 그 모습을 보고 껄껄껄 웃으면서 소리를 쳤다.

"그따위 칼을 던져 봐야 강철 줄을 끊을 수 있을 것 같…… 엇!"

임악 거사가 채 말을 끝맺기도 전에 청홍검은 그 두꺼운 강철 줄을 실오라기처럼 두둑 가볍게 끊어 버리고 허공을 빙 돌아 저쪽 숲에 굵은 나무 한 그루마저 베고는 그 옆의 나무에 박혔다. 강철 줄이 끊어지자 크레인은 위이잉 하고 헛소리를 내면서 덜컹거렸다. 일으켜 세워지던 와불도 다시 누웠다.

"이, 이럴 수가……."

정 선생과 임악 거사가 허망한 표정으로 중얼거렸다. 그때 부하들을 인솔한 백호가 달려 올라왔다. 부하들을 시켜 얼이 빠져 있는 정 선생과 임악 거사를 끌어내어 아래로 데리고 가게 한 다음, 백호는 정 선생에게 한 대씩 맞고 숨을 헐떡거리고 있는 현암과 박 신부에게 다가가 조용히 말했다.

"수고하셨습니다. 자칫 잘못하면 돌이킬 수 없는 일이 벌어질 뻔했군요."

비록 저항하지도 못하고 두들겨만 맞은 셈이었지만 흙먼지를 뒤집어쓴 채 세 사람은 백호를 보고 씨익 웃어 보였다.

현암과 박 신부, 그리고 준후가 다시 기운을 차리고 대충 몸을 수습하는 동안, 백호는 일단 정 선생과 임악 거사를 묶어 놓도록 조치했다. 정 선생이 워낙 대단한 힘을 가진 사람이라 그냥 놓아

두어서는 안 될 것 같았다.

얼마 후 정 선생과 임악 거사가 허탈한 표정으로 묶여 있는 모습을 보고 박 신부는 잠시 백호와 이야기를 나눈 다음, 그쪽으로 걸음을 옮겼다. 박 신부는 두 사람을 묶은 끈을 풀고 정 선생에게 물었다.

"정 선생님, 왜 그토록 편견에 사로잡혀 있소이까? 그렇게 구분 없이 일본을 패망시키려고 한다는 것이 얼마나 부질없고 그릇된 짓인지 생각해 보시지 않으셨소?"

"그들이 한 짓을 잊을 수가 없단 말이오. 나의 아버님은 일제 시대 때 옥고를 치르다가 돌아가셨고 할아버님도 그랬소. 나의 누이는 정신대로 끌려가서 소식조차 없고 형님도 학병(學兵)으로 끌려나가서 전사했지. 그들의 만행을 어찌 잊을 수가 있단 말이오."

"그들이 한 짓을 잊어서는 안 되겠지요. 그러나……"

"그들은 언젠가 또 그럴 거요. 충분히 그럴 수 있는 족속들이오. 아아! 그들을, 그놈들을……"

"그들이 그랬다고 해서 우리도 그들과 똑같이 할 수는 없는 일 아니오?"

"그러면 또 당하자는 말이오? 또?"

"당하지 않도록 힘을 길러야지요."

"아…… 그놈들은 이미 우리나라를 또다시 좀먹고 있소. 놈들의 상품으로, 그리고 놈들의 썩어 빠진 문화로…… 신부님은 요즘 아이들이 무엇을 벗 삼아 지내고 있는지 아시오? 왜색과 사무라이 정신으로 똘똘 뭉쳐진 일본 만화들을 보고 일본 가수들과 배우들을 찾고 일본을 최고로 알고 있소. 힘으로 약탈을 하다가 이제는 그 썩어 빠진 돈과 문화 나부랭이로 우리의 마음과 정신마저도 갉아먹고 있소. 그들을 없애 버릴 수만 있다면, 내가 영원히 구천 지옥에 떨어지더라도 그들을 없애 버릴 수만 있다면……."

"그들의 편을 드는 것은 아니지만 정 선생의 생각은 편견입니다. 스스로를 돌이켜 봐야지 그렇게 일방적인 의견만을 가진 것은 편견이라고밖에 할 수 없습니다."

서로의 대화는 더 이상 진척되지 않았지만 내심 박 신부의 마음도 무거웠다. 정 선생은 더 말을 길게 하지는 않고 고개를 떨구었고 임악 거사도 긴 한숨만을 내쉬고 있었다.

월향검과 함께 청홍검을 되찾은 현암은 무련에게 청홍검을 도로 돌려주려 했다. 그러자 무련이 손을 내저으며 조용히 현암에게 말했다.

"뭐라고 드릴 말씀이 없습니다. 모두 제 잘못이지요. 그 검은 현암 시주에게 드리겠습니다. 출가인이 아직 속세의 잡념을 버리지 못해서 이번에도 부끄러운 일을 하게 된 것이겠지요."

"아니, 그래도……."

"아미타불……."

무련은 대답을 하지 않았고 또 현암이 내민 청홍검을 받아 들 생각도 없는지 조용히 합장을 하며 불호를 외웠다. 무련의 얼굴은 비록 미소는 없었으나 이제야 비로소 우울한 듯한 안색이 가시고 환하게 빛나고 있었다. 고민을 하다가 갑자기 무언가 나름의 깨달음을 얻은 것일까? 현암은 망설이다가 청홍검을 내밀었던 손을 서서히 아래로 내렸다. 그러자 무련은 가볍게 미소를 띠며 눈을 감고 고개를 끄덕였다.

준후는 모든 사정을 듣고 혼잣말로 뭐라고 중얼중얼하면서 저 밑의 구조물을 모조리 치워 버리자고 백호에게 제안했다. 승희는 백호를 쳐다보면서 백호의 속마음을 짚었다.

"백호 씨는 지금 저 구조물들을 일부분이라도 남겨 놓길 바라시죠? 후세의 대비를 위해서……."

백호는 깜짝 놀란 듯 헛기침을 몇 번 하면서 뭔가 말하려는 것 같았으나, 승희에게는 거짓말이 소용없다는 것을 기억해 내고 얼굴을 붉혔다. 승희는 눈을 반짝거리면서 백호에게 말했다.

"건물생심. 그냥 원래대로 돌려놓는 것이 좋을 거예요. 그렇죠?"

"아…… 예, 알겠습니다. 맞는 말씀입니다. 윗분께는 제가 잘 설명하겠습니다."

일행은 이런저런 대화를 나누면서 서서히 결론을 맺었다. 그때 어디선가 웃음소리가 들리면서 낯익은 사람의 모습이 나타났다. 한빈 거사였다. 한빈 거사는 요원들이 쳐다보는 것도 개의치 않고 휘적휘적 유쾌한 듯한 걸음걸이로 정 선생과 임악 거사가 있는 곳까지 와서는 크게 말했다.

"허허허, 이런 바보 같은 녀석들이 있나?"

한빈 거사를 본 정 선생과 임악 거사는 그 자리에 무릎을 꿇고서 큰절을 올렸다. 한빈 거사는 그들을 보고 엄하게 꾸짖었다.

"예끼! 이 바보 같은 녀석들아. 어떻게 너희가 본 것만 믿고, 이런 짓을 하려고 했느냐? 잘못하면 큰일 날 뻔했다."

현암이 고개를 끄덕거렸고 한빈 거사는 여전히 호탕하게 웃는 얼굴로 현암을 쓱 둘러보면서 말했다. 뒤에서 준후가 백호에게 귓속말로 설명하고 있었다.

"잘못하면 큰일 날 뻔했지. 자네들은 우리들만 보는 눈이 있고, 일본인들은 모조리 바보 멍청이들만 있다고 생각했었는가?"

"예? 무슨 말씀이신지……."

"일본인들이 왜 천불천탑과 와불을 그대로 놓아두었는지 생각해 본 적이 있나?"

박 신부가 고개를 끄덕이면서 말했다.

"그런 의문을 가지기도 했었습니다만……."

한빈 거사가 고개를 끄덕이면서 다시 한번 껄껄껄 웃고는 일행을 쳐다보며 말했다.

"그렇소이다. 일본인들이 그 천불천탑과 와불의 비밀을 알아내고 사리 굴까지 만들어 놓았다면 이렇게 자기들에게 위험스러운 존재인 와불을 그냥 놓아두었겠소? 이미 모두 다 조치를 취해 놓은 것 같더이다. 내가 이미 이 근방뿐만이 아니라 이곳저곳을 돌아다니면서 지맥들을 살펴보았지요."

한빈 거사는 잠시 조용히 있다가 다시 입을 열었다.

"도선 국사님이 남기신 그 비문에 대해서는 저도 어느 정도 알고 있었소이다. 여기 정가 놈이 알아냈던 것과 비슷한 경로로 말이지요. 그렇지만 잘 생각해 보시오. 그것은 벌써 천 년 이전의 일이오. 십 년이면 강산이 변한다고 하는데 천 년 동안 지세와 풍수는 하나도 변하지 않고 그대로 있을 수 있겠소?"

"예? 아니, 그렇다면······."

"하하하. 천 년이나 지나면서 지세와 풍수가 변한 이후에 일본인들이 그러한 것을 알아내고 이미 지맥을 나름대로 다스려 복구해 놓았소이다. 지금 공연히 와불을 일으켜 세워 보아야 우리에게 좋을 것이 하나도 없소. 잘못하면 지금 그럭저럭 균형을 잡아 가고 있던 지세가 다시 흔들려서 도리어 우리나라에 큰 영향을 끼칠 뻔했다 이 말이오."

정 선생은 다시 우물쭈물하며 믿어지지 않는다는 듯한 표정으로 중얼거렸다.

"그렇지만 우리나라는 행주형국이라 한쪽으로 기울어진······."

"배가 기울어져 있으면 기울어진 그대로 계속 있겠나, 이 멍청한 녀석아! 어찌 하늘의 섭리라는 것이 그런 불안정한 것을 계속 놓아둘 것으로만 생각했느냐? 이제 이 와불을 일으켜 보아야 의미가 없어. 오히려 우리에게 위험했으면 위험했지."

한빈 거사는 정 선생을 향해 다시 엄한 목소리로 꾸짖듯 말했다.

"너도 단순히 네 개인의 원한으로 그런 큰일을 저지를 생각은 하지 말거라. 어차피 하늘의 섭리라는 것은 그 자체로 옳은 길로 나아가는 법, 굳이 왜놈들을 쇠망하게 하지 않더라도 이제 우리나라의 국운은 자연적으로 활짝 열리리라. 우리 같은 한두 명의 힘으로 어찌 하늘의 커다란 뜻을 알 수 있겠느냐. 허허허."

한빈 거사는 다시 현암과 박 신부 쪽을 보면서 말했다.

"여러분들이 애써 주신 덕분에 일이 제대로 됐소이다. 나도 가능한 빨리 오려고 했으나 이것저것 확인할 것이 있어서 좀 늦었소이다. 아무튼 이 와불을 다시 파서 세우려는 거창한 일 같은 것은 하지 않는 것이 좋겠소. 저 밑에 만들어 놓은 이상한 것들도 다 치워 버리고…… 어차피 사리 굴이 다 부서진 이상에는 지세를 더 이상 건드릴 필요도 없을 것이고, 천불천탑은 후대에 남길 전설이나 이야깃거리면 충분합니다. 이제 더 이상 그것에 대해 왈가왈부한다거나 그로 인해 다른 일은 생기지 않기를 바랍니다. 순리대로 되면 그만이지요. 허허허."

한빈 거사는 크게 말하고 이번에는 현암만 들을 수 있는 전음술로 이야기했다.

내 너에게 긴히 할 말이 있으니 이곳의 일이 수습되는 대로 내가 한 번 너를 찾으마. 보름 후에 갈 것이니 기다리고 있거라.

"예?"

현암은 갑자기 한빈 거사가 청할 일이 있다는 말에 눈을 크게 뜨면서 한빈 거사를 바라보았다. 한빈 거사는 여전히 무표정한 얼굴이었고 또 눈도 현암을 향하고 있지는 않았지만, 계속 현암만 들을 수 있는 전음술로 이야기했다.

세상이 어지러워지고 있어. 큰 기운들이 흐트러져 가고 있고, 여기저기서 묻혔던 기운들이 다시 일어나고 있구나. 혼세야, 혼세……. 아무튼 너와 같이 있는 분들의 도움이 꼭 필요하단다. 보름 후에 갈 것이니 잊지 말고 기다려라. 알겠지?

한빈 거사는 현암에게 그런 말을 남기고는 껄껄껄 웃으면서 미처 다른 사람이 인사하거나 만류할 틈도 없이 번개같이 걸음을 옮기더니 그대로 사라져 버렸다. 뒤늦게 백호와 승현이 눈을 크게 뜨고는 한빈 거사가 사라진 방향을 찾아보았지만, 한빈 거사는 벌써 어디로 꺼져 버렸는지 자취조차 남지 않고 사라졌다. 흐느끼는 정 선생과 임악 거사를 달래기라도 하듯 잠시 백호가 헛기침을 몇 번 했다.

"아무튼 그 사리 굴이라는 것을 부수어서 이곳의 지세는 바로 잡힌 셈이니 더 이상 신경 쓰지 않도록 합시다. 저 밑의 구조물도 다 치워서 본래의 운주사 모습으로 돌아가게 하지요."

한빈 거사의 설명도 있고 해서 마음이 좀 풀렸는지 이번에는 정 선생과 임악 거사도 고개를 끄덕였다. 정 선생이나 임악 거사, 무련 등은 약간의 '음모'를 꾸민 셈이었으나 그들에게도 특별히 악의가 있었던 것도 아니고 또 와불을 일으켜 보아야 소용이 없다고 도방의 거두인 한빈 거사가 말을 하고 갔으니, 더 이상 그런 시도는 없을 것으로 보고 이번 일들은 모두가 덮어 두기로 했다.

헤어질 때가 됐다. 다른 사람들은 모두 원래의 지맥을 다스리는 일에만 전력을 다하기로 했고, 준후도 역시 예정대로 그 일에 동참하기로 했다. 현암은 조용히 준후에게 일러서 꼭 보름 내로 돌아오라고 말했다.

운주사를 떠나 내려가는 현암과 박 신부, 승희의 기분은 가벼웠다. 내려가는 중에 박 신부가 담담히 말했다.

"이제 와서 하는 말이네만 나는 이런 생각이 들어. 정말 와불을 세워도 일본에는 아무 일이 없는 것일까? 정말로 우리에게 좋지 않기 때문에 한빈 거사께서 그런 말씀을 하신 것일까 말이야."

"예?"

"한빈 거사님도 우리와 뜻을 같이하시고 선의로 그런 거짓말을 하신 것은 아닐까 하는 생각이 든단 말이야. 일본을 그런 식으로 징벌하지 않기 위해서 말이지……. 그 정도 되시는 분이 단정을 내리지 않았다면 지금 당장은 아니더라도 정 선생이나 임악 거사 같은 사람들이 또다시 와불을 세우지 않는다고 누가 보장하느냐 말일세. 그래서 그러신 것이고 정말 와불을 일으켜 세운다면……."

이번에는 승희가 투정을 부리듯이 박 신부에게 말했다.

"머리 아파요. 이젠 잊어버려요. 다 순리대로 되겠지요. 예?"

승희의 말을 듣고 현암은 껄껄 웃었고, 박 신부도 잠시 멋쩍은 표정을 짓다가 다시 밝은 표정이 돼 고개를 끄덕였다.

"아무튼 와불은 본래대로 누워 있는 것이 훨씬 좋을 것 같다는 생각이 듭니다. 보기에도 좋고 보는 사람으로 하여금 뭔가 생각을 할 수 있게도 해 주고요. 그렇지 않은가요?"

현암이 말하자 박 신부도 미소를 지으면서 고개를 끄덕였다.

그들은 아무 말 없이 원래의 모습 그대로 누워 있던 와불의 거대한 모습을 떠올리면서, 와불이 있는 방향의 하늘을 지긋한 눈으로 바라보고 있었다.

하굣길

일러두기
- '국민학교'는 현재 '초등학교'로 명칭이 바뀌었으나 작품의 시대 배경에 맞춰 '국민학교'로 표기했습니다.

"어제 영길이가 죽도록 맞았다며?"

"응, 오늘 학교에도 못 나왔어. 병원에 입원했나 봐."

"도대체 무서워서 다닐 수가 있나. 그래도 영길이라면 운동도 많이 했고……."

"상대가 여러 명인데 어떻게 하란 말이야?"

"나 무서워. 학교에서 그냥 밤새우고 내일까지 있으면 안 될까?"

"계속 그럴 수도 없잖아? 집에 가긴 가야지."

"도대체 어떻게 하면 좋지?"

"이제부터 우리 무더기로 몰려서 집에 가기로 하자. 전부 말이야. 그러면 좀 낫겠지, 뭐."

"그럴까? 하지만 가는 방향이 다르잖아?"

"일단 그 골목까지만 빠져나간 다음에 흩어지면 되겠지, 뭐."

하교 시간이 가까워지자 아이들은 또 조금씩 술렁이며 이야기를 나누기 시작했다. 하굣길 때문이었다. 언제부터인가 학교 골목 어귀를 지나서 빠져나오는 길에 나이가 좀 많은 불량배가 웅성거리고 나타난다는 소문이 돌았다. 그 소문은 사실인 것으로 밝혀졌고 두려움이 꼬리에 꼬리를 물고 학교 전체에 금방 퍼졌다.

누구는 시계를 빼앗기고 책가방이 모조리 찢겼으며, 또 어떤 아이는 지갑을 빼앗기지 않으려다가 흠씬 두들겨 맞았다는 등……. 게다가 며칠 전에는 유승이라는 아이가 집에 가다가 실종되는 일까지 생겼다. 전혀 흔적이 없는 것으로 보아 어른들은 가출했다고 생각하는 모양이었으나 아이들의 견해는 달랐다. 어떤 아이는 유승이가 그 불량배들에게 끌려가서 새우잡이로 나갔다고도 하고, 깡패들에게 두들겨 맞아 죽었다고 말하는 아이도 있었다. 좌우간 유승이가 증발한 사건은 학교 아이들에게 큰 충격이었고, 그 때문에 하굣길은 더욱더 무서운 길이 돼 버리고 말았다.

그러나 주변의 경찰서나 방범대에서는 신경을 쓰지 않았다. 유승의 담임 선생님이 몇 번이나 경찰서를 찾아가 조사를 해 달라고 부탁했지만, 지금 계속 조사하고 있는데 목격자나 증거가 아무것도 없어 시간이 걸리니 당분간 기다리라는 대답만 들려왔을 뿐이었다. 아이들은 선생님에게 어쩌면 좋겠냐고 물었고, 선생님은 그곳을 피해 다니라고 했지만 아이들을 납득시키지는 못했다. 선생님들 몇몇이 그 근처를 가끔 돌아보기도 했으나, 그놈들은 그런 때면 감쪽같이 숨어 버렸다가 선생님들이 가고 나면 귀신같이 나타났다.

결국 궁리 끝에 오늘 아이들은 떼를 지어서 그 공포의 하굣길을 지나가기로 했다. 같이 가겠다는 아이들의 숫자는 점점 늘어났고, 불량배들에게 맨날 당하고만 있던 것이 억울하고 원통하게 생각됐던 아이들은 이번에 무슨 수를 써서라도 불량배들을 혼내 주었으면 하는 바람을 은근히 가지게 됐다.

어찌 됐거나 중학생 또래의 아이들에게 학교라는 곳은 지겨운 곳이었다. 정말로 그들이 학교를 지겹다고 생각을 하건 그렇지 않건, 수업이 끝나 종례를 마치고 담임 선생님에게 인사를 할 때만큼 아이들이 활기찰 때는 없다. 까까머리에 가까운 스포츠머리를 올망졸망 맞대고 와르르 교문으로 몰려 나가는 아이들의 모습은 누가 보아도 항상 흥겹고 귀여운 모습일 것이다. 그런데 지금 이 학교는 그렇지 않다.

이삼십 명쯤 되는 아이들이 교문 근처에서 수군거리며 뭔가 대책을 의논하고 있었다. 그중 대장 격인 정원이 한 아이를 다그치고 있었다.

"너 그 말 틀림없니? 유승이가 정말 그놈들에게 어떻게 됐단 말이야?"

"틀림없이 그랬을 거야. 분명 유승이와 같이 집에 가다가 그 골목 어귀에서 헤어졌거든. 그런데 그다음에 유승이는 집에 오지 않았대. 틀림없어."

"그런데 너 그 이야기를 왜 이제야 하는 거야? 유승이가 없어진 지 벌써 일주일이나 됐잖아?"

"무, 무서워서 그랬어. 하지만 선생님한테 그런 이야기를 어떻게 해? 유승이 부모님한테도 할 수 없고⋯⋯ 도대체 어떻게 하란 말이야? 너희들 아무한테도 말 안 할 거지? 정말이지?"

"응, 그래."

가장 운동을 잘하고 태권도까지 배웠던 영길마저도 불량배들에게 대들다가 얻어맞고 병원에 입원까지 할 지경이었지만, 아직도 그 불량배들이 누군지 알고 있는 사람은 하나도 없었다. 도대체 어른들은 무엇을 하고 있단 말인가. 아이들은 두려움에 떨며 말하는 아이의 말을 들으면서 또 한 번 분노가 치밀어 오르는 것을 느꼈다. 왜 우리들이 맞아야 하지? 선생님들이나 어른들은 항상 이야기한다. 싸우지 말라고 남과 다투지 말라고. 그렇지만 남이 나를 때리려고 할 때는 어떻게 해야 된단 말인가. 더군다나 칼이나 유리병 같은 흉기까지 들고 협박하는데⋯⋯.

지금 모여 있는 아이 중 그 불량배들에게 당해 보지 않은 아이는 없었다. 그런데도 무슨 일이 생겼을 때 항상 믿고 의지하라고 어렸을 때부터 배워 왔던 그 경찰 아저씨들은 우리들이 계속 그런 일을 당하고 있을 때 도대체 어디에 있었단 말인가.

"아무도 믿을 수 없어. 우리도 남자야. 우리가 해결해야 해."

싸움 잘하던 영길마저도 병원에 입원해 있는 지금, 리더 격이라고 할 수 있는 정원이 손바닥을 탁 치면서 엄숙하게 말했다. 어른들이 보면 꼬마들의 이러한 이야기를 듣고 웃거나 놀라거나 꾸짖었을지도 모르지만 지금 그들은 비분강개해 있었다.

"모두 가자. 같이 가서 우리 손으로 그 자식들을 혼내 주는 거야. 아무도 믿을 수 없어. 그놈들이 우리를 때리고 못살게 구는 것만큼 우리도 보복하는 거야."

"좋아."

"좋아."

아이들 몇 명이 찬동하자 정원이 눈을 크게 뜨고 중얼거렸다.

"두고 보자. 오늘 일에 대해서는 부모님이나 선생님, 어떤 누구에게도 이야기하지 않기다. 당했던 만큼 우리도 갚아 주는 거야. 우리가 이만큼 모여서 가면 그 대여섯 명 되는 놈들이 아무리 덩치가 크다 해도 별수 없을 거야."

"좋아!"

"신난다!"

아직도 겁먹고 있는 듯한 몇 명의 아이들이 주춤주춤 떨리는 목소리로 말했다.

"칼이나 유리병 같은 것을 휘두르면 어떡해? 아예 그놈들은 그런 걸 들고 다니던데……. 그것에 한 번 찔리면 피도 나고 영길이처럼 입원하게 될지도……."

"이 바보야. 네가 그러고도 남자냐!"

정원의 눈빛은 이미 기세등등하게 변해 있었다. 정원은 맥 빠지는 소리를 하는 아이의 가슴을 떠밀어서 휘청거리게 만들고는 싸늘한 목소리로 말했다.

"그렇다면 너는 가. 필요 없어!"

"아니야. 그런 것이 아니야. 다만 나는……."

"그렇게 겁을 먹고 무서워해서야 어떻게 하란 말이야? 그럼 우리 매일 하고 때마다 맞고 당할까? 계속? 이렇게 학교 다닐 거야? 나는 못 해. 그렇게는 못 해. 죽더라도 나는 그렇게는 안 해!"

"좋아, 나도 그래."

"나도."

"나도."

"나도."

아이들의 결연한 목소리가 나지막하게 사방에 메아리쳤다. 그래, 뭉치면 산다고 했다. 어른들이 도와주지 못하는 바에야 우리끼리라도 해야지, 어떻게 할 것인가. 아이들은 뭉치기로 했다. 가장 머리 좋은 연식이 작전 계획을 짰다.

"우리가 이렇게 한꺼번에 몰려가면 그놈들도 나타나지 않을 거야. 그러니까 우선 몇 명이 가서 그놈들이 나오게 해야 해. 그리고 나머지는 숨어 있다 신호가 떨어지면 그놈들에게 한꺼번에 덤비는 거야."

"응, 그런데……."

또 다른 아이가 주춤거리며 작은 소리로 말했다.

"우리가 주먹으로 때린다고 그놈들이 아파할까? 거의 고등학생 이상은 돼 보이는 큰 놈들이던데……."

정원이 다시 화난다는 듯 끼어들었다.

"야, 인마! 그러면 옆에 있는 돌이라도 들고 쳐야지. 몽둥이로 때리기라도 하고…… 그놈들은 우리 맨날 그렇게 패잖아. 우리는 그러면 안 되냐?"

"음, 그래그래."

어느덧 아이들은 교문 밖을 떠나 연식의 지시에 따라 다섯 명씩 흩어져서 그쪽 방향으로 길을 가고 있었다. 정원이 선두에 서기로 했고 연식도 그 옆에 같이 있기로 했다. 아이들은 눈을 깜박거리면서 자신이 손바닥처럼 알고 있는 그 으슥한 뒷골목 — 공사 중이기도 하고 도대체 누가 살고 있는지조차 알 수 없는 담벼락 높은 집들만이 서 있는 뒷골목 — 의 이곳저곳으로 흩어져서 몸을 숨기기 시작했다.

멀리 갈 필요도 없었다. 미리 세운 계획대로 놈들이 만약 나타나지 않으면 정원과 연식은 몇 번이나 그 앞을 지나다니며 그놈들이 나올 때까지 기다릴 참이었고, 아이들도 그때까지는 절대 집에 가지 않고 모두 남아서 기다리겠다고 했다. 학원 갈 시간에 늦는다거나 집에 늦게 들어가면 혼난다는 것 따위는 이제 아이들 관심 밖이었다. 다만 아이들의 머릿속에는 그동안 당했던 것을 그대로 되갚아 준다는 야릇한 쾌감만이 자리 잡고 있을 뿐이었다.

가는 날이 장날이라고 그날따라 시간이 오래 걸리지도 않았다. 연식이 정원과 문제의 골목길 근처로 슬슬 걸음을 옮기고 있는데 저 앞쪽 전봇대 근처에서 모자를 삐딱하게 눌러쓰고 껌을 짝짝 씹고 있는 여드름투성이의 키 큰 녀석 한 놈이 튀어나와 앞을 막았다.

"야!"

"뭐야?"

정원이 자못 무섭게 그놈을 째려보았다. 평상시 같았으면 무서워했을 테고 주눅이 들어 도망치려고 했겠지만, 지금은 든든하게 믿는 바가 있어서 그런지 하나도 꿀리지 않고 당당했다.

"어! 하하, 아쭈? 요 쪼그만 것들이."

그 녀석이 웃으면서 정원의 귀를 잡고 흔들려 하자 정원이 그 손을 탁 뿌리쳐 버렸다.

"아쭈? 요 쪼그만 자식이 죽고 싶어 환장했군."

소리를 치면서 그 녀석은 미처 방비할 틈도 없이 옆에서 지켜보고 있던 연식의 배를 발로 퍽 소리 나게 걷어찼다. 연식이 윽 소리를 내면서 넘어지자 정원은 도리어 불안함을 느끼고 재빨리 몸을 돌려서 뒤를 보았다. 아니나 다를까. 정원의 뒤쪽에도 앞의 놈과 비슷한 키에 살이 뒤룩뒤룩 찐 놈 하나가 겁을 주려는 듯 깨진 유리병 하나를 아주 예쁘다는 듯이 어루만지면서 빈정거리고 있었다. 그리고 다시 고개를 돌리자 앞의 이 모자를 눌러쓴 놈 뒤에서도 두 명의 그림자가 나타나는 것이었다.

"야! 너희들 개기지 말고 순순히 말할 때 다 풀어. 센터 까, 알았지?"

정원은 그 소리를 듣고 더 이상 참을 수 없었다. 옆에서는 연식이 얼마나 호되게 걷어차였는지 신음을 내면서 뒹굴고 있었다. 그러나 오늘은 혼자가 아니었다.

"야, 다들 나와!"

정원이 미친 듯이 큰 소리를 지르자 놈들은 무슨 소리인지 처음엔 영문을 몰라 하는 것 같았다. 정원의 고함이 떨어지자마자 사방에서 많은 아이들이 소리를 지르며 좁은 골목길로 몰려들었다. 바로 이 순간을 기다린 것일까? 다른 것은 안중에도 없었다. 아이들은 책가방을 내던지고 맨주먹을 불끈 쥔 채 골목길 양쪽에서 몰려들었다. 어떤 아이는 벌써부터 돌멩이를 집어 던지고 있었고 작대기 같은 것을 들고 어설프게 휘두르는 아이들도 있었다.

"앗! 아니, 이런…… 이런 개애새끼들!"

불량배들이 소리를 치면서 더욱더 겁을 주려는 듯 들고 있던 병을 퍽퍽 깼고 찰칵 소리가 나게 품에서 칼을 꺼내 들었다. 맨 먼저 소리를 지르며 달려오던 아이들은 자신들 앞에 번쩍이는 칼날과 깨진 유리병이 보이자 헉하는 소리를 지르면서 그 자리에 멈춰 섰으나, 뒤쪽에 있던 아이들이 계속 앞으로 밀려들자 어느새 좁은 골목길 안은 아이들로 꽉 차게 됐다.

"이 개새끼들이 죽으려고 환장했어?"

불량배들은 미친 듯이 소리를 지르면서 병이며 칼을 아무렇게나 휘둘러 댔다. 맨 앞장서 달려오던 아이 중 하나가 놈들이 휘두른 흉기에 찔렸는지 얼굴에서 피를 조금 흘리며 옆으로 쓰러져 버렸고, 또 한 명은 주먹으로 얼굴을 얻어맞고 뒤에서 달려오던 몇 명과 함께 우당탕 나자빠져 버렸다.

기선을 제압당하자 미친 듯 밀려오던 아이들은 그 자리에서 주춤거리기 시작했다. 겁을 집어먹은 것이다. 놈들은 그 정도의 일은 아무것도 아니라는 듯 낄낄낄 웃으면서 이번에는 정원의 목덜미를 꽉 잡고 끌어당겼다.

"이 쥐방울만 한 새끼들이 죽으려고 환장을 했어? 너희 한번 다 죽어 볼래? 어디서 이 개새끼들······."

놈들은 마구 상스러운 욕을 하면서 다시 한번 위협하듯 들고 있는 흉기를 허공에 그어 보였다. 아이들의 얼굴에 두려움이 퍼져 나갔고 뒤로 주춤거리면서 물러서기 시작했다.

그들의 눈앞에는 연식이 쓰러져 있었고 정원이 녀석들에게 덜미를 잡혀 붙들려 있었다. 구해야 했다. 조금 아까 한 약속, 그리고 항상 당해 왔다는 그 생각······. 그렇지만 눈앞에서 번쩍이고 있는 칼날과 흉기들은 그보다도 몇십 배 무서웠다. 뒷전에 서 있던 아이들이 몇 명씩 흩어져서 도망치기 시작했다.

"야, 어디 가! 난 괜찮아! 죽어도 좋으니까 다 덤벼! 덤비라고!"
"이 새끼가 어디서 입을 놀려?"

불량배 녀석은 정원이 무서워하지 않고 소리를 지르자 정원의 얼굴을 옆에 있던 콘크리트 담벼락에 콱 하고 찧었다. 그 모습을 보고 몇 명의 아이들은 훌쩍거리기 시작했다. 두어 명의 아이들이 마구 소리를 지르며 돌을 던지고 있었지만, 돌을 살짝 피하면서 마치 잡히면 죽여 버리겠다는 듯이 깨진 유리병과 번쩍거리는 칼을 들고 험악한 표정을 지으며 다가오는 불량배들을 보고는 그 애들마저도 얼굴이 파랗게 돼 뒷걸음질을 치고 있었다. 쓰러졌던 연식이 이제 막 신음을 내면서 눈을 떴다. 그리고 한눈에 상황이 어떻게 돌아갔는지를 모두 파악할 수 있었다. 패배, 완전한 패배였다. 놈들이 그렇게 센 놈들이었을까? 도대체 경찰 아저씨들은 무얼 하고 있단 말인가. 그리고 선생님들은 무엇을 이야기했고, 부모님들은 무엇을 말했단 말인가. 부모님들은 항상 깡패들을 만나면 저항하지 말고 다 주라고 했다. 물론 용돈도 아깝고 시계도 아깝다. 그렇지만 그것보다는 자기가 갖고 있던 것을 아무런 이유 없이, 그것도 힘에 눌려서 빼앗긴다는 사실이 그들에게는 너무도 서러웠다. 아무도 믿을 수가 없어서 자신들의 힘으로 막아 보고자 한 것인데…… 그런데도 또 졌다.

연식이 한참 눈물을 흘리고 있는데 갑자기 정원의 입에서 도대체 사람의 목소리라고는 생각할 수 없는 울부짖음이 퍼져 나왔다.

"악!"

벽에 얼굴을 박고 있던 정원이 갑자기 소리를 지르더니 불량배에게로 달려들었다. 불량배는 처음에 빙글빙글 웃으며 '아쭈, 이놈이……' 하는 식이었으나, 정원은 그런 것도 아랑곳하지 않는다는 듯 갑자기 불량배 한 놈의 허리띠 부분을 잡더니 믿어지지 않는 힘으로 녀석을 위로 번쩍 들어 올렸다.

"으악!"

놈은 깜짝 놀라 소리를 지르면서 들고 있던 유리병으로 정원의 등덜미를 찔렀다. 연식은 그 광경을 보고 눈을 가리고 싶었으나 비명만 질렀을 뿐 눈을 감지는 못했다. 아니, 오히려 눈은 크게 떠졌다. 놀라울 뿐이었다. 정원의 등에 내리꽂힌 유리병은 살 속으로 파고들기는커녕 그대로 깨지면서 녀석의 손을 피투성이로 만들었고, 정원은 아무런 상처도 입지 않았던 것이다.

정원은 도저히 믿어지지 않는 놀라운 힘으로 자신이 들어 올린, 자신보다 두 배는 덩치가 큰 놈을 넋을 잃고 쳐다보는 다른 한 놈에게 집어 던졌다.

"으악!"

두 명이 와장창 나뒹굴자 저쪽에 있던 다른 두 명이 소리를 지르면서 정원에게 달려들었다. 그러나 정원은 천천히 고개를 돌려서 그쪽을 뚫어지게 쳐다보았다. 그때 연식의 눈에 비친 정원의 얼굴은 정원만의 얼굴이 아니었다. 무엇이라 설명할 수 없지만 얼굴에 푸른 기운이 감돌고 있었고, 그리고 그 눈매와 입술 모양은 분명히 정원이 아닌 다른 누군가를 떠올릴 만큼 야릇하게 변해 있었다.

"얏!"

다른 놈 하나가 소리를 지르고 칼을 휘두르면서 정원에게로 덤벼들었다. 놈은 잔인하게도 정원의 가슴 한복판을 칼로 찌르려 했다. 그러나 정원은 발도 떼지 않았는데 불량배의 몸이 그 자리에 못 박힌 것처럼 덜컥 정지해 버렸다.

"너희들…… 너희들 기억하고 있지?"

정원의 목소리가 다시 울려 퍼졌다. 크지 않은 소리였는데도 그 주변을 가득 채우고 있었다. 그 불량배는 그냥 손목만 잡혔을 뿐인데도 처절하게 비명을 질러 대고 있었다. 그러나 그 커다란 비명보다도 정원의 낮게 중얼거리는 소리가 연식의 귀에 더 똑똑하게 들렸다.

"너희들…… 너희들, 나에게 어떻게 했지?"

정원이 중얼거리는 것과 동시에 녀석의 손목이 와드득 소리가 나면서 뒤로 획 휘었다. 불량배는 눈을 까뒤집고 입에서 거품을 쏟더니 그 자리에 쓰러져 버렸다. 그 모습을 보고 있던 다른 뚱뚱한 불량배 하나는 손에 들고 있던 유리병을 떨어뜨린 채 오들오들 떨면서 미처 도망가지도 못하고 벽에 붙어 서 있었다. 정원의 눈길이 그놈에게로 향했다. 그놈을 쏘아보는 정원의 눈에는 검은자위가 보이지 않고 흰자위만이 번쩍거리고 있을 뿐이었다. 연식은 그 모습을 보고 더욱더 무서워서 얼굴이 하얗게 질려 버렸다.

정원은 뚱보 앞으로 서서히 걸어가더니 뚱보의 머리카락을 꽉 움켜잡았다.

"너도…… 너도 이랬지? 봐…… 잘 봐."

뚱보는 정원보다 덩치가 서너 배는 크고 무척 힘도 셀 것 같았는데 정원이 머리카락을 붙잡자 도살장에 끌려가는 소처럼 비명을 질러 댈 뿐, 아무런 힘도 쓰지 못하고 그 자리에 주저앉아 버렸다. 정원은 놈의 머리카락을 꽉 잡더니 옆에 있던 전봇대에다 대고 있는 힘을 다해서 찧었다. 빡 하는 소리가 들리면서 붉은 피가 솟아올랐고 놈은 뒤로 우당탕 소리를 내며 쓰러졌다. 이제 연식은 소리 높여서 울고 있었다.

"그만! 그만해! 제발 그만!"

정원은 연식이 울면서 만류하는 것을 들은 척도 하지 않고 얼굴이 피투성이가 된 채 넘어져 푸들푸들 경련을 일으키고 있는 뚱보를 버려 두고, 몸을 돌려서 아까 집어 던졌던 두 명의 불량배 쪽으로 천천히, 아주 천천히 걸음을 옮기고 있었다. 두 놈은 벌써 몸을 일으킨 채 서 있었다. 그런데도 불구하고 그들은 도망갈 생각을 하지 않고 넋이 나간 듯 마치 발이 땅에 못 박힌 것처럼 멍청히 서 있을 뿐이었다.

"너희들…… 너희들도 이리 와, 응."

정원이 다시 그 소름이 끼치는 목소리로 말하자, 놈들은 몸을 후들후들 떨고 비명을 지르면서 마치 자석에 끌리는 것처럼 정원을 향해 다가섰다. 연식은 계속 울음을 터뜨리면서 그만하라고 울부짖다가 마침내 정원의 바지 자락을 붙잡았다.

"정원아, 제발 그만해! 응?"

그 순간 연식은 정원에게서 섬뜩한 것을 느꼈다. 정원의 몸은 마치 얼음덩어리처럼 차가웠다. 도저히 계속 손을 대고 있을 수 없을 정도였다. 냉동실에서 막 꺼내 온 것처럼……. 연식은 정원의 다리를 놓고는 무서워서 부들부들 떨었다.

주변을 새까맣게 에워싸고 있던 수십 명의 아이들은 하나도 없었고, 남은 것이라고는 엉망진창이 돼 쓰러진 두 명의 불량배와 정원과 연식, 그리고 지금 정원에게 끌려오고 있는 또 다른 두 명의 불량배뿐이었다. 정원은 조용히 양 손바닥을 앞으로 해 손을 내밀었다. 그러자 그놈들은 신음을 내고 눈물과 땀을 비 오듯 흘리면서, 마치 보이지 않는 힘에 의해 빨려 들 듯 고개를 숙인 채 정원의 손바닥에 머리를 갖다 댔다.

"너희…… 너희가 나를 죽였어. 응? 그러니 너희도 죽어. 알았지? 응?"

연식의 눈에 마지막으로 비친 것은 그 모습뿐이었다. 더 이상 정신을 차리고 볼 수가 없었다. 정원의 얼굴이 누구를 닮아 가고 있었는지 연식은 확실히 알 수 있었다. 그것은 얼마 전에 사라졌던 유승의 얼굴이었다. 그리고…… 눈앞이 희뿌옇게 아른거리는 것을 느끼며 연식은 그만 정신을 잃고 말았다.

연식이 다시 눈을 떴을 때 사방은 어둑어둑했지만 해가 완전히 지지 않은 것으로 보아 시간이 그렇게 오래 지난 것 같지는 않았다.

연식의 주변에는 아까 같이 왔었던 몇 명의 친구들이 다시 돌아와 연식의 몸에 묻은 흙먼지를 털어 주고 있었고, 저만치 앞에는 정원이 얼굴이 하얗게 질린 채 앉아 있었다. 연식은 주변을 둘러보았다. 불량배들이 모두 죽은 것이 아닐까 싶어서였다. 그렇지만 약간의 핏자국만 흩어져 있을 뿐, 불량배들은 한 명도 보이지 않았고 아까 달아났던 친구들 중의 많은 수가 다시 돌아와서 정원을 둘러싸고 입방아를 찧고 있었다.

"와! 정원아, 너 대단하더라. 네가 어떻게 그놈들을 이겼니? 와! 네가 그런 줄 몰랐다야. 진짜 캡이다. 캡! 이제 앞으로 정원이랑

다니면 무서울 게 없겠다."

"정말, 그러게 말이야."

연식은 정원의 하얗게 질린 얼굴을 힐끗 보면서 옆에 있는 한 아이에게 살짝 물었다.

"아까 그 불량배들은 어떻게 됐지? 혹시 죽은 거 아냐?

"글쎄 모르겠어. 우리가 왔을 때 정원이도 쓰러져 있었고 너도 쓰러져 있었어. 그리고 그놈들은 도망갔는지 보이지 않았고……."

"정원이가 쓰러져 있었어?"

"아, 그냥 좀 힘이 빠져서 누워 있었던 거래. 정원이가 전부 두들겨 패서 쫓아 버렸대. 넌 봤지? 정원이가 기절하거나 어디 다친 것은 아니니까 염려할 필요 없어. 야! 그나저나 정원이 대단하지? 얘기 좀 해 줘. 와! 나는 정원이가 그렇게 힘센 줄은 몰랐는데, 진짜 캡이다. 캡!"

연식은 아무 말도 하지 않고 고개만 끄덕였다. 왠지 불안했다. 다시 핼쑥해진 정원의 얼굴에서는 유승의 자취를 찾아볼 수가 없었다. 정원은 넋이 나간 듯이 멍하니, 그렇지만 아직도 살기가 번뜩이는 눈으로 연식의 얼굴을 쳐다보았다. 연식은 정원과 시선이 마주치자 찔끔 고개를 돌리고 싶었지만, 정원의 시선을 피할 수 없어서 할 수 없이 처량한 눈빛으로 정원을 쳐다보았다. 이제 정원은 학교 전체의 영웅이 될 것이다. 그런데도 불구하고 연식의 마음속에는 정원이 가엾다는 생각이 들었다. 정원이 아무 말도 없이 연식의 얼굴을 한참이나 쳐다보다가 손가락 하나를 펴서 입술에 댔다. 아무 말도 하지 말라는 신호였을까? 연식이 다른 아이들이 눈치채지 못하게 살짝 고개를 끄덕이자 정원의 얼굴이 평안해졌다. 아이들은 깔깔거리고 신이 났는지 떠들어 대면서 정원을 일으켜 세웠다.

각자 흩어져 집으로 향하면서 모든 아이들은 뿌듯했는지 와자지껄 떠들어 댔다. 다행히 크게 다친 아이도 없었고 별로 염려할 만한 일도 없었으며, 무엇보다도 해방됐다는 생각 때문일 것이다. 이번 일은 학교 아이들한테는 대단히 큰 경사였다. 남의 힘을 빌린 것도 아니고 자기들 스스로 했다고 생각했으니까. 진정 자기들 스스로 한 것인지 아닌지는 몰랐지만······.

며칠 동안 연식은 정원을 관찰하고 있었다. 정원은 평상시의 모습과 별로 달라진 것이 없었다. 다만 전보다 말수가 줄었고 얼굴이 핼쑥해져서 시간이 날 때면 멍하니 창밖을 쳐다보고 있는 시간이 많아졌을 뿐······.

수업 시간에도 언뜻 보기에는 열심히 공부하고 있는 것처럼 보였고 책에서 얼굴을 떼지 않고 있었지만, 실제로 정원이 공부에 몰두하고 있지 않다는 것을 연식은 잘 알고 있었다. 무슨 생각에 저토록 빠져 있는 것일까? 왜 저렇게 말수가 없고 멍한 표정이 됐을까?

아이들은 모두 틈만 나면 정원의 무용담에 시간 가는 줄을 몰랐지만, 막상 당사자인 정원은 묵묵하게 누가 그런 말을 묻고 이야기를 걸어도 아무 말 없이 입을 다물고 담담하게 있을 뿐이었다. 그런 정원의 모습이 더 멋있게 보였는지 아이들은 정원을 절대로 귀찮게 굴지 않았고, 그러다 보니 오히려 정원은 더욱더 혼자서 그렇게 멍하니 생각에 잠기는 시간이 많아졌다.

연식은 자꾸 불안했다. 그때 언뜻 스치는 듯 보였던 유승의 얼굴이 정원의 얼굴과 겹쳐지는 모습이 마음속을 떠나지 않았다. 그리고 밤마다 꿈속에서 유승의 얼굴을 한 정원이 멱살을 잡고 "너 봤지? 너 누구한테 이야기할 거지?" 하고 다그치는 바람에 몇 번이나 소리를 지르면서 잠에서 깨어나기도 했다. 그렇지만 아무 일도 없었다. 적어도 겉으로 보기에는 말이다…….

어느 날 하굣길에 연식은 한복 자락을 휘날리는 조그마한 아이가 교문 근처에서 어슬렁거리고 있는 것을 보았다. 요즘 같은 세상에 어린애가 한복을, 그것도 손까지 완전히 덮을 만큼 소맷자락이 내려오고 땅에 끌릴 정도로 커다란 한복이 펄렁거리는 것을 보고, 신종 오렌지족(1980년대 소비지향적인 부유한 젊은 층)이 아닐까 생각하고 피식 웃고 지나쳤다. 하루 이틀이 지나 벌써 사흘째, 그 아이가 여전히 교문 근처에서 어슬렁거리고 있는 것을 보고는 왠지 모르게 가슴이 찔리는 듯하고 기분이 묘했다. 곰곰이 생각해 보니 기분이 편치 못한 이유가 있었다. 교문 근처에서 어슬렁거리던 그 아이는 항상 연식이 교문을 나설 때면 연식을 빤히 쳐다보고 사라질 때까지 시선으로 자기의 뒤를 쫓는 것이었다. 연식은 가뜩이나 마음이 불안하고 무섭던 터에 알지도 못하는 이상한 차림을 한 아이가 계속 자신을 쳐다보고 있다는 것이 여간 신경 쓰이는 게 아니었다. 그러던 어느 날, 연식은 더 이상 참지 못하고 여느 때처럼 그 교문 앞에 서서 자신을 빤히 쳐다보고 있는 그 아이 앞으로 용기를 내어서 뚜벅뚜벅 걸어갔다. 그런데 그 아이는 조금도 꺼리는 빛이 없이 여전히 맑은 눈망울로 연식을 쳐다보고 있을 뿐이었다. 연식은 자기를 빤히 쳐다보고 있는 아이한테 위압적으로 인상을 찌푸려 보았다. 연식은 키가 크지 않은 편이었지만 그 아이의 키도 그다지 큰 편은 아닌 연식보다 조금 작은 정도였다. 좀 멀리서 보았을 때는 머리가 꽤 길어 보여 혹시 국민학교 학생이 아닐까 싶었는데 가까이서 보니 자기와 비슷한 또래였다. 연식이 앞에서 인상을 쓰는데도 그 아이는 여전히 약간 위로 찢어진 눈으로 말똥말똥 연식을 쳐다볼 뿐이었다. 얼굴도 하얗고 계집애처럼 곱상하게 생긴 사내 녀석이었는데 눈이 좀 가늘고 위로 찢어졌지만 눈썹은 아래로 처져 있었다. 까만 눈망울이 눈을 꽉 채우고 있어서 같은 또래인데도 참 귀엽다는 생각이 절로 들었다. 연식은 인상을 썼던 것을 스르르 풀면서 좀 멋쩍은 듯이 말했다.

"왜 그렇게 쳐다보니?"

"뭐 좀 알아내려고."

"응? 알아내? 알아내다니 뭘 말이야?"

"이상한 게 느껴져서."

"이상한 거? 이상한 게 뭐가 있다고?"

"분명 느껴지는걸."

연식은 도대체 이 녀석이 무슨 말을 하고 있는지 알 수 없었으나 그 녀석의 눈이 다시 자신의 눈을 빤히 쳐다보자 마치 속을 다 들여다보인 것처럼 뜨끔한 생각이 들었다.

"뭘 알아낸다는 거야, 도대체?"

"누군가가 굉장히 위험해. 그런 것이 느껴지는데?"

"그럼 내가 위험하단 말이야?"

"일단은 아냐. 위험에 처한 아이를, 나는 아직까지 본 적이 없어."

"그런데 어떻게 알아?"

"느낌으로."

"도대체 무슨 말인지 하나도 모르겠다. 근데 넌 왜 이런 걸 입고 다니니?"

연식이 딴 데로 화제를 돌리려고 치렁치렁하게 늘어진 그 아이의 한복 자락을 보고 말했다. 아무리 한복이라지만 이 녀석의 차림새는 퍽 괴이했다. 게다가 더 이상한 것은 그런 괴이한 차림새인데도 무척 잘 어울렸다. 그 녀석은 여전히 눈을 깜박거리지도 않고 연식을 쳐다보며 말했다.

"편하니까."

"너 이름이 뭐니?"

"난 준후라고 해. 너는?"

"나? 나는 연식이야."

"응, 그렇구나. 몇 학년이니?"

"삼 학년."

"그래? 그럼 나랑 동갑이다."

"응, 그래. 가만있어 봐. 너 나랑 동갑인데, 어느 학교 다니니? 어떻게 그렇게 머리가 길어?"

"난 학교 안 다녀."

"뭐? 학교를 안 다닌단 말이야?"

"그런 것에 대해서는 알 것 없어. 지금 중요한 건……."

준후는 갑자기 침울한 인상이 됐다. 연식은 자기와 같은 나이라는 눈앞에 있는 이 이상한 녀석에게 감히 함부로 말할 수도 없고 손을 뻗칠 수도 없을 것 같은 생각이 들었다.

준후는 잠시 한숨을 내쉬고 나서 연식에게 말했다.

"네 얼굴에는 항상 두려움이 서려 있었어. 남이 모르고 있는 것을 너는 알고 있지? 아마 내가 알고 느끼고 있는 것과 비슷한 것을 너는 알고 있을 거야."

"그, 그게 무슨 말이지?"

"너 혹시……."

"혹시고 뭐고, 뭐야? 도대체 무슨 말을 하는 거냐? 난 하나도 모르겠어."

연식은 얼버무리려 했으나 준후는 여전히 까만 눈으로 쳐다보면서 조용히 말했다.

"너 혹시…… 죽었던 친구의 얼굴을 본 적이 있니?"

"으윽!"

연식은 깜짝 놀라서 뒷걸음질을 쳤다. 그러나 준후는 뒷짐을 진 채 조용히 연식의 앞으로 다가섰다.

"너, 너 도대체……."

"나에게 거짓말을 할 생각은 하지 마. 나는 도와주려고 온 거야. 더 이상 묻지는 말고."

"아, 아니야! 나는 그런 적 없어. 도대체 무슨 소리를 하는 거야?"

준후는 잠시 하늘을 쳐다보더니 다시 연식의 얼굴을 보고 조용히 말했다.

"그 아이가 울부짖는 소리를 들었어. 며칠 됐지. 그래서 근처로 달려와 봤는데 더 이상 알아낼 수가 없었어. 불러도 오지 않고……."

"그게 무슨 소리야! 누가? 네가 누굴 불렀단 말이야?"

"죽은 아이."

"뭐, 뭐라고?"

연식은 얼굴이 파랗게 질려 버렸다. 도대체 이 아이는 지금 제 정신으로 말하는 걸까? 연식이 놀라는 것과는 반대로 준후라는 아이는 얼굴색 하나 변하지 않고 태연하게 말했다.

"오려고 하지 않아. 누군가의 몸으로 들어간 것 같아. 무척 고통을 당하고 있는데…… 하지만 그래서는 안 돼. 죽은 아이나 그 애에게 몸을 빌려준 아이 둘 모두에게 좋지 않아. 그래서 왔어. 며칠씩이나 기다렸는데……."

준후는 잠시 말을 끊더니 다시 한숨을 한 번 내쉬었다.

"내가 부르고 있다는 걸 죽은 아이는 알아. 그래서 나를 피해 다니고 있어. 아직 만나질 못했지. 꼭꼭 숨어 버려서 도저히 찾을 수가 없어. 그러다가 우연히 너를 보니……."

준후는 다시 연식의 얼굴을 바라보았다. 연식은 준후의 시선이 마치 만화에서 보는 레이저 광선같이 자신의 얼굴을 꼼꼼히 훑고 있다고 생각했다. 연식은 태연한 척하려고 했으나 벌써 팔다리가 후들후들 떨리고 얼굴이 파랗게 질려 가고 있었다. 하필 재수 없게도 오늘따라 주변에는 아이들이 한 명도 보이지 않았다.

"네 얼굴에는 두려움이 있어. 네가 전혀 상상할 수 없는 것을 본 두려움. 솔직히 말해서 너도 좀 위험해. 알겠니?"

"뭐? 내가 뭐가 위험하단 말이야?"

"잘 모르긴 몰라도 넌 보아서는 안 될 것을 봤어. 네 주변에도 그러한 영들이 떠돌고 있고, 수호령도 계시고…… 음! 아냐. 여하튼 쓸데없는 생각은 하지 말고 마음을 단단히 가져. 자신의 소신이 굳으면 누구도 너를 어쩌지 못해. 그리고……."

"난 몰라! 그런 허황된 소리 듣고 싶지도 않다고! 도대체 요즘 세상에 무슨……."

"죽은 친구의 모습을 보지 않았어?"

"아냐, 못 봤어!"

"누군가의 얼굴이 둘로 변하거나 겹치거나 하는 것은 못 봤어?"

"아냐, 몰라! 못 봤어!"

"이야기로 들은 적은?"

"아냐, 듣지도 못했어!"

준후는 뭔가 다시 말하려다가 다시 연식의 얼굴을 빼꼼히 쳐다보았다.

"네가 보았던 그 친구가 누구지? 그것만 내게 알려 줘. 그러면 돼. 가르쳐 줘."

"안 돼! 알려 줄 수 없어! 가르쳐 줄 수 없……."

준후는 연식의 얼굴을 보고 가볍게 웃었다. 연식은 속으로 아차 싶었으나 이미 늦은 일이었다. 끝까지 발뺌했으면 됐을 터인데 엉겁결에 자기가 준후의 여태까지의 말이 옳다는 것, 그러니까 자기가 그 친구를 알고 그러한 광경을 목격한 적이 있다는 것을 시인해 버린 것처럼 됐기 때문이다.

'이런 약삭빠른 녀석.'

연식은 속으로 화가 났으나 그래도 어쩐지 눈앞에서 이렇게 태평하게 웃고 있는 이 아이에게는 악의를 가질 수 없을 것 같았다.

"사실 네가 가르쳐 주지 않아도 알아낼 수 있는 방법은 있어. 내가 잘 아는 누나에게 부탁하면 되지만 그러고 싶지 않아. 누나도 그런 것을 별로 좋아하지 않고. 해튼 그러니 말해 줘. 도대체 누구지?"

"너…… 너 정말로 그럴 수 있는 거야? 목사님은 그런 말씀 안 하시던데. 그런 것은 무당이나 하는 짓이고 불경스럽고……."

준후는 또 한 번 가볍게 웃었다.

"목사님이라고 세상의 모든 것을 다 아는 것은 아니야. 물론 나도 그렇고. 누구도 세상의 일을 다 알 수는 없는 거야. 그렇지만 지금은 내가 너를 도와주어야만 해. 시간이 없어. 어서 말해 줘. 누구야?"

연식은 그만 얼이 빠져 버린 듯한 느낌이 들었다. 자신과 똑같은 나이의 어린아이가 어떻게 이렇게 이상하고도 묘한 인상을 풍길 수 있을까? 그렇지만 연식은 그 아이가 결코 무섭다는 생각은 들지 않았다. 다만 신기하고 더욱 호기심이 끌릴 뿐이었다.

"걔는 그러니까…… 내 친군데, 정원이라고 해."

준후는 가볍게 고개를 끄덕였다. 그러더니 좀 장난스럽게 웃으며 다시 말했다.

"그리고 그 죽은 친구는 유승이라고 하지?"

"어떻게 그걸……."

준후의 얼굴이 어두워졌다. 연식은 궁금했으나 준후의 얼굴이 그늘진 것을 보고는 자기도 모르게 입을 다물어 버렸다.

"유승이가 가엾다는 것은 나도 알아. 그러나 이건 그렇게 해서는 안 되는 거야. 자, 우리 정원이를 찾으러 갈까? 정원이에 대해서 조금 더 말해 줄 수 있어?"

준후는 갑자기 연식의 손을 잡아끌더니 어디론가 걸음을 옮기기 시작했다. 연식은 자신도 모르게 그냥 준후가 잡아끄는 대로 준후의 뒤를 졸졸 따라가면서 자신이 알고 있는 정원의 모습에 대해서 설명을 해 주기 시작했다. 꼭 뭔가에 홀린 듯한 기분이었다.

정원에 대한 설명을 한참 들으며 계속 걸음을 옮기다 보니 준후도 정원에 대해서 어느 정도 감을 잡을 수 있게 됐다. 물론 준후에게는 승희처럼 그 사람의 마음 상태를 속속들이 읽어 낸다거나 정확히 어느 곳에서 무슨 일을 하고 있는지까지 알아낼 능력은 없었다. 그래도 그 사람의 상태가 어떻다거나 대략 어느 근방에 있는지 정도는 알아낼 수 있었다.

정원에 대한 연식의 설명을 들으며 조금씩 감을 잡던 준후는 지금 뭔가 꼬이고 있다고 느꼈다. 지금 정원은 헤매는 중이었다. 무엇을 찾아서 헤매는 것인지…….

"흐흠!"

준후는 무겁게 한숨을 쉬고는 연식을 돌아보았다.

"연식아, 너는 이제 그만 가."

"가라고? 어딜?"

"이제 넌 집에 돌아가야지. 나머지는 내가 알아서 할게."

"안 돼, 그럴 수는 없어. 정원이는 내 친구란 말이야. 나도 같이 갈 거야."

"넌 전혀 도움이 안 돼."

"뭐? 나를 우습게 보는 거야? 왜 내가 도움이 안 된다는 거야?"

"하하, 이런……."

준후는 답답하다는 듯이 잠시 말을 끊었다가 다시 이었다.

"굉장히 놀라거나 무서운 일이 생길지도 몰라. 위험할지도 모르고…… 좌우간 너는 집에 가서 기다리고 있어. 내가 나중에 연락해 주면 되잖아."

"싫어! 나도 꼭 보고 싶단 말이야."

"이런 고집불통 같으니라고……. 좋다. 그럼 맘대로 해라. 놀라거나 말거나 나는 상관 안 한다."

준후는 협박하듯이 인상을 써서 얼굴을 찡그려 보이고는 그대로 걸음을 옮겼다. 그러면 연식이 따라오지 못할 것으로 생각했는데 연식은 겁을 집어먹으면서도 슬그머니 준후의 뒤를 따라오는 것이었다. 준후는 할 수 없다 생각하고 계속 걸음을 옮겼다.

이곳저곳 골목길을 헤매고 다니던 준후는 정원이 있는 대략적인 위치를 알아낼 수 있었지만 정확하게 어디에 있는지는 알기가 어려웠다. 더군다나 너무나도 골목길이 첩첩이 들어서 있어서 길을 찾기가 쉽지 않았다. 준후는 뒤에서 아직도 계속 졸졸 따라오고 있는 연식을 한 번 힐끗 쳐다보더니 할 수 없다는 듯이 말했다.

"너 지금 여기서 본 것 나중에 절대 이야기하면 안 돼?"

"응…… 응? 근데 그게 무슨 소리지?"

"아무튼 약속해. 맹세하라고, 알았지?"

"음, 그래."

"만약 누구에게 말하거나 그러면 절대 안 돼, 알았지?"

준후는 다시 한번 다짐을 받고는 소맷자락에서 부적 하나를 꺼냈다. 준후가 부적을 허공에 휘두르자 퍽 불이 일면서 마치 살아 있는 것처럼 둥실둥실 한쪽으로 날아갔다. 준후는 "됐다!" 하면서 부적을 따라 계속 발걸음을 옮겼고, 연식은 그 광경을 보고 넋이 나간 듯이 멍하니 서 있다가 다시 정신을 차리고는 준후를 놓치지 않으려고 골목길 사이를 누비는 준후의 뒤를 열심히 쫓았다.

"정원아!"

골목길 어귀를 돌면서 준후가 날카롭게 소리치는 바람에 연식은 몸을 흠칫하고는 걸음을 빨리 옮겨서 골목길 안쪽을 들여다보았다. 골목길 안쪽에는 믿지 못할 광경이 벌어지고 있었다. 지난번 자기들과 다투었던 그 불량배들 네 명이 한쪽 구석에 거의 맥이 풀리고 정신을 잃은 듯 무더기로 쓰러져 있었고, 그 앞쪽에서 정원은 유승의 얼굴이 겹쳐 보이는 얼굴로 그 불량배들을 노려보고 있었다.

"정원아! 아니, 유승아! 그래선 안 돼!"

"왜 안 되지?"

준후가 소리치자 정원, 아니 유승은 준후 쪽으로 고개를 획 돌리면서 말했다. 그 눈매가 너무도 싸늘해서 연식은 몸을 부르르 떨었다. 저번에도 언뜻 보았지만 지금 맨 정신으로 그런 모습을 다시 보게 되자 연식은 다리가 풀려 그 자리에 주저앉아 버렸다.

정원의 얼굴은 이제 완전히 유승의 모습으로 변해 있었고, 그 얼굴은 너무도 싸늘한 분노로 가득 차 있었다. 준후는 입술을 깨물고는 조용히 정원의 몸을 빌리고 있는 유승에게로 다가가면서 말했다.

"이런 식으로 앙갚음을 해서는 안 되는 거야. 그래서는 안 돼."

"그게 무슨 소리야? 왜 이런 방법은 안 된다는 거지?"

"그들이 폭력적인 방법을 썼다고 똑같은 방법을 쓰면 너도 똑같아지는 거야."

갑자기 유승이 깔깔깔 웃었다. 그 웃음소리가 너무나 소름이 끼쳐서 연식은 주저앉은 채 아예 양쪽 귀를 틀어막았다.

"이래서는 안 된다고? 너도 옛날에 선생님이 하던 이야기, 교과서에 쓰여 있는 그런 이야기만 하는구나. 흔해 빠지고 닳고 닳은 지겨운 소리……."

"교과서에서 많이 들었다고, 사방에서 매일 듣는 말이라고 해서 옳은 것이 옳지 않은 것이 되는 것은 아니야."

준후는 날카롭게 눈을 빛내면서 말했다. 그러자 유승은 다시 허탈한 듯이 웃으면서 말했다.

"그래? 그럴 수도 있겠지. 그렇지만 난 도저히 더 이상 참을 수 없는걸. 이제야 알았어. 이제 모든 걸 똑바로 배웠어. 당하면 당한 만큼 갚아 줘야 해. 그래야만 되는 거야. 모든 일이 그래. 모든 것이 다……."

유승의 몸 주위에 퍼져 있던 기운이 짙어지자 준후는 흠칫 한 발짝 뒤로 물러서며 말했다.

"너 그게 무슨 소리지? 너 지금……."

"그래, 난 지금 혼자가 아니야. 몰랐어? 나와 같은 생각을 하는 사람들이 많아. 아니, 사람인지 아닌지 그건 모르겠어. 하튼 지금 나와 같이 있어. 아주 많아. 너, 방해할 생각은 하지 마."

정원, 아니 정원의 몸을 빌린 유승은 다시 한번 씨익 기분 나쁘게 웃으며 쓰러져 있는 불량배들을 향해서 한쪽 손을 뻗쳤다. 그러자 그중 한 명이 고통에 겨운 신음을 내면서 허공으로 부웅 떠올랐다.

"자, 봐. 저놈들은 힘이 있다고 나를 마음대로 가지고 놀았어. 그대로 되돌려 주는 거야. 얼마나 신나?"

유승이 손바닥을 획 뒤집자 떠올랐던 불량배는 부웅 허공을 날아서 담벼락에 쿵 하고 부딪쳤다가 아래로 떨어져 내렸다. 준후가 소리쳤다.

"그만해!"

유승은 눈도 하나 깜짝하지 않고 대꾸했다.

"그만? 왜 그만해? 재미있는데…… 얼마나 재미있어?"

"그렇다면 저들을 다 죽일 생각이냐?"

"아, 천만에. 죽이긴 왜 죽여? 조금 더 갖고 놀아야지. 오래 괴롭히다가 서서히 피를 말리면서 괴롭힐 거야. 내가 괴로웠던 것만큼 계속…… 하하하."

유승이 또 손목을 돌리자 쓰러져 있던 또 다른 불량배 한 놈이 비명을 지르면서 몸을 배배 꼬았다. 보아하니 어떤 힘에 의해 놈의 손목이 계속 비틀어져서 돌아가고 있었고, 우둑우둑 뼈마디가 어긋나는 소리가 들려오고 있었다. 준후는 씨근거리면서 그 모습을 보고 있다가 다시 외쳤다.

"너…… 너는 왜 그런 생각을 하게 됐지? 어떻게 그런 힘을 얻은 거지? 응?"

"하하하."

유승은 다시 고개를 준후 쪽으로 휙 돌렸다. 정원의 몸을 빌린 유승의 얼굴이 갑자기 일그러지더니 갑자기 수많은 사람의 얼굴로 번갈아 가면서 바뀌고 있었다.

"너 도대체 무슨 짓을······."

"그래, 난 혼자가 아니야. 여럿이 같이 있단 말이야. 나처럼 억울한 사람들이 많아. 그리고 모두 기뻐하고 있어. 우릴 방해할 거니? 너는 우릴 무서워하지도 않고 내가 보기에도 놀랄 만큼의 힘이 있는 것 같아. 그렇지만 안 돼! 우린 이렇게 수가 많거든."

준후는 입술을 깨물었지만 속으로는 당황하고 있었다. 이미 유승은 혼자가 아니었다. 유승과 비슷한 일을 당해 원한을 가지고 있었던 수많은 부유령들과 지박령들이 정원의 몸속으로 모조리 들어와 있었다. 일단 무슨 이유에서였건 한 번 영에게 몸을 빌려 주었던 정원의 몸은 저항력이 약해져서 다른 영들이 쉽게 들어올 수 있게 돼 버린 상태였고, 사람의 몸을 찾아 헤매던 그 수많은 영들은 정원의 몸속으로 들어가 버린 것이 분명했다.

"나와. 그 몸은 정원이 몸이야. 너희들이 들어가 있으면 안 돼."

"잠시 빌리는 거야. 그 정도는 상관없잖아?"

"몸을 빌려서 무엇 하려고?"

"무엇 하냐고? 하하하. 그걸 몰라서 물어? 내가 왜 이랬는데, 그리고 여기 있는 다른 많은 사람은 왜 그랬는데······. 우린 항상 착하게 살려고 했어. 항상 어른들이 하는 말씀이나 교과서에 나오는 가르침을 그대로 따르려고……. 그런데 지금 어떻게 됐지? 지금 우리는 무슨 꼴이 돼 있지?"

"유승아, 정말로 저 불량배들이 너를 죽였니?"

"그들이 죽인 거나 마찬가지야!"

유승과 준후의 대화를 들은 쓰러져 있던 불량배 하나가 아직 조금 기운이 남아 있었던지 뒤척거리면서 겨우 말했다.

"아니야. 우리가 죽인 것이 아니야. 왜 그런지 우리도 알 수 없어. 다만……."

유승이 다시 싸늘하게 불량배를 쏘아보자 그 불량배는 다시 뭔가에 얻어맞은 듯 퍽 소리를 내며 뒤통수를 벽에 부딪치더니 그대로 옆으로 쓰러져 버렸다.

"정말 쟤들이 그런 것이 맞아? 아니라고 하잖아. 어떻게 된 거야."

"아니야! 저들이 그러지 않았으면 나는 죽지 않았을 거야. 나는……."

"네가 왜 죽게 됐지?"

"나는…… 나는……."

유승의 얼굴은 준후의 말에 충격을 받은 듯 뭔가 생각하는 표정으로 변해 갔고, 유승의 영이 기억을 되살리자 그것이 준후의 마음속에도 전달돼 왔다.

유승은 쫓기고 있었다. 뒤에는 불량배들이 깔깔거리고 소리를 지르며 쫓아왔고, 이미 유승은 많이 얻어맞아서 빨리 뛸 수가 없는 상태였다. 그러나 어떻게든 도망쳐야만 했다. 힘겹게 도망치던 유승의 등 뒤로 유리병이며 돌멩이 같은 것이 날아들었고, 그런 것에 맞을 때마다 유승은 몸이 시큰거리며 다리가 풀리는 것 같았다. 사냥당하는 짐승…… 필요해서 당하는 사냥도 아니고 단지 한 순간의 기분 풀이를 위해 비참하게 두들겨 맞는 신세……. 사력을 다해 뛰어 보지만 조금만 더 있으면 그들에게 잡혀 버릴 것이 분명했다. 그때 갑자기 발밑이 허전해지는 것을 느끼며 유승은 아래로 떨어져 내렸다. 공사를 위해 뚜껑을 열어 놓았던 하수도의 맨홀을 미처 피하지 못한 것이다. 첨벙 소리와 함께 뭔가 고약하고 끈적끈적한 기분 나쁜 느낌이 유승의 온몸을 감쌌다. 허우적거리면서 가라앉지 않으려고 애쓰며 살려 달라고 소리치던 유승이 위를 쳐다보았을 때, 유승의 눈에 마지막 보인 것은 그나마 한 점 빛이 들어오고 있던 맨홀 뚜껑이 서서히 닫혀 가고 있는 광경이었다. 유승은 하수구의 썩은 진흙 속으로 서서히 가라앉고 있었다. 그리고 나서 지금은…….

준후는 그 광경을 보고 한숨을 내쉬었다.

"이래도…… 이래도 저들이 나를 죽인 게 아니야? 그들은 나를 구해 주지 않았어. 그러기는커녕 뚜껑을 닫아 버렸고. 그리고……."

준후는 몸을 덜덜덜 떨며 쓰러지서 신음을 내는 그 흉악하게 생긴 불량배를 날카로운 눈으로 노려보았다. 그 불량배는 방금 알 수 없는 힘에 머리를 부딪치고 정신이 오락가락했지만 필사적으로 이야기하고 있었다.

"우린 몰라! 그때 그 녀석은 갑자기 눈앞에서 없어져 버렸고 우리는 그냥 그 녀석을 놓친 것으로 생각했었단 말이야. 정말······ 정말 아무리 그래도 우리가 누구를 죽인다는 생각은······ 그건 무서워서······."

"거짓말! 나를 죽였어! 나를 죽게 만든 건 바로 너희들이고, 맨홀 뚜껑을 닫아 버린 것도 너희들이야!"

"맨홀 뚜껑? 아니, 그건······ 우린 그냥 거기······ 네가 없어졌고 우리 중 하나가 자칫 거기에 빠질 뻔했기 때문에 그냥······. 네가 설마 그 속에 빠졌을 줄이야······. 그런 생각은 하지도 못했어. 아무것도 보이지 않았고 소리도 들리지······."

"내가 그리로 빠졌었어. 그리고 아직도 나는 그 안에서 썩어 가고 있어. 바로 너희들 때문에······."

유승은 다시 한번 불량배들을 쳐다보면서 갑자기 더 이상 참을 수 없다는 듯이 "으악!" 소리를 질렀다. 그러자 사방에서 마구 회오리바람이 일어나며 검은 안개의 기운이 불량배들에게 덮쳐 갔다. 기절한 불량배들은 그나마 아무 말 없었지만 방금 정신을 차렸던 불량배는 처절한 비명을 질러 댔다.

"그만해!"

준후는 보다 못해 품에서 부적 두 장을 꺼내어 검은 기운 쪽으로 던졌고, 부적에 불이 붙으면서 새처럼 검은 안개 사이로 파고들었다. 잠시 후 부적의 힘에 의해 검은 안개는 흐트러지듯이 사라져 버리고 말았다. 유승은 그 모습을 보고 눈을 부릅뜨면서 준후를 노려보았다. 준후가 달래듯 그러나 단호하게 유승을 쏘아보며 말했다.

"그래, 맞아. 저들은 잘못했어. 그렇지만 모르고 그랬다는 것이 더 맞을 것 같아. 저놈들은 그럴 담력도 없는 놈들이야. 더구나······."

준후는 다시 눈을 불끈 떴다.

"그런 방법을 써서는 안 돼. 지금 당장은 좋을지 몰라도 그건 너 자신에게도 좋은 일이 아니야. 네 자신이 지금 계속해서 범죄를 범하고 있다는 사실을, 너는 왜 몰라?"

"죄를 범한다고? 이게 무슨 죄야? 이건 보복이야. 정당한 복수라고!"

"복수라고? 이건 복수가 아니야."

"아니야, 복수야!"

유승은 다시 떠듬떠듬하면서 말을 이었다. 원래 정원의 목소리나 유승의 목소리와는 다른 목소리였고, 그 목소리는 안에 맺혀 있던 수많은 영의 목소리가 함께 나와 합창하듯 사방을 메워 갔다.

"저들······ 저들은 저렇게 죄를 지었어. 많은 죄를 지었어. 그럼에도 불구하고 왜 저들은 저렇게 살아 있지? 나는 죽었는데······. 억울해! 죄를 범하면 벌을 받는다며! 반드시 벌을 받게 마련이라고 했잖아! 그런데 누가 저들에게 벌을 내렸어? 저들이 무슨 벌을 받았지? 오히려 저들은 히히거리며 장난 치듯이 사람들을 농락하고 있어. 세상에 누가 저들에게 벌을 내리지? 내가 안 내리면 누가 내린단 말이야! 나라도 저들을 벌주고 싶어! 그리고 또……."

"그건 안 돼!"

어느덧 유승의 목소리는 이제 한없이 많은 영들이 웅성거리는 합창 소리로 변해 가고 있었다.

"왜 안 돼? 왜 안 되느냔 말이야! 이 세상에서 도대체 믿을 수 있는 게 뭐야? 아무것도 믿지 못해! 경찰도 도덕도 가르침도 믿을 수 없어!"

"아무것도 믿을 수 없다고?"

"그래, 아무것도 믿을 수 없어. 모든 건, 모든 건 헛것일 뿐이야……. 그리고 우리는 모두 미워! 밉고 지치고 뒤틀리고 더 이상, 더 이상 도대체 뭘……."

유승. 아니, 이제 더 이상 유승이 아니라 나름의 원한과 슬픔을 간직하고 있고 얼마나 오랫동안 세상을 떠돌아다녔는지도 모르는 지친 수많은 영의 얼굴들은 정원의 얼굴을 빌어 모두 슬픈 표정을 지으면서 눈물을 흘리고 있었다. 그 눈물은 이제 단순히 정원이나 유승 한 사람의 눈물만이 아니었다. 그것은 바로 자신들이 살고 있는 세상을 자신들 스스로 믿지 못하게 된 세상의 눈물이었고, 세상의 슬픔이었다.

준후는 다시 한숨을 내쉬며 조용히 떨면서 흐느껴 울고 있는 정원의 어깨 위로 손을 얹었다.

"아무리 그래도 믿음을 버려서는 안 돼. 어떤 것일지라도…….

그리고 모든 것이 잘못돼 가고 있는 것처럼 보일지라도 모든 일이 다 순리대로 돼 갈 것이라는 믿음만은 저버려서는 안 돼. 모두가 그런 믿음을 저버릴 때 정말로 그런 일이 벌어지는 거야. 지금 이 세상은 혼란스러워. 나도 그걸 알아. 그렇지만 저들이 그런 잘못을 범했다고 해서 네가 벌을 내리면, 네가 그렇게 벌을 내림으로써 범한 잘못은 또 누가 벌을 내리게 되지?"

"나는 잘못한 것이…… 나는…… 우리는……."

"저들도 그렇게 변명할 수 있을지 몰라."

"그렇지만……."

"너희가 저들을 해친다면 어쨌거나 그것도 분명 죄는 죄야. 좋아, 마음대로 해 봐! 네가 저들을 벌주고 혼내고 나면 또 누군가가 너를 벌주고 혼내겠지? 저들이 죽고 난 다음에는 가만히 있을 것 같아? 너는 그 생각을 해 보았어? 너와 똑같이 될 텐데. 지금 저들은 몸에 얽매여 있고 너는 몸이 없어서 오히려 힘을 크게 발휘할 수 있는지도 몰라. 그러나 저들을 일단 해치고 난다면 저들도 너와 똑같은 상태가 돼. 그다음에 너는 어떻게 할 생각이지? 죽은 후에까지 다투고 싸우고…… 영원히 그렇게 지내고 싶어?"

"아니…… 그건……."

준후는 고개를 저으면서 다시 조용히 말했다. 준후의 얼굴에도 슬픈 빛이 가득했고 눈에는 눈물이 고여 있었다.

"혼자서 모든 것을 마무리 짓겠다는 생각은 하지 않는 게 좋아. 힘들고 어렵겠지만 그래서는 안 되는 거야. 세상이 어딘가 잘못돼도 한참 잘못됐다고, 나도 나와 같이 있는 분들께 많이 이야기를 들었어. 나 자신도 그렇게 생각하고 있고. 그렇지만 그렇다고 해서 우리가 하고 싶은 대로 다 해 버린다면 어떻게 되겠어? 그렇게 되면 세상은 더 혼란스럽게 될 거고, 그런 악순환이 계속되면 그건……"

"그러면 도대체 어떻게 하란 말이야? 왜 나만 계속 참으란 말이야? 이렇게 당하고도……."

"모든 것을 순리대로 기다리는 거야. 그리고 더 이상 떠돌아다니면서 슬퍼하지 말고 안식을 얻어. 저들이 잘못하지 않았다는 것이 아냐. 모르겠어? 아직도…… 아직도 평온을 얻지 못하는 네가 가여워. 그러지 말았으면 좋겠어. 이제는…… 이제는 편해져야 할 것 아냐?"

준후의 말에 유승, 아니 수많은 영은 깊은 한숨을 내쉬면서 조용히 물러가고 있었다.

"유승이 너도…… 그리고 같이 있는 다른 분들도 모두 다…… 모두 다 편히 쉬어요. 편안히…… 아주 편안히……."

준후가 조용히 말하며 입으로 주문을 읊자 정원의 몸 안에 들어 있던 영혼들은 슬픈 듯한 신음을 내면서 조용히 하늘로 오르더니 어디론가 흩어져 갔다. 하나씩 둘씩…….

한 명씩 한 명씩 그 영을 마음으로 쓰다듬어서 올려 보내는 준후의 마음속에 그들이 평상시에 겪었던 슬픔과 아픈 일들이 파노라마처럼 밀려들고 있었다. 계속 영들을 쓰다듬어 주고 올려 보내

먼서도 준후는 슬픔 때문에 가슴이 짓눌리고 숨이 탁탁 막히고 온 몸이 한없이 저리는 것을 느꼈다. 도대체 왜 이렇게 됐단 말인가? 도대체 사람이 사람에게 얼마나 악해질 수 있기에 이런 일들을 당한 사람이 계속 생겨야 한단 말인가? 남녀노소, 하물며 아무것도 모르는 어린애까지…….

가지각색의, 모든 종류의 원한을 가졌던 영들은 이제 준후의 힘에 의해 고요히 하늘로 승천하고 있었다. 그러나 그들이 남긴 슬픔만은 그대로 세상에 퍼져 있을 것이고, 그리고 이 세상은 점점 슬픔과 아픔과 시기와 다툼으로 가득 차다가 그대로 그 속에 빠져서 없어져 버릴지도 몰랐다. 준후는 계속 영들을 올려 보내면서 착잡한 생각에 잠기고 있었다.

'이런 세상이 과연 오래 버틸 수 있을까? 버티면 얼마나 더 버틸 수 있을까? 세상의 종말이라는 것은 핵무기나 천재지변이나 외계인이 쳐들어와서 생기는 것이 아니라, 이렇게 사람의 마음속에 가지고 있는 악함과 죄악이 뭉쳐져서 오게 되는 것이 아닐까? 사람이 사람을 믿지 못하고 사람을 두려워하게 되고 사람을 원망하게 되고 사람끼리 미워하고 죽이게 되고, 그러고 난 다음…….'

어느덧 정원의 몸속에 있는 영들은 다 빠져나가고 마지막 남아 있던 유승의 영마저도 창백한 얼굴에 슬픈 표정을 지으며 정원의 몸에서 고요히 빠져나가고 있었다. 준후는 정원의 몸 바로 위쪽 허공에서 승천하지 않고 잠시 머물러 있는 유승의 영을 보았다. 유승이 무엇을 걱정하고 있는지 준후는 알 수 있었다. 준후는 조용히 고개를 끄덕여 보였다.

"부모님들이나 친구들한테는 내가 이야기해 줄게. 슬퍼하시겠지만…… 이제 와서는 어쩔 수 없는 일이야. 그러니 더 이상 슬퍼하거나 미워하지 말고 편하게 쉬어. 편안하게……"

준후가 말을 마치며 눈물을 주르륵 흘리자 유승의 영도 창백한 모습을 한 채 슬픈 표정을 지어 보이더니 허공으로 사라져 갔다.

정원은 몸 안에서 모든 영이 빠져나가자 풀썩 그 자리에 쓰러졌다. 뒤쪽에서 이 광경을 보고 있던 연식은 이상한 소리가 웅웅대는 것을 들었지만 그게 무언지는 몰랐다. 주변은 슬픔으로 가득 차 우울한 느낌이 들었고 왠지 모르게 자기 자신도 그 분위기에 빠져든 것처럼 이유 없는 서러움이 자리 잡고 있었다. 연식은 자신도 잘 모르는 말을 떠듬거리며 중얼거렸다.

"죽어서도 천당이 있고…… 죄를 지으면 다 갚음을 받는다는 것을 안다면…… 아무도 나쁜 짓을 하지 못할 텐데……. 하다못해 누군가 옆에서 계속 보고 있다고만 생각한다면…… 누구라도……."

쓰러져 있던 불량배들이 신음을 내면서 몸을 일으키고 있었다. 그리고 주변을 가득 메운 슬픔에 자기도 모르게 주룩주룩 눈물을 흘리고 있었다. 연식도 울고 있었고 준후도 눈물을 흘리며 쓰러진 정원을 다독거리면서 정신을 차리게 해 주려 하고 있었다.

이러한 소리가 들리고, 이러한 일이 벌어지고, 사람들이 계속 드나들며, 아이들이 매일 지나다니는 이 골목길이, 이토록 슬픔으로 가득 차 있어도 높은 담장으로 가로막힌 골목길 옆의 집들에서는 누구 한 사람 바깥을 내다보려고 하지 않았다. 다만 싸늘한 외등과 묵묵히 떠오른 달빛, 그리고 반짝이는 별들과 가끔 스쳐 지나가는 별똥별만이 그러한 광경을 내려다보고 있었다.

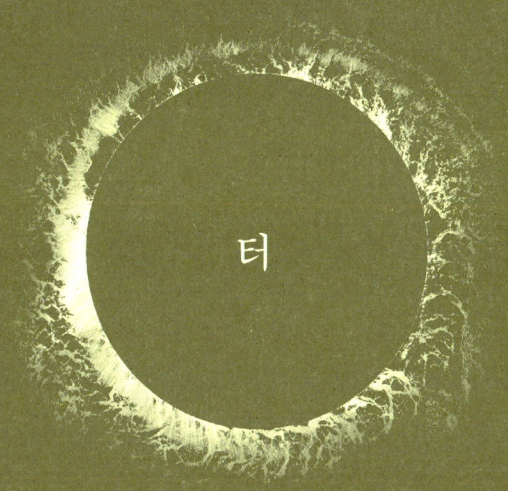

"이런 염병할. 도대체 왜 공사를 못 한다는 거야? 엉?"

강준 사장의 성질이 원래 다혈질이라는 것을, 아는 사람은 다 안다. 그러나 요즘 들어 강 사장의 화내는 횟수가 평소보다 부쩍 늘었다. 그도 그럴 것이 계획된 콘도 공사가 예정된 날짜보다 훨씬 지연되고 있었던 것이다. 공사가 지지부진하자 강 사장의 얼굴이 마치 금방이라도 폭발해 버릴 것처럼 시뻘겋게 부풀어 올랐다. 저러다가는 금방 펑 하고 터져 버리는 것이 아닐까 싶을 정도였다. 눈이 시뻘겋게 충혈되고 뜨거운 콧김을 씩씩거리면서 강 사장은 수화기에 대고 냅다 고함을 질렀다.

"이런 우라질! 뭐? 뭐가 어째? 에라, 이 주변머리 없는 것들아! 요즘 세상에 무슨 놈의 귀신이야, 귀신이! 뭐? 정말이라고? 이 쌍놈의 자식들, 거짓부렁 치지 마! 뭐? 직접 와서 보라고? 아니기만 해 봐라. 그냥 확……."

수화기를 부서져라 내던진 강 사장은 그래도 화가 가라앉지 않는 듯 앞에 놓여 있던 물컵을 끌어당겨서 안에 담긴 냉수를 벌컥벌컥 단숨에 들이켰다.

'어디, 내가 직접 가 봐야지. 안 나오기만 해 봐라. 현장 감독이니 작업반장이니 모조리 모가지를 날려 버린다. 씩씩…… 아이고, 제기랄. 고혈압 조심해야 하는데…….'

강 사장은 좀처럼 속이 가라앉지 않는지 계속 씨근거리며 숨을 내뿜고 있었다.

○○ 지역의 산 중턱. 그다지 높거나 험한 산세는 아니었지만 제법 산수가 화려하고 멀지 않은 곳에 자그마한 호수도 자리 잡고 있어서 경관이 아주 좋았다. 게다가 무엇보다도 아직 사람들에게 널리 알려지지 않은 곳이라는 점에서 대한민국에 남아 있는 땅 중 이만큼 좋은 콘도 자리는 없을 것이다.

건물 짓는 일을 전부 쳐서 백이라고 한다면 기초 토목 공사가 칠십이라고들 한다. 그런데 벌써 팔 개월이나 인부들을 다그쳤는데도 원래 예정했던 공정의 육십 퍼센트밖에 작업이 진행되지 않았다는 것을 강 사장은 도저히 납득할 수 없었다. 인부를 삼교대로 해서 밤에도 공사를 진행하면 칠 개월 내로 토목 공사는 다 끝낼 수 있다고 큰소리 뻥뻥 치던 놈이 바로 현장 감독 박세곤이라는 놈 아니었던가. 그런데 밤에는 전혀 공사를 진행할 수 없을뿐더러, 인부를 도무지 뽑을 수 없다니. 거기에다가 아무리 높은 임

금을 제시해도 일할 사람을 구할 수 없다니, 이 무슨 빌어먹을 소리란 말인가!

"당장 현장 감독 불러와! 어서!"

놀란 강 사장의 비서가 황급히 밖으로 달려 나가더니 곧이어 무척 피로한 듯, 얼굴이 움푹 꺼진 추레한 몰골의 남자가 현장 사무실로 들어왔다.

"도대체 뭐가 어떻게 돌아간다는 거야! 뭔 놈의 귀신 타령이야, 귀신 타령이!"

박 감독은 말없이 강 사장을 쳐다보다가 고개를 설레설레 저었다. 박 감독이 아무런 말도 하지 않자 강 사장은 더욱 울화가 치밀었다.

"이런 제기랄! 뭐라고 말 좀 해 봐! 어서!"

박 감독은 그냥 서 있는 것만으로도 피곤하다는 듯, 강 사장의 말은 들은 척도 하지 않고 잠시 눈을 비비다가 흰 봉투 하나를 내밀고는 몇 걸음 뒤로 물러서서 멀거니 강 사장을 쳐다보았다. 강 사장은 황당했던지 손에 든 봉투를 열어 보았다. 사직서였다.

"이런 염병할! 누구 마음대로 그만둬? 공사 다 망쳐 놓고 그만두면 다야!"

강 사장은 고래고래 소리를 질렀으나 박 감독은 오히려 그런 강 사장을 불쌍하다는 눈초리로 쳐다보더니 어깨를 한 번 으쓱하고는 곧장 몸을 돌려 문밖으로 나가 버렸다.

"그래! 제기랄! 갈 놈 다 가라! 너희 놈들 말고는 사람이 없냐?"

강 사장은 큰소리를 뻥뻥 쳤지만 막상 어둠이 깔리자 공사 현장에 가 볼 생각은 하지 못했다. 은근히 마음속으로 켕기는 것이 있었기 때문이었다. 게다가 흰 수의를 휘날리고 다닌다는 그 정체 모를 귀신을 보고서 기절해 병원으로 실려 가거나 더 이상 일을 못 하겠다며 빠져나간 인부들의 수가 벌써 스무 명이 넘었다.
 "그러니 어쩌겠습니까? 남아 있는 인부들도 간신히 달래고는 있지만 해만 지면 통 일하려고 하지를 않아요."
 "안 나가는 게 어디 있어? 아이구…… 이렇게 늑장 부리다가 부도라도 나면 임 소장이 책임질 거야? 엉? 회사 망한 다음에 갈 곳 잡아 놨어?"
 "그런 말이 아닙니다."
 "아니긴 뭐가 아냐? 응? 까짓 거 땅에서 해골바가지 조금 하고 관 부스러기 나왔다고 이렇게 귀신 타령이나 해 대고. 우리나라에 사람 죽어 안 묻힌 땅이 어디 있어? 엉?"
 "하지만 실제로 귀신이 나타나는 것을 어쩝니까?"
 "뭔 귀신이냔 말이야? 헛것을 보고 지랄들 하는 거지!"
 "아닙니다. 제가 요즈음 좀 마음을 가다듬고 찬찬히 생각해 보았는데 그 귀신들이 나타나는 곳은 거의 일정합니다. 밤에 어느 지점으로 다가가거나 파헤치려고 하면 꼭 귀신들이 나타납니다. 아마도 관 부스러기와 인골이 나온 것으로 보아 이곳은 전에 묘지였던 것 같습니다. 그러니……."
 강 사장의 안색은 이상할 정도로 새파랗게 질렸으나 막상 입에서 튀어나오는 욕지거리는 여전했다.

"야, 인마! 묘지면 어떻고 어디면 어때? 그냥 밀어 버리면 그만 아냐?"

그러나 임 소장은 강 사장의 그러한 욕지거리에는 이력이 난 듯, 침착하게 말을 이어 갔다.

"저도 공사하지 말자는 것은 아닙니다. 이만큼이나 진행시켜 놓았는데 어쩝니까? 그러나 귀신이 나온다는 게 정말이건 아니건……."

"정말은 뭐가 정말이야? 요즘 세상에 귀신이 어딨냔 말이야? 이 병신아!"

강 사장이 계속 욕을 해 대자 임 소장도 다소 굳은 표정으로 강 사장을 노려보듯 쳐다보았다.

"그러시면 사장님이 직접 현장을 돌아보시지요. 제가 책임지고 안내하겠습니다."

"지랄하지 마, 병신아! 명색이 사장인데, 내가 밤중에 거기 가서 쪼그리고 앉아 있게 생겼어?"

말은 그렇게 했지만 강 사장은 어딘가 겁먹은 듯한 표정이었다. 강 사장의 말투가 조금 누그러진 것을 보고 임 소장은 어조를 낮추었다. 임 소장도 화가 나지 않는 것은 아니었지만 할 수 없었다. 어차피 임 소장은 아랫사람일 뿐이었고, 또 이 회사에 밥줄이 걸린 처지였다. 임 소장 자신은 회사의 정책이나 기타 여러 가지의 일에 대해서는 잘 알지도 못했고, 그런 것에 관심을 두지 않았다. 다만 자신의 일은 이곳에 콘도를 건설하는 것뿐, 그 일에 충실해

맡은 바의 소임을 다하는 것만이 지금으로서는 가장 중요했다.

"지금 공사도 문제지만 그 이후의 일들이 더 문제입니다."

"그건 또 뭔 소리야?"

"생각해 보십시오. 지금 이 상태대로 일을 진행해 어떻게든 완공시킨다고 합시다. 그러다가 만약 손님들이 든 후에 이상한 일이 하나라도 생겨 보십시오. 또 공사 중에 이러한 사건들이 있었다는 것이 알려지기라도 한다면 그땐 어떻게 되겠습니까?"

"알긴 어떻게 알아!"

"세상에 영원한 비밀은 없습니다. 어떻게든 알려질 겁니다. 그렇게 된다면 애써 세운 이 건물을 사람들이 찾지 않게 되는 일까지도……."

"음!"

강 사장은 신음 같은 한숨을 내쉬었다. 기가 막힌 일이었다. 20세기도 막바지에 접어든 지금 귀신 때문에 공사가 진척이 안 된다니, 그리고 그러한 것을 두려워해야만 하다니…… 그렇다고 무시할 수도 없는 노릇이었다. 임 소장의 말도 옳거니와 뭔가 꺼림칙한 게 있었기 때문이다.

"그러면 도대체 어떻게 해야 하지? 엉? 굿이라도 할까?"

강 사장은 반은 농담으로 한 말이었는데 임 소장의 태도는 심각해 보였다.

"그렇게라도 해야죠."

"그럼 어떻게? 무당이라도 찾아가야 한단 말인가?"

"그럴 수는 없지요. 사람들 보는 눈이 있는데요."

"못할 건 뭐 있어? 그래도 고사는 꼭 지내잖아."

"그거야 사람들에게 알린다는, 그리고 축하와 번영을 바란다는 좋은 의도로 그러는 것이지 이번처럼 일을 정말 수습하기 위해 그러는 것은 아니지 않습니까?"

"아는 거 많아서 좋겠어. 말도 그렇게 잘하니 얼마나 좋을까? 부러워? 흥!"

임 소장은 화가 나선지 부끄러워선지 얼굴이 벌겋게 되더니 다시 말을 이었다.

"무당 말고라도 이런 일들에는 또 나름의 전문가를 써야 하는 법입니다. 제가 아는 사람이 있으니 어떻게든 조치를 취해 보죠."

"전문가? 흥! 원 세상에…… 사기꾼이겠지."

"사기꾼이라도 효과만 있다면 그만 아닙니까? 제가 듣기로는 그 사람이 맡아서 해결 못한 일이 없었다고 하더군요."

임 소장은 좀 뻐치기는 했지만 그래도 호기심과 기대에 가득 찬 눈으로 자신의 얼굴을 쳐다보고 있는 강 사장의 얼굴을 보면서 머릿속으로 한 사람을 떠올렸다. 그 친구에게서 우연히 얻어들은 이야기를 이럴 때 써먹게 될 줄이야…….

안재민 기자는 느닷없이 걸려 온 선배의 이야기를 듣고 깜짝 놀랐다. 그냥 오랜만에 안부나 물으려고 전화한 줄 알았더니 자신에게 다짜고짜 청탁을 했기 때문이었다.

"아이고, 안 돼요. 그 친구 성질이 워낙 불같아서……."

[안 될 것이 뭐가 있어? 어차피 그 사람들, 이런 일들 처리해 주고 다닌다며? 이번 일도 몹시 급해. 나를 포함한 수십 명의 일자리가 달린 일이라고.]

"그래도 그건…… 이거 참 곤란한데……."

[꼭 좀 잘 이야기해 달라고. 보수는 섭섭하지 않게 준다고 약속했어. 공사가 하루 지연되면 손실이 억대에 이르는 판인데 잘만 해결해 주면 보수가 문제겠어?]

"그 친구는 돈 같은 것을 받는 사람이 아닙니다."

[허허허. 그럴 리가. 뇌물을 준다는 것도 아니고 정당하게 맡은 일을 하면 주겠다는 것인데 그래도 마다해?]

"아마 받지 않을 겁니다. 자신의 능력을 써서 보수를 받는다는 것은 생각도 하지 않는 친굽니다."

[허허허. 거 말도 안 되는 이야기는 좀 그만하게. 그러면 그 친구는 흙 파먹고 사나?]

"진짜로 흙만 먹고 살지도 모르죠."

안 기자는 조금 멍청하게 대꾸했다. 친구이기는 했지만 정말 알다가도 모를 놈이었다. 자신의 눈으로도 여러 번 보았지만 도저히 믿을 수 없는 힘을 가진 친구, 현암이라면 정말 흙은 아니더라도 공기나 이슬만 먹고 사는 것이 아닌가 싶었다. 그러나 수화기 건너편의 임 소장은 웃으며 말했다.

[예끼, 이 사람, 장난하지 말게. 어쨌든 자네만 믿겠네. 꼭 좀 연

락해 주게. 이건 정말 중요한 일이란 말일세.]

 더 이상의 말도 없이 임 소장은 그만 전화를 끊어 버렸다. 안 기자는 당황해 거푸 임 소장을 불렀지만 이미 수화기는 뚜 하는 발신음만을 울리고 있었다. 안 기자는 거의 울상이 돼서 전화를 던지듯이 내려놓았다. 어떻게 해야 할지 막막했다. 그런데 저편에서 안 기자의 눈치를 살살 보고 있던 스크립터 김자영이 슬그머니 안 기자의 책상 쪽으로 다가와서 말을 걸었다.

 "안 기자! 지금 누구랑 이야기했어요?"

 "아? 응…… 아니야, 아냐……."

 안 기자는 얼버무리려고 했지만 자영의 눈동자는 장난기와 호기심이 섞여서 집요하게 반짝이고 있었다. 지난번 초치검 사건 때 생사고락을 겪은 이후로 손민구 기자를 포함한 세 사람은 같이 비밀을 간직하고 있다는 의미에선지, 아니면 저승 문턱까지 갔다가 돌아온 동지애 때문인지 겉으로 드러내지는 않았지만 스스럼이 없어져서 가까이 잘 지냈다. 그러나 남자답게 ─아마 마음속으로 존경하던 지연 보살의 죽음에도 충격을 받았을 것이다─ 입도 뻥긋하지 않는 손 기자와는 달리 자영은 지난번 일에 일말의 아쉬움을 가지고 현암과 박 신부, 준후 등의 능력을 세상에 밝히자는 견해를 몇 번인가 말한 적이 있었다. 아마도 큰 호기심을 가지고 있는 모양이었다. 안 기자는 그렇게 해서는 안 된다며 몇 번이나 타일렀지만 지금까지 자영은 그런 마음을 버리지 못하고 있는 듯했다.

 "현암 씨 이야기 같던데…… 맞죠?"

그렇게 눈치챌 만한 말은 한 적이 없는 것 같은데도 어떻게 여우같이 눈치를 챘는지 모를 일이었다. 워낙 천성이 순진한 안 기자는 뭐라고 말도 제대로 하지 못하고 울상이 돼 주변의 눈치만 살피고 있었다. 세상 모든 것의 화(禍)가 입에서 나온다는 말을 지금 절실하게 느끼고 있었다.

안 기자가 임 소장을 알게 된 것은 초치검 사건이 일어나기 전이었다. 그때만 해도 안 기자는 처음엔 현암이 정말로 그렇게 경천동지할 능력을 지니고 있다고는 생각하지 않았었다. 다만 괴사건이나 이상한 일들을 목숨 걸고 따라다니는 현암을 좀 이상한 놈으로 여긴다거나 그런 쪽에 정신 팔린 괴짜 정도로 치부했을 뿐이었다. 그러나 이상하게도 현암이 관심을 가지고 개입하는 일들은 하나같이 더 이상의 여파를 남기지 않고 잠잠하게 사라져 버렸고, 공식적인 보도는 없었지만 직업의 특성상 일반인들보다 자세한 것을 알 수 있는 안 기자는 그때마다 묘한 경찰 측의 뒷이야기를 듣곤 했다.

"거참, 이상하지. 누군가가 말끔히 뒷수습까지 해 버린 것 같아요. 그것도 우리들이 도저히 알 수 없는 방법으로……. 이번 일에도 이상한 흔적들이 많이 나왔는데 어떻게 뭐라고 딱 잘라 단정할 수가 없네요. 돌벽이 깨어지지도 않고 마치 벤 것처럼 반으로 갈라져 있기도 하고……. 목격담들도 도대체가 희한한 것들만 들리네요. 불이 붕붕 날아다니고 번개가 번쩍거리고 했다는데 원……."

그런 것을 의아하게 생각하고 있을 무렵 우연히 모 건설 현장

소장이라는 임진호 선배와 한 술자리에서 자기도 모르게 현암이라는 괴짜 친구에 대해 입을 나불거린 적이 있었다. 그때 웃기만 했던 임 선배가 이렇게 자신에게 현암을 소개해 달라는 청탁을 하리라고는 생각도 못 했다. 자영은 아무 일도 모르는 척하는 안 기자가 밉살스럽다는 듯, 특유의 여우 전술(?)로 안 기자를 눈에 보이지 않게 달달 볶아서 신경을 거슬리게 만들고 있었다.

"아이고, 미치겠네. 사람 속 좀 긁지 말아요."

결국 안 기자가 지고 말았다. 언제나 그랬던 것처럼. 자영은 얄밉게 웃으면서 무슨 일이냐고 안 기자를 다그쳤다. 물론 사람이 잘 안 다니는 흡연실 구석에서 말이다.

수련할 때 말고는 밖에 잘 다니지 않는 현암은 느닷없이 준후가 바꿔 준 전화를 받고 인상을 찡그렸다. 안 기자의 전화였는데 아직 무슨 이야기를 한 것은 아니지만 목소리가 기어들어 가는 품이 보나 마나 뭔가 아쉬운 소리를 할 것 같았기 때문이었다.

[현암이냐? 나다. 그런데 있잖나. 그러니까……]

"너 뭐 하냐?"

[아, 응…… 그래. 실은. 흠흠…… 말하자면…….]

"속 시원하게 말해. 답답하다."

[음, 그러니까 누가 너를 찾는다. 무슨 일을 부탁하려고 한대…….]

안 기자는 잔뜩 기어들어 가며 현암이 소리라도 지르지 않을까 싶어서 반은 사색이 돼 있었다.

'사자후던가? 그런 것으로 소리를 지른다면 아마 이 전화통이 터져 날아가 버릴 거야. 으으으!'

안 기자는 떨리는 손으로 수화기를 부여잡고는 자초지종을 이야기했고 벼락이 —말로만 듣던 벼락이 아니라 현암이 정말로 벼락을 떨어뜨리는 것은 아닐까 불안하기도 했다— 떨어지지 않나 싶어서 목을 잔뜩 웅크렸다. 그러나 의외로 현암의 반응은 선선했다. 현암은 남을 돕는 일에 있어서 일의 경중을 놓고 가린다는 생각을 한 번도 해 본 적이 없었던 탓이다. 크건 작건 간에 보이는 일, 들리는 일 중에서 현암이 도움을 줄 수 있는 일, 그러니까 영적인 일이 있다면 언제나 달려 나갈 준비가 돼 있었다.

"그래? 음, 뭐 별다른 일도 없으니 가 보도록 하지."

[어? 너 정말이냐?]

"못 갈 거야, 뭐 있나. 남을 돕는 일인데……. 그런데 너, 나 많이 팔고 다니냐?"

[으윽! 아, 아니야. 오래전에 입 한번 잘못 놀린 것뿐이야. 그 이후는 누구에게도 이야기한 적 없어! 정말이야, 정말…….]

"흠!"

현암은 잠시 생각에 잠기는 듯하더니 다시 입을 열었다.

"좌우간 앞으로는 내 이야기 절대로 떠들고 다니지 마라. 남 돕는 건 좋지만 공연히 소문나는 건 질색이야. 알겠지?"

[응? 응! 그럼!]

"그래. 미리 연락 취해 줘. 아 참, 그 전에 조건이 있다."

[뭔데?]

"이번 일이 무사히 끝나도 절대 다른 사람에게 소문나지 않도록 약속을 받아야 해. 그쪽 사람들도 말이야. 알겠지? 난 남의 구경거리가 되는 건 딱 질색이니까."

[아, 물론. 그럼, 그럼. 꼭 그렇게. 보수는 두둑할 거야, 아마.]

"그런 건 필요 없어."

[왜 필요 없냐? 정당한 일의 대가인데……. 너 흙 파먹고 사니?]

"남을 구하라고 주어진 힘인데, 그걸 팔아먹으란 말이냐?"

[……]

"쓸데없는 소리는 그만해. 그나저나 저런 종류의 소문 중에는 헛소문이 훨씬 많은데 헛고생이 되지는 않을지 모르겠군. 하긴 내가 헛고생 하는 편이 정말로 무슨 일이 있는 것보다는 더 낫지만…… 나 혼자 가도 충분할 테니 내가 그리로 가도록 할게."

현암은 간단히 말하고는 안 기자가 알려 준 전화번호와 주소를 받아 적었다. 그리고 안 기자는 내려올 필요 없으며 언론 쪽의 어떤 사람도 얼씬거려서는 안 된다는 것을 다시 한번 다짐받은 뒤 전화를 끊었다.

전화를 끊은 안 기자는 안도의 한숨을 내쉬었다. 그러나 뒤에서 자영이 눈을 반짝거리고 있다가 살짝 사라진 것을 안 기자는 알지 못했다.

목적지인 공사 현장에 도착한 현암은 놀라움을 금치 못했다. 분명히 안 기자가 잘 알아듣고 조치를 했을 것으로 생각했는데, 강 사장이라는 사람은 떠들썩하게 사람들을 한 무더기 몰고 마중까지 나온 것이었다. 언제나처럼 좀 남루한 차림으로 터벅터벅 흙길을 걸어 올라온 현암은 당황스럽기도 하고 곤혹스럽기도 했다.

"핫하하. 전 이 회사 대표인 강준이라고 합니다. 먼 길 오시느라 고생 많으셨소. 핫하하. 잘 부탁합니다."

현암은 당황스럽고 창피하기까지 했지만 겉으로는 내색하지 않은 채 강 사장이라는 사람의 얼굴을 빤히 쳐다보았다. 좀 뻔뻔하게 생긴 얼굴이었다. 겉으로는 웃고 있지만 속으로는 현암을 우습게 여기고 있는 것 같았다. 물론 현암은 승희처럼 남의 마음을 읽어 내는 재주는 없었지만 그래도 어느 정도 눈치는 있는 터였다. 강 사장의 얼굴을 유심히 보던 현암은 아무런 말도 하지 않고 돌처럼 굳은 표정 그대로 몸을 돌려서 올라오던 길을 내려가기 시작했다.

"에엥?"

강 사장은 옆에 있는 임 소장에게 눈짓했다. 왜 저러느냐, 혹시 사람을 잘못 본 것은 아니냐는 뜻이었다. 그러나 현암의 모습은 임 소장이 안 기자에게 들었던 모습 그대로였다.

"뭔가 마음에 안 드는 게 있나 봅니다. 아이고, 이러다가 가 버리겠군요. 제가 가서 데리고 오죠."

강 사장은 속이 부글부글 끓어오르는 것 같았다. 아니, 제깟 놈이 도대체 뭐라고! 무당 부스러기 같이 생긴 놈이 사람을 도대체 뭐로 보고! 당장이라도 소리를 칠 것 같은 강 사장의 표정을 보고는 옆에 서 있던 비서가 강 사장을 끌고 임시로 지어진 사무실 안으로 들어갔다.

"여보세요! 이봐요! 이현암 씨 아니십니까?"

임 소장이 구르듯이 달려 내려와서 현암을 붙잡고 말하자 현암은 조용히 대답했다.

"맞습니다."

"아니, 그럼 안 기자가 연락한 분이 맞죠? 그런데 왜 그냥 가십니까?"

"제가 할 일이 없을 것 같아섭니다."

"예? 그게 무슨……?"

현암은 방금 강 사장의 관상을 보고 그만 정나미가 떨어진 것이었다. 그런 타입의 사람이 어떻게 행동할 것인지는 뻔했다. 이번 일도 필경 강 사장의 어떤 잘못 때문에 벌어진 것이라고 짐작됐으며, 또 일을 잘 해결하더라도 그런 사람에게서는 도리어 화를 —현암을 틀림없이 난처하게 만들 것 같았다— 입을 것 같았기 때문에 아무것도 하고 싶지 않았다. 그러나 임 소장은 현암한테 집요하게 매달렸다. 현암이 입도 뻥긋 않는데도 극진한 말로 애원을 하는 것이었다.

"우리 사장님 보시고 기분이 상하셨습니까? 참아 주세요. 선생님이 그냥 가 버리시면 우리는 어쩝니까? 무서워 죽겠습니다. 제발요……."

임 소장의 말에는 진실함이 배어 있는 것 같았다. 게다가 자신이 이곳까지 온 게 무슨 대가를 바라는 것도 아니었는데 이렇게 무작정 뒤돌아가 버리면 이것도 무슨 자존심이나 쇼맨십으로 보일지 모른다는 생각이 들었다. 현암은 마음을 고쳐먹기로 했다.

'어차피 응낙했던 일 아닌가. 말한 건 지켜 줘야지. 할 수 없다. 얼른 처리하고 가는 게 도리겠지?'

현암은 속으로 생각하고는 말없이 몸을 돌렸고 임 소장은 기뻐하면서 현암을 데리고 사무실로 올라오기 시작했다.

그 와중에도 강 사장은 비서에게 잡혀 사무실 안에서 현암에게 별의별 욕을 내뱉고 있었다. 청각이 예민한 현암은 보통 사람 같으면 절대 듣지 못할 그 욕들을 고스란히 들을 수 있었지만, 쓴웃음을 짓고는 묵묵히 걸음을 옮겼다.

시간이 흘렀다.

강 사장은 씨근거리면서 현암의 얼굴도 보지 않으려 했고 임 소장은 그저 현암의 눈치를 보며 비위를 맞추려고 주위를 알짱거렸다. 그러나 현암은 그런 임 소장의 모습까지도 보기가 싫어서 혼자 있게 해 달라고 하고는, 사무실 옆에 쳐 놓은 작은 천막에 혼자 들어가 조용히 앉아 있었다.

이미 인부들의 증언도 들을 만큼 들었고, 그 밖의 정황들도 대강이나마 조사해 놓았기 때문에 더 이상 알아볼 일은 없었다. 그러나 현암으로서는 정말 이번 일을 해야만 하는가에 대해서 생각하고 있던 참이었다. 정황은 분명했다. 이곳은 분명 묏자리였다. 우선 주변을 보더라도 명당이었고, 더군다나 죽은 지 오래되지 않은 인골과 관 조각이 나왔다는 점, 그리고 어느 부근을 건드리면 매번 흰옷의 노인이 나타나서 뭔가 알아들을 수 없는 목소리로 호통을 친다는 점 등으로 미루어 볼 때, 틀림없이 묏자리에 건물을 세우기 때문에 영이 노한 것임이 분명했다.

현암은 동티가 난다는 자리에 가 보았으나 이상해 보이는 것은 하나도 없었다. 임 소장은 공사 중에도 전혀 항의를 받은 적이 없으니 남의 묏자리일 리 만무하다는 의견이었다. 현암은 그 말을 별로 믿고 싶지는 않았으나 인부들에게 물어보아도 누구 하나 그런 일을 이전에 듣거나 본 적은 없다고 했다. 그렇다면 아마도 누가 모르는 사이 묘를 썼거나, 아니면 묘를 쓰고 난 후 불초한 후손들에게 버림받은 묘지였을 거라는 생각이 들었다. 좌우간에 어떤 의미에서건 아직 채 백(魄)이 스러지지 않은 사이에 묘를 무참히 발굴한 것이나 다름없으니, 영이 놀랄 만도 했다. 그렇지만······.

'잘 타일러서 승천시켜 주어야 하지 않을까? 사실 그 방법밖에 없지 않은가.'

첫눈에도 마음에 들지 않는 강 사장 같은 사람을 위해 어쩌면 가엾은 일을 당한 것일지도 모르는 영을 그냥 승천시키는 식으로 일을 마무리 짓는다는 게 현암으로서도 영 내키지 않았다. 그렇지만 그러한 일로 영이 인간 세상에 복수를 한다는 것도 옳은 일은 아니었다. 결과적으로 현암은 강 사장이 장삿속으로 한 말이기는 했지만 그 말이 어느 정도 설득력이 있다고 여겨졌다.

— 그렇게 따지면 전국에 묏자리 아닌 곳이 어디에 있는가. 이승에서는 산 사람이 살아야지, 죽은 사람이 자리를 잡고 있으면 되겠는가?

비록 마음에 드는 사람은 아니었지만 강 사장이 그런 말을 했기 때문에 현암으로서도 더욱 조심스러워지고 전적으로 그 의견을 묵살해서는 안 된다는 압박감이 생기는지도 몰랐다. 옳은 판단을 하기 위해서 귀가 열려 있어야 한다고 늘 생각하는 현암이었다. 결국 현암은 이렇게 결론을 맺었다.

'잘 타이르자. 정말로 사람을 난폭하게 다루고 위험한 짓까지 한다면 몰라도, 그렇지 않으면 힘은 사용하지 말자. 어차피 영은 저승으로 가서 다시 환생해야 하는 운명일 테니까. 이승의 일에 집착하는 것보다는 편히 쉴 수 있게 해 주는 것이 더 좋은 일이겠지?'

현암은 속으로 몇 번이고 다짐하면서, 주머니 안에 들어 있는 준후가 만들어 준 부적을 한 번 더듬었다. 현암이 영과 직접 대화를 하는 방법은 준후가 만든 부적의 힘을 빌리거나 신필을 쓰는 수밖에 없었다. 그러면서도 자꾸만 강 사장의 악에 받친 듯한 벌게진 얼굴이 떠올라서 기분이 찜찜해졌다.

사실 한 가지 좀 이상해 보이는 것이 있었다. 큰소리를 계속 치면서도 강 사장 자신은 그 현장 부근에 결코 발을 들여놓으려 하지 않는다는 점이었다. 겁쟁이어서 그렇다고도 생각할 수 있었지만 강 사장은 불량배 타입에 가까웠지 겁쟁이 타입은 아닌 것 같아 좀 묘하기는 했다. 그러나 그것도 무슨 꿍꿍이가 있어서라고 생각하며 현암은 한숨을 내쉬었다.

'살다 보니 정말 별일이 다 있군. 에이, 참 더러워서……'

밤이 으슥하게 깊어 가자 산기슭을 타고 내려오는 바람이 가랑잎을 휘감아 먼지와 함께 쓸쓸한 듯 솟아오르고 있었다. 그믐께라 찌푸린 눈썹 같은 희미한 그믐달 한 자락이 밤하늘 모퉁이에 구름을 타고 빛날 뿐이었다. 반쯤 구름에 가린 채 괴괴하게 비추고 있는 달빛은 이상하게도 노랗다 못해 핏빛처럼 붉어 보였다. 비가 오려는지 하늘은 짙은 회색 구름으로 뒤덮여 있었고 별들은 하나도 보이지 않았다.

인부들은 이상하게 기가 질리는 듯 소리도 크게 내지 못하고 조심스럽게 현암이 있는 천막 쪽을 바라보면서 수군대고 있었다. 현암이 정말로 재주가 있는지 보려고 그런 것인지는 모르겠지만, 강 사장과 임 소장도 내려가지 않고 머무는 모양인지 사무실에서 환한 불빛이 새어 나오고 있었다.

강 사장은 지금 계략을 꾸미는 중이었다. 강 사장으로서는 말 한마디 않고 천막에 불상처럼 앉아만 있는 현암이 아무래도 의심스러웠다. 그래서 그 동티 나는 장소에 일부러 불도저를 들이대게 해서 귀신을 불러낼 계획이었다. 현암이 재주가 있다면 당장에 일이 처리될 것이니 좋은 것이고, 만약 현암이 도망가게 되면 실컷

비웃고 망신만 주면 된다고 강 사장은 생각하고 있었다.

"둘이 같이 도망가면 좋은데…… 호호호."

강 사장은 음흉하게 웃으면서 다시 한번 술잔을 기울였다. 공사판까지 와서도 양주가 아니면 마시지 않는 강 사장의 행실과 또 지금 하는 생각이 기가 막혀서 임 소장은 아무 말도 하지 못하고 있었다. 그런 말을 듣고 보니 은근히 현암의 처지가 걱정되기도 해서 슬쩍 빠져나가 현암에게 가 보려는 생각도 했지만, 강 사장은 그런 임 소장의 마음을 다 아는 듯이 아예 임 소장을 나가지 못하게 옆에다 붙잡아 놓았다.

"임 소장, 내 옆에 있어. 임 소장 아는 사람이 얼마나 재주 좋은지 나랑 같이 보자고. 응?"

밤에는 그 부근에 삽을 대는 시늉만 해도 흰옷의 노인이 무서운 얼굴로 나타나 사람 소리 같지 않은 호통을 마구 친다는데, 불도저로 단번에 밀어 버린다면 귀신이 더 노하는 게 아닐까 하는 것이 임 소장의 걱정이었다. 그러나 강 사장은 임 소장의 마음을 아는지 모르는지 여전히 태연했고 속이 타는 것은 임 소장뿐이었다. 왜 현암을 불러 왔을까, 그냥 이깟 놈의 사장이 하는 공사 따위 되든 말든 놔둘걸 하는 후회가 물밀듯 밀려들었다.

자꾸만 주변이 음습해지는 것을 몸으로 느끼며 현암은 어딘가 산 중턱 부근에서 스멀스멀한 기운이 맺혀 가는 것 같은 기분이 들었다. 영적 능력이 그다지 크지 않은 현암으로서는 미리 준후의 부적으로 알아낸 마음을 다지고 있었지만 천막 주위에 사람들이 자주 드나들어서 헷갈리기도 했다. 그러나 어느 정도 영적 기운이 짙어지자 현암은 천막 안에서 조용히 몸을 일으키고는 태극패를 꺼내 왼손에 쥐었다. 꼭 무기라 생각하고 든 것은 아니었다. 자신은 준후의 부적으로 영을 볼 수 있었지만, 혹시 인부들이나 다른 사람의 불안감을 해소하기 위해서 어쩌면 영을 보여 주어야 할 경우가 생길지도 모른다는 생각이 들었기 때문이었다. 그런데 현암이 텐트를 나서자마자, 현암의 눈앞에는 전혀 뜻밖의 사람이 나타났다. 생글생글 웃음을 띠고 있는 그 사람은 바로 초치검 사건 때에 만났던 친구 재민의 직장 동료, 김자영이었다.

"안녕하세요, 현암 씨?"

"어, 아, 예……. 여기는 어떻게?"

현암이 조금 머쓱하지만 무뚝뚝하게 묻자 자영은 애교스럽게 웃어 보였다. 보통 남자들이 보기에는 충분히 매력적인 미소였겠지만 불행하게도 현암에게는 그저 여우 한 마리로밖에 보이지 않았다.

"그냥 와 봤어요. 호기심도 나고……."

"이런 일에는 호기심을 가져서 좋을 일이 하나도 없습니다."

현암은 그 말만 하고 걸어가려고 했으나 자영은 현암의 앞을 막아섰다.

"이러기에요? 오랜만에 봤는데?"

"그러니까 모르는 척 안 하고 인사도 한 것 아닙니까?"

"흐음……."

자영은 다소 기분이 상하는지 입이 샐쭉해지다가 금세 얼굴을 폈다.

"제가 또 취재 온 것으로 알고 그러시는군요. 걱정하지 마세요. 현암 씨 이름이나 그런 비슷한 것은 하나도 안 낼게요."

"기왕 인심 써 주시는 것, 아예 영에 관련된 것은 하나도 내지 말아 주십시오."

"그게 뭐예요? 저도 취재는 해야죠. 얼마나 떼써서 왔는데……."

"안되셨군요. 그렇게 애를 쓰셨다니. 다른 곳에나 가 보실 것을……."

현암이 말하면서 걸음을 떼려고 하는데 이번에는 요란한 엔진 소리가 들려왔다. 인부들이 주로 귀신이 나온다고 말하던 바로 그 근방이었다.

"어? 이건……."

현암은 좀 이상하다는 생각이 들었다. 왜 이런 밤중에 갑자기 중장비를 돌리는 것일까? 그것도 보통 때는 작업할 수 없도록 뭔가가 나온다는 곳 부근에서. 남의 눈에 띄는 것이 싫어서 사람들 접근을 막아 달라고 부탁까지 했었는데…….

"아차! 혹시 일부러 영을 자극하려고……."

그런 생각이 들자 현암은 속이 뒤집혔다. 현암은 서둘러서 그쪽으로 뛰어 올라가기 시작했고, 샐쭉해져서 현암을 째려보고만 있던 자영도 그 뒤를 따라 달음질쳐 비탈을 올라갔다.

토목 공사가 어느 정도 진행돼 산비탈 중턱 부근에서 흙을 밀어 내며 맹렬히 달려가고 있는 불도저가 보였다. 현암은 몸을 날리며 공사가 진행되고 있는 곳으로 뛰어갔다. 도대체 무슨 심보로 저런 짓까지 하는지 강 사장이 앞에 있다면 한 대 갈겨 주고 싶은 심정이었다.

그런 생각도 잠시, 주변의 요기가 짙어지면서 불도저의 주변으로 이상한 바람이 불어오는 것이 먼발치에서도 눈에 들어왔고, 그 달려가는 불도저 위로 흐릿하게 흰 형체가 점점 모습을 맺는 것이 보였다. 그러나 불도저를 운전하고 있는 사람에게는 그 모습이 보일 리 없었다. 형체는 요란스럽게 덜컹거리며 달려가는 불도저 위에 꼿꼿하게 발을 붙이고 서 있었다. 현암은 반사적으로 월향검에 손이 갔으나 일단 함부로 영을 해칠 수도 없어서 그냥 죽어라 달리며 운전자에게 차를 멈추고 비키라고 고함을 쳤다. 그러나 현암의 목소리를 못 들었는지 불도저는 계속해서 앞으로 나아갔다.

인부들 사이에 '금단의 구역'이라고 알려져 있던 장소는 산 중턱이 거의 다 깎여진 공사 현장의 한쪽 구석에 있었는데, 그곳만은 공사하지 못해서 멀리서 보기에도 표가 났다. 이제 불도저는 그 부분을 정면으로 밀어붙일 것처럼 달려들고 있었다.

'제길, 진작 이럴 거였다면 나는 왜 부른단 말인가! 밥통 같은 놈들!'

현암은 있는 힘을 다해서 달렸으나 불도저가 더 빨리 그 부분을 밀어 낼 것 같았다. 그러나 불도저가 금방이라도 그 부분을 밀어 버리기 위해 달려드는 순간, 불도저 위의 흰 형체가 스르르 사라지더니 갑자기 불도저에서 펑 하는 소리가 들렸다. 기세등등하게 달려들던 불도저가 검은 연기를 내뿜으며 덜컹하고 멈추어 서고 말았다. 그와 더불어서 불도저를 타고 있던 사람의 비명이 울려 퍼졌다. 불도저가 멈추어 버렸기 때문이 아니라 갑자기 그 부분의 땅에서부터 수십 개의 불빛이 허공으로 솟아올랐기 때문이었다. 누가 잡고 있거나 줄로 매단 것도 아닌데 공중에 둥둥 떠 있는 불덩어리들은 바로 도깨비불이었다.

"으아악!"

현암이 거의 불도저에 다다랐을 때, 운전하던 인부가 비명을 지르면서 뛰어내렸다. 인부의 몸에는 어느새 현암이 보았던 사람 모양의 흰 형체가 엉겨 붙어 있었고 인부는 얼굴을 후벼 파듯이 움켜쥐고는 비명을 질렀다. 현암은 급한 김에 월향을 내쏘았다.

꺄아아악!

월향의 귀곡성 소리가 허공을 울리면서 은빛의 가는 선이 날카롭게 허공을 그었다. 총 같으면 빗나가서 사람이 맞을 우려도 있었지만 월향검이 빗나갈 리가 없었다. 그러나 월향검이 막 인부의 머리 윗부분에 닿을락 말락 할 즈음 흰 형체가 꺼지듯이 스르르 사라져 버렸다. 그 앞에서는 도깨비불들이 시위하듯 사방을 빙빙 돌고 있었다. 현암은 숨을 몰아쉬면서 인부에게로 뛰어들어 쓰러지려는 그의 어깨를 잡아당겼다. 고통과 공포에 질린 그의 얼굴에는 언뜻 몇 개의 기다란 붉은 줄무늬 같은 것이 보였고 그 위로 피가 흐르고 있었다.

'음? 이 상처는?'

현암이 고개를 갸웃하는 사이, 인부는 쓰러지듯이 그대로 기절해 버렸다. 현암은 월향검을 받아 쥐고는 주변을 살폈다. 눈앞에서는 여전히 도깨비불들이 빙빙 돌면서 날고 있었지만 그것은 그다지 겁나지 않았다. 다만 그 흰 형체가 갑자기 사라져 버린 것이 마음에 걸렸다.

저쪽에서부터 와자지껄하는 소란한 소리가 들려왔다. 조마조마하고 있던 인부들이 이상한 소리를 듣고 몰려나온 것이었다. 하지만 사람들이 많이 있다고 해서 별로 도움이 될 것 같지는 않았다. 물론 사람이 많이 있으면 양기가 짙어져서 음기를 기본으로 하는 영들이 보통은 물러나는 법이지만, 이러한 원령들은 어떤 짓을 할지 몰랐고 행여 다치는 사람이 생기면 안 될 것 같아 현암은 공력을 모아 크게 소리쳤다.

"가까이 오지 마시오!"

현암의 목소리가 사방을 찌렁찌렁 울리며 산 저편에 부딪혀 와르르 울림소리를 내면서 되돌아왔다. 거짓말처럼 웅성거리는 소리가 그치자 현암은 조용히 사방을 둘러보았다. 어느 사이엔가 도깨비불들은 깜박거리면서도 이글이글 타오르는 모습을 하고 현암의 주위를 위협하듯이 에워싸고 있었다. 현암은 그런 도깨비불들에도 약간 신경이 쓰이긴 했지만 주로 그 흰 형체를 찾는 데에 기를 집중하고 있었다. 아무래도 도깨비불들은 그냥 만들어 낸 허상 같았고, 조금 전에 사라졌던 형체가 진짜일 것 같았다. 현암은 쓰러진 인부를 두들겨서 깨웠다. 인부가 끄응 소리를 내면서 정신을 차리자 현암은 빠른 목소리로 말했다.

"저 뒤쪽으로 물러서시오!"

현암이 빨리 도망가라는 듯 인부를 툭 건드리자 그는 언제 자기가 넘어졌었냐는 듯 벌떡 일어나서 쏜살같이 달음질쳐 가기 시작했다. 뒷전에서 인부들이 소리를 질렀지만 현암은 들은 척도 않고 주위의 기척에만 신경을 집중했다. 현암은 영들도 알아챌 수 있도록 공력을 약간 넣어서 외쳤다.

"무슨 사정인지는 몰라도, 무분별하게 사람을 해치지 마시오!"

말을 외치자마자 현암의 발밑에서 서늘한 기운이 느껴졌다. 현암은 반사적으로 몸을 날렸다. 그러자 발밑에서 무언가가 휙 하면서 아슬아슬하게 스치고 지나가는 느낌이 전해져 왔다. 조금 전에 사라져 버린 그 흰 형체였다. 흰 형체는 몹시 작았다. 현암이 의아해할 사이도 없이 그 흰 형체는 허공에서 공이 튀듯 몇 번이나 방향을 바꾸어서 현암에게로 덮쳐들었다. 그러자 도깨비불들도 시각을 방해하면서 어지럽게 난무하기 시작했다. 현암이 몸을 옆으로 틀자 그 형체가 현암의 어깨 부분을 스치고 지나갔다. 상처는 입지 않았지만 옷이 찌익 소리를 내며 찢겨 나갔다.

"괘씸한!"

현암은 몸을 빙그르르 회전시키면서 태극기공의 '흡' 자 결로 오른손에 공력을 모았다. 그러자 허공을 튕기며 날아오르던 흰 형체는 부르르 떨면서 그 흡인력에 필사적으로 반항했다. 현암은 발에 힘을 실어 디디면서 공력을 점차로 올렸고, 동시에 그 흰 형체도 끌려들지 않으려고 공중에 팽그히 매달려 버텼다. 마치 보이지 않는 줄을 놓고 줄다리기를 하는 것 같았다. 오성의 공력을 썼는데도 놈이 끌려오지 않자 현암은 속으로 조금 당황했다.

'상상외로 대단한 놈이군.'

현암은 더 공력을 끌어올릴까 하다가 급하게 힘을 '발' 자 결로 바꾸었다. 그러자 흰 형체는 자신이 버티던 힘에다가 현암이 밀어내는 힘까지 더해 밀려드는 힘을 이기지 못하고 빙그르 돌면서 한쪽으로 날아갔다. 현암은 이젠 됐다 싶어 안도의 숨을 쉬려 했으나 너무 이른 판단이었다. 흰 형체는 믿어지지 않을 만큼 재빠른 놀림으로 허공에 떠 있던 도깨비불들과 교묘하게 부딪혔고, 속도를 줄이지 않고 방향만을 바꾸어 다시 그대로 현암의 얼굴을 향해 날아들었다.

'이크!'

현암은 순간적으로 오른팔을 들어 흰 형체를 막았다. 현암의 공력으로 인한 반탄력과 흰 형체의 영력이 충돌하면서 푸른 불꽃을 튀겼고, 흰 형체는 뒤로 튕겨 나가면서 다시금 사라져 버렸다.

"어디 갔지? 나와라!"

그런데 갑자기 현암의 눈이 피로한 듯 풀리면서 일시적으로 앞이 흐려졌다. 부적의 힘을 빌렸다가 그 힘이 사라질 때에 나타나는 현상이었다.

'아차! 그러고 보니 부적을 사용한 뒤 너무 오랜 시간이 지났구나. 그렇다면 다른 것을······.'

현암이 다른 부적을 찾기 위해 주머니에 오른손을 넣었지만 부적이 잡히지 않았다.

'이크! 이거 어디에다가 다 흘린 모양이네!'

현암은 당황해하면서 할 수 없이 왼손에 쥐고 있던 태극패를 오른손으로 옮겨 쥐었다. 공중의 도깨비불들만이 더욱 일렁거리면서 어느새 현암의 주위를 완전히 포위하듯 감싸고 있었지만, 다른 느낌은 전해지지 않았다. 현암이 긴장해 사방을 둘러보았으나 흰 형체는 보이지 않았다.

"모습을 보여라!"

현암이 소리치자 다시 한번 사방이 쩌렁 울렸다. 현암의 소리에 도깨비불 몇 개가 파르르 떨면서 꺼질 듯이 깜박이는 것을 보고 현암은 다시 소리쳤다.

"어서!"

이번에는 비록 육성의 공력을 사용한 것이지만 사자후의 수법으로 소리를 친 것이라 그야말로 산이 쫘르릉 울릴 만큼이나 소리가 컸다. 오히려 저쪽에서 구경하고 있던 인부들 몇이 "에이구야!" 하는 소리를 낼 지경이었다. 현암은 천천히 몸을 한 바퀴 돌리면서 사방을 뚫어질 듯 쳐다보았다. 일렁거리는 도깨비불들 사이로 스산한 바람이 한 번 몰아쳐 먼지를 일으켰을 뿐, 다른 것은 보이지 않았다. 그러나 분명 범상하지 않은 기운이 느껴졌다.

'모습을 감추다니…… 영이 너무 공격적이군. 위험한 자다.'

그때 갑자기 현암 주변의 도깨비불들이 일렁거리면서 빙빙 돌기 시작했다. 또다시 한 줄기의 흙바람이 일어나며 사방에서 먼지가 자욱하게 일기 시작했다. 현암은 차라리 눈을 감아 버렸다. 어차피 저쪽에서 모습을 감추겠다고 마음먹은 이상, 그리고 부적도 잃어버린 바에야 눈을 뜨고 있어도 소용이 없다고 생각돼서였다. 오히려 눈을 감고 나자 일렁거리던 도깨비불들의 영상이 보이지 않아 마음이 편했다.

'마음으로 보아야 한다. 마음으로…….'

흙바람이 광풍으로 변했는지 사방에서 먼지와 모래들이 바람에 실려 현암의 얼굴을 스치고 지나갔다. 그러나 그런 자극들에 정신을 팔 수는 없었다. 그리고…….

현암의 깜깜해진 시계에서 번뜩하며 흰빛이 보였다. 현암은 텅 빈 마음으로 그쪽을 향해 천천히 오른손의 태극패를 내밀었다. 태극패에 묵중한 힘이 느껴지는 순간, 공력을 '추' 자 결로 운용했다.

공중에서 펑 하는 둔탁한 굉음이 들리더니 무슨 비명 같은 것이 요란하게 울려왔다. 사람의 음성은 아니고 짐승의 소리 같았다. 그 소리를 듣자 현암은 조용히 눈을 뜨고 몸에서 공력을 지웠다. 다 끝났다고 판단됐기 때문이었다.

"이제 그만! 그만!"

현암은 중얼거리듯이 말했다. 현암의 앞에는 흰옷을 입은 노인 한 사람이 비틀거리며 서 있었다. 얼굴은 무척 고통스러워 보였고, 눈동자에는 체념과 원망이 섞인 야릇한 빛이 돌고 있었다. 그러나 눈은 이상하게도 어둠 속에서 파랗게 빛나고 있었다.

"그래서는 안 됩니다. 이제 편히 쉬세요. 더 이상 집착하지 마시고요."

현암은 조용히 말했다. 그러자 그 노인은 고통스러운 표정으로 입을 열려고 하더니 다시 꺼지듯 사라져 버렸다. 그때 누군가가 옆에서 현암의 손을 꼭 잡았다. 그러나 우왁스럽게 움켜쥐는 것이 아니라 조용하고 따뜻하게 잡는 손길이어서 놀라지는 않았다. 현암이 옆을 돌아보니 그곳에는 자영이 있었다.

"현암 씨. 이, 이건……."

현암이 고개를 갸웃하면서 눈썹을 치켜뜨자 자영은 금방이라도 눈물이 쏟아져 내릴 듯한 표정을 지으며, 떨리는 손을 들어 보였다. 그 손에는 준후가 만들어 주었던 부적이 쥐어져 있었다.

"이걸 전해 드리려고……. 그런데…… 현암 씨, 저쪽을 보세요."

자영은 아마 현암의 뒤를 따라오다가 현암이 무심코 흘린 부적을 본 뒤 그것을 현암에게 갖다 주려고 온 모양이었다. 그러나 그 부적을 지니고 있으면 영을 볼 수 있는 법……. 지난번의 경험으로 자영은 부적을 든 사람이 손을 잡아 주면 옆의 사람도 영을 볼 수 있게 된다는 사실을 알게 된 모양이었다. 현암은 고개를 돌렸다. 현암의 앞에서는 미처 예상도 못 했던 광경이 눈에 들어왔다.

평범해 보이는 할아버지와 할머니 두 사람, 아니 두 영이 쪼그리고 앉아서 뭔가를 쓰다듬고 있었다. 그것은 비틀거리면서 캑캑

거리고 있는 한 마리의 조그만 흰 고양이였다. 살아 있는 고양이 같지는 않고 영인 것 같았다. 그런데 그 두 노인의 영은 고양이를 자상하게 쓰다듬어 주면서도 얼굴에는 아무런 표정이 없었다. 슬프다는 것인지 기쁘다는 것인지……. 옆에서 자영이 울먹이는 목소리로 말했다.

"아까부터 전 들었어요. 백묘더러…… 저분들은 죽은 자신들 때문에 그러지 말라고, 그럴 필요 없다고, 계속 말려 왔는데……."

"백묘?"

"저 고양이의 이름인가 봐요. 불쌍해요."

그렇다면 지금 일어난 일들은 모두 평소에 자신을 길러 준 두 노인의 묏자리가 파헤쳐지자 고양이인 백묘가 저질렀던 일이란 말인가? 그러고 보니 가끔 사람의 형상으로 나타나긴 했지만, 그 소리도 고양이와 닮았고 작고 매우 민첩한 행동, 빛나는 눈, 그리고 할퀴는 것 같은 몸놀림들이 고양이와 흡사했다. 현암은 사람도 아닌 한낱 미물이 은혜를 갚기 위해 그런 일을 했다는 것이 기특하게 느껴졌고, 또 자신이 멋모르고 손을 써서 고양이의 영을 다치게 만든 일도 새삼 후회가 됐다.

현암도 눈시울이 뜨거워졌다. 노인들은 그저 도란도란 백묘의 이름을 부르면서 고양이를 쓰다듬어 주고 있었다. 그러나 몸을 떨고 있는 백묘의 몸은 점차 빛이 희미해지며 금세라도 사라져 버릴 것 같았다.

너마저 가면 우리는 어쩌니…… 어쩌니, 응?

자식도 못 믿어서 너만 믿었는데 가면 어쩌니……. 가면 안 돼. 안 돼…….

현암은 더 이상 참을 수가 없었다. 현암은 자영의 부적을 빼앗듯이 들고 그 앞에 털썩 무릎을 꿇고 앉아 두 노인에게 손을 내밀었다. 두 노인은 현암 쪽을 쳐다보더니 놀라는 듯한 표정을 지었다. 분명 현암이 자신들의 모습을 알아보고 있었기 때문이었다.

젊, 젊은이…….

현암은 붉어진 눈을 한 채 미소를 지으며 두 손을 내밀었다. 두 노인은 잠시 서로 눈치를 보고 중얼거리더니 말했다.

젊은이가 악의로 그런 게 아니라는 건 알우. 그러니 우리 백묘를 좀 어떻게…….

현암은 눈물이 나오려는 것을 꾹 참고 다시 한번 미소를 지으며 손을 내민 채 고개를 끄덕해 보였다. 두 노인은 주저하더니 조심스럽게 이미 반쯤 희미해져 버린 백묘를 현암에게 내밀었다. 현암이 살아 있지 않은 백묘의 영을 받아 들 수 있다는 것을 믿지 않는 듯했으나, 백묘를 칠 수 있다면 받을 수도 있다고 나름대로 생각한 모양인지 선선히 현암의 요구에 응했다.

현암은 공력을 모은 오른손으로 그야말로 털빛이 눈부시게 희었을 것 같은 백묘의 영을 받아 들었다. 그리고 조용히 눈물을 흘리면서 눈을 감고 공력을 모았다. 단전에서 화끈한 기운이 솟구쳐 오르며 오른손에 모였다. 무엇을 어떻게 해야 하는지 현암도 알지 못했다. 공력을 어떻게 운용한다거나 하는 생각도 없었다. 다만 간절한 마음과 혼신의 힘을 다한 정성뿐이었다. 그리고 아무런 생각도 하지 않았다. 무념의 상태로 현암은 묵묵히 필생의 공력을 아낌없이 쏟아붓고 있었다.

감고 있던 현암의 눈에 밝은 빛이 얼핏 비쳤다. 현암은 몹시 지친 상태였지만 조용히 눈을 떴다. 그리고는 평소 무뚝뚝했던 것과 달리 환하게 함박웃음을 지었다. 현암의 손 위에는 그야말로 눈부시게 빛나는 고양이 한 마리가 몸을 웅크렸다 펴며 막 기지개를 틀고 있었다. 고양이의 몸에서 나오는 빛은 눈보다도 하얗고 보름달보다도 환했다. 마치 반짝이는 별빛까지도 같이 담고 있는 듯했다. 현암의 등에 자영이 손을 대는 것 같더니 덩달아 좋아하는 소리가 들려왔다.

"어머나! 예쁘기도 해라!"

고양이가 눈을 떴다. 고양이의 눈은 이제 아까의 분노와 원망으로 뒤덮인 눈이 아닌 에메랄드빛의 맑은 눈동자로 변해 있었다. 고양이는 기분이 좋은 듯 구르륵 소리를 내면서 현암의 손등에 등을 비볐다. 현암은 평소에 거의 짓지 않던 너털웃음을 터뜨리면서 왼손으로 고양이의 등을 쓰다듬는 시늉을 해 보이자 고양이는 눈을 반쯤 감으며 만족한 듯한 표정을 지었다.

아이고, 우리 백묘가……

고맙네! 젊은이!

두 노인의 영은 후광이 번득일 정도로 진정 기뻐하고 있었다. 현암이 씨익 웃으며 백묘를 두 노인에게 넘겨주자 두 노인은 고양이를 어르고 좋아하느라고 눈물까지 흘리는 것 같았다. 자영은 손등으로 입을 막은 채 웃으면서도 눈물을 흘렸고, 현암은 그저 미소만을 머금고 있었다.

두 노인은 조용히 몸을 일으켰다. 자그마한 체구였고 특이한 것은 없어 보였다. 아까는 몰랐는데 저만치에는 아주 희미하게 많은 노인이 열을 지어 서 있는 것 같았다. 현암 앞에 서 있는 분들이 가장 최근에 이곳에서 쉬던 분들이고 저 뒤의 분들은 그 조상들인지도 몰랐다. 두 노인 중 할아버지가 먼저 현암에게 고개를 숙였다. 그러자 현암은 송구스러워서 얼른 땅바닥에 엎드려 절을 했다. 노인은 껄껄 웃으며 말했다.

고마우이, 젊은이. 고마워. 우리는 이제 가겠네. 우린 사실 백묘를 말리려고 했지만, 이놈이 워낙 고집쟁이여서 말이네.

현암은 선선히 고개를 끄덕여 보이고는 다시 한번 씨익 웃었다.

사실 우리가 누울 자리 때문에 안 가고 있던 것은 아니네. 물론 산 사람이 살아야지, 죽은 주제에 버틸 수야 있겠는가. 다만 한 번이라도 자식 놈을 보려고…….

할머니가 슬픈 듯한 어조로 중얼거리듯 말하자 갑자기 할아버지가 호통을 쳤다.

그런 말은 뭐 하러 하는 게야!

할머니는 당황한 것 같았으나 현암은 그저 고개만 끄덕이면서 조용히 말했다.

"자제분이 찾지 않으시는가 보군요. 제가 연락을 취해 이장해 편히 모시라고 전해 드리겠습니다. 이름이라도 알려 주시면…….

아니네! 젊은이! 우리 자식은 죽었어. 그러니…….

"예? 그렇다면 못 만나실 리가 없잖습니까? 그런…….

아니야, 아니야. 젊은이, 신경 쓰지 말게. 이제 우리는 곧 갈 것이니 공연히 수고할 필요 없네.

"그래도…….

아니야. 지금 보여 준 마음 씀씀이만 해도 정말 고마우이. 정말…….

영감. 어서, 어서 갑시다. 어서…….

그, 그래. 어서 가자구. 젊은이, 잘 있게. 자넨 분명 좋은 사람이야. 착한 일 하라구. 응?

현암은 다시 고개를 깊이 숙여 절을 했다.

"예, 명심하겠습니다."

두 노인은 서둘러서 고양이 백묘를 안고 허공을 향해 걸음을 옮겨 하늘로 향했다. 현암이 보기에도 두 노인의 영이 왠지 모르게 허둥대는 것 같아서 조금 의아했다. 그래도 그러려니 하고 있는데 갑자기 할머니의 품에 있던 백묘가 쏙 하고 품을 빠져나와 달음질쳐 갔다.

아이고, 아가야! 백묘야!

할머니가 울상이 돼 백묘를 불렀으나 백묘는 계속 달음질쳐서 공사장의 한쪽 구석까지 달려간 뒤 길게 날카로운 울음을 세 번 우는 것이었다. 놀랍게도 백묘의 울음은 영적인 울림이 아닌 실제의 울림이었고, 너무나도 날카롭고 처절한 소리여서 주변의 산마

저 찌르릉 울고 한참 여운이 사라지지 않고 길게 메아리쳤다. 현암과 자영은 어안이 벙벙한 채로 서 있었다. 울음을 그친 백묘는 다시 날쌔게 달려가서는 할머니의 품으로 뛰어들어 어리광을 부렸다.

젊은이, 우리 정말 가네. 잘 있게. 나중에 보세.

아이고! 영감도 주책이지! 그럼 저 창창한 젊은이 보고 죽으라는 말이유?

저런, 저런…… 미안허이! 허허허…….

두 노인의 소박하고 친근한 모습은 어느덧 서서히 어둠 속에 묻혀서 사라져 가고 있었다. 현암도 공력을 너무 쓴 탓인지 좀 지치기는 했지만 흐뭇하게 자영과 시선을 나누고 있었다. 그런데 기분 좋은 정적을 깨고 째지는 소리가 들렸다.

"고양이! 고양이!"

바로 강 사장이었다. 강 사장은 사무실에만 웅크리고 있을 줄 알았는데 언제 여기까지 달려왔는지 모를 일이었다. 퍽이나 급히 달려온 듯, 숨을 헐떡거리면서도 얼굴은 파랗게 질려 있는 데다가 흙먼지를 마구 피우고 왔는지 먼지를 잔뜩 뒤집어쓰고 있었다. 현암은 대꾸하고 싶지도 않아서 시선을 돌리려는데 강 사장은 반쯤 미친 듯한 소리로 울부짖듯이 지껄여 댔다.

"고양이! 고양이 소리를 들었나? 엉? 으아! 그, 그 소리……."

"도대체 왜 그러죠? 그 소리가 뭐가 무섭다고요?"

좀 당돌한 끼가 있는 자영이 나름대로 둘만의 좋은 시간을 깨뜨린 것에 대한 적의를 숨기지 않고 눈에 불꽃이 튈 듯 쏘아붙이자, 강 사장은 그 자리에 주저앉으면서 정신이 나간 것처럼 중얼거렸다.

"고양이. 그놈의 고양이……. 그놈을…… 백묘를……."

그때 섬뜩한 것이 현암의 등줄기를 오싹하게 훑고 지나갔다. 자영도 갑자기 몸을 휘청하면서 뒤로 물러섰다. 현암의 눈꼬리가 서서히 무섭게 치켜져 올라가기 시작했다. 현암의 입에서 무척 화가 났을 때만 나오는, 나직하지만 사방을 울리는 목소리가 흘러나왔다.

"백묘가 뭐요? 고양이?"

"고, 고양이…… 그놈의 고양이…… 내 그놈을……."

"어떤 고양이냐니까!"

현암이 고함을 쳤다. 무의식중에 공력이 들어갔는지 사방의 산이 우르릉하고 울렸다. 강 사장은 그 목소리에 놀라 얼이 빠진 듯이 중얼거렸다.

"백, 백묘……. 고양이…… 부모님이 키우던……."

현암은 눈앞이 샛노랗게 변하면서 순간적으로 아무것도 보이지 않았다. 지금 이자는 자신의 조상과 부모가 묻힌 곳을 밀어서 공사를…….

— 불도저로 밀어붙일 때 인골과 관 부스러기 같은 것들이 나왔지요.

— 모르겠어요. 묏자리 같기는 한데 아무도 나서는 사람이 없으니 우리는 그런가 보다 하고 그냥…….

"이 금수만도 못한 놈아!"

현암이 무의식중에 있는 힘을 다해 소리를 치자 사방의 산이 흔들리면서 사무실의 유리창들과 전구들이 와르르르 깨져 나갔다. 옆에 있던 자영도 으악 소리를 내며 귀를 막은 채 그만 주저앉아 버렸고, 강 사장은 소리를 지르며 뒤로 엎어져서 입에서 거품까지 뿜어 댔다. 그러나 현암의 눈에는 아무것도 보이지 않았다. 현암이 오른손으로 강 사장의 멱살을 잡고 들어 올리자 강 사장의 몸은 종이 인형보다도 가볍게 번쩍 허공에 들려졌다. 어쩔어쩔해서 고개를 흔들며 일어나던 자영은 현암의 눈에 푸른빛이 번쩍거리는 것을 보았다. 그 시선은 저만치에 있는 커다란 바위를 향하고 있었다. 현암의 힘으로 그곳에 패대기를 친다면······.

"안 돼요!"

자영은 현암을 붙잡으려다가 자신의 힘으로는 도저히 안 될 것 같자 양팔을 벌리고 현암의 앞을 막아섰다. 자신이 왜 그러는지도 몰랐지만 최소한 현암이 사람을 해쳐서는 안 된다는 생각이 자영의 뇌리에 파고들었다. 현암은 그 누구보다도 할 일이 많은 사람이 아닌가.

"안, 안 돼요! 안 돼. 예? 알겠어요? 안 돼······."

현암의 머릿속으로 많은 생각이 스쳐 지나갔다. 이제껏 걸어왔던 많은 일들, 피눈물 나는 과거, 고됐던 시련들, 목숨을 걸었던 아찔했던 기억들, 그리고 수많은 사람, 사람들······. 사람을 위해서 일을 한다는 자신이 정말 옳은 것이었을까? 그러한 의문이 커다랗게 현암의 머릿속에 떠올랐다가 다시 공허하게 변했다.

현암이 오른손을 풀자 강 사장은 먼지투성이인 땅바닥에 처박

했다. 저만치에서 직원과 인부들이 이쪽을 바라보고 있었으나 감히 앞으로 달려 나올 생각은 하지 못하고 있었다. 현암은 강 사장을 놓아 주고 나서 그대로 터벅터벅 걸음을 옮기기 시작했다. 임 소장이 뭐라고 말을 하는 것 같았으나 들리지도 않았다. 현암의 표정은 다시 무뚝뚝하게 변해 있었고 입은 두 번 다시 열릴 것 같지 않게 굳게 닫혀 있었다.

"저는 ○○지의 스크립터 김자영입니다. 여기 강준 사장은 콘도를 세운다는 미명하에 이 터를……."

뒷전에서 들려오는 자영의 목소리도, 인부들과 직원들의 웅성거림도 들려오지 않았다. 현암은 터벅터벅 한결같은 걸음걸이로 비탈을 내려가고 있었다. 땅만 보고 걷던 현암이 잠시, 아주 잠시 하늘을 바라보는 모습을 자영은 미어지는 가슴으로 쳐다보고 있었다.

하늘에는 구름이 끼어 별 하나 보이지 않고, 심술궂은 그믐달만이 얼굴을 찌푸리고 있었다.

프랑켄슈타인의
후예

고뇌

준승의 고뇌를 아는 사람은 아무도 없었다.

엄청난 고민과 괴로움, 그리고 슬픔과 분노까지 뒤섞인 그의 깊은 고뇌는 누구한테 이야기할 성질의 것도 아니었고, 또 속마음을 터놓고 상의할 수도 없는 그런 것이었다. 그의 고뇌는 매일 더욱더 커다란 무게로 그의 몸과 마음을 짓누르고 있어서 이제 준승은 거의 질식하기 일보 직전의 상태에까지 이르렀다.

냉동 인간이라고 한다면 일반에게 친숙한 말은 아니지만 그렇다고 그렇게 생소한 말도 아니다. 체온을 빙점보다도 훨씬 낮은 극저온으로 떨어뜨려 그대로 몸을 오랫동안 보존하는 것. 고기를 얼려서 보존하는 것과는 전혀 다른 것이고, 오히려 동물들의 겨울잠과 비슷한 개념이라고 준승의 스승인 염 박사는 주장해 왔다. 단, 동물들은 본능적으로 겨울잠을 맞이하게 되지만 사람은 그럴 수 없기 때문에 인위적인 조작으로 그런 상태를 만들어 낸다는 게 차이라면 차이였다.

염 박사는 냉동 의학이라고 이름 붙일 수 있는 분야를 전문적으로 연구해 우리나라뿐 아니라 세계에서도 손꼽히는 권위자였다. 그가 발표한 실험 결과는 매번 학계에 엄청난 파문을 몰고 왔다. 그러한 염 박사의 연구소에 전도양양한 수재인 준승이 들어가게 된 것은 밖에서 본다면 하등 문제가 될 이유가 없었다. 그러나 거기에는 남에게 이야기할 수 없는 준승만의 사정이 있었다. 더군다나 그것은 요즈음 준승에게 밀어닥친 크나큰 고뇌와 깊게 연관돼 있었다.

오늘도 연구소에서는 이상한 일들이 벌어졌다.

맨 처음엔 어쩌다가 발생할 수도 있는 단순한 사고라고만 생각했었다. 그러나 지금은 더 이상 그런 식으로 적당히 생각하고 얼버무리면서 넘어갈 문제가 아니었다. 수십 마리에 달하는 기니피그들이 모조리 꽁꽁 얼어붙은 채 참혹한 사체로 발견된 것쯤은 이제 다반사로 여길 정도였다. 열댓 마리의 토끼들이 뻣뻣하게 사지가 굳은 채 얼어 죽는 사건도 이미 여러 차례 일어났다.

그러나 오늘은 달랐다. 냉동고 안에 깊숙이 보관 중이었던 개와 말이 처참하게 난도질된 채로 죽어 있었다. 도대체 영문을 알 수 없었다. 그 냉동고 안은 질소의 액화점인 영하 백사십 도가 넘는 극저온 상태를 유지하고 있었고, 특수 유리로 된 오중의 작은 창문을 제외하고는 외부와 완전히 차단된 상태였다.

원인을 알 수 없는 동물들의 떼죽음은 결과가 나오기만을 눈 빠지게 기다리고 있던 연구원들을 처음부터 다시 실험하게 만들었을 뿐 아니라 그들 모두를 불안감에 빠뜨렸다.

여러 번 경비원에게 철저하게 순찰을 하도록 시켰으나 아무런 단서도 잡히지 않았고, 오히려 그런 기괴한 사건은 꼬리에 꼬리를 물며 일어나고 있었다. 이제 연구원들은 아무리 급한 실험이 있어도 해만 떨어지면 연구소에 남아 있으려고 하지 않았다. 외부의 별 볼 일 없는 세미나나 지겨운 심포지엄에도 서로 참석하려고 난리들이었다. 무서운 일이 벌어지고 있는 연구소에서 조금이라도 떨어져 있으려고 하는 분위기가 팽배해져 갔다. 말로야 다들 신경 쓰지 않는다고 하지만 그러한 증상은 마치 돌림병처럼 연구소 이곳저곳을 누비고 다녔다.

계획했던 실험들에 자꾸 문제가 생기자 끝없는 의문에 휩싸였던 염 박사의 머릿속은 차츰 공포의 감정으로, 그리고 지금은 그 공포를 넘어 폭발할 듯한 분노로 가득 찼다. 여기저기 파헤쳐진 채 피 대신 교체된 대체 냉동액의 고드름을 주렁주렁 달고 처참하게 죽은 동물들의 끔찍한 사체는 누가 보아도 진저리를 치게 했다.

자그마한 오중 창이 달린 두꺼운 쇠문의 안쪽은 지금 임시로 온도를 영하 육십 도까지 낮추어 놓았다. 그곳에서 우주복처럼 생긴 방한복과 열선 파이프들을 주렁주렁 매단 작업원들이 꽁꽁 얼어붙은 동물들의 사체를 망치로 깨고 있었다. 그 옆에는 정상적으로 작동하는 여러 개의 컨테이너가 있었다. 사실 컨테이너들 —연구원들은 관이라고 불렀다— 안에 닭, 개, 돼지, 말 등의 동물들이 잘 냉동돼 있는지 그 상태를 살피기 위해서는 이런 계기들에 의존하는 것 외에 달리 방법이 없었다.

이미 복잡한 절차를 거쳐서 냉동된 동물들은 아무리 몸집이 작은 것이라 하더라도 다시 외부 환경에 내놓는 데에 적어도 일주일 정도의 기간이 필요하고, 좀 더 큰 동물들의 경우 길게는 두 달 이상이 걸리기도 한다. 그러한 상태니만큼 중요한 연구 목적으로 동물들이 냉동된 컨테이너를 열어 본다는 것은 결코 용납될 수 없는 일이었다.

그런데도 요즘 들어 누군가가 이 냉동고 안으로 침입해 컨테이너를 열고 평온하게 잠들어 있는 동물들을 참혹하게 난도질한 것이다. 물론 냉동 실험은 아직 완전한 것이 아니어서 냉동 상태에 있는 동물들이 과연 살아 있는 것인지 아닌지의 구분이 애매모호하긴 하다. 외견상 보기에 동물들은 죽은 것이나 다름없었다. 복잡한 과정을 거쳐서 냉동 상태를 풀면 일부는 회생하지만 그렇지 못한 동물들도 있을 것이다. 그렇기 때문에 냉동 상태에 있어서 똑같은 모습을 하고 있다고 해도 어쩌면 이미 생사가 구별된 것일 수도 있지 않느냐는 견해도 없는 건 아니었다.

그러나 생명 활동의 징후만 없을 뿐 결코 죽은 게 아닌 냉동 동물들을 저리도 무참하게 난도질한다는 것은 너무도 끔찍한 일이었다. 냉동이 되면 동물들의 혈액을 냉매로 대체한다. 극저온의 냉동 상태에선 혈액이 응고될 가능성이 크기 때문이다. 따라서 그렇게 찢겨 나간 상태에서도 붉은 핏자국이 전혀 없어 냉동 동물들은 마치 푸줏간의 고깃덩어리같이 느껴지기도 했다. 그러나 이 연구소 연구원들은 냉동돼 있는 모든 동물들한테 이름을 붙여 주고 애칭까지 지어 주었다. 그 동물들은 각 연구원들 생활 속에 깊게 자리 잡고 있는 존재였던 것이다. 그런 처참한 동물들의 모습에 욕을 하는 사람도 있었고 뚝뚝 눈물을 흘리는 연구원도 있었다. 또 분노로 얼굴빛이 파랗게 된 중년의 책임 연구원도 보였다.

한 박사라는 연구원은 몸을 부르르 떨며 연구소의 책임자인 염 박사에게 노기 섞인 목소리로 말했다.

"누가, 도대체 누가 이런 짓을 한 것일까요? 이건 도대체……."

"누군가의 고의적인 방해가 분명해. 나는 그렇게 단정을 내렸네. 이 냉동고 안에는 사정을 잘 아는 사람이 아니고서는 들어올 수 없어. 그렇지 않은가, 이 박사?"

한참 아무 말 없이 그 광경을 바라만 보고 있던 염 박사가 중얼거리듯 옆에 있던 준승에게 말했다. 준승은 신출내기기는 했지만 박사 학위를 받고 재능을 인정받아 연구소 내의 선임 연구원 중에서도 두드러지는 존재였다.

준승은 말없이 고개를 끄덕였다.

이미 여러 번 이와 비슷한 일이 있은 다음부터 연구소 외곽의 검문과 경비는 이전에 비해 몇 배로 강화됐다. 그러니 어제 벌어진 사건은 외부 사람의 침입에 의한 것이 아님이 거의 확실하다고 다들 생각했다. 어떤 사람도, 어떤 방호복을 입은 사람도 영하 백사십 도의 냉동고 안으로 들어가서 이런 짓을 벌일 수는 없었다. 그렇다고 이렇게 복잡한 냉동고의 시설을 조작해 온도를 낮출 수 있는 사람 또한 이 연구소 밖에서는 찾아볼 수 없었다. 이러저러한 정황을 심사숙고한 염 박사는 나름의 결론을 내렸다. 어떤 이유에서건, 누구의 사주를 받았건 간에 연구소 내부의 누군가가 이런 짓을 벌인 것이라고.

"그렇지만 연구소 내에서 누가 그런 짓을 한단 말입니까?"

준승이 조그마한 목소리로 말을 꺼내자 염 박사는 눈썹을 치켜떴다.

"그거야 나도 모르지. 하지만 그렇지 않고서는 조작하기도 어렵고 영하 백사십 도나 되는 냉동고에 들어가서 누가 저런 짓을 할 수 있단 말인가, 응?"

"혹시, 뭔가 초자연적인 현상은 아닐까요? 귀신이라든가……."

"하하하."

염 박사 옆에 있던 한 박사가 주위 사람들이 민망함을 느낄 정도로 갑자기 크게 웃어 젖혔다. 준승은 얼굴이 벌게진 채 조금 화난 듯한 눈으로 한 박사를 쳐다보면서 뭐라고 말하려 했으나, 한 박사가 먼저 입을 열었다.

"그런 말도 안 되는 소리를 하다니, 자네도 참 뭣하군그래. 요즘 세상에 그런 것이 어디 있단 말인가? 아니, 요즘 세상이 아니라 아무리 옛날이라 해도 그렇지, 그런 허황된 이야기를 하다니. 자네도 원 참······."

"그런 식으로 단정 지을 수는 없는 겁니다. 그런 일들이 자주 일어나는 것은 아니지만, 무조건 허황된 일이라고 치부해 버리는 것이야말로······."

"지금 그런 이야기를 할 때인가?"

염 박사가 조용히 둘 사이의 말다툼을 가로막았다. 그러면서 염 박사는 필요 이상으로 흥분해 있는 준승을 의아하다는 듯한 눈초리로 바라보았다. 준승은 재빨리 하려던 말을 꿀꺽 삼켰다. 이미 육십 대에 접어들어 희끗희끗하게 결 좋은 머리카락을 가진 염 박사는 다시 한번 준승에게 무슨 말인가를 하려다가 삼켰다. 잠시 뭔가를 골똘히 생각한 염 박사가 준승에게 조용히 말했다.

"냉동고 관리는 자네가 맡고 있지?"

"예."

"저 냉동고는 특별한 자물쇠가 부착돼 있지는 않지만, 문은 복잡한 계기(計器)를 조작해야만 열 수 있는 것으로 알고 있는데······ 어떤가?"

준승은 얼굴을 붉히면서 단호하게 말했다.

"전 냉동고 문을 연 적이 없습니다. 그리고 그 문을 열 수 있는 키를 가진 사람은 박사님과 저뿐이고요. 문이 열리게끔 조작법을 제대로 알고 있는 사람은 연구소 내에서 저뿐인 걸로 알고 있습니다."

"흠!"

"그러나 저는 절대로 저 문을 연 적이 없습니다. 맹세합니다. 저를 의심하시는 겁니까?"

"그런 말은 하지 않았네."

염 박사는 나직하게 말하면서 준승에게 눈짓을 해 보였다. 준승은 얼굴이 벌게진 채로 씩씩거리면서 뒤로 돌아섰다. 돌아서는 그의 빛나는 눈동자가 염 박사의 눈에 비쳤다.

준승이 나가고 나자 염 박사는 혀를 차면서 옆에 있던 한 박사에게 중얼거리듯 말했다.

"정말 이상한 일이야. 그렇지 않은가?"

"글쎄요. 그렇지만 이 박사가 이런 짓을 벌인 것 같지는 않습니다. 도대체 그럴 만한 이유가 없잖습니까?"

"그러게 말이야. 내 생각도 자네와 똑같네. 그러나 말일세, 이런 경우를 어떻게 설명하겠나. 냉동고 안에서까지 해괴망측한 일이 벌어지다니…… 다른 곳도 아니고 냉동고 안에서 말일세. 이 냉동고 문을 조작할 수 있는 사람은 이 박사뿐이야. 그리고 고작 이 안의 동물들을 해치기 위해서 경비나 순찰을 모조리 피하고 엄중한 감시를 뚫으며 이곳에 들어올 외부인이 과연 몇 명이나 되겠나?"

염 박사는 문제가 풀리지 않는지 계속 머리를 가로젓고 있었다.

"이 박사가 그런 짓을 했다면 이렇게 서툴게 하지는 않았을 겁니다. 냉동고 문을 여는 법을 이 박사 혼자만 알고 있다는 사실은 연구소 내의 누구나가 다 아는 일 아닙니까? 만에 하나 이 박사가 냉동 실험 중이던 동물들을 해쳤다고 하더라도 저렇게 엉망진창으로 태연히 증거를 남겨 놓았을 리도 없을 것이며, 오늘 다시 천연덕스럽게 이 자리에 나타나서 놀란 척한다는 것은 도저히 제 상식으로는 상상이 가지 않습니다."

"그러나 그게 사람들의 의표를 찌르는 방법일 수도 있지 않은가?"

한 박사는 조금 얼굴이 굳어져서 단호하게 말하는 염 박사의 무표정한 얼굴을 바라보았다.

"그렇다면 이 박사를 의심하시는 겁니까?"

"그렇다고는 안 했네. 나도 이 박사가 그런 짓을 했으리라고는 보지 않아. 다만……."

"다만, 뭐죠?"

"어딘가 이 박사가 지금 일어나고 있는 일련의 사건들과 관련이 있을 것 같다는 느낌은 드네. 뭔가 내막을 알고 있는 것 같아."

"그럴 리가요!"

"아니야. 이 박사는 마음속으로 괴로워하고 있네. 그것도 겉으로 드러나 보일 만큼 말이야. 이 박사는 동물들을 가장 냉정히 다루던 사람이었네. 그런 사람이 동물들의 죽음에 놀라는 것까지는 몰라도 그렇게 마음속 깊이 괴로워한다는 것은 상식적으로 설명이 안 되네."

"그럴 만한 무슨 이유라도……."

"그건 나도 모르지. 그리고 사실 나는 이 박사를 의심하는 게 아닐세. 허나……."

염 박사는 뭔가 더 말을 이으려다가 그만 입을 다물어 버렸다. 한 박사가 고개를 갸우뚱하면서 염 박사의 얼굴을 들여다보았지만 염 박사는 더 이상 말을 하지 않았다.

잠시 후에 오늘 밤은 더욱 경비를 강화하라는 말을 남기고 염 박사는 뚜벅뚜벅 걸어서 방에서 나갔다.

또다시 밤이 됐다.

아침에 발견된 끔찍한 일들도 겉으로는 다들 잊은 듯했지만, 각자의 일에 열중하던 사람들도 해가 지는 것을 보고는 다들 서둘러서 연구소를 총총히 빠져나갔다. 그러나 준승은 늦은 시간까지 염 박사와 함께 연구실에 남아서 산더미처럼 쌓인 자료를 정리하고 있었다. 철야 작업을 하는 일은 가끔 있었으나 오늘따라 느닷없이 함께 작업하자는 소리를 들었을 때 준승은 염 박사의 저의를 이상하게 여겼다. 아무래도 자신을 의심하고 있는 것 같아서 준승은 불안감을 느꼈다.

둘은 늦은 밤까지 공식적인 것 이외에는 말 한마디도 하지 않고 묵묵히 일에만 몰두했다. 염 박사는 아무런 표정도 없이 서류들만 뒤적거리고 있었다. 그러나 서류나 자료들은 모두가 이미 정리가 끝난 것들이라 내용을 다시 확인하거나 정리할 필요가 없는 것들뿐이었다. 결국 준승은 자신을 의심하기 때문에 염 박사가 옆에 붙들어 놓으려 한다는 생각이 들자 마음이 더욱 무거워졌다.

"이 박사."

"예? 염 박사님."

"피곤하지는 않은가?"

준승이 돌아보니 염 박사는 잠시 안경을 벗고 미간을 문지르고 있었다. 말 한마디 없이 일에 몰두하는 척만 하다 보니 어느덧 염 박사도 꽤 피곤한 모양이었다. 준승도 사실 여러 가지 고민으로 인해 피곤하기는 했지만 말은 다르게 했다.

"아닙니다. 박사님은요?"

"허허허. 글쎄……."

염 박사는 좀 쑥스러웠는지 너털웃음을 짓고는 문득 뭔가 생각나기라도 했다는 듯 잠시 뜸을 들이다가 낮은 목소리로 말했다.

"우리가 같이 일한 지가 얼마나 됐지, 이 박사?"

"글쎄요. 삼 년이 조금 넘은 것 같습니다."

"그렇군. 자넨 정말 열심히 일했어. 정말 내게 큰 힘이 돼 주었네."

"저야, 뭘 한 것이 있습니까? 과찬의 말씀입니다."

"아니야. 자네만큼 이 냉동 의학에 깊은 관심과 열의를 가지고 있는 사람은 내 거의 보지 못했지. 거기다가 재능도 있고……."

"감사합니다."

"그런데……."

이제 뭔가 좀 이야기가 나올 모양이라고 준승은 생각했다. 그러나 그들의 대화는 갑자기 들려온 날카로운 비명으로 중단되고 말았다.

"아아악!"

비명은 메아리를 길게 끌면서 저쪽 복도에서 들려오고 있었다. 준승과 염 박사는 둘 다 놀라서 벌떡 자리에서 일어났고 준승이 앞서 문을 열고 밖으로 달려 나갔다. 염 박사는 갑자기 난데없는 비명이 들리자 무척 놀랐는지 잠시 숨을 몰아쉬며 망설이다가 곧바로 준승의 뒤를 따라 문밖을 나섰다.

얼어붙은 주검

"헉! 이런……."

염 박사가 복도의 모퉁이를 돌아서는 순간 바로 그곳에서 준승의 놀란 목소리가 들려왔다. 염 박사는 모퉁이를 돌다가 우뚝 서 있는 준승의 몸을 하마터면 들이받을 뻔했으나 가까스로 멈춰 서고는 준승의 어깨 너머를 들여다보았다. 그 순간 염 박사의 입에서도 비명이 새어 나왔다.

"이, 이럴 수가!"

그곳에는 연구소 내의 순찰을 철저하게 하느라 고용한 경비용역 회사의 직원 하나가 뒤로 벌렁 나자빠진 듯한 자세로 쓰러져 있었다. 그 사람의 얼굴 한쪽은 차마 눈 뜨고 볼 수 없을 만큼 참혹했다. 얼굴 한쪽이 석고상처럼 부서져 있었고, 부서져 나간 얼굴 부위에는 수증기 같은 것이 뭉게뭉게 피어오르고 있는데도 핏자국이 보이지 않아 마치 사람이 아니라 마네킹이 쓰러져 있는 것 같았다.

"이, 이게 어떻게 된 건가, 응?"

염 박사는 너무 놀란 나머지 소리를 쳐 댔고 바로 얼마 지나지 않아 막혔던 양쪽 복도의 문이 열리면서 사람들이 웅성거리는 소리가 들렸다. 염 박사는 그제야 아찔하다는 생각이 들었는지 서서히 다리가 풀리면서 그 자리에 털썩 주저앉았다. 잠시 후 하얀 김이 피어오르던 시체의 머리 부분에서 붉은 피가 주르륵 흘러나왔다.

'얼, 얼어붙었구나. 그래서 저런 모습으로…… 도대체 어떻게 이런 일이 일어날 수 있는 걸까?'

염 박사는 주저앉은 채 놀란 눈으로 옆에 장승처럼 서 있는 준승의 얼굴을 올려다보았다. 준승의 얼굴도 새파랗게 질려 있었다. 그러나 이상하게도 준승은 이를 꼭 악물고 양 주먹을 꼭 쥔 채 부들부들 떨면서도 눈은 냉동고가 있는 방문 쪽을 향해 있었다.

"뭘, 뭘 보았는가, 이 박사?"

준승은 아무 말도 하지 않은 채 눈을 내려 참혹하게 쓰러져 있는 경비원의 시체를 내려다보면서 사시나무 떨듯 온몸을 후들후들 떨고 있을 뿐이었다.

특별히 누가 소문을 낸 것도 아니었다.

목격자라고 할 수 있는 염 박사와 준승은 별말 없이 입을 다물고 있었지만, 다음 날이 되자 간밤에 있었던 경비원의 변사 사건은 꼬리에 꼬리를 물고 연구소 전체로 퍼져 나갔다. 더군다나 사건 자체가 전혀 상식적으로 생각할 수 없는 일이었기 때문에 이상한 소문은 더욱 급속히 확산돼 갔다.

경비원이 죽임을 당한 곳은 양 끝에 출입구가 있는 복도의 한가운데였는데, 당시 양쪽 복도 끝에는 다른 경비원들도 있었다. 그러나 문을 열고 들어오느라 준승과 염 박사보다 늦게 현장에 도달했던 것이다. 경비원들은 누가 숨어 있는 것이 아닌가 해 복도 안쪽에 있는 방들을 모조리 뒤졌지만 그곳에 있던 사람은 염 박사와 준승, 그리고 죽임당한 경비원밖에는 없었다.

염 박사는 준승의 시선이 향해 있었던 냉동실 내부를 조사해 보라고 했다. 그러나 그곳 역시 아무도 없었다. 사건 현장은 그야말로 밀폐된 구역이었다. 창문이나 하다못해 통풍구, 배수구마저 아무것도 없었다. 그러한 곳에서 염 박사와 준승 두 사람만이 유일한 목격자가 된 것이다. 그러나 사건 현장의 정황은 두 사람을 목격자가 아닌 혐의자로 몰고 갔다. 개미 한 마리 빠져나갈 수 없는 현장에 있었던 사람은 그들 둘뿐이었으니 말이다.

두 사람은 일단 경찰이 기초 조사를 마칠 때까지 연구소 밖으로 나갈 수 없게 조치됐다. 일이 그렇게 되자 황당해하는 사람은 염 박사였다. 평소 귀신의 장난을 믿는 사람은 아니었지만 일이 이렇게 되니 염 박사도 어쩔 수가 없었다. 맨 처음에는 준승을 의심하기도 했지만 가만 생각해 보면 준승 또한 비명을 듣고 달려 나갔고, 경비원을 해칠 뚜렷한 이유도 없었다. 또 설령 준승이 해쳤다고 해도 그 전에 경비원이 준승의 알리바이를 성립시켜 주기 위해 비명을 질렀을 리도 만무했다. ─다른 경비원들이 그 비명이 죽임을 당한 경비원의 목소리였음을 확인했다─ 결국 살인자는 밀폐된 공간 속에서 증발해 버린 꼴이 됐지만, 그런 주장을 믿어 줄 사람은 어디에도 없었다.

경찰에 지긋지긋할 정도로 반복되는 조사와 상황 설명을 되풀이하다 보니 염 박사는 정신이 혼란스러워지는 것 같았다. 피곤과 긴장이 극도로 쌓여서 폭발할 지경이었지만 염 박사의 마음속에도 풀리지 않는 미심쩍은 점이 한 가지 있었다. 염 박사는 취조를 받다가 잠시 형사가 자리를 비운 틈을 타서 준승에게 살짝 물어보았다.

"이봐, 이 박사. 자네 그때 뭔가 본 것이 있지 않은가?"

말을 마치고 난 염 박사가 준승을 보니 그 얼굴은 해쓱하게 질려 있었다. 염 박사는 뭔가 있구나 생각하고는 다시 물었다.

"자네, 분명 시체를 보고 그렇게 놀라거나 흥분한 게 아니었어. 분명 자네가 나보다 조금 먼저 복도로 나갔으니 뭔가 알아도 조금 더 알겠지. 자네, 뭔가 본 것이 있지?"

"아닙니다. 저는 단지 경비원의 시체를 보고 놀라서 그랬을 뿐입니다."

"음…… 내 자네를 의심하는 것은 아니네만, 내가 갔을 때 자네는 냉동실의 방문을 뚫어지게 쳐다보고 있었어. 혹시 누군가가 그리로 들어가는 것 같지 않았나?"

준승의 눈빛이 잠시 묘하게 빛났다. 준승은 고개를 설레설레 저으면서 피식 웃으며 말했다.

"누가 그리로 들어갑니까? 그 추운 곳으로요. 게다가 그 방 안에서는 개미 한 마리도 나갈 수 없다는 걸 박사님도 아시잖습니까? 바로 그 방 안을 수색했을 때도 아무도 없었고요……."

"그러니 미치겠다는 것 아닌가?"

"좋습니다. 전부터 저를 의심하시는 것 같은데. 혹시 제가 그 냉동실 문 열쇠를 가지고 있다고 해서 누군가를 그 안에 숨기기라도 했다고 생각하시는 것입니까? 아니면……."

그때 잠시 자리를 비웠던 듬직한 체구의 형사가 들어오는 바람에 두 사람의 대화는 중단될 수밖에 없었다. 홍 형사라는 그 형사의 뒤에는 흰 가운을 입은 빼빼 마른 의사 한 사람이 죽은 경비원보다도 더 얼어붙은 듯한 표정을 짓고 서 있었다.

"자, 다시 시작해 봅시다. 두 분은 방 안에서 서류를 정리하다가 죽은 경비원의 비명을 듣고 밖으로 달려 나갔다. 먼저 이준승 박사님이 달려 나갔고, 염동하 박사님은 조금 늦게 달려 나갔다는 것이 맞지요?"

"예."

준승이 짤막하게 홍 형사의 질문에 대답했고 염 박사는 그냥 고개만 끄덕해 보였다. 다시 홍 형사가 물었다.

"복도 모퉁이를 돌아섰을 때 이미 경비원 신 씨는……."

"신 씨라는 것은 몰랐습니다."

준승이 형사의 말을 가로막고 재빨리 대답했지만 홍 형사는 준승의 말을 못 들은 척 계속 하던 말을 이어 갔다.

"신 씨는 참혹하게 죽어 있었고, 이 박사님은 아무것도 보지 못하셨다는 거로군요. 염 박사님은 그런 신 씨의 시체와 이 박사님 외에 다른 것은 아무것도 보지 못하셨다는 거고요. 맞습니까?"

"예."

"흠…… 이 박사님. 정말 아무것도 본 것이 없습니까?"

"예. 아무것도요."

준승의 대답이 떨어지기가 무섭게 탁자를 내리치는 소리가 방 안에 울려 퍼졌다.

"도대체 말이 안 되지 않습니까? 비명이 나자마자 바로 사람들이 달려왔고, 그 복도에서 빠져나갈 곳이라고는 하나도 없다는 걸 이미 수차례나 확인했습니다. 다른 사람은 전혀 없었고요. 숨을 곳도 없었어요."

"그게 제가 본 전부입니다. 사실이 그런데 어쩌라는 겁니까?"

준승과 염 박사가 홍 형사와 계속 되풀이되는 입씨름을 하고 있는데 뒤에 서 있던 깡마른 인상의 가운 입은 남자가 입을 열었다.

"흠, 그 경비원의 죽은 모습……."

"예? 아, 예."

"그 경비원은 얼굴이 순식간에 꽁꽁 얼어붙어서 급사한 것이오. 사람을 순식간에 그런 식으로 만들 수 있는 것은 단 한 가지뿐이지. 그 당시의 상황으로 볼 때에 가능한 방법은 말이오."

"예?"

"액체 질소를 액체 상태 그대로 사람의 얼굴에 끼얹는 것밖에 다른 방법이 없소. 그러면……."

그 깡마른 사람, 법의학자인 장 박사는 눈을 번득이면서 준승의 얼굴을 쏘는 듯이 째려보고 있었다.

"사람의 얼굴은 그대로 꽁꽁 얼어붙어 버리고 신경은 전부 마비돼 버리겠지. 그렇게 순식간에 얼어붙은 얼굴은 얼음덩어리나 마찬가지니까 쓰러질 때 충격을 받아 그런 식으로 깨어졌거나 부서져 버린 것이 분명하오. 그래서 염 박사님이 처음 보았을 때 핏자국도 보이지 않았고 하얀 김이 모락모락 나고 있었던 걸 게요. 그렇게 말씀하신 것이 맞지 않습니까, 염 박사님?"

"예? 아, 예."

염 박사는 자기도 모르게 긴장이 되는지 마른침을 꿀꺽 삼키면서 대답했다.

"그 자리에 있었던 것은 단 한 사람……."

장 박사의 눈이 준승에게로 향하자 준승의 얼굴이 다시 하얗게 질리더니 펄쩍 뛸 듯이 놀라며 큰 소리로 외쳐 댔다.

"아니, 그럼 당신은 내가 액체 질소를 그 경비원의 얼굴에 뿌렸다, 이겁니까? 염 박사님과 저는 같이 서류를 정리하고 있었는데 액체 질소를 대체 어디서 구합니까?"

"글쎄. 제대로 들은 것인지는 모르겠지만 그 냉동고에는 초저온 상태를 유지하기 위해 액체 질소 같은 것이 산더미처럼 쌓여 있지 않겠소? 아니, 산더미라는 표현은 부적절하군. 호수처럼? 아니 그것도 아니고……."

장 박사가 중얼거리는 동안 준승은 너무 질렸는지 얼굴이 하얗다 못해 푸른빛으로 변해 가고 있었다. 옆의 홍 형사도 기가 막힌다는 표정을 한 채 장 박사의 입을 쳐다보고 있었고 염 박사도 창백한 얼굴로 장 박사를 바라보았다.

"좌우간 그 냉동고의 담당자는 이 박사님이 아니었소? 그러니 마음만 먹는다면……."

"말 다 했습니까?!"

준승의 노기 섞인 고함이 온 방 안에 울렸다. 그러나 장 박사는 표정 하나 변하지 않고 여전히 얼어붙은 듯한 얼굴로 말을 계속 이어 갔다.

"흥분하지 마시오. 내가 언제 그렇다고 했소? 일반적인 추리로 따지자면 그렇게 해석을 내릴 수밖에 없을 것이라고 한 거지. 이 박사님이 그 경비원을 해칠 이유가 전혀 없다는 것은 나도 알고 있소. 경비원의 비명이 이 박사님의 결정적인 알리바이가 된다는 것도 말이오. 그렇지만 이 박사님은 뭔가 감추는 게 있는 듯하군."

"아니! 당, 당신이 뭐라고……."

"흠! 나도 당당히 말할 권리는 있는 사람이오. 난 법의학자이자 이번 사건의 의학 분야 쪽 일을 맡게 된 장창열이라고 하오."

장 박사는 여전히 딱딱하게 굳은 얼굴로 멍하니 앉은 염 박사와 준승을 향해 고개를 한 번 까딱해 보이고는 여전히 톤 하나 변하지 않은 말투로 계속 중얼거렸다.

"아무것도 보지 못했다……. 귀신의 소행이라고 하더라도 그건 말이 되지 않소. 귀신이었다 해도 경비원이 비명을 지른 것은 확실하니까, 분명 그 경비원의 눈에도 뭔가가 보였긴 보였을 거란 말이오. 그러니 이 박사님이 그 광경을 혹시 보지 않았는가 해서 물어보는 거요. 사람들이 당신 보고 미쳤다고 한다거나 헛것을 보았다고 뭐라 할지 모른다는 염려는 하지 말고 내게 솔직히 말해 보시오. 그게 서로를 위해 좋은 길이오."

"아니, 그럼 지금 장 박사님은 이 일이 귀신의 소행이라고 말씀하시는 겁니까?"

이번에 눈을 부릅뜬 사람은 홍 형사였다. 그러자 장 박사는 표정 없는 얼굴로 다만 한쪽 눈썹을 찡긋 올리면서 말했다.

"그럼, 홍 형사는 특별한 생각이 있소? 이 두 박사님이 무슨 좋은 수가 난다고 생판 얼굴도 보지 못한 사람을 해친단 말이오? 이 두 분을 빼고 나면 범인은 오리무중, 아무도 없는데 사람은 죽어 있고……."

"그렇다고 살인 사건이 난 것을 귀신의 소행으로 돌리다뇨? 더군다나 박사님 같은 분이……."

"박사님이라고 한다면 어느 박사님을 말하는 거요? 여긴 박사님이 세 분이나 계시는데."

장 박사의 말은 장난기 섞인 농담이 분명한데 정작 말하는 사람의 얼굴은 보는 사람이 섬뜩할 정도로 딱딱하게 굳어 있으니 웃을 수도 없는 노릇이었다. 홍 형사가 기가 막힌 듯 입을 떼지 못하자 장 박사가 다시 말을 이었다.

"홍 형사는 이번 사건에만 신경을 쓰는지 모르지만, 나는 연구원들 몇몇을 만나서 이번 일 말고도 예전에 일어났던 사건들에 대해 이야기를 들었소. 이 연구소는 전부터 심심할 만하면 이상한 일들이 한 번씩 벌어졌다면서요? 토끼도 얼어 죽고, 기니피그도 죽고, 냉동 중인 동물들이 떼죽음을 당하고……."

염 박사의 얼굴이 일그러져 가고 있었다. 그러나 그사이에도 장 박사의 번득이는 눈은 오히려 아까보다 더욱 얼굴이 창백하게 질려 있는 준승을 향하고 있었다.

"최근 들어 이상한 일들이 많았소. 그렇지 않소? 왜 그랬을까? 누가 뭘 바라고 일을 꾸민 것이었을까?"

장 박사는 잠시 말을 끊고 뭔가 생각하는 듯하다가 다시 고개를 휙 돌리며 말했다.

"토끼나 기니피그를 얼려 죽여서 얻는 이득이 뭐가 있겠소? 단순히 실험을 망치기 위해서? 아, 죄송하오. 힘든 연구일 텐데 단순히라고 표현해서. 좌우간 그럴 의도였으면 왜 힘들게 얼려 죽였을까? 그냥 목을 비틀거나 배를 따면…… 하다못해 땅바닥에 패대기치거나 발로 밟아서 터뜨리는 방법이 훨씬……."

장 박사는 말을 하다 말고 잠시 끊었다. 좀 지나친 게 아닌가 싶었던지 헛기침을 하고는 다시 말을 이어 나갔다.

"아무튼 방법적인 면에서 뭔가 다르오. 우리가 알고 있는 것과는 아주 다른 것…… 그러니까 이를테면 초자연적인 것의 냄새가 나더라. 이 말씀이오."

"박사님!"

언성을 높인 건 홍 형사였다. 그러자 장 박사는 홍 형사의 얼굴을 쳐다보면서 딱딱한 어투로 말했다.

"난 오랫동안 시체들과 살아왔소. 내가 아무것도 모르고 이런 이야기를 하는 줄 아시오? 지금 이건 만 건에 한 번 일어날까 말까 하는 희귀한 일이요. 그러니 자네, 각오 단단히 하시게. 이 일이 해결되고 난 다음에 자네가 보고서 올릴 일이 걱정이니. 만약 초자연적인 힘이 개입된 사건이라면 누굴 체포하려고 그러나?"

홍 형사는 질려서인지 얼이 빠져서인지 말을 잇지 못했다. 장 박사의 눈이 다시 준승을 향했다.

"어쨌든 이제 곧 판가름이 날 거요. 이 박사님, 당신이 사람을 해칠 위인이 아니라는 걸 내 잘 아오. 나 같은 사람을 보고 놀라는 분이 생사람을 시체로 만들 수는 없겠지. 그러나 호통을 치려고 하는 모습에서 나는 당신이 뭔가 알고 있다는 느낌을 받았소. 당신은 선량한 사람이니 악한 것을 감추고 있지는 않을 테고, 흠……."

장 박사는 더욱 딱딱한 어조로 홍 형사를 보고 말했다.

"좀 있으면 검은 옷 입은 가짜 신부 한 사람이 올 거요. 내가 특별히 불렀으니 그 사람 하는 일에 무조건 협조하시오."

"신부님이라고요? 아니, 그러면 전에 그……."

홍 형사의 질문이 채 끝나기도 전에 장 박사가 매서운 눈빛으로 "백호"라고 짧게 말하자 홍 형사는 어물거리면서 고개를 끄덕여 보였다.

"모르겠소. 난 모르겠소. 비극의 주인공 역은 그 가짜 신부에게 맡기겠소. 슬프고 무서운 역이 내 직업이지만, 난 그것이 싫소. 싫단 말이오."

혼잣말을 중얼거리던 장 박사는 등을 돌려 밖으로 나가려다 말고 갑자기 홍 형사를 쳐다보며 말했다.

"일단 그 가짜 신부가 뭐라 하기 전까지 공연히 과격한 행동은 하지 마시오. 그리고 틈나면 청심환이라도 하나 먹어 두는 게 좋을 거요. 놀랄 일이 생길지도 모르니 말이오."

"장, 장 박사님……."

준승이 갑자기 떠듬거리는 목소리로 장 박사에게 말을 붙여 보려 했지만 장 박사는 준승의 말을 흘린 채 그대로 문밖으로 나가 버렸다. 방 안에는 멍한 표정의 염 박사와 홍 형사, 그리고 입을 굳게 다물고 어두운 안색이 된 준승만이 다시 남게 됐다.

수수께끼의 주술

장 박사가 가고 얼마 지나지 않아 그 '가짜 신부'라고 불린 덩치 큰 신부가 검은 사제복 차림으로 연구소에 도착했다. 입구에서 문을 지키고 있던 경찰들과 약간의 실랑이가 있었지만 홍 형사의 고함 한 번으로 신부는 무난히 안으로 들어올 수 있었다.

신부는 제일 먼저 사건 현장을 보자면서 전혀 꺼리는 기색 없이 홍 형사의 안내를 받아 현장으로 갔다. 그곳에 도착해서는 가만히 눈을 감고 뭔가 골똘히 생각에 잠겼다. 그런 다음 뭐라고 중얼거리더니 이번에는 대강의 이야기는 듣고 왔으니 당시 사건 현장에 있었던 이 박사와 염 박사를 만나러 가자고 했다.

신부는 준승과 염 박사 앞에 마주 앉고서도 박 신부라고 신분을 밝힌 것 외에는 별다른 말 없이 준승을 온화한 얼굴로 바라보고 있었다.

홍 형사는 그런 신부의 모습을 뚫어지게 쳐다보았다. 키가 백팔십오 센티미터는 거뜬히 될 것 같았고 체구도 보통 사람의 두 배는 돼 보였다. 검은 뿔테 안경을 끼고 있었는데 인자한 미소를 머금은 모습이 사람들에게 침착한 느낌을 주는 인상이었다. 나이도 꽤 들었는지 머리가 희끗희끗해서 반은 백발이었지만 몸놀림은 젊은이 뺨치게 활기차 보였다.

처음에는 당황스러워서 제대로 보지 않았지만 염 박사가 자세히 보니 희미하게 박 신부의 몸 주위에 푸른빛이 감돌고 있는 것 같았다. 홍 형사도 염 박사와 마찬가지로 그것을 느꼈는지 박 신부를 빤히 쳐다보았다. 가까이서 자세히 들여다보지 않으면 알 수 없을 정도로 희미한 빛이었지만, 염 박사와 홍 형사 두 사람은 신기하기도 하고 자신이 잘못 본 것은 아닐까 싶기도 해서 계속 박 신부를 쳐다보고 있었다.

그러나 박 신부는 홍 형사와 염 박사가 자신을 자세히 쳐다보고 있는 것은 아랑곳하지 않고 오랫동안 준승의 얼굴을 온화하게 바라보았다.

"왜 그렇게 쳐다만 보고 계신 겁니까, 신부님?"

준승이 아무래도 뭔가 불안하다는 듯 말을 꺼냈으나 박 신부는 미소만 지을 뿐 아무런 말이 없었다. 옆에 있는 염 박사나 홍 형사가 모두 알 수 있을 정도로 준승의 얼굴은 계속 붉으락푸르락해지면서 딱딱하게 굳어 갔다. 그렇게 이삼 분이나 지났을까? 박 신부가 갑자기 한숨을 내쉬더니 조용히 입을 열었다.

"뭔가가 느껴집니다, 이 박사님."

준승은 대답을 하지 않고 입술을 꼭 깨물고 있을 뿐이었다. 오히려 염 박사와 홍 형사가 놀라서 눈이 휘둥그레졌다. 박 신부는 고개를 저으면서 말했다.

"그런 좋지 않은 흑마술을 누구에게 배우셨습니까? 아멘……."

이번에는 염 박사와 홍 형사가 자신들의 귀를 의심했다. 흑마술? 저 신부가 지금 흑마술이라고 했나? 그러나 준승은 붉고 푸르게 변하는 얼굴로 지지 않으려는 듯이 기를 쓰면서 박 신부를 노려보았다.

"무슨 말씀을 하시는 겁니까, 신부님?"

"아, 거짓말하실 필요 없어요. 공연히 시간 낭비를 할 뿐입니다."

박 신부는 여전히 온화한 태도로, 그러나 딱 자르는 듯한 어조로 준승에게 말하고는 조용히 옆에 있는 염 박사와 홍 형사에게 말했다.

"지금부터 벌어지는 일들은 오늘 이후로 곧 잊어버리십시오. 그러시는 편이 나을 겁니다."

박 신부가 다시 준승에게 말했다.

"얼마나 됐습니까? 일 년? 일 년 반?"

"지금 무슨 말씀이신지 알 수가 없군요. 도대체 신부님은……."

"흠!"

박 신부는 얼굴에 어두운 그늘을 드리우고 무언가 생각하는 듯 고개를 숙이더니 잠시 후 고개를 들었다.

"솔직히 말해서 이 박사님에게서 무엇인가가 느껴집니다. 뭔가 좋지 못한 물건을 지니고 계시는 것 같고요. 틀립니까?"

박 신부의 거침없는 말을 들은 준승의 얼굴이 하얗게 질렸다. 박 신부는 그런 준승을 똑바로 쳐다보면서 말했다.

"죽음과 관계된 주술적 물건을 가지고 계시는 것 같군요. 어째서 그런 것을……."

박 신부가 말을 이으려고 하는데 갑자기 준승이 자리에서 벌떡 일어나더니 밖으로 뛰쳐나가려 했다. 염 박사는 도대체 무슨 영문인가 싶어 어리둥절했다. 홍 형사가 재빠른 동작으로 준승을 붙잡았다. 준승은 저항하려고 했지만 홍 형사는 우악스럽게 준승을 잡아 다시 의자에 앉혔다. 문밖에서는 소란스러운 소리에 놀란 두어 명의 형사가 문을 열고 들어왔다가 홍 형사가 손짓하자 곧 되돌아나갔다.

"어딜 가려는 거야? 뭔가 꺼리는 게 있기는 있는 게로군!"

홍 형사도 지금 돌아가는 분위기는 잘 몰랐지만 일단 준승의 기를 꺾으려는 듯 큰 소리를 치며 준승을 단단히 잡았다. 준승은 헐떡거리면서 빠져나가려고 몇 번 몸을 비틀었지만 홍 형사의 손아귀에서 벗어나지는 못했다. 박 신부는 두어 차례 고개를 흔들더니 준승의 앞으로 다가갔다. 박 신부가 다가서자 준승은 크게 고함을 질렀다.

"그래! 내가 그랬어, 내가! 그러니…… 으흐흑……."

준승이 갑자기 울음을 터뜨리자 멍하니 그 모습을 쳐다보고만 있던 염 박사가 소스라치게 놀랐다. 홍 형사도 잠시 멍한 듯하다가 곧 정신을 차리고 반말로 거칠게 소리쳤다.

"뭐야? 말 한번 잘했다. 지금 네가 경비원 신 씨를 살해했다고 자백한 거지?"

"아……."

준승은 흐느끼면서 고개를 들어 자신을 향해 다가오고 있는 박 신부를 보고 다시 소리를 질렀다.

"제발 더 이상 가까이 오지 마! 제발!"

"왜 그러는 겁니까? 뭘 두려워하는 거죠?"

"내가 그랬어, 내가. 그러니 제발 더 이상은……."

준승은 거의 악을 쓰듯이 소리치다가 자신을 잡고 있는 홍 형사에게 애원하듯 간절하게 말했다.

"제발 저 신부를 나가게 해 줘요. 제발…… 그러면 다 말할게요. 모두 다. 그러니……."

눈물을 줄줄 흘리고 있는 준승의 얼굴은 너무도 서글퍼 보였다. 홍 형사는 잠시 어안이 벙벙했는지 멍한 표정으로 그런 준승을 바라보았다. 그때 갑자기 염 박사가 소리를 질렀다.

"도대체 뭔가, 이 박사! 도대체 어떻게 된 거야? 주술적 물건은 또 뭐고. 이 박사, 자네가 진짜 사람을 죽였다는 건가, 엉?"

"그래요. 내가…… 아니, 난 아닌데…… 그러니 아니, 내가……."

준승은 제정신이 아니었다. 그러나 박 신부는 이제까지와는 달리 준엄한 목소리로 준승에게 말했다.

"바보 같은 사람! 지금 도대체 무슨 짓을 하고 있는 건가? 그리고 지금 자네가 가지고 있는 것은……."

말을 하다 말고 박 신부가 준승의 품으로 손을 뻗으려고 하자 준승이 갑자기 미친 사람처럼 고함을 질러 댔다.

"안 돼! 안 돼! 이것만은!"

준승은 소리를 지르면서 무서운 힘으로 자신을 잡고 있던 홍 형사를 밀었다. 준승의 이상한 태도에 조금 넋이 나가 있던 홍 형사는 중심을 잃고는 그만 준승을 놓쳐 버렸고, 박 신부가 아차 하면서 준승을 잡으려고 했지만 준승은 그대로 책상을 엎어 버리면서 문 쪽으로 달려갔다. 박 신부는 몸을 뒤로 피하려고 잠시 멈칫했다. 얼이 빠진 것처럼 앉아 있던 염 박사가 책상과 함께 고꾸라져서 옆에 있던 옷걸이에 머리를 호되게 부딪치는 순간, 준승이 번개같이 문을 박차고 밖으로 나가 버렸다. 바깥에서 어수선한 소리가 들렸고 "잡아라!" 하는 외침이 들리는 것으로 보아 준승은 어느새 도망친 것 같았다. 박 신부는 준승을 뒤따라 잡기 어려울 것 같았고, 연구소 안에서 준승이 빠져나갈 수도 없을 것 같아서 일단 쓰러진 홍 형사와 염 박사를 일으켰다.

염 박사는 머리를 심하게 부딪친 듯 뒤통수에 피가 흘렀다. 또한 가벼운 뇌진탕 증세도 보이고 있었다. 홍 형사가 몸을 일으키자마자 머리를 한 번 세차게 흔들고는 바깥으로 달려 나가자 박 신부도 그 뒤를 따라 나갔다. 박 신부는 비록 나이는 먹었지만 그래도 꽤 잘 달리는 편이었다. 뛰면서 홍 형사가 소리쳤다.

"신부님! 도대체 뭡니까? 예?"

"이 박사는 뭔가 죽음에 관련된 주술적인 물건을 가지고 있는 것이 틀림없어요!"

"죽음과 관련된 것이라고요? 또 주술은 뭡니까?"

"어두운 기운! 들어오면서부터 느낄 수 있었어요. 그리고 이 박사에게서 뭔가가 느껴졌고요. 조용히 처리하려고 했는데 그만……."

박 신부와 홍 형사가 헐떡거리면서 달리고 있을 때 앞쪽 복도에서 시끄러운 소리가 들렸다. 홍 형사와 박 신부가 모퉁이를 돌아서자 두 사람의 형사가 굳게 닫힌 철문을 두들기고 있었고, 저만치에서 겁먹은 표정을 한 연구원들이 이쪽을 바라보고 있었다.

냉동고

"뭣들 하나? 엉? 이준승이는?"

이제 홍 형사는 이 박사라 부르지도 않고 완전히 반말로 말투가 바뀌어 있었다. 두 명의 형사가 어깨를 움찔하면서 말했다.

"글쎄요. 도망갈 곳도 없을 텐데 이리로 들어가 문을 잠가 버릴 줄은 몰랐어요."

"에라, 이 머저리들! 어서 열쇠를 찾아 와! 어서!"

형사 하나가 달려 나갔고 홍 형사는 문을 몇 번 두들기면서 나오라고 소리를 치다가 안쪽의 동태를 파악하기 위해 철문에 귀를 갖다 댔다. 박 신부도 잠시 거친 숨을 가다듬었다. 다시 보니 그곳은 어제 경비원 살해 사건이 발생했던 냉동실 앞이었다.

"아멘……."

홍 형사가 박 신부를 향해 소리쳤다.

"도대체 이게 무슨 일입니까? 이 박사가 주술인지 뭔지를 쓰기 위해 사람과 동물들을 죽인 겁니까? 영화처럼요? 예?"

"그렇게 단정 지을 수는 없어요."

박 신부의 말이 끝나기가 무섭게 홍 형사가 다시 문을 몇 번 당겨 보다가 뜻대로 안 되는지 혀를 차면서 박 신부에게로 얼굴을 돌렸다.

"신부님은 그 품 안에 있는 물건을 어떻게 아셨죠?"

"그 물건은 너무 특이한 것이었어요. 주술적이고 어두운 영의 냄새가 배어 나오는……."

"주술? 자꾸 주술, 주술 그러시는데 저는 도대체 이해가 안 갑니다."

"저도 잘은 모릅니다. 좌우간 몹시 긴박한 사정이 있는 것 같아요. 일단 주변의 사람들을 모두……."

홍 형사가 다른 한 명의 형사에게 뭐라 지시를 내리자 그 형사는 구경하고 있던 사람들을 모두 쫓아 버렸다. 그사이 박 신부는 철문에 귀를 대고 안쪽의 동정을 살피고 있었다. 홍 형사가 철문을 보고 중얼거렸다.

"도대체 이런 일은 처음입니다. 그 얌전하게 보이는 사람이 사람을 해치다니……."

"글쎄요. 저는 이 박사가 경비원을 죽였다고는 믿지 않습니다. 정말 살인을 했다면 제가 주술에 대해 물어본 것만으로 이런 식으로 나오지는 않았을 겁니다."

박 신부는 문에 귀를 댄 채로 홍 형사에게 말했다. 그러자 홍 형사는 고개를 끄덕였다.

"주술이 뭔지는 모르지만, 하여간 그렇게 자신이 한 짓을 자백하는 놈은 아직 못 봤으니까요."

"예. 그래서 더 걱정이랍니다. 뭔가 사연이 있을 것 같아요."

박 신부가 말을 마치자 아까 밖으로 나갔던 형사가 카드 키 하나를 들고 들어왔다. 홍 형사가 카드 키를 보고 잠깐 어리둥절하다가 문 옆에 설치된 슬롯에 카드 키를 긋자 문이 윙 하는 소리를 내면서 서서히 열리기 시작했다.

문이 조금 열리자마자 안에서 고함이 터져 나왔다.

"들어오지 마! 들어오면 액체 헬륨 통을 열어 버린다! 이건 액체 질소보다 온도가 훨씬 낮은 거야!"

열린 문틈으로 보니 준승은 커다란 소화기 비슷한 압력 용기 하나를 안고 눈물을 흘리면서 소리치고 있었다. 홍 형사가 놀라는 사이 박 신부는 홍 형사를 뒤로 잡아당기고 재빨리 그의 앞을 막아섰다. 그러자 준승이 다시 소리쳤다.

"가까이 오지 마! 더 가까이 오면 이걸 열어 버릴 거야! 그러면 여기 있는 사람 모두 꽁꽁 얼어서 죽는 거야!"

"조심해요! 저걸 열면……."

뒤에서 홍 형사가 소리치자 박 신부는 조용히 하라는 듯 한쪽 팔을 들어서 홍 형사의 말을 중단시키려고 했지만 홍 형사는 준승에게 거칠게 외쳤다.

"도대체 왜 그러나? 그런다고 도망칠 수 있을 것 같아?"

"안 돼! 더 가까이 오지 마!"

박 신부가 고개를 가로젓고 나서 준승에게 말했다.

"지금 자네는 그 물건을 빼앗길까 봐 그러는 거지? 잡힌다거나 죄를 뒤집어쓰는 것보다도 그게 더 두려운 거지? 도대체 그 물건이 얼마나 중요한 것이기에."

준승이 몸을 부르르 떨면서 아무 대답이 없자 박 신부가 다시 조용한 목소리로 말했다.

"아무리 해도 그것밖에는 자네의 행동을 설명할 수 없어. 자네는 마음만 먹으면 밖으로 도망칠 수도 있었을 텐데 굳이 이리로 들어왔어. 오히려 빠져나갈 길이 없는 구석으로 온 거야. 왜 그런 거지? 여기에 뭔가가 있나?"

"아…… 아냐! 가까이 오지 마!"

준승이 위협하듯 옆에 놓인 책상을 향해 헬륨 통의 밸브를 열자 가스가 파팍 하면서 새어 나왔다. 갑자기 책상 위에 있던 유리 기구들이 폭발음을 내면서 삽시간에 책상 주위가 얼음덩어리로 변해 버렸다. 액체 헬륨의 온도는 영하 이백칠십삼 도로 거의 절대영도에 가깝다는 것을 알고 있었지만 이렇게까지 지독할 줄은 몰랐기에 박 신부와 홍 형사는 움찔하면서 뒤로 몇 걸음 물러섰다.

박 신부가 고개를 설레설레 저으면서 말했다.

"자네는 사람을 해치지 못해. 그럴 사람이 아니야. 너무 마음이 약해……."

박 신부는 방금 준승이 헬륨 가스를 바로 앞쪽에 있는 실험용 짐승 우리를 향해 쏘지 않고 일부러 몸을 돌려 옆에 있는 책상에 대고 쏜 것을, 짧은 시간이었지만 머뭇거리던 준승의 눈빛을 보았던 것이다. 이런 긴박한 순간에서조차 동물들을 생각해 주는 저런 사람이 살인을 저질렀을 리는 없다고 박 신부는 생각했다. 박 신부는 한숨을 내쉬고는 다시 준승이 있는 쪽으로 천천히 걸음을 옮기기 시작했다.

"오지 마! 나가!"

준승이 위협하듯 가스통을 들이댔다. 박 신부가 잠시 걸음을 멈춘 채 준승을 향해 말했다.

"우리 이야기 좀 해 보세. 그러면 될 거야. 자네는 죄가 없어. 그런데 왜 이러는 건가, 응?"

박 신부가 보니 가엾게도 준승의 손은 헬륨이 나올 때 그랬는지 흰 서리로 뒤덮여서 반은 얼어 버린 것 같았다. 그리고 방 안은 그 잠깐의 헬륨 분사로 인해 삽시간에 한겨울이 된 것처럼 추웠다.

"그 주술, 죽음과 깊은 연관이 있는 것 같은데. 왜 그런 물건을 가지고 다니지?"

"알 것 없어! 그만!"

"뭔가 사연이 있는 것 같아. 우리 천천히 이야기하세. 응?"

"아! 나는……."

준승은 하염없이 눈물만 흘리고 있었다. 박 신부의 판단으로 준승은 동물들을 다룰 때는 모르겠지만 그저 착하고 심약하기만 한 사람 같았다. 지금 준승이 취한 일련의 행동들은 조금이라도 앞뒤를 생각했다면 할 수 없는 행동들이었다. 그런 걸 미루어 볼 때 준승은 오래전부터 남몰래 많은 고민을 해 왔고, 지금 그것이 폭발해 버린 것이 아닐까 하는 생각이 들었다.

박 신부가 그런 생각을 하게 된 데에는 또 다른 근거가 있었다. 아까 앞을 지나가다 느꼈던 알 수 없는 어두운 기운…… 그 기운은 이 냉동실 안의 냉동고에서 흘러나오고 있었다. 그리고 이 냉동고를 관리하는 사람이 바로 준승이라고 들었고…… 더구나 준승 같은 심약한 사람이 ―누가 보아도 표가 날 정도로 뻔한 것이기는 하지만― 살인 누명까지 쓰게 될지 모르는데도 입을 꾹 다물고 무언가를 감추고 있다는 사실 또한 그 판단을 뒷받침해 주고 있었다.

"자네, 저 냉동고에 뭔가를 감추어 놓았지? 그건 자네가 가진 주술적인 물건하고 깊은 연관이 있을 거야. 그렇지?"

"그건……."

"자네는 사람을 죽이거나 이상한 짓을 한 게 아니야. 허나 자네는 그러한 사건들과 깊은 연관이 있어. 또 자네가 알고 있는 그 주술과도 말이야. 그렇지 않은가?"

"아!"

준승은 몸을 후들후들 떨고 있는 것이 금방이라도 주저앉아 버릴 것 같았다. 저렇게 극단적으로 몰린 상태가 더더욱 위험할지도 모른다는 것을 홍 형사는 경험적으로 잘 알고 있었다.

"조심하십시오. 신부님."

홍 형사가 뒤에서 속삭였다. 그러나 박 신부는 홍 형사의 말은 들은 척도 하지 않고 준승을 향해 슬픈 표정을 지어 보이면서 상상외의 말을 했다.

"가엾은 사람…… 얼마나 마음고생을 했을까?"

다른 말보다도 박 신부의 그 말 한마디가 준승을 허물어뜨린 것 같았다. 준승은 잠시 비틀거리다가 그 자리에 털썩 주저앉아서는 목 놓아 울어 대기 시작했다. 물기 묻은 준승의 입에서 간헐적으로 몇 마디씩 새어 나왔다.

"으흐흑. 난…… 어쩔 수 없이……. 윤희…… 흐흑……."

'윤희?'

박 신부는 뭔가 짚이는 것이 있어 준승에게 다시 말을 걸려고

프랑켄슈타인의 후예 385

하는데 갑자기 느닷없이 뒤에서 홍 형사가 소리를 버럭 지르면서 달려들었다.

"신부님, 피해요!"

홍 형사는 재빠르게 박 신부를 밀쳐 내고는 준승에게 그대로 덮쳐들었다. 놀란 준승이 채 고개를 들기도 전에 이미 홍 형사는 준승의 손에 들려 있던 압력 용기를 손으로 내리쳐서 떨어뜨렸다. 둘은 그 자리에서 엎치락뒤치락하면서 한데 엉켜서 데굴데굴 굴렀다.

"홍 형사! 이게 무슨!"

박 신부의 외침에도 아랑곳없이 이미 준승과 홍 형사는 한데 뒤엉켜서 싸우는 중이었다. 박 신부는 일단 바닥에 떨어진 압력 용기를 발로 차서 한쪽으로 굴린 다음, 둘을 떼어 놓을 생각으로 그들에게 다가갔다. 그 순간, 뭔가가 데구르르 하고 떨어졌다. 그것을 본 준승이 비명을 질렀다.

"아, 안 돼!"

순간 박 신부는 폭탄이 터지듯 엄청나게 강한 어두운 영기가 방 안에 가득 퍼지는 것을 느꼈다. 박 신부는 준승의 품에서 떨어진 물건을 재빨리 주시했다. 작고 검은 구슬이었다. 그러나 영기는 그 구슬에서 느껴지는 게 아니었다. 영기가 느껴지는 곳은 바로⋯⋯.

갑자기 어디선가 쇠를 쥐어짜는 듯한 소리가 아련하게 들려왔다. 그 소리는 냉동실 한쪽에 위치한 거대한 냉동고에서 들려오고 있었다. 홍 형사가 기겁하면서 준승에게서 떨어져 나와 뒤로 물러섰고, 준승도 고함을 지르면서 서둘러서 몸을 일으켰다.

"윤희, 안 돼!"

의외의 사태에 놀라 뒤로 몇 걸음 물러선 박 신부의 몸에서 본능적으로 강한 기도력이 흘러나와 둥근 오라 막이 삽시간에 펼쳐졌다.

다시 한번 영하 백사십 도의 냉동고 안에서 끼잉 하는 쇳소리가 흘러나왔고, 철커덩 소리가 뒤이어 들려왔다.

"안 돼! 지금 냉동고의 문을 열면……."

"냉동고? 아니, 그러면 저 안에 누군가가 있단 말인가?"

홍 형사는 완전히 공포에 질려서 말도 제대로 잇지 못하고 있었다. 그때 갑자기 냉동고의 안쪽에서 쾅 하는 폭발음이 나면서 문이 열렸다. 동시에 냉동고 안의 차가운 냉기가 엄청난 속도로 뿜어져 나오기 시작했다.

박 신부가 재빨리 기도력으로 냉동고 문을 밀어붙이려 했지만 중간에서 홍 형사가 머뭇거리는 바람에 힘을 제대로 쓸 수가 없었다. 박 신부는 할 수 없이 홍 형사를 옆으로 걷어차 버린 다음 재차 힘을 모아 냉동고 문을 닫기 위해 기도력을 발하기 시작했다. 냉동고의 안쪽에서도 뭔가가 아우성을 치면서 쿵쾅거리며 냉동고의 문을 밖으로 밀고 있었다.

냉동고의 문은 극저온의 냉기에도 잘 버텨 낼 수 있게끔 설계돼 워낙 두껍게 만들어져 있었지만, 지금은 안에서 뭔가가 밀어 대는 통에 벌어진 틈 사이로 계속 냉기가 흘러나오자 문 주위에는 삽시간에 하얀 서리가 맺혔다. 박 신부는 다시 한번 힘을 모아 문을 닫으려고 했다. 그때 냉동고의 문틈을 비집고 마치 대리석처럼 핏기 없는 하얀 손 하나가 쑥 나오는 것을 보고는 깜짝 놀라서 힘을 더 가하려던 것을 멈췄다. 질겁한 박 신부가 홍 형사와 준승을 한꺼번에 뒤로 밀어 내고는 차가운 냉기를 피해 뒷걸음질 치면서 방 밖으로 빠져나가려고 했다.

그때 냉동고의 문이 서서히 열리면서 문밖으로 내밀어졌던 하얀 손을 시작으로 하얀 팔이, 그리고 수의를 입고 온통 얼음으로 뒤덮인 머리카락을 가진 한 여자가 냉동고 문 뒤에서 서서히 바깥쪽으로 몸을 드러냈다.

영사 백사십 도로 유지되고 있는 냉동고 안에서 사람의 형체가 걸어 나올 것이라고는 제아무리 박 신부라도 상상하지 못했었다. 아니, 사람이라고 하기에는 너무나도 끔찍한 몰골을 하고 있었다. 맨 처음 냉동고에서 나올 때는 그냥 하얀 얼굴을 하고 있었으나 시간이 지나면서 공기 중의 수증기가 그대로 얼어붙어 온몸에 하얗게 서리가 맺히더니 순식간에 서리가 얼음덩어리로 변해 갔다.

여자는 느릿느릿한 걸음으로 냉동고를 빠져나왔다. 몸에 얼음이 맺혀서인지 한 걸음씩 움직일 때마다 우직우직하는 소리가 났다.

"괴, 괴물! 저게 뭐야!"

홍 형사가 신음 같은 것을 내뱉었고, 박 신부도 긴장해 가쁜 숨을 몰아쉬었다. 그러면서도 박 신부는 기도력을 모아 만일의 사태에 대비하면서 큰 소리로 외쳤다.

"일단 물러서요! 어서!"

박 신부의 외침에도 불구하고 준승은 흐느끼며 여자 쪽으로 다가서려고 했다. 박 신부는 재빨리 준승의 팔을 잡아 뒤로 끌어당기면서 가라앉은 목소리로 말했다.

"저게 자네가 말하던 윤희라는 여잔가?"

"아! 윤희, 윤희 넌……."

준승이 더듬거리며 말을 잇지 못하고 있었다. 얼음덩어리처럼 돼 버린 윤희가 우지직 소리를 내면서 한쪽 팔을 천천히 휘둘렀다. 그러자 오싹할 정도의 차가운 바람이 박 신부에게로 날아들었다. 박 신부는 기도력을 발휘해서 일단 그 바람을 오라로 막긴 했지만, 온몸이 얼어붙을 것 같은 차가운 기운이 몸 전체로 퍼져 나가는 것이 느껴지자 몸서리쳤다.

윤희라는 여자가 내뿜는 차가운 기운에는 주술적인 기운도 섞여 있었다. 또 윤희의 몸이 차갑게 보관됐기 때문에 그녀가 휘두를 때 일어나는 바람은 실제 극저온의 냉기 같았다. 그러한 두 가지 기운이 교묘하게 섞여 있어서 박 신부의 오라로도 버텨 내기가 여간 어렵지 않았다.

그럭저럭 박 신부가 찬 기운을 막아 내자 윤희는 입을 벌리고 훅 하고 숨을 내쉬었다. 처음 입에서 바람이 나올 때는 그냥 투명했지만 도중에 수증기들이 엉겨서인지 흰색으로 바뀌어, 얼이 빠져서 머뭇거리고 있는 홍 형사에게로 날아들었다. 박 신부가 재빠른 동작으로 기도력을 발휘해서 홍 형사에게 날아가는 입김을 비껴

가게 하려고 애써 보았지만 윤희의 입김은 삽시간에 홍 형사의 몸에 닿았다. 그녀의 차가운 입김에 휩쓸린 홍 형사의 헐렁한 윗도리가 하얗게 얼어붙어 버렸다. 놀란 홍 형사가 비명을 지르면서 움직이려 하자 윗도리에서 우지직 소리가 나더니 이내 부서져 버렸다. 마치 꽃잎에 액체 질소 증기를 잠깐이라도 쏘이면 꽃잎이 얼어서 바삭바삭 부스러져 버리는 것처럼.

박 신부는 얼굴이 파랗게 질려 버린 홍 형사와 넋이 나간 듯한 준승이 다칠까 봐 둘을 잡고 뒤로 물러섰다. 한시라도 빨리 뒤돌아 달려 나가고 싶었지만 등을 보였다가는 위험할 것 같았다. 준승이 무어라 소리를 질러 댔으나 알아들을 경황도 없었다.

이제 완연한 얼음 괴물이 돼 버린 윤희가 다시 내뿜는 하얀 입김을 홍 형사가 옆에 있던 철제 쟁반을 들어서 막았다. 쟁반을 들고 있던 손이 너무 차가운지 홍 형사는 이크크 하는 소리를 내면서 하얗게 얼어 버린 쟁반을 윤희 쪽으로 내던졌으나, 꽁꽁 얼어 버린 윤희의 몸에 닿은 쟁반은 쩽하는 소리를 내면서 옆으로 떨어져 버렸다. 뒤쪽에서 형사 한 명이 총을 들고 달려들자 준승이 크게 소리치면서 그 형사의 앞을 막았다.

"안 돼요! 쏘지 말아요!"

자신을 보호하려는 것인지도 모르는 듯 윤희는 준승의 등 쪽으로 차가운 바람을 내뱉었다. 박 신부가 재빠른 동작으로 준승과 총을 든 형사 두 사람을 모두 밀어 버렸다. 박 신부는 비록 괴물 같은 모습을 하고 있긴 해도 아직 사정도 잘 모르고서 사람의 형체를 띠고 있는 윤희를 함부로 공격할 수는 없는 일이라 판단했다.

"일단 모두 나가요! 나가서 문을 잠가요!"

박 신부가 외치자 반쯤 얼이 빠져 있던 홍 형사와 다른 형사는 문밖으로 빠져나갔다. 박 신부는 나가지 않으려고 버둥거리는 준승을 꽉 잡고서 간신히 윤희가 계속 토해 내는 바람을 피해서 문밖으로 나갔다.

밖에는 연구소 직원들이 우르르 몰려들고 있었다. 박 신부는 윤희가 밖으로 나오게 된다면 많은 사람이 피해를 볼 것 같아 다급하게 소리쳤다.

"문! 어서 문을!"

홍 형사가 문을 잠그려고 허둥대며 카드 키를 찾는 사이에 윤희가 우직우직하는 소리를 내면서 문 쪽으로 다가오고 있었다. 온몸이 꽁꽁 얼어붙어 얼음으로 뒤덮여 있으면서도 움직이는 동작은 다른 사람들과 별 차이가 없었다. 어떻게 저렇게 움직일 수 있을까 싶었지만 지금은 한시가 급해 다른 생각을 할 겨를이 없었다. 자칫하다가는 문이 완전히 닫히기도 전에 윤희가 문틈으로 빠져나올 것 같았다. 박 신부는 이를 악물면서 베케트의 십자가를 꺼내 손에 쥐고는 기도력을 극한까지 끌어올려 서서히 닫혀 가고 있는 문틈 앞에 버티고 섰다.

희다 못해 푸른빛이 도는 얼음덩어리로 변해 있는 윤희의 얼굴이 서서히 박 신부 앞으로 다가들었다. 누군가 문 앞을 막고 서 있는 것을 보고는 윤희가 입을 벌려 힘껏 바람을 내뿜었다. 그러자 박 신부도 손에 꼭 쥔 베케트의 십자가에 기도력을 합쳐서 오라 구체를 윤희에게 내쏘았다. 물리력이 깃든 오라 구체들에 밀려서 우당탕하는 소리와 함께 윤희의 뻣뻣한 몸이 뒤로 밀렸다. 갑작스러운 냉기의 압력에 박 신부의 몸도 휘청거렸다. 눈앞이 깜깜해지면서 몸에 아무런 감각도 느껴지지 않았다.

"신부님!"

홍 형사가 소리를 지르는 것과 동시에 거대한 철제 자동문이 스르르 닫혔고, 박 신부는 힘에 겨웠는지 헉헉거리면서 뒤로 물러섰다. 안경에 하얗게 서리가 끼어서 아무것도 보이지 않았다. 당황한 박 신부가 어쩔 줄을 몰라 쩔쩔매고 있는데 누군가가 박 신부의 서리가 낀 안경을 휙 벗겨 버렸다. 어렴풋하게 주위의 광경이 눈에 들어왔다. 윤곽이 희미해 안경을 벗겨 준 사람이 누구인지 잘 보이지 않았으나 박 신부는 익숙한 목소리를 듣고 "아!" 하는 신음을 냈다. 박 신부의 안경을 벗겨 준 사람은 언제 들어왔는지 모르지만 박 신부의 절친한 친구 장 박사였다.

"이봐, 가짜 신부. 괜찮은가?"

박 신부는 고개를 끄덕해 보이고는 장 박사가 손으로 대강 문질러 준 안경을 받아 끼면서 중얼거렸다.

"지독하군. 어떻게 이런 일이 생길 수 있는 것인지……."

지금까지의 사태로 보아 박 신부는 대강 짐작이 갔다. 준승이 보였던 태도, 그가 썼던 주술. 그리고 준승이 애타게 부르던 저 여자, 윤희.

홍 형사는 여전히 새파랗게 질린 얼굴로 박 신부를 바라보았다. 웬만한 일은 다 겪어 본 베테랑 홍 형사였지만 자기 눈앞에서 벌어지고 있는 일은 전혀 들어 보지도 겪어 보지도 못한 일이었고, 도무지 이해할 수도 없는 일이었다. 꽁꽁 얼어 버린 냉동 인간이 살아 있는 사람처럼 버젓이 움직이다니. 세상에…….

"이제 어떻게 하죠? 신부님? 저 괴물은…….."

"문은? 혹시 안에서는 문을 자유로이 열 수 있는 것 아닌가요?"

"평소에는 안쪽에서 자유로이 열 수 있었던 것 같습니다만. 지금은 완전히 잠갔습니다. 전자식 자물쇠라 기능이 많군요. 그러나 저러나 저 괴물은 어떻게……."

일단 문이 완전히 잠겼다고 하면 안심할 수 있을 것 같아서 박 신부는 한숨을 내쉬었다. 그전에는 이렇게 철저하게 잠그지 않았고, 안쪽에서는 문이 자유로이 열렸기 때문에 저 여자가 밖으로 돌아다니면서 일을 저지른 것 같았다. 냉동고 문도 잠그는 형식은 아니었고. 하긴 문이 잠겨 있지 않아도 영하 백사십 도라는데 누가 열 생각이나 했겠는가. 박 신부는 여러 가지 생각들로 머릿속이 온통 뒤죽박죽이었다.

"잠깐 생각을 해 봅시다. 서두르지 말고."

"그냥 총으로 갈겨 버리면 안 될까요? 이건 도대체가 말이 되는 일이어야지……."

"안 돼요!"

홍 형사의 말이 채 끝나기도 전에 난데없이 비명이 허공에 울려 퍼졌다. 준승이었다. 박 신부는 속으로 혀를 찼지만, 딱 부러지게 말했다.

"자네, 잠시만…… 나와 이야기 좀 하세."

그런 다음 박 신부는 고개를 돌려 홍 형사에게 말했다.

"사정을 좀 더 알아보고 난 연후에 조치를 취하도록 합시다. 일단 이번 일은 흔히 볼 수 있는 그런 사건이 아닌 만큼 홍 형사님보다는 제가 처리하는 것이 더 나을 것 같습니다. 제게 조금만 시간을 주십시오."

박 신부가 잠시만 떨어져 있어 달라고 눈짓했지만 홍 형사는 눈치 없이 계속 박 신부를 채근했다.

"설명 좀 해 주십시오. 저 그 괴물의 정체가 뭔지 신부님은 알고 계십니까? 신부님의 몸에서도 무슨 이상한 빛이 날아가던데 그건 또 뭡니까? 당최 이해할 수 있는 일이어야지, 이건 도대체 정신이 하나도……."

큰 소리로 흥분해서 떠들어 대는 홍 형사의 말을 가로막은 건 박 신부 옆에 서 있던 장 박사였다.

"일단 자네는 저쪽으로 가 있게, 어서!"

안 그래도 냉동 인간을 보고 놀란 홍 형사는 냉랭한 얼굴의 장 박사가 굳은 목소리로 이야기하자 좀 겁을 먹은 듯 순순히 물러섰다. 박 신부는 문 안쪽의 동정을 살폈다.

안쪽에서 무슨 짓을 하는지 아무 소리도 들리지 않았다. 박 신부는 어떻게 해야 될지 몰라 한숨을 내쉬었다. 옆에 있던 장 박사가 박 신부에게 물었다.

"설명 좀 해 주게나. 언뜻 보긴 했네만, 저 괴물의 정체가 뭔가? 그리고 자네 몸에도 뭔가가 빛나던데 그건······."

"아······."

박 신부는 짜증이 나는지 고개를 세차게 저으면서 말했다.

"자네도 저만치 떨어져 있게나. 내 긴히 여기 이 박사와 할 이야기가 있네."

"난 그래도 자네를 돕고 싶어서 그러는 건데······."

장 박사는 투덜거리면서도 홍 형사가 있는 쪽으로 천천히 걸음을 옮겼다. 장 박사는 기괴한 주검을 주로 다루는 직업 탓인지 이 혼란한 와중에도 얼음덩어리로 된 윤희가 움직이는 것에 상당한 호기심을 느끼는 모양이었다.

주변에 사람들이 모두 사라지고 나자 박 신부는 아직도 흐느끼고 있는 준승의 어깨에 손을 얹으며 말했다.

"자, 이제 내가 묻는 말에 대답해 주겠나? 절대 거짓말을 해서는 안 되네."

"아아······ 윤희는······."

"자자, 일단 일은 벌어졌네. 그리고 이 일을 수습할 수 있는 열쇠를 쥔 사람은 자네밖에 없어."

"난 이제······."

아무리 생각해 봐도 준승은 이런 사악한 일을 고의로 꾸밀 만한 인물이 아니었다. 설령 저 얼음 괴물을 만들어 낸 것이 준승이라고 해도, 얼음 괴물이 된 윤희가 여러 차례 살인을 저질렀다고 해도 박 신부는 준승이 나쁜 사람이라는 생각이 들지 않았다. 지금도 박 신부는 가엾고 애처롭게만 보이는 준승을 위해 뭔가 해 주고 싶다는 생각만 들었지, 저 괴물을 해치우겠다는 생각은 별로 들지 않았다. 어떻게 보면 그런 면이 박 신부의 약점이랄 수도 있지만 또 어떻게 보면 박 신부의 두드러진 장점일 수도 있었다.

박 신부가 어린아이를 달래듯 준승의 어깨를 토닥거리자 준승은 박 신부의 어깨에 기대어 눈물을 흘리면서 크게 흐느꼈다.

"신부님…… 그래도 윤희를…… 미워하지 마세요. 모두가 제 잘못…… 제……."

"그래그래, 미워하지 않아. 그러니 염려 말게."

"난 그녀를 되살리고 싶어서…… 그럴 수만 있다면 무슨 짓이라도……."

"자, 진정하고 천천히 이야기해 보게. 윤희가 누구지? 자네와는 어떤 관계인가? 애인?"

준승이 고개를 끄덕였다. 역시 그랬구나 싶어서 박 신부는 푸욱 한숨을 내쉬었다.

"윤희는 암에 걸렸었어요. 너무 늦게 알게 돼 채 손쓸 사이도 없이…… 그래서 저는……."

"그래서 자네가 그녀를 냉동 인간으로 만들었나?"

준승의 목소리는 흑흑거리는 흐느낌과 섞여서 잘 알아듣기가 어려웠다.

"윤희는 내게 모든 것을 맡겼지만 실패……."

"실패? 뭘 실패했다는 말인가? 냉동 인간으로 만드는 것? 아니면 윤희를 다시 살려 내는 것?"

"실험 대상이었던 말의 컨테이너에, 말 대신 윤희를……."

"말……?"

"사람은 아직 실험해 본 적이 없었어요. 하지만 윤희를 살리기 위해서 동물을 실험했던 것과 똑같이……."

프랑켄슈타인의 후예

박 신부는 대강 사정을 짐작할 수 있을 것 같았다.

준승은 실험 예정이었던 말의 냉동체를 윤희로 바꾸었던 것이다. 그러나 냉동체를 만드는 일은 자동 장비들의 도움을 받아 혼자서 할 수 있었다고 해도 어떻게 혼자서 윤희의 시체를 이곳까지 들여올 수 있었는지 그것이 궁금했다. 준승이 아무리 냉동실의 책임자라고 해도 그건 결코 쉬운 일이 아니었다.

"그런데 어떻게 윤희의 시체를 이곳까지 가지고 왔지? 어떻게?"

"으흐흑."

준승은 더 이상 참을 수 없다는 듯이 더욱 크게 울기 시작했다. 순간 뭔가가 문득 박 신부의 뇌리를 스치고 지나갔다. 그와 동시에 박 신부의 몸이 부르르 떨렸다.

'설마……'

아무리 힘이 좋다고 해도 혼자 힘으로 냉동된 말의 시체를 꺼내고, 또 외부에서 시체를 이 안으로 몰래 들여온다는 것은 거의 불가능한 일이었다. 혹시 그렇다면…….

박 신부는 깊은 한숨을 한 번 내뱉은 다음 떨리는 목소리로 준승에게 물었다.

"혹시…… 윤희를 죽지 않은 상태에서 연구소로 데리고 왔던 것은 아닌가?"

"으흐흐흑."

박 신부의 눈이 갑자기 빛나더니 노기에 찬 목소리로 크게 외쳤다.

"그러면…… 자네는 윤희를 산 채로 냉동시켰단 말인가?"

준승이 고통에 일그러지고 눈물로 가득 젖은 얼굴을 쳐들었다.

"그럴 수밖에 없었어요. 죽은 상태로 냉동시켜 봐야 아무런 효과도 없고. 그래서…… 윤희는 내게 모든 것을 맡기고…….''

박 신부는 그때의 광경이 머릿속에 그려졌다. 늦은 시간 윤희가 방문을 핑계로 연구소 내에 들어온다. 그리고 둘은 냉동고에 틀어박혀서 보관 중이던 말의 시체를 꺼내어 폐기한다. 그런 다음 수술대에 윤희를 눕힌다. 마지막 작별 인사는 어떤 것이었을까? 잠시 후 날카로운 금속성 장비들이 윤희의 혈액을 모두 빼내고, 몸을 초저온으로 얼려서 서서히 컨테이너로…….

박 신부는 애틋한 마음이 들면서도 한편으로는 섬뜩한 느낌을 지울 수가 없었다.

"그러나……."

준승은 눈동자가 풀린 채 박 신부의 옷깃을 붙잡고 매달렸다.

"이 사람 제정신이 아니네. 극도로 굳어졌던 정신적인 긴장이 풀려서 지금 반쯤 착란 증세를 보이는 것 같아."

저만치 떨어져 있던 장 박사가 박 신부 곁으로 걸음을 옮기며 걱정스러운 듯 말했다. 박 신부는 조금만 더 참으라는 듯 장 박사를 제지하고는 준승의 입에서 중얼거리듯 빠르게 새어 나오는 소리에 귀를 기울였다.

"너무 시간이 없었어요. 너무…… 흐흑흑…… 주말 이틀 동안 서둘러 실험을 진행하는 것은 너무…… 그래서 그만……."

"그래서 어떻게 됐나?"

"주기적으로 실시하는 보존 상태 검사 도중 윤희는 그만 죽어버렸는데…… 몸에서 서서히 비생명 상태의 화학 반응이……."

"그게 무슨 말이야? 저온 상태인데도 생명 반응이 나타난다는 건가?"

"확실하진 않지만 서서히 승화돼 분해되는 것 같은 그런……."

"음!"

눈물이 끊임없이 흘러내리는 준승의 눈은 이제 번쩍번쩍 광기로 빛나고 있었다. 얼마나 많은 정신적인 압박을 받았는지 짐작할 만했다. 사랑하는 애인을 자신의 손으로 죽인 것과 같은 결과가 되고 말았으니…… 박 신부는 조금이나마 그 심정을 이해할 수 있을 것 같았다.

"윤희를 다시 살아나게 할 수 있다면 어떤 것이라도……."

"그래서 흑마술을 배웠나? 구슬과 그리고……."

"인도, 인도에서였어요. 학술 세미나에 참석하러 그곳에 갔다가……."

"그건 어떤 주술이지? 그걸 말해야 하네!"

"잘은 몰라요. 다만 구슬을……."

"구슬? 아까 그 구슬 말인가?"

"한 쌍의 구슬 중 하나는 윤희의 몸에 넣고 다른 하나는 제가 지니고 있으면 죽음을 막을 수 있다고…… 그래서 지푸라기라도 잡는 심정으로……."

"바로 그 구슬, 아까 느껴진 사악한 기운도 거기서 나온 것이 틀림없군."

박 신부는 어디선가 들은 이야기가 생각났다. 보석을 재료로 해서 만들어진 구슬에 사람의 영을 봉인한다는 그러한 주술의 이야기……. 그러나 이번의 경우는 달랐다. 준승의 말을 그대로 믿자면 윤희는 이미 냉동시키는 과정에서 죽은 게 분명했다. 그런데 어떻게 윤희의 영을 다시 불러서 저렇게 움직이게 할 수 있었을까?

"그래, 그 구슬을 윤희의 몸에 넣자 어떤 일이 생겼지? 응?"

"그걸 넣자 윤희의 몸이 갑자기…… 그러니까 얼마나 놀랐는지…… 구울의 구슬(orb of Ghoul)을 넣자마자……."

박 신부의 눈이 빛났다.

"……구울? 지금 구울의 구슬이라고 했나? 그 구슬의 이름이 구울의 구슬이 맞나?"

"예. 그, 그렇게 들었……."

박 신부는 머리를 한 대 얻어맞은 것 같았다. 구울은 인도에서 전설로 전해 내려오는 걸어 다니는 시체의 이름이었다. 좀비와 비슷하지만 좀비가 지능이 없고 시키는 대로만 하는 데에 반해서 구울은 포악하고 살아 있는 것들의 생살과 피를 즐겨 먹는다는 마물이었다. 그 구슬이 정말 구울의 구슬이라면 윤희의 몸은 이제 구울, 그것도 꽁꽁 얼어붙은 냉동 상태의 구울이 된 것이 분명했다.

"그러면 동물들을 죽이고 경비원을 해친 자가 바로 윤희란 말인가? 자네는 그 광경을 본 것이지? 그렇지?"

"그…… 저는……."

"자네가 그래서 그런 거로군! 이제 알겠어."

박 신부는 모든 것을 알 것 같았다. 준승은 윤희를 살리고 싶은 일념에 흑마술의 구슬이 어떤 것인지 제대로 알아보지 않고 죽은 윤희의 몸에 저주받은 구슬을 넣어 본의 아니게 윤희를 괴물인 구울로 만든 것이 분명했다. 그리고 동물들의 떼죽음이나 경비원의 죽음이 모두 윤희의 짓임을 준승은 알고 있었던 것이다.

"그런데 왜 미리 조치를 취하지 않고…… 사람이 죽었는데!"

"하지만 전 그럴 수 없었어요. 어쨌거나 윤희는 살아났는데……."

"그건 살아난 게 아니네! 오히려 자네는 윤희를 괴물인 구울로 만들어 버린 거야!"

"괴물······."

준승의 눈에서 다시 눈물이 주르륵 흘러내렸다. 준승의 눈에서 빛나던 광기는 어느새 사라져 버리고 없었다.

"괴물이라도 좋아요. 그래도 상관없어요. 다만······."

박 신부는 오죽했으면 저런 생각까지 했을까 싶어 마음이 아팠다. 하지만 준승의 생각은 잘못된 것이었다.

"이봐, 준승 군! 죽음은 누구나 피할 수 없는 굴레 같은 것이지. 죽으면 모든 게 끝이네. 저 안에 있는 얼음덩어리를 진정 윤희라고 생각하나? 저건 결코 윤희가 아니야!"

"아니에요! 저건 윤희예요! 윤희가 맞다고요!"

"영혼이 없다면 인간이라 할 수 없네. 고의는 아니었지만 어쨌든 자네는 윤희의 몸에 사악한 악령의 기운을 집어넣었어. 저 얼음덩어리의 여자가 정말 자네가 사랑하는 윤희가 맞나?"

"맞아요! 윤희가 틀림없어요! 저건 틀림없는······."

"프랑켄슈타인 박사도 괴물을 만들었지만 자네 같은 생각은 하지 않았네!"

어느새 박 신부와 준승의 옆으로 다가온 장 박사가 노기 섞인 음성으로 외쳤다. 박 신부는 고개를 설레설레 흔들다가 별안간 준승의 어깨를 잡고 외치듯 말했다.

"윤희의 몸이었고 윤희와 똑같은 생김새를 하고 있다고 해도 저건 윤희가 아니야, 아니라고. 그걸 이해 못 하겠나, 응?"

"아아……."

준승은 눈물을 흘리면서 금방이라도 쓰러질 듯 몸을 휘청거렸다. 그러나 박 신부는 준승의 어깨를 꽉 잡고 놓아주지 않았다.

"이해해 주세요. 저도 저게 윤희가 아니라는 건 알아요. 하지만……."

준승은 신음하듯 간신히 말을 이어 갔다.

"저렇게 해서라도 윤희를…… 윤희를 살리고 싶었어요. 저렇게 해서라도."

"말도 안 돼!"

박 신부는 노기 띤 준엄한 표정으로 준승을 향해 소리쳤다.

"그건 자네의 이기심이야. 윤희는 이미 죽었고 그걸 되돌릴 수는 없어. 자네는 지금 자신의 이기심만으로 윤희를 두 번이나 죽인 거야!"

"아니에요! 전, 전……."

"죽음은 피할 수 없는 거야. 누구나 한 번은 맞닥뜨릴 생의 종착역이지. 때문에 살아남은 사람들은 누군가에게 죽음이 다가왔을 때 편안하게 보내 주어야 하는 거야. 죽어 가는 사람이 더 이상 고통스러워하거나 이승에 연연해하지 않도록. 윤희와 함께 있고 싶다는 자네의 욕심 때문에 죽은 윤희를 저렇게 비참하게 만들어 편하게 쉬지도 못하게 할 건가? 그건 사랑도 뭐도 아니야. 사랑이라는 허울을 둘러쓴 자네의 이기심일 뿐이지."

"으흐흑. 전……."

감정이 격해진 준승은 그 자리에 쓰러져 흐느꼈다. 장 박사는 딱딱하게 굳은 얼굴로 측은하다는 듯 준승을 내려다보았다. 박 신부도 가슴이 뭉클해져 뭐라 말할 수 없었다. 그 사이로 다가온 홍 형사가 권총을 뽑아 들고 박 신부에게 말했다.

"끝장을 냅시다, 신부님. 이건 살인이 아니겠지요?"

박 신부는 한숨을 내쉬며 머뭇거렸다. 그 말을 들은 준승이 눈물로 번들거리는 얼굴을 들어 홍 형사의 다리를 붙들고 애원했다.

"제발, 그러지 말아요. 윤희는 이미 두 번이나 죽었어요. 또 죽게 할 수는 없어요. 제발……."

홍 형사는 매달리는 준승을 냉정하게 뿌리치고 냉동실 문 쪽으로 몸을 돌렸다. 그러고는 주머니에 넣어 두었던 카드 키를 꺼내 조심스럽게 슬롯에 그었다. 그러나 문은 작동하지 않았다.

"이런! 저 괴물이 문을 작동시키는 컴퓨터를 얼려서 부숴 버린 것 같아요!"

홍 형사가 놀라서 카드 키를 슬롯에 여러 번 그었지만 문은 요지부동이었다. 그때 갑자기 철문에서 쿵 소리가 울려왔다. 그러더니 잠시 후 문이 끼이익 소리를 내면서 조금씩 열리기 시작했다. 열린 문틈 사이로 하얀 냉기가 폭발하듯이 뿜어져 나왔다. 홍 형사는 그 기세에 밀려서 뒤로 나동그라졌고 삽시간에 홍 형사의 몸이 허연 서리로 뒤덮였다. 놀란 박 신부와 장 박사가 문을 밀어 닫으려고 했으나 문은 날카로운 금속성 소리를 내며 계속 조금씩 열렸다. 곁에 있던 형사 한 명과 다시 일어난 홍 형사까지도 합세해

문이 열리지 않도록 붙들었으나 역부족이었다. 갑자기 문 저편에서 쾅 소리가 들리면서 안개같이 희뿌옇고 차가운 바람이 회오리치며 뿜어져 나왔고, 그 바람에 홍 형사와 장 박사, 그리고 형사 한 사람이 비명을 지르면서 뒤로 물러섰다. 세 사람의 몸은 온통 흰 서리로 덮여 있었다.

"일단 피하시오!"

냉기를 이기지 못한 박 신부가 크게 소리를 치고는 뒤로 물러섰다. 다른 한 명의 형사는 왼쪽으로 뛰어갔고 홍 형사와 장 박사는 준승을 끌고 오른쪽으로 피했다. 박 신부도 준승 쪽의 세 사람을 몸으로 감싸면서 오른쪽으로 피했다.

고장 난 문은 잡고 버티는 사람이 없자 와르릉 소리를 내면서 단번에 열려 버렸다. 안에서 하얀 서리와 함께 찬 기운이 폭발하듯이 맹렬한 기세로 몰려나오고 있었다. 아무래도 이건 얼음 괴물로 변한 윤희 혼자만의 힘으로 만들어 낸 냉기 같지 않았다.

끌려가던 준승이 크게 외쳤다.

"헬륨 통······!"

박 신부는 아차 싶었다. 안에 갇힌 윤희, 아니 얼음의 구울이 마구 날뛰다가 방 안의 헬륨 통과 질소 통 용기들을 깨뜨린 모양이었다. 파도처럼 밀려드는 냉기가 복도를 가득 매우면서 퍼져 나갔고, 도망치는 박 신부 일행의 몸에도 얼음이 매달려서 바삭바삭하는 소리가 들려왔다. 게다가 신발이 자꾸 바닥에 얼어붙어서 발이 잘 떨어지지 않았다. 박 신부 일행은 서로 부축해 가면서 정신없이 달렸다. 그러나 공기가 너무 차서 숨을 제대로 쉴 수가 없었고, 삽시간에 차가워진 공기 속의 수증기가 몸을 움직일 때마다 엉겨붙어서 일행을 얼음덩어리로 만들어 가고 있었다. 그때 갑자기 뒤쪽에서 처절한 비명이 들려왔다.

"김 형사!"

동료의 비명을 듣고 자지러질 듯 소리를 지르며 몸을 돌려 뒤로 뛰어가려는 홍 형사를 장 박사가 와락 끌어당겼고, 네 명의 일행은 쓰러질 듯 구르며 복도 한구석에 있는 방문을 열어젖혔다. 그들의 뒤로 구름처럼 거대한 냉기가 와르르하고 얼음 부딪히는 소리를 내면서 아슬아슬하게 지나갔다. 박 신부는 재빨리 문을 닫았다. 그 문을 닫는 사이에도 문에 얼음들이 붙어서 두껍게 변해 가는 모습이 눈에 들어왔다.

일단 문이 닫히자 장 박사가 거친 숨을 몰아쉬며 소리쳤다.

"웃옷을 털어 내게! 어서! 얼음이 더 엉기기 전에!"

방 안으로 일단 피하긴 했지만 이곳도 최소한 영하 이십도는 될 것 같았다. 들어온 지 얼마 되지 않았는데도 네 사람의 몸에는 고드름과 얼음덩어리들이 다닥다닥 달라붙었다. 박 신부가 사제복 자락을 거칠게 털어 냈고, 장 박사도 뻣뻣해진 가운을 벗어 던졌다. 한껏 웅크리고 떨던 홍 형사는 갑자기 좋은 생각이 떠오른 듯 책상 주위에 있던 종이와 책을 되는대로 땅에 떨어뜨리고는 라이터 불을 켜려고 했다. 그러자 옆에 있던 박 신부가 펄쩍 뛰면서 홍 형사를 말렸다.

"불을 피우면 스프링클러가 작동될 것이고, 그러면 우린 모두 끝장이네!"

박 신부는 이를 악물고 문밖을 노려보았다. 김 형사가 어떻게 됐는지 걱정이 돼서 견딜 수가 없었다. 박 신부는 한 번 뒤를 돌아보고 소리쳤다.

"내가 나가면 바로 문을 닫으시오!"

"안 돼! 가짜 신부! 나가면 죽어! 자네 힘으로도 이건 안 돼!"

소리를 지르면서 박 신부를 부둥켜안다시피 만류한 것은 장 박사였다. 박 신부는 장 박사를 떼어 버리고 나가려 했으나 일행을 몸으로 막아 주려고 너무 냉기를 과하게 쐰 탓인지 팔다리가 남의 것인 양 잘 움직여지지 않았다.

"놓게!"

"안 돼! 자네가 나가서 잘못되면 우린 어쩌라는 건가, 응?"

박 신부는 다시 한번 몸을 부르르 떨었다. 그건 냉기 때문만은 아니었다. 장 박사는 박 신부가 이제 안 나가나 싶어 안심하고 박 신부를 잡고 있던 손을 놓으려고 했다. 그러나 어느새 옷자락이 박 신부의 사제복 자락에 얼어붙어서 잘 떨어지지 않았다. 장 박사가 박 신부의 옷에 얼어붙어 버린 자신의 팔을 힘을 주어 떼어 내자 장 박사의 겉옷 자락이 우지직 소리를 내며 부서져 나갔다.

홍 형사가 전화 수화기를 들고 뭐라 급하게 말하려다가 욕을 하면서 수화기를 내동댕이쳤다. 아마 전화선마저도 모조리 냉기를 이기지 못하고 동파된 것 같았다. 박 신부는 잠시 생각에 빠져

들었다. 윤희는 냉동 인간이 됐고 지금은 그저 구울이라는 괴물로 변해 어떻게 상대해야 할지 도무지 묘책이 떠오르지가 않았다.

윤희의 몸 안에는 피 대신 냉매가 흐르고 있었고 윤희의 몸은 영하 백사십 도 이하로 내려가 있는 상태라 손을 대는 것은 고사하고 가까이 접근하기도 힘들었다. 홍 형사는 총을 쏘면 될 것이라고 말했지만 박 신부의 생각으로는 몸이 단단한 얼음덩어리로 된, 살아 있는 것도 아닌 저 구울이 권총 몇 방에 쓰러질 것 같지는 않았다.

아무튼 지금 윤희가 움직이는 것이 구울을 만드는 흑마술 때문이라는 사실은 알았으니 어쩌면 박 신부의 기도력으로 그 악의 힘을 몰아낼 수 있을지도 모른다. 그러나 기도력을 모아 낼 만한 시간적인 여유나 가까이 접근할 기회를 찾기가 쉽지 않았다.

"가만, 가만…… 아까 자네가 했던 말!"

뭔가 떠오르는 게 있는지 박 신부가 갑자기 외쳤다. 장 박사와 홍 형사는 모두 눈이 휘둥그레져서 박 신부가 뭔가 돌파구를 마련했으리라는 생각에 기대감을 갖고 박 신부를 쳐다보았다.

"아까 자네가 말했었지? 구울의 구슬은 한 쌍이었다고. 하나는 윤희의 몸에 집어넣고 다른 하나를 자네가 가지고 있으면 윤희를 살릴 수 있다는 말을 들었다고 말이야. 그랬지, 응?"

준승은 거의 실성한 듯이 멍한 표정을 짓고 있을 뿐, 박 신부의 말에는 묵묵부답이었다. 그러자 홍 형사가 준승의 멱살을 잡고 흔들어 대면서 소리쳤다.

"어서 대답해! 어서!"

"구, 구슬은 한 쌍. 그러니까⋯⋯."

"그런가 아닌가만 대답해!"

홍 형사가 준승의 정신을 차리게 하려고 멱살을 흔들어 대고 있는 사이에 다시 문이 와르릉 소리를 내며 떨렸다. 소름이 오싹 돋았다. 재빨리 눈을 돌리자 문이 하얗게 변해 가고 있는 모습이 보였다.

"문은 꽉 잠겨 있는데. 도대체 무얼 하는 거시?"

장 박사가 중얼거리자 박 신부도 불안한 듯 고개를 저었다.

"나도 모르겠어. 좌우간 그 구슬에 대해서⋯⋯."

박 신부의 말은 문 쪽에서 쩡쩡거리며 들려오는 소리 때문에 끊어졌다. 우지직하는 소리와 함께 문에 붙어 있던 얼음 조각들이 조금씩 부서져 내리기 시작했다. 뒤를 이어 쾅! 하고 문을 두드리는 소리가 들려왔다.

"문을 얼어붙게 해서 깨뜨리려는 것 같아!"

장 박사가 놀라서 외쳤다. 어떤 물건이든지 극저온으로 냉동되면 몹시 약해져서 깨지기 쉬운 상태가 돼 버린다. 구울로 변해 버린 윤희가 문을 부수려고 차가운 숨결을 토해 내며 문을 두들기는 것이 분명했다.

"어서 말하게. 지금 윤희를 조용하게 만들 수 있느냐 없느냐는 그 구슬에 달린 게 분명해."

위기일발의 다급한 상황에서도 박 신부는 냉정을 잃지 않고 침착하게 생각을 정리하기 위해서 안간힘을 썼다. 가만히 생각해 보니 조금 전 냉동고 안에서 윤희가 난동을 부리기 시작한 것은 준승과 홍 형사의 몸싸움으로 준승이 그 구슬을 놓친 직후와 때를 같이하고 있었다. 그 이전까지 윤희는 지금보다 훨씬 얌전했던 것이 틀림없었다. 그렇다면 윤희가 저렇게 난폭해진 것은 준승이 구슬을 놓친 것과 어떤 연관이 있을지도 몰랐다.

"어서 말하게, 준승 군! 그 구슬을 자네가 가지고 있을 때 윤희는 조용하게 않았던가?"

"구슬을 제가 가지고 있을 때는……."

순간 쾅 소리와 함께 눈에 보일 정도로 문에 금이 가기 시작했다. 놀란 홍 형사가 문을 향해 총을 겨누었고, 장 박사도 주춤거리며 뒤로 물러섰다. 박 신부는 더 다급해져 준승의 어깨를 잡고 외쳤다.

"어서! 구슬로 윤희를 잠잠하게 만드는 방법이 있을 것 아닌가?"

"구슬…… 구슬을 제가 손으로 쓰다듬고 있으면 윤희는 잠들고……."

"좋아! 그러면 그 구슬은 어디 있지? 아까 줍지 않았나?"

준승이 겁먹은 듯이 고개를 설레설레 저었다. 구슬이 냉동실 안에 그대로 있는 것이 분명했다. 박 신부는 이를 악물었다. 일단 윤희의 차가운 숨만 막을 수 있어도 구울의 악령을 떼어 버리는 것쯤은 박 신부에게 그다지 어려운 일이 아닐 성싶었다.

"할 수 없네. 방법은 하나야. 장 박사, 그리고 홍 형사 잘 듣게."

"예?"

"무슨 생각이라도 있나?"

다시 우지직 소리를 내며 갈라져 가는 문을 초조하게 바라보면서 홍 형사와 장 박사가 긴장된 얼굴로 박 신부의 말에 귀를 기울였다.

"일단 내가 어떻게든 윤희를 막고 있겠네. 그사이에 자네와 홍 형사는 준승 군을 데리고 냉동실로 가서 그 구슬을 찾아내게. 그래서 어떻게든 윤희를 잠잠하게 만들어 주게. 지금 할 수 있는 방법이라곤 이것뿐이네."

"그건 자네가 너무 위험해! 저 냉기를 직접 쐬면 단 일 초도 견디지 못할 걸세!"

"차라리 제가 총으로 어떻게······."

홍 형사가 결심한 듯 말을 꺼냈지만 박 신부는 고개를 저었다.

"총으로 간단히 끝날 것 같지 않네. 만약 총으로 해결될 문제였다면 아까 김 형사도 그냥 당하진 않았을 거야. 여러 말 말고, 부탁하네."

"하지만······."

장 박사와 홍 형사가 굳은 얼굴로 말했다.

"다시 말하지만 방법은 이것뿐이야. 이러다가 저 문이 부서지고 윤희가 들어오면 우리 모두 이 자리에서 꼼짝 못 하고 얼어붙어 버릴 거야. 알겠나?"

말을 마친 박 신부는 기도력을 모았다. 갑자기 박 신부의 몸에서 휘황한 빛이 번져 나오자 홍 형사의 입이 놀란 듯 딱 벌어졌다.

장 박사가 걱정스러운 듯 박 신부에게 뭐라고 말하려 했지만, 박 신부는 벌써 문 쪽으로 다가서고 있었다.

"이봐! 가짜 신부!"

장 박사가 안타까운 듯 소리쳤으나 박 신부는 베케트의 십자가를 손에 꼭 쥐고 기도력을 모아 오라의 힘으로 문을 힘껏 밀어붙였다. 꽁꽁 얼어 약해져 있던 문이 오라의 힘을 받아 폭발하듯 산산조각이 나 버렸다. 박 신부는 문이 부서지는 것과 동시에 문밖으로 몸을 날리면서 외쳤다.

"어서!"

박 신부의 모습을 보고 장 박사가 이를 악물면서 홍 형사를 잡아끌었다.

"어서 가세! 어서!"

홍 형사도 퍼뜩 정신이 드는지 준승의 팔을 잡고 끌어당겼으나 준승은 다리가 풀린 듯 휘청거렸다.

"이런. 야, 인마! 정신 차려!"

문밖에서는 우당탕거리는 소리와 함께 안개 같은 기류들이 몰려다니는 것으로 보아 벌써 박 신부가 있는 힘을 다해서 냉기를 뿜어 대는 윤희를 밀어붙이며 막아 내고 있는 것 같았다. 장 박사가 당황해서 열린 문과 흐늘거리는 준승을 번갈아 쳐다보았다. 이렇게 흐늘거리는 준승을 끌고 냉동실까지 간다면……

"자네, 여기서 잠시 이 박사를 지켜 주게! 내가 다녀오겠네!"

장 박사는 그 말만을 남기고는 문밖으로 훌쩍 뛰어나갔다. 당황한 홍 형사는 어찌할 줄을 몰라 씩씩대다가 준승의 따귀를 세차게 후려쳤지만 준승은 여전히 정신을 차리지 못했다.

박 신부는 분명 냉동실로 가는 길 반대쪽으로 윤희를 밀어붙였을 것이다. 장 박사는 일부러 박 신부가 있을 것이라 생각되는 방향을 쳐다보지 않고 냉동실 쪽으로 무작정 달렸다. 복도와 천장, 바닥이 모조리 얼음으로 뒤덮여 마치 얼음 굴처럼 변해 버렸지만 장 박사는 놀랄 겨를도 없었다. 장 박사는 연신 미끄러지려는 발에 힘을 주고 조심스럽게 중심을 잡으며 앞으로 내달렸다. 자꾸만 숨이 막혔다. 냉기도 냉기였지만 숨을 쉴 때마다 목구멍이 깔깔해져서 견딜 수가 없었다. 아마도 공기 중에 있는 수증기가 모조리 벽과 바닥에 얼어붙어서 극도로 건조해진 것이 틀림없었고, 이런 상황에서 조금만 오래 있다가는 그대로 미라가 돼 버릴지도 모를 일이었다.

등 뒤쪽에서 계속해서 파도처럼 밀려드는 희뿌옇고 차가운 기류 때문에 안경에 서리가 잔뜩 끼어 앞이 제대로 보이지 않았다.

드디어 장 박사는 냉동실 문 앞에 도착했다. 마음은 급했지만 앞이 보이지 않아서 장 박사는 급한 대로 안경을 쓴 채로 안경알을 손으로 문질렀다. 곧 희미하게 주변 풍경이 드러났다. 두리번거리던 장 박사의 눈에 누군가가 자신의 앞을 가로막고 서 있는 것이 보였다. 장 박사는 누구냐고 부르려다가 소스라치게 놀라 걸음을 멈추었다. 그곳에 서 있는 사람은 장 박사를 향해 총을 겨누고 있었다.

"아니, 왜?"

장 박사는 본능적으로 얼굴을 가리려다가 문득 그 사람을 보고는 몸이 얼어붙는 듯 섬뜩해졌다. 장 박사 앞에 뻣뻣이 서 있는 사람은 김 형사였다. 그러나 김 형사는 얼음 조각상처럼 얼음과 성에를 온통 뒤집어쓴 채 얼어 있었다. 공포와 놀라움으로 얼굴이 굳어져 입을 크게 벌리고 인상을 쓰고 있는 것으로 보아 윤희를 보고 총을 쏘려다가 윤희의 차가운 숨결 한 방에 미처 방아쇠를 당기지도 못하고 그대로 얼어붙어 버린 것이 틀림없었다.

김 형사임을 알아본 장 박사가 놀라서 비명을 지르자 김 형사의 얼어붙은 얼굴 한쪽이 쩍쩍 소리를 내면서 갈라지더니 이내 와르르 부서져 내렸다. 여간해서 놀라지 않는 장 박사였지만 이런 광경을 보고는 질려 버리지 않을 수 없었다. 공포와 두려움이 밀려들기 시작한 장 박사가 미친 듯이 냉동실 안으로 뛰어들다가 미끄러져서 바닥에 넘어져 버렸다. 냉동실 안에서는 계속해서 쉭쉭 소리와 함께 가스들이 새어 나오고 있었다. 장 박사는 냉동고 안에 들어서자마자 갑자기 얼굴과 손의 감각이 없어지는 것을 느꼈다.

'이런, 몸이 얼어붙고 있다!'

장 박사는 놀라서 급하게 몸을 일으키려고 바닥을 짚었으나 손바닥이 그대로 바닥에 얼어붙어서 떨어지지 않았다. 장 박사는 비명을 지르면서 손을 억지로 잡아당겼다. 찌지직 하는 소리와 함께 손이 바닥에서 떨어졌다. 무심코 손바닥을 쳐다보았다.

"아악!"

손바닥의 가죽이 바닥에 붙어서 그대로 벗겨져 버린 것이었다. 장 박사는 기절할 듯 비명을 지르며 다시 뒤로 미끄러졌다. 순간 그의 눈에 바닥의 얼음에 반쯤 파묻혀 있는 검은 구슬이 눈에 들어왔다.

박 신부는 몸 여기저기의 감각이 사라져 버려 팔다리가 남의 것처럼 잘 움직여지지 않았다. 그렇지만 지금 조금이라도 몸의 기도력을 늦출 수도 없는 노릇이었다. 만일 그렇게 하면 당장에 꽁꽁 얼어붙은 동태가 될 것이 분명했다.

"다른 자의 몸을 지배하는 사악한 힘은 물러가라!"

박 신부는 있는 힘을 다해 구울로 변한 윤희를 향해 조금씩 힘겨운 발걸음을 옮기고 있었다. 오라가 선명한 색깔로 박 신부의 몸을 온통 감싸고 있어 윤희도 오라에 닿지 않으려고 뒤로 물러서면서도 계속해서 섬뜩하게 차가운 입김을 박 신부를 향해 뿜어 대고 있었다. 오라 막에서 뿜어내는 힘은 박 신부의 연륜이 깊어지면서 점점 강해졌고, 베케트의 십자가를 얻은 후에는 그 힘이 배가돼서 어지간한 물리력은 막아 낼 수 있었지만 지금은 온도가 너무 낮아 평소의 힘에도 훨씬 못 미쳤다. 오라로 방어하지 않는다면 걸음을 옮기려던 자세 그대로 꽁꽁 얼어붙어 버렸을 것이다. 때문에 박 신부는 오라 구체를 내쏘는 것은 생각도 하지 못하고 조금이라도 더 버티기 위해서 모든 힘을 자신을 보호하는 데에만 쏟고 있었다. 아마도 어둠에 근본을 두는 윤희는 오라에 본능적으로 접근하려 하지 않을 것이고, 따라서 박 신부는 이렇게 버티는 동안 준승이 구슬로 윤희의 움직임을 정지시켜 주기만을 바라고 있었다.

주변에서는 소화전의 작은 창이나 연구소 천장 쪽으로 이어진 스프링클러의 수도 파이프 따위들이 꽁꽁 언 채로 깨어져 나가면서 날카로운 소리를 냈다. 박 신부의 사제복 자락도 땅에 쓸릴 때마다 바닥에 그대로 얼어붙어 찢어지거나 아예 부서져 나갔다. 젖어 있지 않은 옷자락인데도 공기 중의 수증기가 응결돼 달라붙으면서 얼어붙는 것 같았다.

박 신부의 얼굴과 검은 사제복을 입은 온몸에도 서리가 하얗게 끼어서 마치 눈사람을 방불케 했다. 그래도 박 신부는 이를 악물고 걸음을 옮겼다.

"죽은 자를 모독하는 짓을 그만두고……."

그때 한두 걸음 천천히 내딛던 박 신부의 발이 바닥에 얼어붙은 듯 움직이지 않았다. 박 신부는 힘을 써서 땅에서 다리를 떼어 내기 위해 애썼지만 감각이 없어진 다리는 원하는 대로 움직여지지 않았다.

'이런!'

박 신부가 다가오는 것을 멈추자 계속 차가운 숨을 내뱉던 윤희가 잠시 멈칫했다. 박 신부는 입술을 깨물었다. 이제 윤희는 푸른 색을 띠는 얼음으로 두껍게 덮이고 고드름까지 주렁주렁 달린 끔찍한 몰골이 돼 더 이상 사람 같아 보이지 않았다.

'좋다. 일격을 안겨 주마!'

박 신부는 속으로 중얼거리면서 마음을 단단히 먹고 기도력을 줄여서 오라 막을 약하게 만들었다. 그러자 윤희는 기다렸다는 듯 우직우직 소리를 내며 박 신부 쪽으로 다가오기 시작했다.

'조금만 더, 조금만 더……'

홍 형사는 준승을 간신히 바로 세워 놓고는 박 신부를 돕기 위해 총을 빼어 들었다.

"이런 염병할!"

총알의 장전 상태를 보기 위해서 공이치기를 뒤로 당겨 보았으나 총이 그대로 얼어 버려 당겨지지가 않았다. 홍 형사는 하는 수 없이 입김을 총에 불어 대면서 연신 바깥의 동정을 살폈다. 갑자기 장 박사가 거의 구르다시피 방 안으로 들어왔다.

"박사님!"

장 박사는 하얗게 성에로 온몸이 뒤덮인 채 손을 꼭 쥐고 있었다. 손에는 끔찍하게도 붉은색의 고드름이 달려 있었다. 손에서 피가 흘러내리다가 그대로 얼어붙어 버린 모양이었다.

"박사님! 그 손……"

"난 괜찮……"

장 박사는, 마시면 목소리가 순간적으로 변한다는 헬륨 가스를 마셔서인지 알아들을 수 없는 소리를 힘들게 중얼거리면서 피가 얼어붙은 손을 홍 형사에게 내밀었다. 그 손에는 피와 얼음이 뒤엉킨 검은 구슬이 놓여 있었다.

"아! 이것!"

홍 형사가 반색을 하면서 구슬을 받아 쥐려는 순간 눈앞이 번쩍하더니 나뭇등걸처럼 바닥에 쓰러졌다. 장 박사가 놀라 위를 올려다보았다. 준승이 하얗게 질린 채 돌로 만든 재떨이를 들고 손을 떨며 서 있었다.

"죄송…… 그러나 전 못…….”

"이, 이 박사!"

놀란 장 박사가 준승에게 소리쳤다. 그러나 준승은 눈을 꼭 감으면서 장 박사를 향해 떨리는 손으로 재떨이를 힘껏 내리쳤다.

박 신부는 신경을 극도로 집중하고 있었다. 앞으로 몸이 얼마나 버텨 낼지 알 수 없었고, 무거워진 눈꺼풀도 자꾸 감겨 오기 시작했다. 윤희는 머뭇거리면서도 점점 박 신부에게 다가서고 있었다. 큰 타격을 가하기 위해서는 최대한 윤희가 박 신부에게 접근하도록 해야 했다. 윤희의 손끝이 박 신부의 몸에 거의 닿을 정도로 가까이 다가온 순간, 박 신부의 입에서 일갈성이 터져 나왔다.

"야아압!"

박 신부가 기합을 넣으면서 있는 힘을 다해 기도력을 발하자 오라가 이제껏 볼 수 없었던 거대한 파장으로 선명한 광채를 띠고 허공에 둥글게 맺히더니 박 신부에게 다가든 윤희를 단번에 밀어붙였다. 박 신부의 필생의 힘이 담긴 엄청난 오라를 맞은 윤희의 몸이 날카로운 금속성 소리를 내며 오라에 엉킨 채 공중을 날아 벽에 쿵 하고 부딪히더니 앞으로 풀썩 쓰러져 버렸다.

"됐다!"

박 신부는 안도의 한숨을 몰아쉬면서 윤희에게 다가가려 했지만 얼어붙은 발이 여전히 떨어지지 않았다. 좀 불안하긴 했으나 윤희가 차가운 입김을 불어 대지 않는 것만으로도 일단은 살 만했다. 박 신부가 어떻게든 발을 떼어 보려고 이렇게 저렇게 움직여 보고 있는데 저쪽 방에서 누군가가 달려 나오는 것이 보였다. 준승이었다.

"준승 군! 구슬은……"

박 신부는 준승을 소리쳐 부르다가 어깨를 멈칫했다. 박 신부를 본 준승이 질겁하며 손에 들고 있던 무언가를 떨어뜨렸다. 쿵 하며 묵직하게 떨어진 것은 돌로 만든 재떨이였다.

"장 박사는? 홍 형사는? 아니, 혹시……"

준승과 함께 있어야 할 장 박사와 홍 형사가 방에서 나오지 않자 박 신부는 불길한 느낌이 들었다.

"윤희야……"

준승은 얼빠진 사람처럼 중얼거리면서 쓰러져 있는 윤희에게로 시선을 돌렸다. 박 신부가 잠시 시선을 놓은 사이, 윤희는 얼음 부딪히는 소리를 내면서 조금씩 몸을 일으키고 있는 중이었다. 갑자기 준승이 눈을 크게 부릅떴다. 준승의 눈에 들어온 것은 조금 전

박 신부의 일격으로 벽에 부딪히면서 충격으로 부서져 나간 윤희의 한쪽 팔이었다.

"이런, 가짜 신부! 네가…… 네가 윤희를……."

"준승 군! 장 박사와 홍 형사는 어떻게 된 거지?"

"당신이 윤희를…… 그건 안 돼…… 절대……."

준승은 완전히 정신이 나가 버린 것 같았다. 준승이 멍한 표정을 지으며 천천히 돌 재떨이를 집어 들었다. 박 신부의 발은 아직도 바닥에 단단히 얼어붙어 한 발짝도 뗄 수 없었다. 준승은 박 신부가 움직일 수 없다는 것을 알고 있는 듯했다. 그러나 박 신부는 다가오는 준승의 모습을 애처로운 눈길로 바라보았다.

"자네, 그렇게 마음이 약한가?"

"닥쳐! 당신이……."

준승이 울부짖으며 돌 재떨이를 휘둘렀다. 제정신이 아닌 준승이 휘두른 재떨이는 머리를 정통으로 맞추지 못하고 박 신부의 어깨를 때리고는 바닥으로 떨어졌다. 박 신부는 충격으로 잠시 몸을 움찔했으나 주춤거리지 않고 어깨를 바로 폈다.

"어떻게 하려고 그러나?"

박 신부는 조용한 목소리로 말했다. 준승은 미친 듯이 바닥에 떨어진 재떨이를 주워 들더니 박 신부를 향해 그것을 휘두르려다가 박 신부의 서글픈 눈과 마주치자 갑자기 몸을 부들부들 떨었다.

"잘 생각해서 결정을 내리게……."

준승은 어쩔 줄 몰라 하며 몸을 거의 일으킨 윤희와 박 신부, 그리고 꼭 쥐고 있던 구슬과 땅바닥에 아무렇게나 떨어져 있는 윤희의 팔을 번갈아 쳐다보았다.

"자네의 마음을 알 수는 있을 것 같네. 하지만 나는 그래서는 안 된다고 생각하네. 자네는 어떤 것이 옳다고 생각하나, 응?"

"흐흐흑……."

준승의 눈에서 눈물이 주르륵 흘러내렸다. 준승이 흘린 눈물이 허공에서 얼음덩어리가 돼 떨어져 내렸다.

"영원한 것은 마음이지, 육체가 아니네."

박 신부가 조용히 말하자 준승은 다시 한번 몸을 부르르 떨더니 집어 들었던 재떨이를 바닥에 떨어뜨리고는 박 신부를 바라보았다. 저편에서 몸을 일으켜 세우고 있는 윤희의 존재도 아랑곳하지 않고 둘 사이의 대화가 일순 끊어졌다. 잠깐의 침묵이 몇 겁의 시간이 흐른 것처럼 길게 느껴졌다. 박 신부를 쳐다보는 준승의 눈은 이제 공포와 집착에서 해방된 듯 더 이상 흐릿하게 질려 있지 않았다. 눈물에 젖어 성에가 뒤덮인 얼굴에서 눈동자가 밝게 빛났다.

"죄송합니다, 신부님. 제가 알아서 하겠습니다. 죄송합니다."

고개를 끄덕이며 박 신부가 준승의 손 위에 놓인 구슬을 가리키는 순간, 이제 완전히 몸을 일으킨 윤희가 우지직거리며 박 신부와 준승이 있는 쪽으로 다가오는 것이 보였다. 박 신부가 다시 오라 막을 펼치려고 하자 준승이 박 신부를 제지하고 천천히 윤희의 앞쪽으로 걸음을 옮겼다.

"이봐, 준승 군! 자네……."

준승은 박 신부의 말을 뒤로 흘리고 윤희의 얼굴을 정면으로 쳐다보았다. 박 신부는 준승을 뒤로 끌어내리려고 했으나 발이 아직도 얼어붙어 움직여지지 않았다. 우지직거리는 소리를 내며 다가오던 윤희는 준승이 자신을 향해 다가오는 것을 보고는 길게 숨을 내뱉었다. 준승의 한쪽 어깨가 삽시간에 하얗게 변하면서 눈에 띨 정도로 뻣뻣해졌다.

"뭐 하는 건가, 준승 군!"

그러나 준승은 대답하지 않았다. 단지 그의 입에서 알아듣기 힘들 정도로 작게 중얼거리는 소리가 흘러나왔다.

"윤희야, 미안해……."

박 신부는 다시 한번 기도력을 모아 오라 구체를 윤희 쪽으로 날리려고 했으나 준승의 몸이 앞을 가로막고 있어서 어떻게 할 수가 없었다. 뭐라 소리를 지르려 했으나 준승의 결연한 태도를 보고는 조용히 한숨 소리만 낼 뿐이었다.

윤희가 다시 한번 길게 숨을 내뱉자 이번에는 준승의 한쪽 다리가 뻣뻣하게 굳어 버렸다. 그러나 준승은 멈추지 않고 절룩거리면서 계속 윤희에게 다가갔다. 그리고 윤희를 향해 오른손을 내밀었다. 거기에는 장 박사가 가져온 덕지덕지 피 얼음이 엉겨 붙은 검은 구슬이 번들거리고 있었다.

"준승 군!"

"윤희야, 미안해. 그리고 신부님도…… 모두들 죄송……."

준승의 슬픈 목소리가 나직이 들리는 순간, 준승은 자신의 바로 앞까지 다가온 윤희를 와락 끌어안았다. 윤희를 껴안자마자 준승의 몸은 그대로 두꺼운 얼음덩어리로 변해 버렸다. 윤희는 준승을 뿌리치려고 안간힘을 썼지만 이미 얼음덩어리로 변해 버린 준승은 좀처럼 윤희에게서 떨어지지 않았다. 준승은 마지막 기력을 다해 손바닥 위의 구슬을 바닥에 집어 던졌다.

"준승 군!"

박 신부의 외침과 동시에 콘크리트 바닥에 내동댕이쳐진 검은 구슬이 쨍하는 소리를 내며 반으로 갈라졌다. 그 순간 준승을 뿌리치려고 꿈틀대던 윤희의 몸이 준승에게 안긴 채 그대로 정지했다. 모든 것이 얼어붙은 듯 무거운 정적만이 감돌던 복도에 박 신부의 애잔한 목소리가 메아리처럼 울려 퍼졌다.

"이런 바보! 바보 같은 사람……."

박 신부의 눈에서 굵은 한 줄기 눈물이 흘러내렸다. 그러나 이제 눈물은 더 이상 얼지 않고 그대로 방울방울 사제복 자락을 적시며 바닥으로 떨어져 내렸다.

"어쩌면 그 방법밖에는 없었는지도 몰라."

머리와 손에 붕대를 잔뜩 감은 장 박사가 박 신부를 향해 중얼거리듯 말했다.

뒤늦게 경찰들과 구조대가 달려오고 끔찍하게 얼어붙은 주검들을 발견했으나 이에 대해 정작 현장을 목격하고 사정을 잘 알고 있는 박 신부와 장 박사, 그리고 홍 형사까지도 머뭇거리기만 할 뿐 제대로 말을 하지 못했다. 결국 사건은 '취급 부주의로 냉매 가스통 폭발, 동사자 세 명'으로 처리됐다.

병원으로 옮겨져서 치료받는 동안 세 사람은 이런저런 이야기들을 나누었다. 박 신부가 장 박사와 홍 형사에게 준승의 마지막 모습을 얘기하자, 세 사람은 긴 한숨을 쉬며 깊은 침묵에 빠져들었다. 장 박사가 침묵을 깨고 조용히 입을 열었다.

"프랑켄슈타인 박사도 자신이 만들어 낸 괴물을 처리하기 위해 그의 모든 것을 버렸었지. 이번에도 이렇게 된 게 오히려 더 잘된 일인지도 몰라."

박 신부는 씁쓸한 표정을 떨치지 못하고 장 박사에게 말했다.

"사실 윤희를 힘으로 쓰러뜨린 적이 있었어. 그때 발이 얼어붙어 떨어지지 않았다 하더라도 윤희의 몸에 서린 악한 기운을 몰아낼 수는 있었을지도 몰라. 그러나 그렇게 하지 않은 것이 계속 마음에 걸리네. 만약 그때 악한 기운을 몰아냈더라면 준승 군이 저런 식으로 목숨을 던지지 않았을지도 모르는데……."

박 신부의 말에 장 박사가 고개를 저었다.

"아니야, 가짜 신부. 그래도 결과는 마찬가지였을 거야. 자네도 무의식중에 그 일의 마무리를 이 박사가 해야 한다고 생각하고 있었던 거야. 그렇지 않나?"

박 신부가 한참 만에 천천히 고개를 끄덕이자 장 박사도 따라서 고개를 끄덕였다.

"자네가 잘못한 것은 없어, 가짜 신부. 이 박사 그 친구는 바보 멍청이였지만…… 그래도 끝마무리는 제대로 한 것 같아."

"그 사람은 목숨을 버렸어."

"그때 목숨을 버리지 않았더라도 언젠간 자살해 버렸을 거야."

"그건 추측일 뿐이야."

"답답하군. 이 박사가 그런 식으로 결론을 내린 것은 그의 입장에서 보면 어쩌면 가장 훌륭한 선택이었던 거야. 자네는 사람의 육체보다는 영혼을 구원해야 하는 입장이 아니었던가? 자네는 이 박사에게 스스로 깨닫고 속죄할 수 있는 기회를 준 것뿐이야. 그러면 됐지, 뭘."

박 신부는 더 이상 아무 말도 하지 않았다. 이런저런 생각으로 뒤엉킨 머릿속이 어지러울 뿐이었다.

"사람을 사랑한다는 건 어떤 것일까? 나는 준승 군에게서 숭고한 사랑의 한 면을 본 것도 같지만, 어쨌거나 준승 군의 행동이 옳았다고는 생각하진 않네. 준승 군은 과연 윤희 양을 진정으로 사랑했다고 볼 수 있을까?"

"글쎄. 나도 잘 모르겠어. 사랑을 해 본 적이 없으니까……."

"……."

박 신부는 다시 장 박사의 손과 머리에 감긴 붕대를 보면서 말했다.

"자네, 손과 머리는 괜찮나? 아프진 않은가?"

"아프니까 붕대를 감아 놓은 것 아닌가? 그것도 몰라?"

박 신부가 잠시 머쓱해하는 사이 장 박사가 중얼거렸다.

"얼어붙은 시신들은 빨리 화장해야 하네. 급속히 얼었다가 녹으면 형체가 흐트러지기 쉽거든. 난 거기에 가 봐야겠네."

"흠."

박 신부의 머릿속에 준승이 윤희를 꼭 끌어안은 채 숨을 거두던 광경이 떠올랐다. 박 신부의 굳은 표정을 보고 장 박사가 여전히 딱딱하게 말했다.

"내 권한인지는 모르겠네만, 그 둘은 죽은 자세 그대로 화장하게 해야겠네. 행여 시신을 손상하면 안 되니까 말이야."

그 말을 남기고 홍 형사와 함께 총총히 걸어 나가는 장 박사의 얼굴에 희미한 미소가 떠올랐다. 박 신부도 비로소 굳어 있던 얼굴을 풀고 장 박사의 뒷모습을 향해 미소를 지으며 중얼거렸다.

"그래, 그래야 둘 다 편안해질 거야."

얼음들은 모두 녹아 곳곳에 질퍽거리는 물구덩이를 만들고 있었지만 박 신부는 그런 것에 개의치 않고 사제복 자락을 끌면서 묵묵히 걸음을 옮기기 시작했다. 마음이 좀 후련해지기는 했어도 박 신부의 머릿속은 여전히 복잡했다. 아마도 이번 일은 박 신부에게는 영원히 풀 수 없는 수수께끼로 남게 될 것 같았기 때문이다.

그곳에
그녀가 있었다

일본행 비행기

쾌청한 날씨였다.

약한 진동음과 함께 날고 있는 비행기의 창 너머로 구름들이 내려다보였다. 뛰어내려도 푹신하게 받쳐 줄 양털이나 솜뭉치 같았다.

퇴마사 일행과 연희는 일본행 비행기에 몸을 싣고 바깥 풍경에 열중하고 있었다. 준후의 바로 옆자리에서 한껏 멋을 낸 모자를 눌러쓰고 졸고 있는 승희나 느긋하게 앉아 있는 연희의 기분은 별로 나빠 보이지 않았지만, 비행기 창 너머로 시선을 붙박고 있는 준후의 표정은 그다지 밝아 보이지 않았다. 건너편 자리에 앉아서 아무 말 없이 눈을 감고 석상처럼 조용히 앉아 있는 현암은 무슨 생각을 하고 있는지 무표정하게 앉아 있었고, 박 신부는 예약이 취소된 창가 쪽 빈자리에 앉아 준후와 마찬가지로 창밖을 내다보고 있는 중이었다.

"이번에는 예감이 좀 이상해요. 가지 않는 게 어떨까요?"

그렇지만 그것은 준후 혼자만의 생각이었다. 정확한 예지나 현몽은 아니었지만 불길한 예감이 드는 것은 어쩔 수 없었다. 하지만 그들은 꼭 일본에 가야 할 이유가 있었다.

준후는 창에서 얼굴을 돌리고 소맷자락 안에 넣어 둔 부적 뭉치와 부채를 쓰다듬었다. 우연한 기회에 산간 지방을 떠돌아다니다 얻은 벽조목(霹棗木) 덩어리를 틈날 때마다 갈고 다듬어 살을 만들고 부적과 길상 도안을 겹겹이 붙여서 만든 벽조선(霹棗扇)이었다.

'이걸 쓸 일이 생기지 않았으면 좋겠는데……'

준후는 벽조선을 가만히 만져 보다가 문득 서글픈 생각에 고개를 떨구었다. 얼마 전 불쑥 현암을 찾아와 놀라운 이야기를 전해 준 한빈 거사가 힐끗 준후를 보며 전음술로 한 말이 자꾸만 떠올라서였다.

— 허허허. 나이는 어쩔 수 없군그래. 하지만 그렇다고 하늘의 뜻이 변하는 것은 아니지.

준후는 눈을 감고 머리를 조용히 흔들었다.

하늘의 뜻! 준후는 천기를 미리 짚어 읽어 본 적이 있었다. 다른 것이 아니었다. 그건 바로 준후 자신의 명…….

'왜 시간이 이렇게 없는 거지? 할 일이 너무 많은데, 너무 많은데…….'

시간이 얼마 없다고 느껴졌다. 자신에게 주어진 삶이 그다지 길지 않다는 사실을 알고 있다는 것은 어린 준후에게 매우 버거운 일이었다.

'그래서 나는…….'

나이를 먹는 것이 싫었다. 하루하루가 너무나 짧게 느껴졌다. 그러나 어떤 때는 그래도 아직 꽤 많은 시간이 남은 것이 아니냐고 스스로 위안을 해 보기도 하고, 운명은 어쩔 수 없는 것이면서 억지로 체념하려고 마음을 다지기도 했으며, 또 때론 모든 것을 잊고 마구 장난을 치거나 정신 집중이 필요한 수련에 몰두하기도 했다. 그러나…….

한빈 거사가 준후에게 많은 말을 한 것도 아니었고, 다른 사람들에게 들리게 말한 것도 아니어서 다른 사람은 준후의 그런 고민을 알고 있지 못했다. 그러나 준후에게 한빈 거사의 말은 마치 뇌성벽력처럼 머릿속에 울려 퍼졌다. 차라리 바보였으면, 아무것도 알아듣지 못하고 깨닫지 못하는 바보였으면……. 그러나 준후는 한빈 거사의 말 속에 담겨 있는 뜻을 속속들이 알 수 있었다.

'나이……. 난 나이 드는 게 싫어. 나이가 들다 보면 어른이 되고, 그러면 나는 떠나야 하는 걸…….'

준후의 눈에서 이슬 같은 눈물방울이 흘러내렸다. 준후는 다른 사람들이 혹시 자신을 보는 것은 아닌가 하고 힐끗 옆을 쳐다보면서 재빨리 눈물을 소맷자락으로 훔쳐 냈다. 그랬었다. 자신은 그 생각뿐이었다. 나이를 먹기 싫다는 것, 어른이 되기 싫다는 것. 그러나 제아무리 세상을 뒤집는 능력이 있다고 해도 시간의 흐름을 막을 수는 없었다.

준후는 자신의 자그마한 몸을 내려다보았다. 편한 것을 좋아하는 자신의 취향대로 헐렁헐렁하고 소매에 많은 것이 들어갈 수 있도록 유달리 크게 지어 거의 소맷자락이 땅에 끌릴 정도인 하얀 저고리. 그 안에 들어 있는 준후의 가냘픈 몸은 원래 나이보다도 대여섯 살은 적어 보였다. 나이가 드는 것이 싫다는 생각을 항상 머릿속에 두어 왔던 것이 몸을 자라지 않게 하는 결과로 나타난 것 같았다. 자신은 아직 어렸고, 그렇게 하면 된다고 생각해 왔었다.

'그래, 육체가 자라지 않는다고 나이를 먹지 않는 것은 아니야. 나는 그걸 깨닫지 못하고 있었던 거야. 이제 난 어떻게 하지? 어떻게……'

준후는 더 참을 수가 없었다. 눈물이 쏟아졌다. 소리 없이 숨을 죽여 울음을 삼키고 있는 준후의 어깨가 가냘프게 들썩였다. 그때 누군가가 따뜻하게 준후의 어깨를 감쌌다. 옆자리에 앉은 승희였다. 굵은 한 줄기 눈물이 천천히 흘러내려 승희의 옷자락을 적시고 있는 모습이 보였다.

누나는 다 알지? 응?

준후가 눈물을 흘리면서 속으로 말하자 승희는 고개를 천천히 끄덕였다. 준후는 그런 사실을 아무에게도 알리고 싶지 않았지만 다른 사람의 마음을 읽을 수 있는 승희에게만은 예외였다. 준후는 몸을 돌려 자신을 가려 준 승희의 어깨 너머로 건너편을 힐끗 쳐다보면서 다른 사람이 눈치채지 않았는지 확인하고 승희에게 얼굴을 돌렸다.

누나, 절대 이야기하면 안 돼요. 응? 신부님이나 형이 걱정하는 거, 난 싫어. 응?

 승희는 다시 고개를 까딱하더니 조용히 한쪽 팔을 뻗어 준후를 안아 주었다. 자연스럽게 승희의 팔에 파묻힌 준후는 소리가 나지 않도록 흐느꼈고, 승희는 준후의 작은 등을 계속 쓰다듬었다. 챙 넓은 모자로 얼굴을 가린 승희의 눈에서도 눈물방울들이 천천히 흘러내렸다.

 현암은 조용히 눈을 감고 참선하는 자세로 앉아 한빈 거사의 당부를 떠올리고 있었다. 지난번 운주사의 와불 사건 때에 잠시 만나 보름 후에 자신을 찾아오겠다고 하던 한빈 거사는 약속대로 그 날로부터 보름째 되는 날 밤에 홀연히 현암을 찾아왔다. 박 신부와 준후가 같이 있을 때였다.

 "세상이 흔들리고 있네. 천지의 조화가 흔들리고 있어. 큰 변화가 있을 걸세."

 "나쁜 일입니까?"

 "그렇게 단정 지을 수는 없는 일이네. 그리고 그 일은 우리들이나 혹은 다른 어떤 사람의 힘으로도 영향을 받지 않을 걸세."

 박 신부가 물었다.

 "그렇다면 무엇을 해야 합니까?"

 "사람의 힘으로 운명 자체에 영향을 줄 수는 없는 일. 그러나 그러한 변혁과 부조화의 틈을 타고 발호하는 악의 세력은 누군가가 막아야 하지 않겠소?"

이번엔 현암이 물었다.

"변혁과 부조화의 틈을 타고 일어나는 악이라뇨?"

"천지의 조화가 흔들리면서 악의 힘들이 곳곳에서 일어날 거다."

"잊혔던 악의 힘이라면, 그것은 악령이나……."

"아니다. 그런 정도의 것이 아니야."

한빈 거사의 말꼬리가 흐려졌다. 항상 껄껄 웃는 모습만을 보이던 한빈 거사의 안색이 흐려진 것을 현암은 처음 보았다.

"힘에 힘으로 맞서면 깨어지고 부서져서 사방으로 흩어지는 법이야. 힘으로 제압하면 안 될 것이야. 상대가 힘을 쓰는 데 당하면 안 되겠지만, 똑같은 힘으로써는 상대를 제압하지 못하느니라. 상대가 옳지 않다는 것을 상대가 스스로 알게 한다면, 그것이 가장 큰 무기가 되느니라."

한빈 거사는 그 말을 남기고 일어서더니 거침없이 걸음을 옮겼다. 현암이 당황해 한빈 거사를 쫓아가며 어디서 무엇을 해야 하는 것이냐고 물었지만 한빈 거사는 다음과 같은 한마디만을 남길 뿐이었다.

"순리대로 되리라. 네가 갈 길은 정해져 있다. 내가 구태여 일러주지 않아도 가야 할 곳으로 가게 될 것이다. 다만 내가 말한 것을 잊지 말도록 해라. 힘은 힘이 아니라, 옳은 것이 힘이니라."

'힘은 힘이 아니고 옳은 것이 힘이라…….'

현암은 한빈 거사가 남기고 간 마지막 말을 다시 곰곰이 되씹어 보았다.

박 신부는 그다지 심기가 편하지 못했다. 무언가 좋지 않은 예감이 들었기 때문이었다. 다른 일행에게 그런 불편한 심기를 보이기 싫어서 그냥 망연히 창밖만을 내다보고 있는 중이었지만, 마음속으로 왠지 모를 불안감이 치밀어 올라서 언짢았던 것이다.

'석연치가 않아. 이번 일은 어딘가……..'

박 신부는 몸을 조금 비틀고 의자를 뒤로 젖혀 답답했던 자세를 다소 편하게 고친 다음 비행기 창밖을 다시 내다보았다. 날씨는 맑았고 솜사탕처럼 보이는 구름도 포근하고 따뜻해 보였다. 박 신부는 다시 나직하게 한숨을 내쉬며 의자에 몸을 푹 파묻고 눈을 감았다.

'아무래도 이번 일은…….'

이제부터는 떠들썩하고 큰일에서 벗어나 주위 사람들의 고통을 덜어 주어야지 했던 자신의 다짐과는 달리, 난데없는 백호의 연락을 받고 나간 자리에서, 예전에 알던 사람을 만났을 때부터 박 신부의 기분은 석연치 않았다. 더구나 그 사람은 서로 적대적 관계였던 사람, 일본 밀교의 승려 도운이었다.

"아시는 사이십니까? 이쪽은 일본 밀교의 승려이신 도운이라는 분이신데……."

백호는 황당해하는 박 신부의 얼굴을 보고 고개를 갸우뚱하면서 물었다. 하긴 초치검 사건 때 있었던 일을 백호가 알 리도 없고, 또한 그때의 일은 백호에게 들려줄 만한 성격의 것도 아니었으니 의아해하는 게 당연한지도 몰랐다. 그러나 도운은 박 신부의 태도에 아랑곳없이 박 신부에게 정중한 태도로 깍듯하게 인사했다. 도운의 옆에는 깔끔하고 날렵한 차림을 한 삼십 대 중반의 남자가 앉아 있었다.

"이것 참 일이 묘하게 됐습니다."

박 신부가 무슨 일이냐고 묻자 백호는 머리를 긁적이면서 말했다.

"지금 일본에서 이상한 일들이 벌어지고 있다는데 자신들의 힘만으로는 해결할 수 없다고 하는군요. 그래서 도와 달라고 요청이 온 것이지요."

"어떤 일들이 벌어지고 있다는 것입니까?"

박 신부가 질문을 하자 도운의 옆에 앉아 있던 깔끔한 인상의 일본 남자가 능숙한 한국말로 조용히 말했다.

"아주 복잡합니다. 우선 제 소개부터 드리자면 저는 전에 일본의 각료로 계셨던 스즈키 씨의 보좌관 사이토라고 합니다. 차차 자세한 말씀을 드리겠지만, 이번 일은 스즈키 씨와 특별한 연관을 가지고 있고 외부에 알릴 만한 성질의 것이 아니라서 스즈키 씨가 전부터 친분 관계를 가지고 있던 한국의……."

사이토 보좌관은 백호가 살짝 눈짓하자 말을 얼버무렸다. 아마도 소위 '높으신 분'으로 백호가 말하곤 했던 사람의 이름이 나올까 봐 백호가 신호를 보낸 듯싶었다.

"그분에게 부탁을 드렸던 것입니다. 일이 일이니만큼 꼭 도와주실 것으로 믿어 의심치 않습니다."

박 신부는 드러내 놓고 불쾌한 표정을 짓지는 않았지만 마음속으로는 다소 불쾌한 감정을 떨쳐 버릴 수가 없었다.

'높은 사람이 부탁을 했다고 해서 우리가 선뜻 다 응하는 줄 아는 모양이지? 애당초 우리는 그 높은 사람이 누군지도 모르고 있고, 그 사람의 부하도 아닌데……'

그러나 차차 자세한 이야기를 듣고 보니 그들도 나름의 사정이 있는 것 같았다. 전직 각료였던 스즈키의 옛 동료들이 차례대로 의문의 죽임을 당했다는 것이다. 사망 현장도 대부분 집 안이나 밀폐된 장소였고, 다들 고령자들이라 그들의 죽음은 자연사로 처리됐다. 사망 시간은 모두 늦은 밤. 검시 결과도 그저 흔히 있을 수 있는 뇌졸중이나 심장 마비 같은 것으로 나타났다.

"그 사람들의 나이로 볼 때 그분들의 사망에 특별한 원인이 있어서라기보다 우연히 그렇게 된 것이라고 볼 수는 없을까요?"

박 신부의 말에 사이토는 고개를 저었다.

"언론이나 외부의 사람들은 그렇게 알고 있지요. 현직에 종사하고 있는 분들을 포함해 정계의 원로들이 그런 식으로 의문의 죽임을 당했다는 것이 알려지게 된다면 그 파문이 상당히 클 테니까요. 그렇지만, 아니 직접 보시는 것이 좋겠군요. 외부에 절대 공개하지 않은 것입니다만 이것을 한번 보십시오."

사이토는 품 안에서 누런 봉투 한 장을 꺼냈다.

"이것이 바로 그분들이 시체로 발견됐을 당시의 모습을 촬영해 놓은 사진들입니다."

박 신부는 한쪽 눈썹을 치켜뜨면서 봉투를 열고 사진들을 꺼내 보았다. 각각의 사진에는 하나같이 육칠십 대가 넘는 고령의 노인들이 땅바닥에 쓰러져 있는 모습이 담겨 있었다. 그러나 그 모습들은 보는 사람의 가슴을 섬뜩하게 만들었다. 전직이 의사였고 그 이후에도 수없이 많은 죽음을 봐 왔던 박 신부는 비교적 감정의 동요 없이 그 사진들을 볼 수 있었지만, 그 사진들에 찍힌 주검들이 소위 정계의 거물들이었다고 한다면 누구든 섬뜩한 느낌을 갖기에 충분했다. 인생무상이라고나 할까, 그 주검들은 한결같이 극도의 공포에 휩싸여 두 눈을 크게 뜨고 이를 악물거나 비명을 지르다가 막힌 듯이 입을 반쯤 벌리고 있었으며, 마구 발악하다 쓰러진 징후가 역력했다.

"이것은……."

사이토가 사진을 뚫어지게 들여다보고 있는 박 신부에게 다시 말했다.

"그렇습니다. 이상하지 않습니까? 분명 검시 결과는 어떤 외부의 물리적 충격이나 약물 등이 가해지지 않았다고 나왔습니다. 또 모두 식구들이나 보좌관, 경호원 등이 있는 각자의 집이나 사무실 등에서 변을 당했습니다. 살해당한 장소가 밀폐돼 있긴 했지만 누구도 그 안으로 들어간 적이 없었고, 침입한 듯한 소리도 없었습니다. 내부는 안에서부터 잠겨 있었고 누군가가 들어왔던 흔적도, 탈출한 흔적도 없었습니다. 그러나 이분들은 분명 어떤 대상을 보고 충격을 받거나 놀라서 사망했을 가능성이 높습니다. 어떻습니까, 신부님?"

박 신부도 사이토와 비슷한 생각이었다. 도대체 무엇 때문에 사이토가 바다를 건너와서까지 자신들을 찾는 것인지도 알 수 있을 것 같았다. 아마도 오컬트 쪽의 일이 마음에 걸린 사이토나 그 일행이 밀교의 자문을 구했던 것 같고, 일본 밀교에서는 여러 차례 그들과 접촉했던 퇴마사 일행의 이야기를 전해 주었을 것이다. 사이토는 계속해서 열변을 토했다.

"이미 이런 식으로 목숨을 잃은 분이 다섯 분이나 됩니다. 한결같았지요. 다음 날이 돼서야 발견된 경우도 있고 비명을 낸 적도 있지만, 그 소리를 듣고 집안 식구들이나 경호원들이 달려갔을 때 이미 그들은 이런 몰골로 쓰러져 이 세상 사람이 아니었습니다. 그분들은 모두 스즈키 씨와 막역한 관계에 있었지요. 스즈키 씨는 다음번엔 당신의 차례가 될지도 모른다고 불안해하고 계십니다. 부탁드립니다. 제발 그분을 도와주십시오."

"그런데 내가 간다고 그분에게 무슨 힘이 되겠습니까?"

박 신부가 대답을 하자 이번엔 도운이 입을 열었고 사이토가 그 말을 통역해 주었다.

"저로서는 믿을 수 없는 일이지만, 도운 화상의 말씀에 의하면 그분들의 사망 원인에는 주술적인 냄새가 난다고 하는군요. 때문에 어떤 주술적인 힘에 의해 살해당한 것이 아닌가 하고 일본 밀교 측에서 생각하고 있는 모양입니다."

"일본의 밀교에 계신 분 중에서도 커다란 능력을 지닌 분들이 많을 터인데 어째서 저에게 그런 것을 부탁하시는지요?"

"물론 일본 밀교에서도 백방으로 힘을 쓰고 있습니다. 그러나 밀교에서는 자신들의 힘만으로 부족한 모양입니다. 그들은 꼬리를 잡을 수 없을 정도로 교묘한 수법을 사용하고 있답니다. 더군다나 주술적인 흔적도 미미해서 정확히 식별하기가 힘들었다고 합니다. 다만 지금까지 알아낸 바에 의하면 분명 명왕교(明王敎)의 흔적이……."

"잠깐, 명왕교라고요? 그게 뭡니까?"

박 신부의 질문에 갑자기 도운의 낯빛이 어두워졌다.

"언제부터인지 비밀스럽게 일어난 종파랍니다. 밀교의 한 분파라고만 생각될 뿐 그 행동이 몹시 은밀하고 비밀에 부쳐져 있어 아직 자세한 것은 알려지지 않았다고 합니다. 그러나 말세론적인 주장을 펴면서 주술적인 힘을 축적하고 있는 이단 종파인 것만은 틀림이 없답니다."

"가만, 갈피를 잡기가 힘들어서 그러는데, 일단 제가 좀 질문을 해도 되겠습니까?"

박 신부가 사이토에게 말하자 사이토는 고개를 끄덕였다. 그러나 사이토의 얼굴에는 조금도 감정이 드러나 있지 않았다. 일본인다운 얼굴이라는 생각이 들었다.

"일본의 전직 고위 관료들은 한두 분이 아닐 겁니다. 그런데 왜 몇몇 사람들의 사망이 스즈키 씨와 관계가 있다고 생각하시는 겁니까? 또 스즈키 씨는 무슨 이유로 다음 차례가 자기라고 생각하는지요? 이미 사망하신 분들과 스즈키 씨와는 어떤 관계였습니까? 구체적으로 말씀해 주시면 고맙겠습니다."

사이토의 안색이 조금 흐려졌다.

"이번 일을 맡아 주신다고 약속하기 전에는 말씀드릴 수가 없습니다. 죄송합니다."

"그렇다면 다른 걸 여쭤보도록 하죠. 일반적으로 정치인들은 주술적인 것을 거의 부정하고 있는 것으로 알고 있습니다. 그런데 그분들의 사망 현장에 명왕교의 흔적이 남아 있는 것까지 알아내신 것을 보면, 애당초 그분들이 주술을 주로 하는 종교 집단과 깊은 연관이 있었던 것이 아닌가 싶군요. 맞습니까?"

"이 역시 자세한 이야기는 신부님이 응낙하시기 전까지 말씀드릴 수가 없습니다. 그러나 대강은 맞습니다."

"그러면 이미 돌아가신 분들과 아까 말씀하신 명왕교 사이에 어떤 연관이 있었던 것은 아닙니까?"

"글쎄요, 그런 자세한 것까지는 알 수 없군요. 아무튼 신부님께서 스즈키 씨를 직접 만나 보시면 자세한 것을 알 수 있으실 겁니다."

사이토는 정작 중요한 것은 하나도 말해 주지 않으면서 교묘하게 박 신부의 호기심을 자극하고 있었다. 박 신부는 잠시 생각에 잠겼다가 다시 물었다.

"마지막으로 한 가지만 더 묻겠습니다. 그분들의 사망 현장에서 명왕교의 주술적인 흔적을 발견했다고 하셨는데, 그건 뭐죠?"

사이토가 박 신부의 말을 도운에게 건네자 도운이 뭐라 낮은 목소리로 말했다. 사이토가 박 신부를 쳐다보며 도운의 말을 한국말로 옮겼다.

"흠, 지금 도운 화상이 하신 말씀을 어떻게 옮겨 드려야 할지 잘 모르겠군요. 굳이 번역하자면 일종의 여운이라고 할까요? 영적인 여운, 뭐 그런 뜻 같습니다."

"여운이라고요?"

"자세한 말씀은 역시 이후에 드리도록 하겠습니다. 일단은……."

사이토가 말을 얼버무리자 박 신부가 한숨을 크게 내쉬었다. 잠시 둘 사이에 침묵이 흘렀다. 두 사람의 침묵으로 어색해진 분위기를 깬 건 옆에서 묵묵히 듣고만 있던 백호였다. 그가 입을 열었다.

"이번 사건에는 한 가지 공통점이 있습니다. 아주 희한한 것들이죠."

"공통점이라고요?"

"아니, 미심쩍긴 하지만 공통점이라기보다는 단서라는 표현이 더 맞겠군요. 물론 제 직감에 지나지 않고, 사건 자체에 아무런 증거도 없어 분명한 건 아닙니다만."

"그게 뭡니까?"

"사진에 있는 각료들은 이런 모습의 변사체로 발견됐다는 것 외에 또 한 가지 공통점을 가지고 있죠. 바로 이들 주변의 여성들, 그러니까 부인이나 딸, 또는 정부에 이르기까지 그들과 가까이 지내던 여성들이 한 사람씩 실종됐다는 것이죠."

"예? 그건 또 무슨 말입니까?"

"여자들이 실종, 즉 유괴됐거나 납치됐다는 겁니다."

백호가 말하자 사이토는 백호를 원망스럽다는 눈초리로 바라보았다. 사이토가 불만스러운 듯 퉁명스러운 목소리로 입을 열었다.

"그것 역시 공개하기가 어려운 사정이 있습니다. 이해해 주십시오. 어쨌거나 이번 일에 힘이 돼 주신다면 전부 다 말씀드리겠습니다. 그러나 그러지 않으신다면 죄송합니다만 알려 드릴 수가 없습니다. 양해 바랍니다."

박 신부는 눈을 뜨면서 몸을 옆으로 틀었다. 옆에서는 현암이 석상처럼 꼼짝도 않고 앉아 있었고, 건너편 쪽에는 연희와 승희가 조용히 앉아 있는 것이 보였다. 준후의 모습은 승희에게 가려서 보이지 않았다.

'나 혼자라면 모를까. 내가 이런 일을 시작한 것이 오히려 모두를 고생시키게 되는 것은 아닌지 모르겠군.'

박 신부는 조금 답답한 기분이 들었다. 물론 사람들의 고통을 덜어 주기 위해 이런 일을 시작하는 것은 지금 생각해 보아도 옳은 것이었다. 또 일본으로 가서 스즈키인가 하는 각료를 구하고 일본에서 일어났던 의문의 살인 사건—그렇게 부를 수 있다면 말이다—을 해결하는 것도 나름대로 의미 있는 일이라 할 수 있었다. 그러나 그보다는 우리나라에서 일어나고 있는 여러 가지 일들, 즉 이름 없는 사람들의 고통과 고난을 풀어 주려 달려가지 못하는 것이 박 신부로서는 더 안타까웠던 것이다. 일본 사람들을 미워하는 것은 아니었지만 어떻게 보면 그것은 당연한 일이었다. 집안 식구가 아픈데 생판 모르는 남의 병간호를 먼저 할 수는 없지 않은가? 박 신부의 입에서 끙 하는 한숨 소리가 새어 나왔다.

'좋지 않아. 느낌이 별로……'

박 신부는 답답한 마음에서 벗어나기 위해 생각을 바꿔 보려 애썼다. 떠나기 얼마 전에 한빈 거사가 찾아와서 했던 말이 아직도 가슴에 걸려 있는 판국인데, 지금 전원이 거의 반강제로 일본으로 떠난다는 사실이 박 신부의 마음을 다시 답답하게 만들었다.

잊혔던 악의 힘이 일어나려고 한다는 말, 그렇지만 한편으로 순리대로 흘러가리라는 한빈 거사의 말을 되새겨 보았다. 어떻게 보면 아무런 연관이 없어 보이는 일이지만 전체적으로 보면 각 사건과 무슨 연관이 있는지도 모를 일이었다. 아마도 일본행을 결심하게 된 나머지 반의 이유는 그런 생각 때문이었을 것이다.

이지메

두 시간 남짓 지나고 어느덧 비행기는 국제공항을 향해 하강하고 있었다. 일행은 비행기 트랩에서 내려 나리타 공항 청사 안으로 걸음을 옮겼다.

박 신부는 트랩에서 내리면서 힐끗 일행들의 얼굴을 쳐다보았다. 현암은 언제나처럼 무표정한 얼굴이었고, 연희는 밝은 표정을 짓고 있었다. 그러나 승희와 준후는 왠지 우울해 보였다. 게다가 준후의 눈 주위가 부어 있어 혹 무슨 일이 있었나 하는 생각이 들었지만 입 밖에 내어 물어보지는 않았다.

공항에는 사이토와 도운 두 사람이 마중을 나와 있었다. 도운은 이번 일을 조사하기 위해 밀교에서 파견돼 이곳에 마중 나왔지만 애당초 퇴마사 일행과는 예전 초치검 사건 때 대적했던 터라 서로 간에 반갑다는 생각보다는 어딘가 모르게 서먹서먹했다.

도운은 큰 덩치를 움찔하면서 입을 굳게 다문 채 일행들에게 합장해서 인사해 보였고, 사이토도 깍듯하면서 빈틈없는 사무적인 자세로 일행들에게 인사를 했다.

도운과 사이토는 일행을 고급 차에 태워 도쿄에서도 최고급이라고 하는 ANA 호텔로 안내했다. 세 개의 방을 예약한 모양이었으나 준후가 현암과 박 신부와 같이 있겠다고 부득부득 우겨서 결국 객실은 두 개만을 쓰기로 했다. 도운과 사이토는 일단 여장을 풀고 저녁 무렵에 다시 만나서 자세한 이야기를 나누자고 약속한 뒤 별다른 이야기 없이 사라져 버렸다.

비행이라 봐야 기껏 두 시간 정도여서 특별히 가져온 짐도 많지 않은 덕에 굳이 여장을 풀고 어쩌고 할 것도 없었다. 다른 방에 든 승희와 연희는 샤워라도 하고 있는지 모를 일이었지만 박 신부, 현암, 준후 세 사람은 별로 그럴 기분도 아니어서 무료하게 앉아 있었다. 십여 분이나 지났을까. 침묵을 깨려는 듯 현암이 슬쩍 입을 열었다.

"지금 저 사람들은 도대체 우리에게 무엇을 바라는 거지요? 아직도 자세한 내용을 일러 주지 않으니, 원……. 저녁때까지는 그냥 이대로 기다리고 있으라는 건가요, 신부님?"

박 신부도 특별히 대답할 말이 없어서 그냥 고개만 한 번 갸우뚱해 보였다. 준후는 심심했는지 TV를 켜고 이곳저곳의 채널을 돌리고 있었다. 현암은 시끄러울 것 같아 못 보게 하려다가 아무래도 무료하게 앉아 있는 것보다는 TV라도 보게 하는 편이 낫겠다 싶어 잠자코 준후가 돌리는 TV 화면을 들여다보았다. TV에서는 사람들이 와자지껄하게 이리저리 몰리다가 우르르 흩어지곤 하는 모습이 나오고 있었다. 현암이 일본어를 조금 할 줄 아는 박 신부에게 물어보았다.

"저건 무슨 프로지요?"

박 신부는 화면을 힐끗 보고 무덤덤한 목소리로 말했다.

"응, 무슨 퀴즈 프로인가 보군."

세계 최대의 어쩌고 하는 그 퀴즈 프로는 규모가 상당히 컸고, 일반적인 퀴즈 프로와는 다르게 사람들을 운동장에 모아 놓고 정답을 찾아내는 사람들은 그대로 두고 틀린 사람들은 탈락시켜 나가는 그런 내용이었다. 지금 나오는 것은 오랫동안 방영됐던 퀴즈 프로그램의 하이라이트 장면만을 편집해서 방송하는 것 같았다.

한참이 지나 사람 수가 줄어들자 장면이 바뀌었다. 아마 장소를 옮겨 다니며 프로그램을 진행하는지 사람들은 제각각 여행 가방을 들고 외국으로 떠날 채비를 하고 있었다. 열 명쯤 되는 인원이 공항에 도착하자 진행자가 그 사람들에게 가위바위보를 시키고는 진 사람들을 그대로 집으로 돌려보냈다. 현암은 어이가 없는지 눈이 휘둥그레졌다. 준후도 허망한 듯이 잠시 고개를 갸우뚱하다가 현암에게 물었다.

"저게 뭐예요? 가위바위보해 가지고 그냥 탈락시키는 게 퀴즈예요?"

그러나 박 신부와 현암이 아무런 말도 하지 않자 준후는 계속 고개를 갸우뚱거리면서 TV로 시선을 돌렸다. TV에서는 깔깔거리며 떨어진 사람들을 비웃는 사람들의 모습이 잠시 나오다가, 곧 무대가 바뀌어 사막이 비쳤다. 아마 사막 한가운데 뿌려 놓은 쪽지를 주워 오게 한 다음 문제를 맞히게 하는 모양이었다.

"아니, 무슨 퀴즈 대회를 저렇게 하나?"

준후가 다시 중얼거렸으나, 화면은 다음 장면으로 이어졌다. 무더운 사막을 헉헉거리며 달려간 사람들은 탈진 일보 직전이었다. 그나마 문제를 맞힌 사람들은 기뻐서 날뛰었지만, 문제를 맞히지 못한 사람들은 마치 세상을 다 산 것처럼 그 자리에 주저앉아 펑펑 눈물을 흘렸다. 그러나 그것만이 아니었다. 어떤 사람은 힘들여 집어 온 쪽지에 '꽝'이라고 쓰여 있기도 해서 그 험한 길을 걸어 문제를 다시 가져와야만 했다. 계속 깔깔거리며 진행하는 진행자의 모습을 바라보고 있는 준후의 얼굴이 조금씩 일그러지기 시작했다.

다음에 나타난 장면은 더욱 가관이었다. 퀴즈에 탈락된 사람들에게 진행자가 뭐라고 말을 하자 그 사람들의 얼굴이 파랗게 질리는 것이었다. 아마 퀴즈에서 탈락한 당신들을 데리고 갈 수가 없으니 무슨 수를 쓰든 이 사막을 걸어서 빠져나오라는 내용인 것 같았다. 잠시 후 두 사람의 탈락자 외 다른 사람들은 모조리 차를 타고 떠나 버렸다. 그 후부터는 헬리콥터에서 카메라가 탈락한 두 사람의 행적을 추적한 것을 하이라이트로 보여 주었다. 두 사람은 더운 사막을 헤매다가 점점 지쳐서 탈진 상태에 빠져들고 있었다. 물론 카메라가 잡고 있었으니까 죽을 염려는 없겠지만 "어떻게 저런 짓을 할 수 있을까." 하고 준후는 계속 중얼거리면서 이따금씩 몸을 떨었다.

결정적인 장면은 그다음에 나왔다. 두 사람이 거의 녹초가 돼 쓰러지기 일보 직전에 다다랐을 때 헬리콥터 한 대가 구조해 주려는 듯 그들 앞에 착륙했다. 그런데 헬리콥터에서 내린 진행자가 그 와중에서도 두 사람에게 다시 가위바위보를 시키는 것이었다. 가위바위보에서 이긴 사람은 좋아서 펄쩍펄쩍 뛰며 헬리콥터의 줄사다리를 잡고 올랐지만 진 사람은 그 자리에서 눈물을 흘리고 땅에 풀썩 쓰러지더니 힘없이 늘어져 버렸다. 그런데도 화면에서 흘러나오는 진행자의 말은 비웃음이 섞인 농담 투였다.

잠시 후 카메라가 클로즈업되면서 세상을 다 산 것처럼 보이던 탈락한 사람의 모습이 보였다. 그 사람의 얼굴은 먼지와 눈물, 콧물로 뒤범벅이 된 채 계속 흐느끼고 있었다. 그런데도 불구하고 주변에 있던 사람들은 그 사람을 손가락질하며 웃어 대고 있었다.

준후의 얼굴이 시뻘게지면서 몸을 부르르 떨고 있는 것이 현암의 눈에 비쳤다. 현암도 기분이 찜찜했다. 이게 도대체 뭐란 말인가. 어떻게 사람을 괴롭히는 이따위 프로가 공공연히 방송되고, 어떻게 인기 있는 프로그램으로 자리 잡을 수 있단 말인가. 연이어 더욱 가관인 모습이 화면에 나타났다. 야자수가 무성한 것으로 보아 남국의 어느 섬인 듯했다. 최종 탈락자에게 진행자가 조그만 배 한 척을 주며, 이 배를 타고 일본으로 돌아가라고 말하는 것이었다. 한마디로 어이가 없는 일이었다. 하지만 그 탈락자는 바다에 배를 띄우고 열심히 노를 젓기 시작했다.

"저건 또 뭐지?"

준후가 중얼거리는 사이에 확성기로 그 불쌍한 탈락자에게 외치는 소리가 들려왔다. 확성기에서 흘러나오는 소리는 영어와 일본어가 번갈아 나와서 현암도 내용을 대충 알아들을 수가 있었다. 지금 당신은 영해를 침범했으니 출발한 장소로 즉시 되돌아가라는 내용이었다. 상식적으로 동력 장치도 없는 저런 조그만 배 한 척을 저어 왔다고 해서 영해 침범이라 할 수는 없을 것이며, 그 사람이 배를 타고 노를 젓기 시작한 게 채 하루도 되지 않았는데 무슨 남의 나라 영해에 들어가 있다는 말인가?

헬리콥터와 비행기가 집요하게 그 사람의 머리 위를 날아다니자 그 사람은 너무 놀란 나머지 다시 죽어라 하고 노를 젓기 시작했다. 그런데 그때 비행기 한 대가 날아오더니 보트 옆에다 실제로 기관총 사격을 가하는 것이었다. 그것을 보고 배를 젓고 있는 탈락자는 그대로 까무러쳐 버렸는지 뱃전에 쓰러졌고, 뒤이어 깔깔거리는 웃음소리와 비아냥거리는 소리가 화면 가득하게 들려왔다.

준후의 얼굴이 시뻘겋게 변한 채 몸을 부들부들 떨고 있는 것을 본 현암이 재빨리 TV를 꺼 버렸다. 준후는 한참 동안 뭐라고 말도 하지 못하고 부들부들 떨고 있었다. 한참이 지나 준후의 입에서 간신히 말소리가 새어 나왔다.

"어, 어떻게 저렇게 할 수 있죠? 남을 괴롭히고, 그것을 좋아하는 저 사람들은……."

채 말을 하지 못하는 준후를 보고 박 신부가 깊게 한숨을 쉬면서 준후의 어깨를 다독거려 주었다.

"그것을 가리켜 일본 사람들은 이지메(いじめ)라고 한단다."

"이지메요? 그게 뭐죠?"

"글쎄, 우리말에 딱 맞는 단어는 없을 것 같구나. 뭐라고 해야 하나…… 이를테면 여럿이서 편을 짜고는 약한 사람 하나를 골려 주며 기쁨을 느끼는 것. 뭐, 그런 뜻이지."

"세상에, 어떻게 그럴 수가 있어요? 약한 사람에게 오히려 더 잘 대해 주고 보살펴 줘야 하는 게 당연하잖아요. 그런데 저런 식으로 사람을 골리면서 그것을 보고 기뻐하고 즐거워하는 것은 무슨 심보죠? 난 이해가 되지 않아요. 도대체가 이건……."

박 신부는 온화한 미소를 지으며 살며시 준후의 어깨를 토닥거렸다.

"바보 흉내를 내는 출연자가 사람들에게 인기를 끈다거나, 바보 같은 짓을 한 사람이 다른 사람에게 골탕을 먹고 쓰러져 뒹구는 것이 어떻게 보면 코미디의 한 정형이 아니겠니? 다만 일본 사람들에게는 그런 것들이 습관화돼 있는 것이라고 볼 수 있지. 일본 사람들은 약자를 용납하지 않고 모두가 강해지기를 원하지. 어린아이한테 혹독한 극기 훈련을 시키는 것도, 회사나 기타 단체들에서 그런 일이 비일비재한 것도 다 그런 이유에서겠지. 그러니까 여럿이 모여 약자를 괴롭힘으로써 그들 구성원이 약해지지 않도록 부추기는 데서 시작된 발상이라고 할 수 있어. 물론 그런 발상 자체가 납득하기 어렵고 또 변질돼……."

박 신부는 말하다가 TV 쪽을 힐끗 바라보았다.

"아까 같은 그런 프로그램이야 사람을 즐겁게 할 요량으로 연출된 것이기는 하지만, 그것도 어디까지나 일본 사회의 한 단면이야. 물론 문화라고까지야 할 수 없겠지만, 공손하고 싹싹한 일본 사람들에게 저런 이중적인 감정도 있다는 것을 알아야 해. 우리와는 많이 다르단다."

"하지만 분명히 잘못된 거예요. 저건 일본 사람들 모두가 다 잘못하는 거라고요. 오래전부터 그래 왔다고 하면 그만큼 오래전부터 계속 잘못을 쌓아 온 거죠. 도대체 이건 정말 말도 안 돼!"

현암이 고개를 끄덕이면서 준후에게 눈짓해 보였다.

"그래, 맞아. 분명 저들은 잘못하고 있는 거야."

현암이 말하는 것을 보고 준후도 그만 조용히 입을 다물어 버렸다. 그러고는 한쪽 구석에서 골똘히 생각에 잠겼다. 준후의 그런 모습을 보고 있는 박 신부와 현암도 울적한 기분을 지울 수가 없었다.

모두 한동안 우울한 표정으로 말없이 앉아 있는데, 갑자기 호텔의 객실 문이 활짝 열리면서 승희와 연희가 떠들썩하게 들어왔다. 승희는 평상시보다 들뜬 목소리로 일행에게 말했다.

"우리 이렇게 앉아만 있지 말고 어디라도 좀 돌아보도록 해요. 명색이 외국인데, 구경이라도 한번 해 봐야 하지 않겠어요?"

"글쎄, 조금 있으면 사이토 씨가 올 텐데……."

현암이 머뭇거리자 승희는 까르르 웃으면서 사람들에게 말했다.

"아직 사이토 씨가 올 때까지는 시간도 많이 남았잖아요. 그러니 이 근처라도 한번 둘러보러 잠시 나갔다 오자고요."

박 신부는 손을 흔들어 나가지 않겠다는 표시를 하고 창밖을 멀거니 내다보았고, 현암과 준후는 승희에게 반강제로 끌리다시피 호텔 로비로 내려왔다. 그때 준후가 갑자기 고개를 갸웃하면서 승희에게 조그만 목소리로 말했다.

"승희 누나, 저기 좀 봐요."

"뭘?"

준후가 턱으로 살짝 가리키는 쪽을 돌아보자 그곳에서는 보통 체구에 회색 양복을 입은 중년의 남자와 그 남자의 손을 잡고 있는 조그만 여자아이가 있었다. 여자아이가 준후를 살짝 쳐다보다가 재빨리 고개를 돌렸다.

"왜? 뭐 특이한 점이라도 있니?"

"아니, 그게 아니고요. 아까 비행기에서 봤었던 사람들이에요."

"비행기에서 봤다고? 비행기에 한두 사람이 타고 있었던 것도 아닌데, 어떻게 알았니?"

"저 여자아이가 자꾸만 날 쳐다봤거든요."

"후후후."

승희는 웃으면서 다시 그 여자아이가 있는 곳을 쳐다보았다. 그 여자아이도 준후 쪽을 자꾸 쳐다보며 미소를 지었다. 그런 모습을 보고 승희는 속으로 우습다는 생각이 들었다.

'원, 조그만 것들이 벌써부터 눈이 맞았나? 에고, 나도 주책이지. 내가 지금 무슨 생각을 하는 거야?'

승희는 피식 웃으면서 여자아이가 무슨 생각을 하고 있는지를 살짝 들여다보고는 준후에게 귓속말로 그것을 말해 주었다.

"저 아이 이름은 '아라'라고 하는데? 최아라. 그런데 말이지……."

"예? 그런데 뭐요?"

"저 아이는 너를 보고 참 신기한 별종이라고 생각하고 있는 거 같아. 한복을 이렇게 치렁치렁하게 입고 나돌아다니는 모습이 얼빠져 보인다는데? 그리고……."

승희는 제풀에 우스워서 더 말을 잇지 못한 채 그 자리에서 푸하하 웃음을 터뜨렸고, 로비 근처에 있던 사람들은 난데없는 큰 웃음소리에 모두 승희와 준후 쪽을 쳐다보았다. 준후는 승희의 이야기에 얼굴이 빨개져서 쪼르르 도망치더니 막 문이 열린 엘리베이터를 타고 방으로 올라가 버렸다. 뒤에서 "농담이야!" 하고 승희가 크게 외쳤지만 준후는 들은 척도 하지 않았다.

현암이 무슨 일인지 영문을 몰라 고개를 갸웃거리자, 승희는 다시 한번 크게 웃더니 준후는 그냥 두고 가자는 듯이 현암과 연희에게 눈을 찡긋했다. 어느 틈에 그 여자아이와 중년 남자도 가 버리고 없었다.

노의 가면

현암은 준후가 방으로 올라가자 안 그래도 바깥으로 나가는 것이 내키지 않았던 터에 잘됐다 싶었는지 말없이 준후를 따라 발걸음을 옮겼다. 승희는 등을 돌리는 현암에게 몇 마디 했으나, 현암은 들은 척도 하지 않고 엘리베이터를 타고 올라가 버렸다. 승희는 아무 말 없이 미소를 머금고 서 있는 연희를 보고 불평 섞인 목소리로 구시렁거렸다.

"조금 장난친 것 같고 왜들 저러는지 알 수가 없어, 내 참!"

승희는 더 말하려다가 자신을 가만히 들여다보고 있는 연희와 눈이 마주치자 배시시 웃으면서 연희에게 말했다.

"그러지 말고 우리끼리라도 밖으로 나가요. 준후는 신부님이나 현암 군이 잘 알아서 하겠지, 뭐."

"그래도 우리가 같이 있어야 할 것 같지 않니? 승희, 네 도움이 필요한 일도 있을 것 같은데."

"아이구, 답답해라. 도대체 기껏 외국에 와서 하루도 맘 놓고 놀러 다니지 못하다니……."

한참을 투덜대던 승희가 도저히 안 되겠다 싶었는지 기어코 연희의 손목을 잡아끌고 호텔 밖으로 나섰다. 문을 나서는 연희와 승희의 뒤를 아라라는 여자아이가 한쪽 귀퉁이에서 가만히 쳐다보고 있었다.

저녁때 사이토와 도운이 약속한 시간에 맞춰 호텔로 찾아왔다. 서로 다시 인사를 나누고 자리에 앉을 무렵에서야 승희와 연희가 헉헉거리면서 문을 열고 들어섰다. 상기된 얼굴로 승희가 밖에서 있었던 일을 수선스럽게 말하려다가 사이토와 도운이 먼저 와서 앉아 있는 것을 보고는 얼른 입을 다물었다.

실내 분위기가 다소 무겁게 가라앉았다. 먼저 사이토가 사건의 내용을 간략하게 되풀이 설명했다. 대충 이야기가 끝나자 현암이 사이토에게 물었다.

"사건의 대략적인 내용은 박 신부님에게 들어서 알고 있습니다. 지금 하신 말씀은 모두 지난번에 박 신부님이 해 주신 말씀과 비슷한 것 같군요. 지금부터는 자세한 이야기를 해 주시기 바랍니다. 우리가 이곳까지 온 것은 스즈키 씨의 일에 저희가 조금이나마 도움이 돼 드리려는 생각에서 온 것이니만큼, 이제 더 이상 숨기거나 감추려고 하지 말고 모든 것을 확실하게 말씀해 주시기 바랍니다."

박 신부는 어떻게 처음 이야기를 풀어 나가야 할까 다소 망설이고 있었는데, 현암이 먼저 말을 꺼낸 것을 보고는 입을 다물었다. 사이토가 고개를 끄덕였고, 현암은 빠른 목소리로 말하기 시작했다.

"일단 그 각료라는 분들과 가까운 관계에 있었던 여인들이 누구이며, 언제 어디서 실종됐는지 아마도 일본 측에서도 상당한 조사가 있었으리라 짐작됩니다. 그 조사 결과와 사건의 경과, 그리고 그 일들이 어떻게 처리됐는지 보고서 같은 것이 있다면 보고 싶군요. 아마도 준비해 오셨을 것이라고 생각됩니다만……."

현암은 말꼬리를 흐리면서 날카로운 눈빛으로 사이토를 쳐다보았다. 사이토는 슬며시 미소를 띠면서, 가지고 온 트렁크를 열고 꽤 두툼해 보이는 서류 뭉치를 꺼내어 현암과 박 신부의 앞에 놓았다.

"분명 그 질문이 있을 것이라 생각하고 여기 준비해 왔습니다. 이것들은 경찰의 공인 기록, 그리고 비공인 기록까지 모조리 수집해 놓은 자료들이니 참고하시기 바랍니다."

현암은 고개를 끄덕이며 그 봉투를 받아 박 신부에게 넘겨주었다. 그 봉투를 한번 죽 훑어본 박 신부가 다시 사이토에게 물었다.

"스즈키 씨와 이미 사망한 각료들은 어떤 관계였습니까?"

사이토는 다소 머뭇거리더니, 천천히 입을 열었다.

"그 문제에 대해서는 문서화된 게 없습니다. 그럴 만한 사안도 아니고요. 여러분들도 이 이야기는 이번 일이 해결된 후에는 모두 잊어버리셔야 합니다."

"그건 물론입니다. 어쨌든, 자세한 말씀을 해 주시기 바랍니다."

"저도 자세히 알고 있는 사실은 아닙니다만, 스즈키 씨는 이미 돌아가신 다섯 분의 각료들과 함께 육인방이라는 정치 서클을 결성했었습니다. 요시다, 이토, 나카무라, 데쓰오, 히로시 씨가 그분들이었죠. 물론 그 정치 서클 자체는 일종의 친목 단체와 같은 성격을 띠고 있었으나, 정치권에 있는 사람들끼리 모여서 만든 것이니만큼, 아무래도 어느 정도의 정치색은 있다고 보아야 되겠지요. 실제로 이 육인방은 일본 내에서도 상당한 요직을 차지하고, 여러 가지 정책과 정계 판도에도 커다란 영향을 미쳤습니다. 바로 그러한 공통점이 있는 것이죠."

"여섯 명이 모여서 만들었기 때문에 육인방이라는 이름이 붙었습니까? 왜 하필이면 여섯 명이죠? 보통 일곱 명이 돼야 좋은 숫자라고 하지 않습니까?"

"글쎄요. 처음엔 일곱 명이 시작했다고 합니다. 아까 말씀드린 다섯 분과 스즈키 씨 이외에도 다카다라는 분이 계셨습니다. 그러나 그분은 이미 오래전에 사망하신 것으로 알려져 있지요. 그래서 칠인방에서 육인방으로 축소됐답니다. 실제 세간에도 그렇게 알려져 있고요."

"이미 오래전이라면 어느 정도나 됐습니까? 다카다 그분이 돌아가신 지가……."

"저도 확실하게는 알지 못합니다. 아마 십 년도 더 됐지 않나 싶은데요? 그 문제에 대해서는 저도 더 이상 아는 바가 없습니다. 보다 상세한 것은 스즈키 씨와 직접 만나서 여쭤보십시오."

"그럼, 스즈키 씨 그분을 언제 만날 수 있죠?"

"스즈키 씨는 지금 교토에 있으십니다. 교토에 있는 별장에서 두문불출하고 계시지요. 스즈키 씨가 있는 곳은 절대 비밀이지만 여러분들은 내일 스즈키 씨를 만나러 가게 될 터이니, 미리 말씀 드려 놓는 것도 나쁘지는 않겠지요. 스즈키 씨는 지금 극도의 공포에 사로잡혀 있습니다."

"극도의 공포라니요? 스즈키 씨가 무슨 이상한 일을 겪기라도 했습니까?"

"글쎄요, 그것에 대해서는 저로서도 아는 바가 없습니다."

"참!"

현암이 다시 입을 열어 말을 꺼냈다.

"스즈키 씨가 그렇게까지 무서워할 필요가 있을까요? 일본 밀교의 호법 중 한 분이신 도운 스님이 이렇게 열정적으로 나서시는 것을 보면 일본 밀교 측에서도 상당한 고승들을 파견해 스즈키 씨를 지키고 있지 않나 생각됩니다만."

"물론 그렇긴 합니다만 그래도 그분은 몹시 불안해하십니다. 그 문제에 대해서는 더 이상 이야기하지 말도록 합시다."

이번에는 한쪽에서 계속 눈동자만 데굴데굴 굴리며 아직도 뭔가 심통이 난 듯한 얼굴을 하고 있던 준후가 불쑥 말을 꺼냈다.

"그런데 명왕교가 뭐예요?"

"아, 그것에 대해서도 여기 보고서를 따로 준비한 것이 있습니다. 한번 읽어 보시지요."

사이토는 아까 것보다는 조금 얇은 종이봉투를 가방에서 꺼내 현암 앞에 내려놓았다. 현암이 봉투를 열어 안에 있는 내용을 대충 훑어보았다. 서류는 일본어가 아닌 한국어로 적혀 있었다.

"제가 정말로 알고 싶은 것이 하나 있는데요."

준후가 조금도 머뭇거리지 않고 사이토에게 물었다.

"그분들이 돌아가신 곳에서 명왕교의 주술적인 여운을 발견했다는 얘기를 신부님께 들었거든요. 그 여운이란 것이 어떤 것인지 좀 더 구체적인 설명을 해 주신다면 좋겠는데."

사이토가 도운의 귀에 대고 조그맣게 말하자 도운이 중얼거리며 대답했다. 도운의 말을 들은 사이토가 그 말이 무슨 뜻인지 잘 모르겠다는 듯 고개를 갸웃거리자 연희가 준후 옆으로 다가와서 나직이 일러 주었다.

"글쎄. 영적인 고통의 흔적이라는데? 그러니까 비명, 명왕교라고 하는 말, 노 가면의 웃음소리. 뭐, 대충 이런 말 같아. 맨 마지막 말은 나도 잘 모르겠는데?"

"노 가면의 웃음소리요?"

사이토는 연희가 자기보다 앞서서 능숙하게 도운의 말을 통역하는 것을 보고 잠시 눈을 크게 뜨더니만 곧이어 준후에게 덧붙여 설명을 해 주었다.

"노라는 것은 일본 전래 연극의 일종이란다. 가면극이라고 할 수 있지. 한문으로 하면 이렇게 되는 거야."

사이토는 조그맣게 '능(能)'자를 써 보였다. 준후는 알았다는 듯 고개를 끄덕이면서 다시 사이토를 올려다보며 물었다.

"그런데 그 노에는 반드시 가면을 쓰게 돼 있나요?"

"그렇지. 노에서 쓰는 가면을 멘(面)이라고 한단다. 대부분 흰색을 띤 일본 특유의 가면이지."

"그런데 그 노의 가면이 명왕교와 무슨 상관이 있나요?"

"그건……."

사이토는 잠시 한숨을 쉬고 나서 다시 준후에게 말했다.

"명왕교에서 의식을 행할 때는 모든 사람이 다 가면을 쓰고 얼굴을 가리게 돼 있단다. 명왕교에서의 비교적 높은 서열에 있는 사람들은 명왕의 가면을 쓰고, 낮은 신도 계급의 사람들은 노의 가면을 쓰고 의식에 참가하게 돼 있지. 그래서 노의 가면이 나타났다는 말과 그 영상을 본……."

"잠깐만요. 그 영상을 보았다? 그건 또 무슨 말이죠? 그러니까 영적인 투시로 거기에 남아 있던 잔상 같은 것을 읽어 낸 것까지는 들었지만, 모습까지도 영상처럼 볼 수 있었단 말인가요?"

사이토가 준후의 말을 잘 알아듣지 못하고 어리둥절해하자 이번에는 연희가 도운에게 직접 준후의 말을 옮겨 주었다. 그러자 도운은 다시 연희 쪽을 향해 무어라고 열심히 설명했다. 연희는 도운의 말이 채 끝나기도 전에 준후에게 그 내용을 전해 주었다.

"일종의 영적인 잔상 같은 것이 보였나봐. 그런데……."

"그런데 뭐죠?"

"그 술법자가 노의 가면을 말하는 순간 그 자리에서 쓰러져서 아직 의식을 차리지 못하고 있다는데?"

"네?"

모두의 눈이 휘둥그레졌다. 세상에, 잔상을 읽어 냈을 뿐인데 그런 능력을 지닌 술법자의 의식을 잃게 만들 수 있다니…… 도대체 그들은 무슨 수법을 어떻게 쓴 것일까?

사람들이 놀라는 것을 본 도운이 뭐라고 다시 말을 했고, 연희가 일행에게 도운의 말을 옮겨 주었다.

"그 영의 잔상을 읽어 냈던 술법자는 일본 밀교 내에서도 상당한 지위에 있었던 사람이었답니다. 그런데 그런 능력 있는 술법자가 단지 잔상을 읽어 낸 것만으로도 충격을 받아 거의 식물인간이 됐다고 하니 밀교 쪽에서도 이번 일에 대해서는 자신감이 없는 모양이에요. 그래서 여러분의 힘을 빌리기로 의견을 모았다고 하네요."

"그렇군요."

준후가 고개를 끄덕거리면서 말을 하려다가 입을 깨물듯 오므리는 것이 현암의 눈에 들어왔다.

이윽고 할 이야기가 다 끝났는지 사이토와 도운이 내일 아침에 다시 찾아와서 교토에 있는 스즈키 씨에게로 안내해 주겠다고 말하며 일어섰다. 박 신부가 서류의 내용을 검토해 보겠다고 말하자 그 두 사람은 깍듯이 인사를 하고 조용히 밖으로 나갔다.

그들이 자리를 떠나고 나서도 일행은 아무런 말 없이 묵묵히 앉아 있었다. 잠깐 어색한 침묵을 깬 건 박 신부였다.

"대단한 능력자들인 것 같군. 그건 그렇고 저 사람들이 갖고 온 서류나 우선 검토하도록 하지."

박 신부의 제안에 현암은 명왕교에 대한 조사 내용이 적힌 서류들을 뒤적거리기 시작했다. 박 신부는 여인들의 실종 사건을 다룬 기록 봉투를 가만히 내려다보고 있다가 문득 무엇인가가 생각났는지 입을 열었다.

"승희야, 저 사람들이 말한 것 중에 거짓은 없니? 너 계속 투시하고 있던 것 같은데……."

승희는 살짝 미소를 지으며 고개를 끄덕였다.

"예, 적어도 그 사람들의 말에 거짓은 없었어요. 그럴 수밖에 없는 게 두 사람은 심부름꾼에 불과해서 자세한 내막은 알고 있지 못해요. 사이토 씨가 우리에게 말해 준 스즈키 씨에 대한 내력은 모두 다 스즈키 씨가 그렇게 말하라고 시킨 것뿐이에요. 사이토 씨는 그 외의 일에 대해서 그다지 많이 알지 못해요. 스즈키 씨의 보좌관으로 부임한 것도 고작 육 개월밖에 안 됐는걸요. 스즈키라는 사람, 참으로 빈틈없는 사람 같아요. 자기가 수족처럼 부리는 보좌관이 아는 게 저 정도라니. 아마도 쓸데없는 말이 샐까 봐 그랬겠죠?"

"그랬겠지. 아무튼 서류들을 찬찬히 검토해 보아야겠다."

박 신부가 서류 봉투를 열었다. 승희가 잠자코 준후를 잡아당겼다.

"준후야. 우리는 그 노라는 것에 대해 같이 공부 좀 하러 갈까?"

"예? 노에 대해서요? 노는 가면을 쓰고 하는 연극이라잖아요."

"응, 그래. 하지만 명왕교와 노는 조금이라도 관련이 있을 것 같아. 그러니 우리 나가서 노를 한번 구경하도록 하자. 이것도 조사는 조사 아니겠니. 어때?"

승희가 살짝 윙크를 하면서 준후의 손을 잡아끌자 박 신부와 현암은 그쪽으로 얼굴을 돌렸지만 별다른 이야기를 하지는 않았다. 현암과 박 신부는 아무래도 승희가 이상하게 꾸민 듯 쾌활하게 보이려 한다는 느낌을 아까부터 계속 받았으나 뭐라고 말을 할 수는 없었다. 박 신부는 준후도 어딘지 모르게 우울해 보여서 바람도 쏘일 겸 나가게 해야겠다고 생각했다.

"그래, 그럼 아예 연희 양하고 같이 셋이 나갔다 오렴. 우리는 그동안 여기서 이 서류들을 검토할 테니."

박 신부의 허락이 떨어지자 승희는 만면에 웃음을 띠고 연희와 준후를 끌고 문밖으로 나갔다.

"아까 나갔다가 신주쿠 거리에 있는 한 극장에서 노를 상영한다는 포스터를 봤어. 거기로 가는 거야. 어떠니?"

"글쎄요. 뭐, 저는……."

준후는 약간 떨떠름한 표정을 지으며 거의 끌리다시피 해 승희에게 잡혀 나갔고, 그 뒤를 연희가 따랐다.

박 신부는 그런 세 사람의 뒷모습을 보다가 사이토가 가지고 온 서류를 차례차례 훑어보기 시작했다.

사이토의 말로는 육인방에 대한 별도의 서류는 들어 있지 않았다고 했으나, 박 신부들은 서류들을 읽어 나가면서 간접적으로나마 육인방에 대한 내용들도 알 수 있었다. 경찰 측에선 실종 사건을 외부에 공개하지는 않았지만 여인들의 실종 관련 기록에는 주변 인물들의 신원 및 경력 등이 조사돼 있었다.

지금은 육인방이 됐지만, 칠인방의 일곱 사람이 모여 정치 서클을 만든 것은 벌써 삼십여 년 전인 1962년의 일이었다. 당시의 멤버를 보면 요시다가 사십일 세로 가장 연장자였고, 그다음이 스즈키 삼십팔 세, 이토와 히로시가 삼십칠 세, 나카무라와 다카다가 삼십육 세, 그리고 데쓰오가 삼십이 세로 제일 어렸다. 칠인방은 1970년대 초까지 일본이 경제적으로 상승 곡선을 이루던 시기에 각각의 분야에서 나름대로 활약해 상당한 고위직을 차지하기에 이르렀다. 특히 1964년 도쿄 올림픽을 계기로 해 그들은 정계의 각 요직에 파고들어 막강한 기반과 권력을 구축하게 된 것이다.

그런데 70년대 중반을 넘어 80년대에 이르러 칠인방은 분열의 조짐을 보이기 시작했다. 즉 요시다를 필두로 한 다섯 명의 세력과 동갑내기인 나카무라와 다카다를 중심으로 한 소수 세력으로 파벌이 나뉘어졌던 것이다. 외견상 그들 양 그룹은 서로 협력하는 것처럼 보였지만 실제로는 요시다를 중심으로 한 다수 세력이 소수 세력을 상당히 탄압하고 배척했다고 보고서에는 기록돼 있었다. 그러던 중 다카다의 독직(瀆職) 사건이 발생했는데, 이 사건을 계기로 나카무라가 요시다의 다수파 계열에 끼게 됐다.

독직 사건과 동료의 이탈로 궁지에 몰린 다카다는 나머지 여섯 명으로부터 거센 공격을 받아 1985년 모든 공직에서 물러나게 됐다. 다카다는 공직에서 물러난 지 한 달 만에 실종됐다가, 그로부터 보름 후 다카다가 호수에 투신하는 것을 보았다는 목격자가 나타나 경찰은 다카다의 죽음을 기정사실로 받아들였다고 기록돼 있었다. 실제로 목격자가 말한 호수에서 다카다로 보이는 시신을 인양까지 했다고도 쓰여 있었다.

다카다의 사망으로 육인방이 된 이들 그룹은 이후 더욱 세력을 확장하고 뿌리를 넓혀 최근까지 일본 정계를 좌지우지하는 막강한 집단으로 성장했던 것이다. 여기까지가 이들 육인방에 대한 기록의 요지였다.

그런데 최근 들어 사건들이 발생하기 시작한 것이다. 즉 육인방의 멤버들보다는 이들 주변에 가깝게 지내던 여인들이 먼저 하나씩 사고를 당하기 시작했다. 이들의 의문스러운 죽음은 1992년에서 최근에 이르기까지 약간씩 터울을 두고 계속 일어났다.

가장 먼저 1992년 11월에 나카무라의 누이가 약물에 중독된 채 변사체로 발견됐다. 평생 독신으로 지낸 나카무라에게는 그를 뒤에서 후원해 준 누이 한 사람이 유일한 피붙이였다. 그러한 누이가 약물 중독에 의한 시체로 발견되자 나카무라는 크게 상심했으나, 그때는 아무도 이 일이 연속적인 사건의 서막이라고 생각하지 않았다.

그다음으로 요시다의 부인이 실종된 사건이 발생했다. 이것 역시 실종된 지 한 달 여 만에 교통사고로 추정된 상처를 입은 채 어느 공터에 유기된 시체로 발견돼서 잠시 매스컴을 떠들썩하게 만들었을 뿐이었다. 그러나 결국 범인은 밝혀지지 않았었다. 그 시체가 발견된 때가 1993년 5월. 그다음에는 데쓰오의 부인이 데쓰오와 심하게 다투고 가출한 후 실종되는 사태가 벌어졌다. 원래 데쓰오는 심한 공처가로 유명했고 부인에게서 심한 구박을 자주 받았던 관계로 매스컴에서는 데쓰오 부인의 실종 사건을 제대로 다루지 않았었다. 그리고 데쓰오의 부인은 그 이후로 아직 모습을 나타내지 않았다. 이때가 1993년 11월. 그때까지 극소수의 사람들을 제외하고는 육인방의 실질적인 존재에 대해 어느 누구도 제대로 알지 못했기 때문에 이러한 일련의 사건들이 어떤 연관성을 가지고 있을 것이라 짐작하는 사람들은 거의 없었다.

육 개월의 간격을 두고 일어난 그 일련의 사건들로 육인방의 멤버들은 알 수 없는 불안감에 빠져들었다. 나카무라와 요시다는 그 일로 정계에서 은퇴했으며, 현직에 있던 나머지 사람들도 초조와 긴장 속에서 하루하루를 보냈던 것이다. 그때까지도 그들 스스로 육인방의 존재를 바깥에 드러내지 않으려고 무척 조심했던 터라 공연히 육인방의 존재를 바깥에 드러낼 만한 행동은 하지 않고 쉬쉬하고 있었다.

그러나 1994년 5월, 다시 육 개월이 지나자 사건은 어김없이 일어났다. 평소에 여자 문제가 다소 복잡했던 이토와 내연 관계에 있던 여인이 시체로 발견됐던 것이다. 고층 아파트에서 투신자살한 그 여인은 오래전에 부인을 잃은 이토의 젊은 연인으로, 이토는 그녀가 자살할 이유가 아무것도 없었다고 말했다.

드디어 육인방은 비밀리에 경찰에 사건을 의뢰하기로 결정했지만 경찰에서는 단서를 전혀 찾아내지 못했다. 아직 피해를 보지 않은 스즈키와 히로시는 서둘러 정계에서 은퇴해 잠적해 버렸고, 현직에는 데쓰오 한 사람만이 남게 됐다.

그런데 또다시 히로시의 젊은 딸이 실종된 사건이 발생했다. 젊은 나이에 부인을 잃고 딸 하나만을 바라보고 살던 히로시에게는 청천벽력이었다. 이때가 1994년 11월, 며칠의 차이는 있었지만 역시 이토 사건 이후 육 개월 후의 일이었다.

문제는 거기서 끝난 것이 아니었다. 히로시 딸의 실종 사건 이후 약 한 달 정도의 간격을 두고 육인방의 각료들이 하나씩 의문의 변사체로 발견되기 시작한 것이다. 사인은 모두 같았다. 요시다는 1994년 12월에 자택에서, 이토는 1995년 1월 어느 호텔 방에서, 나카무라는 2월 어느 날 늦은 시각 자택 화장실에서, 데쓰오는 3월 정당 사무실의 서재에서, 히로시는 4월 벳푸의 온천 욕조 안에서 각각 사망했다.

경찰은 이들 육인방의 연속된 사망 사건을 외부에 공개하지는 않았다. 암살도 아니고 그렇다고 타살이라고 단정할 만한 근거도 전혀 없어서 언론에 가십이나 루머 기사로 떠돌 것을 우려해서였다. 더군다나 문이 잠긴 화장실이나 온천의 욕조 내에서, 그것도 하나뿐인 문밖에서는 가족이나 측근들이 멀쩡히 있었던 상태에서 누군가가 침입해 그들을 살해한 것이라고는 도저히 생각할 수 없었기 때문이다. 그러나 일련의 사건들이 너무도 정확한 간격을 두고 일어난 것은 누가 보더라도 의심이 가지 않을 수 없었다. 이토가 죽은 후로는 경찰 측도 나름대로 경호하고 있었으나 모두 아무런 흔적도 남기지 않고, 마치 자연사처럼 사망해 버렸다. 그 내막을 아는 소수의 사람 사이에서 혹시 다카다의 저주가 아니었을까 하는 이야기가 나오기도 했으나 다카다는 이미 십 년 전에 죽은 사람이었다.

박 신부는 보고서에서 잠시 눈을 떼고 깊은 생각에 잠겼다. 육인방은 왜 다카다를 무서워했을까? 그리고 원래의 패턴대로라면 스즈키 주변의 여인이 먼저 실종되거나 살해당하고 난 다음 육인방의 사람들이 죽는 것이 순서였다. 그런데 왜 유독 스즈키만이 무사하고 모두가 피해를 당했을까?

'스즈키가 살인 사건에 무슨 관련이 있는 것은 아닐까? 아니, 그럴 만한 이유가 없지. 이번 일은 저주나 주술에 의해 저질러진 것이 틀림없어.'

아직은 감을 잡을 수가 없었다. 박 신부는 다시 한번 파일을 뒤적거려 스즈키의 신상 명세를 꺼내 보았다. 스즈키의 첫 번째 부인은 오래전에 사별했고, 두 번째 부인도 지금 있는 딸 하나만을 남기고 사망했다. 그런데 놀랍게도 오키에라는 스즈키의 외동딸은 이제 고작 아홉 살이었다. 오키에의 사진 한 장도 밑에 붙어 있었다. 귀여운 인상이었다.

'이 꼬마도 위험한 것은 아닐까? 예쁘고 철없는 이 아이가……'

박 신부는 한숨을 내쉬었다. 왠지 모르게 지금은 이 세상 사람이 아닌 친구의 어린 딸 미라가 생각났기 때문이다.

현암은 명왕교에 대한 내용들을 찬찬히 읽어 보는 중이었다. 그러나 이 서류들은 대부분이 진위가 의심되는 기사들을 스크랩한 것들이어서 심드렁했다.

명왕교는 불교의 일파에 속하긴 하지만 밀교적인 말세 신앙을 기조로 하는 종교였다. 보통 불교에서는 석가나 미륵불을, 밀교에서는 대일여래를 숭상하는 데 반해 명왕교는 대신적인 부처보다는 실질적인 힘을 가진 명왕을 숭배했다. 그뿐 아니라 명왕교에 입교해 높은 경지에 이르면 명왕들의 현신이 될 수 있다고 하며, 한 번도 공식 석상에 모습을 드러낸 적이 없는 교주는 부동명왕의 현신이라고 했다. 그 이외에도 팔대 명왕들이 일종의 장로와 같은 지위를 차지하고 있었다. 그중에는 애염명왕의 현신도 있다는 내용을 보고 현암은 코웃음을 쳤다.

'명왕의 현신? 후후훗. 다른 명왕이라면 몰라도 애염명왕의 현신도 아니고 화신이 우리들과 함께 있는데 무슨……'

계속해서 현암은 보고서를 읽어 내려갔다.

명왕교는 힘과 주술을 숭배하고 또 실제로 그 힘을 여러 신도 앞에서 보여 주기 때문에 세력이 급속도로 확장되고 있었다. 그들은 종교 의식을 치를 때 교단의 고위직은 명왕의 가면을, 일반 신자들은 노의 흰 가면을 썼다. 이렇게 서로 간에 얼굴을 직접 드러내지 않는 것이 오히려 광적인 신앙을 유발한다고 보고서에는 쓰여 있었다.

현암은 길게 한숨을 내쉬고는 다음 구절로 눈을 돌렸다.

명왕교의 교리는 신흥 종교의 그것과 큰 차이는 없었으나 나름의 독특한 면은 있었다. 즉 세상은 곧 죄악으로 물들어 정화가 필요하게 되는데, 명왕교를 믿고 고대의 힘을 익히면 난국을 헤치고 살아남을 수 있다는 것이다. 그 아래 구절에는 명왕교와 기타 신흥 종교와의 차이점은 무엇보다도 명왕교는 일본적인 종교라는 것이며, 특히 신도들에게 노의 가면을 쓰게 하는 것이 주목할 만하다는 독특한 주장이 실려 있었다.

'노의 가면……. 흠, 그래서 명왕교가 이번 각료들의 죽음과 연관이 있다고 믿게 된 거로구나. 노 가면의 웃음소리를 영적인 잔상으로 들었다고 했지. 그러면…….'

갑자기 현암은 등골이 섬뜩해졌다. 노 가면의 웃음소리? 밀교의 꽤 높은 경지에 있는 술법자가 잔상만을 보고는 의식 불명이 돼 버렸다는 말이 뇌리를 스쳤기 때문이다. 그러나 노 가면들은 고위직도 아니고 평신도가 쓰는 것이라고 하지 않았던가? 만약 명왕교가 정말로 각료들을 주술로 해친 것이라고 한다면 그 정도의 힘을 지닌 것이 고작해야 평신도에 불과하다는 말이 될 수도 있지 않은가? 그렇다면 도대체 고위직인 명왕들의 힘은…….

현암은 고개를 세차게 가로저었다.

'그럴 리가 없어. 뭔가 다른 이유가 있겠지. 그들이 인명을 좌지우지할 그런 큰 능력을 지녔다고 생각할 수는 없는 일······.'

현암은 여전히 굳은 표정을 지우지 못한 채 나머지 서류들을 대강 읽고는 박 신부를 바라보았다. 박 신부도 서류를 다 읽었는지 현암을 멀뚱히 쳐다보았다. 눈이 마주치자 둘은 말없이 서류를 바꾸어 내용들을 훑어 내려가기 시작했다.

준후는 반쯤 졸고 있었다.

처음 극이 시작했을 때에는 옷들도 특이하고 무대 장치들이 화려하게 번쩍거려서 눈을 동그랗게 뜨고 장면 하나하나에 몰두했다. 악기들이 기묘한 소리를 내며 연주되고 배우들이 매우 세련되고 상징적인 동작으로 움직이는 모습에 무척 마음이 끌렸다. 무엇보다도 매우 절제된 듯하면서도 여운을 길게 끄는, 요상한 운율적 가사들을 들었을 때는 머리칼이 쭈뼛해지면서 마음마저 싸늘해졌다.

그런데 지금 보니 노의 가면이라는 것은 아무리 보아도 기분 좋게 보이지는 않았다. 매우 세련되고 어떻게 보면 웃는 듯, 어떻게 보면 우는 듯한 아주 기묘한 표정을 짓고 있는 것조차도 이중적이고 간사한 것 같아서 준후는 마음에 들지 않았다.

'가면이라면 하회탈이나 탈춤을 출 때 쓰는 탈들이 최고지. 도대체 저건······ 에구, 소름 끼친다.'

더군다나 특별히 극을 보기 위해서가 아니라 일의 실마리를 찾기 위해 끌려온 터라 준후는 조금 보고 나자 곧 지루했다. 시간이 흐를수록 눈꺼풀이 무거워져서 자꾸 밑으로 처지기만 했다.

"준후야?"

갑자기 옆자리에 있던 승희가 옆구리를 쿡 찌르는 바람에 준후는 눈을 번쩍 떴다. 존다고 핀잔 들을까 봐 얼굴까지 좀 발그레해진 것 같았다. 준후는 승희를 올려다보았다. 그러나 무대를 계속 주시하고 있는 연희와는 달리 승희의 눈은 다른 곳을 향하고 있었다.

"저기 좀 봐. 참 공교롭기도 하지?"

"예?"

준후는 승희가 턱으로 가리키는 쪽을 쳐다보았다. 놀랍게도 그곳에는 아까 비행기와 호텔 로비에서 보았던 아라라는 여자아이가 앉아 있는 것이 아닌가! 그런데 열심히 무대를 바라보고 있는 그 아이 주위에 뭔지 모를 이상한 분위기가 퍼져 있었다.

"이상하네……."

"왜, 준후야?"

"저 애, 아까와는 좀 분위기가 다른데요?"

승희는 고개를 갸웃했으나 준후는 승희가 또 놀릴까 봐 얼른 아라에게서 눈을 돌리고는 승희의 소맷자락을 잡아끌었다.

"근데 누나, 더 봐야 해요? 헤헤헤."

승희는 준후가 무슨 의도로 그러는지 알고는 피식 웃다가 옆에 앉아 열심히 무대를 바라보고 있는 연희 쪽을 눈짓해 보였다. 아마 자기도 그만 나가고 싶었지만, 연희가 열심히 보고 있어서 나가지도 못하고 있었던 모양이었다. 둘이 소곤거리며 킥킥거리자 문득 연희가 안색을 풀고 씨익 웃으면서 말했다.

"조금 있으면 휴식 시간이니까 그때나 가도록 하자. 내가 뭘 재미있게 본다고 그러니? 조사차 왔으니 나도 억지로 보고 있었던 것뿐인데……."

얼마 후 세 사람은 지겹다는 둥, 자신과는 너무 수준이 안 맞는다는 둥, 문화적 격차가 있어서 이해를 못 하겠다는 둥의 변명 비슷한 말을 늘어놓으며 극장을 빠져나왔다. 그러면서도 세 사람이 공통으로 느낀 것은 그 회색 칠한 노 가면의 웃는 듯 우는 듯한 표정 자체가 이상하게도 섬뜩하다는 것이었다. 한편 준후는 말하는 사이에도 왜 아라가 호텔에서 보았던 중년의 남자와 같이 오지 않고 혼자 그 재미없는 연극을 보러 온 것인지 의아하게 여기고 있었다.

서류 검토를 끝낸 현암과 박 신부는 나름의 의견을 교환했다.

현암은 누구보다도 다카다의 이야기가 마음에 걸렸다. 어째서 칠인방이 두 파로 갈라진 것인지, 또 왜 다카다는 목숨까지 버려야 했던 것인지 궁금했지만, 무엇보다 연속적으로 목숨을 잃은 그들의 배경에 원한을 가지고 죽은 다카다가 있었다는 것이 마음에 걸렸다. 정치를 하다 보면 입장이 달라 파가 갈리고 어제의 동료가 오늘의 적으로 뒤바뀌는 일이 아무리 비일비재하다고 하지만, 그렇다고 해서 이미 오래전에 자살한 사람이 배후에 있다는 것은 —물론 경찰에서야 상상조차도 할 수 없는 일이지만— 충분히 의심스러운 구석이 있었다.

"다카다가 아무래도 마음에 걸리네요. 다카다의 악령이 무슨 일을 꾸민 것은 아닐까요?"

"나도 그럴 가능성이 높다고 보네. 그러나 그 사람이 죽은 것하고 나머지 사람이 연속적으로 살해된 것하고는 너무 시간 차이가 크게 나지 않나? 시간이 말일세……"

박 신부도 일단 다카다가 의심스럽다는 면에서는 현암과 같은 생각이었다. 그러나 원한령이라는 것은 원한을 품은 사람이 죽은 지 얼마 지나지 않은 기간에 강해지는 법이어서 아무리 영이라 해도 십여 년이나 지난 이후에서야 무슨 일을 벌인다는 것은 조금 이상하게 느껴졌다. 더군다나 왜 직접적인 당사자들이 아닌 그 주변의 여인들부터 먼저 변을 당했는지, 그리고 꼭 일정한 시차를 두고 그런 짓을 벌인 것인지도 납득이 가지 않았다.

박 신부가 그런 이야기를 하자 현암도 고개를 끄덕였다.

"하긴 그래요. 단순한 일은 아닌 것 같습니다. 일단 시간적인 간격이 일정하다는 면에서 영적인 것보다 사람이 꾸민 음모의 냄새가 강하게 나요."

"그래, 나도 그렇게 생각되네."

"음, 그러면 공포감을 주어서 상대방을 극도로 괴롭히기 위해 그런 일을 꾸민 것은 아닐까요?"

"글쎄, 대강 자료들을 훑어보기는 했지만 특별히 이렇다 할 만한 증거는 없어 보이네. 예를 들면 이토의 경우를 보세. 이토에게는 두 명의 아들이 있어. 그런데 이토를 괴롭히려고 한 것이라면 아들들을 놓아두고 굳이 내연의 관계에 있는 여자에게만 화를 입힌다는 게 조금 이상하지 않은가?"

"글쎄요, 그도 그렇군요. 만일 그렇다면 다카다의 영과는 다른, 무슨 집단과 관련된 음모가 얽혀 있는 것은 아닐까요?"

"흠, 일단은 명왕교가 수상해. 그렇지 않은가?"

그때 준후와 승희, 연희가 우당탕 문을 열고 들어왔다. 의자에 털썩 주저앉은 준후가 투덜거리면서 말했다.

"에구, 노인지 뭔지 허연 가면 쓰고 하는 거 보기는 봤는데, 조금 보다가 나왔어요. 도무지 무슨 말인지 알아들을 수도 없고, 또 어딘지 모르게 징그러운 생각이 들어요."

현암이 그런 준후를 보고 씨익 미소를 띠면서 말했다.

"징그럽다고? 하하하."

"좌우간 난 별로 마음에 안 들더라고요. 가깝고도 먼 나라라더니 그 말을 실감했어요."

준후가 눈썹을 찌푸리며 말하자 다들 준후의 그런 모습이 귀엽고 재미있기도 한지 그만 웃음을 터뜨리고 말았다. 준후의 얼굴이 빨개지자 박 신부는 그런 모습을 미소를 머금고 바라보다가 문득 준후도 사춘기에 접어든 것은 아닐까 하는 생각이 머리를 스치고 지나갔다.

일행이 모두 모이자 박 신부와 현암은 서류의 내용을 간략하게 정리해서 일행에게 설명해 주었다. 다들 머리를 맞대고 궁리해 보았지만 특별한 이야기는 나오지 않았다. 준후가 소혼술을 해 볼까 하는 말도 했지만 박 신부에게 따끔한 한마디를 듣고는 쑥 들어가 버렸고, 아직 구체적인 조사 범위가 정해지지도 않은 상황에서 승희에게 힘이 많이 드는 투시를 행하게 하는 것도 그다지 내키지 않는 일이었다.

일행은 먼저 스즈키를 만나서 명왕교와 실종자들에 대한 정보를 더 수집해 본 뒤에 다시 구체적인 일들을 논의하기로 했다.

회의를 마친 현암과 박 신부는 늦은 저녁 식사를 하러 밖으로 나갔고, 승희와 연희는 옆방으로 건너갔다. 준후는 여기저기 돌아다닌 탓에 고단했는지 벽조선을 꺼내 만지작거리면서 침대에 누웠다. 조금 전의 밝은 얼굴은 어느덧 사라지고 준후는 다시 우울해졌다. 준후는 주위가 조용해지자 고개를 베개에 파묻고는 소리 죽여 울기 시작했다.

다음 날 일행은 아침 일찍 찾아온 사이토와 도운과 함께 교토로 향했다. 그러나 스즈키에게는 박 신부 혼자만 가게 됐다. 교토에 도착하자마자 사이토 씨가 어디론가 전화 통화를 하고 오더니 침통한 얼굴로 어젯밤 사이토가 갑자기 심경에 변화를 일으켜 여러 사람들을 만나고 싶지 않다고 했다는 것이었다. 전혀 예상치 못한 일이라 모두들 고개를 갸웃거렸지만 승희는 뭔가 알았다는 듯 고개를 끄덕거렸다.

"그쪽 사정이 어떤지는 모르겠지만 우리를 이곳까지 오게 해 놓고 이제 와서 직접 만나 이야기할 수 없다는 경우가 어디 있습니까?"

얼굴이 달아오른 현암이 큰 소리로 말하자 사이토는 죄송하다며 연신 고개를 숙이면서 스즈키 씨의 개인 사정으로 인한 것이니 이해를 바란다고 말했다. 준후는 혹시 승희가 뭔가 알아냈나 싶어 승희의 얼굴을 쳐다보았으나 승희는 입을 다물고 잠자코만 있을 뿐이었다. 다른 뾰족한 방법이 없어서 일단 박 신부는 사이토와 함께 스즈키를 만나러 가기로 했고, 준후와 연희는 최근에 원인 모를 사고로 사망한 히로시의 사망 현장을 찾아가 보기로 했다. 박 신부는 밀교의 술법자가 잔상만을 읽어 낸 것으로 식물인간이 됐다는 찜찜한 사건 현장에 어린 준후를 보내는 것이 마음에 걸렸으나 준후는 상관없다고 말했다.

"일본 밀교의 고단자가 무슨 이유로 당했는지는 모르지만 저도 영적으로 충분히 저 자신을 보호할 만큼은 되니까 너무 염려하지 마세요. 신부님, 저도 직접 그 현장에 가서 뭔가 알아내고 싶어요. 소혼을 한다거나 하는 짓은 하지 않을 테니까 염려하지 마세요. 예? 신부님."

박 신부는 준후를 보내야 될 것인가 말 것인가 한참을 고민하다가 결국은 준후의 뜻에 따르기로 마음먹었다. 그 대신 준후는 일본말을 할 줄 모르고 아직 나이가 어리기 때문에 연희에게 준후와 동행해 달라고 부탁했다. 그리고 사이토에게도 그 장소들을 둘러볼 수 있도록 사전에 관계 기관에 협조를 구해 달라고 요청했다.

그러는 사이 현암이 준후에게 슬쩍 물어보았다.

"준후야, 어디부터 가 보려고 하니?"

"글쎄요. 가장 최근에 히로시가 죽었다는 곳으로 가 보는 것이 아무래도 제일 확실하겠지요. 벳푸라고 했던가요?"

"응, 그래. 온천으로 유명하지."

박 신부가 일행에게 모아 정리하듯 말했다.

"그러면 준후와 연희 양은 그곳으로 가도록 하지. 참, 연희 양? 그곳에 도착하면 전화나 다른 수단으로라도 소재를 전해 주겠나? 구체적인 장소라든가 현장을 둘러볼 수 있는가 등등을 확인해서 알려 주었으면 좋겠군. 어때?"

"네, 그렇게 하죠."

연희가 선선히 대답하면서 예의 그 맑은 미소를 지어 보였다.

"사건 기록을 조사해 보니 다른 사람들의 시체는 모두 발견이 됐는데, 히로시의 딸만은 아직도 실종 상태더군요. 저는 그 부분을 한번 캐 보겠습니다. 만약 제 짐작이 맞다면……."

박 신부 앞으로 나서며 입을 열었던 현암이 잠시 말을 끊었다가 눈을 빛내면서 다시 말을 이었다.

"만약, 이번 일에 정말로 명왕교가 개입돼 있다면 히로시의 딸의 생사를 조사하는 중에 명왕교의 인물들과 마주치게 될지도 모릅니다. 좌우간 뭔가 알아낼 수 있을 것 같은 느낌이 드네요. 게다가 승희가 투시력으로 도와주기라도 한다면 그다지 어려운 일이 될 것 같진 않군요. 안 그래, 승희야?"

현암이 승희의 눈치를 슬쩍 보면서 말하자 승희는 별말 없이 피식 웃고는 고개를 끄덕였다.

"현암 군이 그렇게 하겠다면 나야 따를 수밖에 없지. 뭐, 그까짓 여자아이 하나 못 찾으려고. 근데 문제는……."

승희는 잠시 말꼬리를 흐렸다.

"그 아이가 살아 있지 않다면 조금 어려워지기는 하지만……. 그래도 일단 해 봐야 되는 거 아니겠어?"

박 신부는 잠시 무슨 생각을 해 보다가 다시 고개를 끄덕였다. 그러고는 다시 사이토에게 말했다.

"현암 군과 승희는 일본어를 못 해서 의사소통에 문제가 있을 텐데요. 두 사람과 같이 보낼 만한 다른 사람은 없습니까?"

박 신부의 제의에 사이토는 잠시 당황하는 것 같았다.

"글쎄요. 이번 일은 대단히 비밀리에 추진하는 일이라 특별히 누구에게 통역을 부탁할 만한 입장이 못 되는데……."

박 신부는 사이토의 말이 일리가 있다고 생각했는지 고개를 끄덕여 보였다. 실제로 투시니 소혼이니 하는 것을 일반 사람들이 알 수 있는 문제도 아니었고, 아무리 통역을 잘한다 해도 정확한 의사가 전달될지 의문이었다. 그때 사이토가 옆에 있는 도운을 바라보면서 말했다.

"도운 화상께서 동행을 해 주신다면 큰 도움이 될 것 같은데요."

사이토의 입에서 도운이라는 이름이 나오자 원래부터 도운을 못마땅하게 여겼던 승희는 인상을 찡그렸으나, 현암은 그런 승희의 표정을 못 본 척하고 사이토 보좌관에게 말했다.

"하지만 도운 스님께서도 한국말을 할 줄 모르실 텐데요?"

"그렇습니다. 그러나 두 분 중에서 영어를 하시는 분은 없습니까? 도운 화상이 영어를 좀 할 줄 아시는데요."

"아, 그래요? 그렇다면 됐네요. 저도 어느 정도 영어는 알아들을 수 있고, 여기 있는 승희는 영어를 상당히 잘한답니다."

승희는 현암의 말에는 딴청을 피우며 도운에게 놀리듯 영어로 말을 걸었다.

"어머나, 스님께서 영어도 하실 줄 아세요? 대단히 박식하신 분이시네요."

도운은 승희의 말에 얼굴이 좀 붉어졌지만 나직하게 영어로 대답했다.

"Not at all."

승희가 더 장난을 치려 하자 박 신부가 나섰다.

"자, 아무튼 서로 해야 할 일들은 명확해진 것 같으니까 우리 다 같이 최선을 다해 보도록 하자고."

박 신부의 말에 현암이 고개를 끄덕였고 승희도 씨익 웃으면서 말했다.

"정 급하면 도운 스님 마음속을 읽어도 되니까 너무 염려 마시고, 신부님은 스즈키 씨와 이야기나 잘 나누어 보세요. 아무래도……"

승희는 뭐라고 다시 말을 하려다가 그냥 입을 다물었다. 박 신부는 그런 승희를 잠시 바라보았지만 왜 그러는지 더 이상 묻지는 않았다. 승희는 세크메트의 눈 한 조각을 연희에게 주면서 무슨 일이 있으면 수시로 연락해서 서로의 상황을 전달해 주기로 했고, 박 신부와도 사이토의 휴대 전화로 계속 연락하기로 약속했다.

"됐군. 일단 오늘은 각자 나름대로 조사해 본 다음, 늦어도 저녁 일곱 시까지는 숙소로 모이기로 하자고. 됐나?"

"그렇게 하지요."

일행이 모두 동의하자 박 신부는 사이토와 함께 먼저 자리를 떴다. 승희가 그제야 픽 웃으면서 현암에게 말을 건넸다.

"사이토 씨가 아까 스즈키 씨한테 전화하고 나서 우리에게 말하길 스즈키 씨가 여러 사람 만나기 싫다고 했다고 말했잖아? 그때 내가 사이토 씨의 속마음을 잠깐 읽어 보았는데 스즈키 씨한테 아무래도 무슨 일이 일어난 것 같아. 아무튼 뭔가 좀 이상해."

"그래? 무슨 일이 일어난 것 같은데?"

"사이토 씨가 말은 하지 않았지만, 스즈키 씨는 지금 정상 상태가 아니야. 뭐랄까 거의 반미치광이가 돼 버린 것 같아."

"뭐? 벌써? 고작 하루밖에 지나지 않았는데도? 어제까지는 정상이었잖아."

"그랬었지. 그런데 불행하게도 어제와는 다른 것 같아. 아니, 분명히 달라. 그래서 우리를 다 데리고 가지 못한다고 했던 거야. 어차피 우리에게 도움을 청했으니 사건의 내막은 알려 줘야 하겠고, 그래서 우리 중에 제일 연장자이시고 성직자이신 신부님 한 분만

모시고 간 거야. 어쩌면 우리가 여기까지 온 게 헛수고가 돼 버릴지 모르겠어. 만약 스즈키 씨가 실성이라도 해 버린 거라면 더 이상 일을 진행 시킬 수는 없잖아."

"그렇기는 해도 일단 여기까지 온 이상 그냥 가라고야 하겠어? 물론 그렇다고 갈 우리도 아니고. 어떻게 되든 한번 맡은 일은 해결해야지."

현암이 단호하게 말하자 승희는 씁쓸한 웃음을 지었다.

잠시 후 준후와 연희, 그리고 승희와 현암, 도운으로 꾸려진 각각의 팀도 각자 맡은 것을 조사하기 위해 목적지로 향했다.

—2권에서 계속

퇴마록 혼세편 I

초판 1쇄 인쇄	2025년 5월 8일
초판 1쇄 발행	2025년 6월 5일

지은이	이우혁

책임편집	양수인		
편집진행	북케어(김혜인, 전하연)	**교정**	김기준
디자인	studio forb	**본문 조판**	정유정
책임마케팅	최혜령, 박지수, 도우리		
마케팅	콘텐츠 IP 사업본부		
해외사업팀	한승빈		
경영지원	백선희, 권영환, 이기경, 최민선		
제작	제이오		

펴낸이	서현동
펴낸곳	㈜오팬하우스
출판등록	2024년 5월 16일 제2024-000141호
주소	서울특별시 강남구 테헤란로 419, 11층 (삼성동, 강남파이낸스플라자)
이메일	info@ofh.co.kr

ⓒ 이우혁

ISBN 979-11-94654-90-2 03810

* 반타는 ㈜오팬하우스의 출판브랜드입니다.
* 이 책은 저작권법에 따라 보호받는 저작물이므로 무단전재와 무단복제를 금지하며,
  이 책 내용의 전부 또는 일부를 이용하려면 반드시 저작권자와 ㈜오팬하우스의 서면동의를
  받아야 합니다.
* 책값은 뒤표지에 표시되어 있습니다.
* 잘못된 책은 구입하신 서점에서 바꿔드립니다.